d

Patricia Highsmith

Elsie's Lebenslust

Roman

Aus dem Amerikanischen
von Otto Bayer

Diogenes

Titel der Originalausgabe:
›Found in the Street‹

Umschlagillustration von
Pierre-Auguste Renoir

Deutsche Erstausgabe

150/86/8/1
ISBN 3 257 01724 3

Für Kingsley

1

Sie kam flink über die Straße und hüpfte auf den Gehsteig. An den Füßen trug sie nagelneue weiße Turnschuhe, darüber eine schwarze Cordhose und ein weißes T-Shirt mit rotem Apfel auf der Brust. Behende schlängelte sie sich an Passanten vorbei, machte einen Schlenker und verschwand in einem Geschäft mit lauter blaßlila Sachen im Schaufenster, Tüchern in shocking Pink und allerlei Schmuck – Sekunden später war sie wieder draußen und lief weiter; die andere Straßenseite lockte, aber sie blieb, wo sie war. Wie ein Schmetterling gaukelte sie im Halbkreis um ein bummelndes Grüppchen und verweilte kurz vor einem andern Geschäft, das seine Waren bis auf den Gehsteig hinaus feilbot. Wieder nicht das Richtige.

Weiter flitzten die weißen Turnschuhe, wippten die strohblonden kurzen Haare. Etwas Rotes lockte sie jetzt, ließ sie kurz zögern, dann hineingehen. Kauflustige strömten in beiden Richtungen die West 4th Street entlang. Es war ein Nachmittag im Spätaugust, kurz vor sechs, und die Luft war kühl und sonnig. Das blonde Mädchen kam aus dem Laden, in der einen Hand eine beige Plastiktüte, mit der andern schob sie ihre kleine Geldbörse in die Gesäßtasche. Das Lächeln auf ihren ungeschminkten Lippen war jetzt breiter, ein fröhliches Lächeln mit einem Anflug von Übermut.

Sie blieb stehen, um ein Auto vorbeizulassen, wobei sie mit geschlossenen Füßen ungeduldig auf den Zehen wippte. Ein junger Schwarzer machte im Vorbeigehen eine Bewegung, als ob er sie in den Busen kneifen wollte, und sie wich zurück und kräuselte die Oberlippe über einem spitzen Eckzahn. Wieder ging sie weiter, die Lippen leicht geöffnet zum Atmen, nach Lücken spähend, durch die sie huschen konnte.

Ein paar Meter weiter sah sie hinter dicken Frauen und jungen Burschen in Jeans einen Mann mit breitbeinigem Gang und einem Hund an der Leine. Sie stockte auf der Stelle und eilte bei der ersten sich bietenden Gelegenheit über die Straße.

God hebt das Bein, und die Welt ist in Ordnung, dachte Ralph Linderman, als er sich der Ecke Grove und Bleecker Street näherte.

Es war ein wunderschöner Sommertag, noch immer schien die tiefstehende Sonne von Westen her in die krummen Sträßchen des Greenwich Village, und Ralph fand die Grove Street heute hübscher denn je. Sie war sauber und ordentlich, wie die Barrow und die Commerce Street, und Ralph schätzte das sehr. Hier polierten die Leute noch ihre Türklinken und fegten ihre Treppen, anders als drei Straßen weiter in der Morton Street mit ihren Rinnsteinen voll Papier und Mülleimern mitten auf dem Gehsteig. Ralph war sich bewußt, daß er an Dingen und Menschen meist nur die häßlichen Seiten sah, aber das fand er realistisch, sogar klug, denn bestimmten Typen zu mißtrauen, bevor sie einem an den Kragen konnten, ersparte einem mancherlei Ungemach. New York war insgesamt eine marode Stadt. Man brauchte sich doch nur in den verdreckten Straßen umzusehen, um zu wissen, daß die Leute hier nicht an einem Strang zogen, Kinder von klein auf lernten, ihre Pappbecher einfach auf den Gehsteig zu werfen und es völlig normal zu finden, wenn Spinner aller Art in der Gegend herumliefen und Selbstgespräche führten, die meist aus Unflätigkeiten und Flüchen gegenüber Mitmenschen bestanden. Kranke, unglückliche Menschen! Und dann die Tagediebe, die einen auf offener Straße ausraubten, indem sie einen von hinten an den Armen packten, während ein anderer einem die Brieftasche zog, und schon waren sie auf und davon. Ralph war das einmal passiert, als er morgens um fünf von der Arbeit kam. Fluch über das Gesindel, diesen Abschaum der Menschheit!

Manchmal wünschte Ralph sich, er wäre damals vor zwanzig oder noch mehr Jahren aus New York weggezogen, nachdem er und Irma sich getrennt hatten, beziehungsweise sie ihm mit einem andern weggelaufen war, wie er sich jetzt ohne Bitterkeit ins Gedächtnis rief. Zum Beispiel hätte er da nach Cleveland in Ohio oder woandershin gehen können, wo es vielleicht noch ein wenig amerikanischer, ein wenig anständiger zuging. Vielleicht wäre er da den richtigen Leuten begegnet, einem, der sich mit ihm zusammengetan und aus Ralphs Ideen etwas gemacht hätte. Ralph hatte so viele nützliche Erfindungen im Kopf, er verstand nur zuwenig von Mathematik und Technik. Dann dieser Unfall vor etwa fünfzehn, nein achtzehn Jahren, als er in dem Parkhaus, wo er als Wachmann arbeitete, während der Tagschicht in den Fahrstuhlschacht gestürzt war. Im strahlenden Sonnenschein hatte er einfach nicht gesehen, daß in der Kabine der Fußboden herausgenommen war, hatte das schwarze Viereck für einen Schatten gehalten und war gut zwei Meter tief gestürzt. Wie durch ein Wunder war er unverletzt geblieben, da er an diesem Wintertag einen dicken Lammfellmantel anhatte, aber es hatte ihn kräftig durcheinandergeschüttelt. So hatte er es, das wußte er noch, den Ärzten erklärt, und so hatte er sich auch gefühlt – als ob das Herz sich ein wenig aus seiner Verankerung gelöst hätte, ebenso das Hirn, mit anhaltenden Kopfschmerzen und so weiter. Man hatte ihn wegen eines Schocks behandelt, fand aber nichts Krankhaftes. Aber Ralph fühlte sich seitdem verändert. Er sah sich jetzt vor, jawohl, und dafür brauchte er sich vor niemandem zu rechtfertigen. Er konnte von Glück reden, daß er noch am Leben war.

Der schwarzweiße Hund trottete gemächlich neben ihm her, schnüffelte interessiert hier an einem Autoreifen, da an einer zerknüllten Alufolie, und hob hin und wieder das Bein, nur noch der Form halber, denn seine Blase hatte er schon vor Minuten geleert. Den etwa siebenjährigen Hund hatte Ralph sich aus dem Tierheim geholt und vor dem Tod gerettet. Er war ein Bastard, aber er hatte freundliche Augen, und das wußte Ralph zu schätzen.

»God! God!« sagte er leise und ruckte an der Leine, denn God klebte seit einigen Sekunden mit der Nase im Rinnstein, wo Ralph einen Hundehaufen liegen sah. »Komm weiter, God.«

Kam dort nicht Elsie? Ralph kniff die Augen zusammen. Nein. Aber von weitem war die Ähnlichkeit groß, derselbe flotte Gang, der hocherhobene Kopf, und aus der Ferne hatte er sogar Elsies Lächeln zu erkennen geglaubt, doch als die blonde junge Frau jetzt an ihm vorbeiging, sah Ralph, daß sie nicht lächelte. Elsie – also, *die* sollte beizeiten einen besseren Weg einschlagen, bevor es zu spät war! So ein unschuldiges, naives Ding aus einer Kleinstadt irgendwo im Norden des Bundesstaates, kaum zwanzigjährig! Es war bestimmt noch nicht zu spät, und bisher hatte Elsie ja auch noch keine Scherereien gehabt, aber ihre Lebenseinstellung war einfach gefährlich. Sie traute jedem! Sie schien die Rauschgiftsüchtigen und grell geschminkten Nutten in der 8th Street und 6th Avenue für ebenso vertrauenswürdig zu halten wie – wie normale Menschen, wie ihn! Alle Leute amüsierten sie, sagte Elsie. Nun gut, zumindest schien sie sich bisher ihren Lebensunterhalt selbst zu verdienen. Ralph hatte sie vor einem halben Jahr in einer Kaffeebar an der West 4th Street kennengelernt. Dann war sie eine Zeitlang von der Bildfläche verschwunden, und als er ihr das nächstemal auf der Straße begegnet war, hatte sie erklärt, sie arbeite seit einiger Zeit in einem durchgehend geöffneten Espresso- und Weinlokal. Elsie jobbte. Ralph wußte nie, wo sie demnächst war.

Gods staksiger Gang warnte Ralph, daß sein großes Geschäft bevorstand. »God – ab in den Rinnstein!« Er schleifte den Hund, der schon den Leib krümmte, vom Gehsteig, bis er mit allen vieren im Rinnstein stand. Unbeteiligt registrierte Ralph, daß Gods Verdauung ordnungsgemäß funktionierte, dann zog er eine Plastiktüte und ein Schäufelchen aus der Jackentasche und sammelte die Bescherung auf. Das Schäufelchen steckte er mit dem beschmutzten Ende nach unten in den Beutel, um es zu Hause abzuwaschen. Gerade setzte God sich wieder schneller in Bewegung, als Ralph etwas im Rinnstein liegen sah.

Es war eine Geldbörse, kaum zwei Meter von der Stelle, wo God sich erleichtert hatte. Ralph bückte sich, ohne stehenzubleiben, und hob sie auf, und schon gingen er und der Hund – dessen Nase die Geldbörse im selben Moment berührt hatte wie Ralphs Hand – wieder weiter, Ralph mit starr geradeaus gerichtetem Blick. Niemand kam von hinten angerannt, um sein Eigentum zurückzufordern. Ralph hatte sich schon immer gewünscht, einmal eine volle Geldbörse zu finden, möglichst mit Ausweispapieren. Diese Börse war prall gefüllt, ihr Leder glatt und weich, wahrscheinlich Kalbsleder. Ralph steckte sie in die Jackentasche. Wie immer wandte er sich von der Hudson Street nach links in die Barrow Street, die zur Bleecker führte, wo er wohnte.

Ralph und God traten in ein vierstöckiges Haus und stiegen die Treppe zu Ralphs Wohnung auf der Rückseite des Hauses hinauf. Wie üblich spielten unten wieder zwei von diesen unverschämten Bengeln im Hauseingang Ball, wie üblich machte die dunkel gekleidete Italienerin aus dem dritten Stock sich wieder mit Eimer und Besen vor ihrer offenen Wohnungstür zu schaffen, wie üblich brummelte Ralph sein »Guten Abend« und kümmerte sich nicht darum, ob sie den Gruß erwiderte oder nicht, aber heute konnten diese Leute Ralph sowieso nicht ärgern, denn er hatte die Geldbörse.

Nachdem die Wohnungstür zu war, nahm er God die Leine ab, zog seine Jacke aus und legte die Geldbörse auf den Holztisch an den beiden Rückfenstern. Auf diesem Tisch aß er, las und zeichnete mit einem langen Lineal, manchmal bastelte er auch Modelle aus beweglichen Holzteilen. Der Tisch war aus Fichte, anderthalb Meter lang, hatte Sägekerben an den Rändern und war ansonsten ziemlich blankgewetzt. Ralph setzte sich auf einen Stuhl und öffnete vorsichtig die Geldbörse.

Sie war voller Scheine, lauter neuen Zwanzigern. Ralph zählte nach und kam auf zweihundertdreiundsechzig Dollar. Nun die Papiere, die Ausweise. Offenbar gehörte die Geldbörse einem John Mayes Sutherland, der mindestens drei Adressen zu haben schien, eine in einer Kleinstadt in Pennsylvania, von der Ralph noch nie gehört hatte, eine in Kalifornien und die dritte in der Grove Street, wo er sicher jetzt wohnte – vielleicht sogar da, wo er die Geldbörse verloren hatte, dachte Ralph. Das Foto auf einer Ausweiskarte mit Sutherlands Unterschrift zeigte einen jungen Mann im Rollkragenpullover – es war ein Presseausweis für ein französisches Filmfestival. Er war schon ein Jahr abgelaufen, aber Sutherlands Geburtstag stand darauf, und Ralph rechnete nach, daß der Mann dieses Jahr dreißig würde. Weiter fanden sich vier Kreditkarten und in einer Innenklappe drei Fotos, zwei von einer jungen Frau mit langen, glatten blonden Haaren, das dritte von derselben Frau mit Sutherland zusammen. Auf dem Bild mit der Frau hatte Sutherland ein glückliches Lächeln im Gesicht und sah jünger aus als auf dem Presseausweis.

Ralph interessierte sich nicht für jeden Fetzen Papier, den er fand, und es steckte noch einiges in der Geldbörse, Zettelchen mit hingekritzelten Adressen und Telefonnummern. Ob Sutherland im Telefonbuch stand? Ob er jetzt zu Hause war? Ralph mußte lächeln, als er nach dem Telefonbuch griff.

Da waren mehrere Sutherlands, doch Ralph fand, was er suchte: Sutherland, J. M., Grove Street.

Und nun? Ralph zögerte, dann beschloß er, seine Freude, seinen Sieg über die Unehrlichkeit, noch ein paar Minuten länger auszukosten. Er könnte Sutherland ja auch schreiben. Heute war Mittwoch. Das würde die Freude bis Freitag ausdehnen. Aber es wäre wohl zuviel des Guten.

Ralph legte das aufgeklappte Telefonbuch auf den Tisch und zog das Telefon heran.

»Wauuu-wuff!« machte God, auf dem Sprung zum Kühlschrank, und richtete die dunklen Augen beschwörend auf Ralph.

»Hmmm-ja! God zuerst«, sagte Ralph und legte wieder auf. Er brauchte erst abends um zehn zum Dienst und hatte noch Zeit genug, sich mit Sutherland in Verbindung zu setzen.

2

Jack Sutherland hatte einen schönen Tag hinter sich. Er war zur Vorbereitung auf die morgige Ankunft seiner fünfjährigen Tochter Amelia im Supermarkt gewesen, dann zur Bank gefahren, um sich etwas Bargeld zu holen, und hatte anschließend mit seinem Studienfreund Joel MacPherson in einer Art Pub, einem Restaurant unweit der CBS, wo Joel arbeitete, nett zu Mittag gegessen. Jacks vier Illustrationsentwürfe für *Halbverstandene Träume* hatten Joel gefallen, und sein Kommentar hatte Jack Mut gemacht: »Genau was ich haben wollte! Sie wirken so erstaunt, entmutigt – halbtot!« Und Joels Lachen hatte ein bißchen irre geklungen. Das Buch, zweiundachtzig Seiten lang, war von Joel, und die mindestens zwanzig Zeichnungen sollten Jacks Beitrag sein. Jack gefiel der Titel nicht, was er Joel auch gesagt hatte, aber einen Titel konnte man ja immer noch ändern. Das Buch handelte von einem New Yorker Ehepaar mit Sohn und Tochter im Collegealter, alle vier voller Träume und Erwartungen, die sie der übrigen Familie oder auch anderen nicht anvertrauen konnten, vielleicht auch nicht wollten. So verstanden die Träumer ihre eigenen Träume und Phantasien nur halb, lebten sie halb, von den andern mißverstanden oder unbemerkt. Nach dem Lunch hatte Jack die Zeichnungen Joel anvertraut und war in seinen Lieblingsladen für Malereibedarf an der 7th Avenue gegangen. Mit einer neuen Mappe unterm Arm, ein paar Skizzenblöcken und einer Flasche Glenfiddich für Natalia (die am übermorgigen Freitag kommen sollte), hatte er sich ein Taxi nach Hause gegönnt, statt wie sonst mit der IRT bis zur Christopher Street zu fahren.

Besonders freute er sich darauf, Amelia vierundzwanzig Stunden für sich allein zu haben. Amelia kam morgen mit dem Bus aus Philadelphia, begleitet von Susanne, ihrem inoffiziellen Kindermädchen. Vielleicht hätte er Amelia sogar noch einen Tag länger für sich, denn Natalia kam öfter mal einen Tag später als geplant.

Und Jack liebte auch die Wohnung in der Grove Street, die ganze dritte Etage eines guterhaltenen alten Stadthauses. Er liebte sie, weil er und Natalia ein gutes Stück gemeinsamer Arbeit hineingesteckt, einzelne Zimmer neu ausgemalt und so möbliert hatten, wie es ihnen gefiel. Sie hatten die Wohnung vor drei oder vier Jahren von einer Großtante Natalias bekommen, die auf die alten Tage ein bißchen wunderlich geworden war. Natalia und Jack brauchten nur für Steuern und laufende Kosten aufzukommen. Die alte Großtante besaß noch ein Haus irgendwo in Pennsylvania, und da sie jetzt in einem Pflegeheim war, gingen alle davon aus, daß sie weder in das Haus in Pennsylvania noch in die Wohnung in der Grove Street je wieder einen Fuß setzen würde. Manchmal besuchte Natalia die alte Dame, die sie die halbe Zeit nicht erkannte. Sie war schon sechsundneunzig und könne es leicht auf hundert bringen, meinte Natalia, denn das sei in ihrer Familie so üblich.

Jack und Natalia hatten eine Wand einreißen lassen, um ein größeres Wohnzimmer zu bekommen, und an zwei Wände Bücherregale gestellt. Jacks Arbeitsraum befand sich am Ende der Diele, von dieser auf drei Seiten mit Vorhängen abgetrennt. Er hatte darin einen langen Tisch, der so hoch war, daß er stehend daran arbeiten konnte, und einen Stuhl, der sich hochdrehen ließ, falls er sich zur Arbeit doch einmal setzen wollte.

Die letzten drei Monate hatte Jack in Philadelphia in einem Atelier an der Vine Street gearbeitet, zu dem ein Freund ihm den Schlüssel überlassen hatte. So hatte er an den Wochenenden bequem Natalia in ihrem Elternhaus in Ardmore besuchen können. Natürlich wäre er auch in dem großen Haus in Ardmore willkommen gewesen, dessen Zimmer ohnehin zur Hälfte leerstanden, aber Jack bevorzugte zum Arbeiten – und war er noch so schäbig – einen Raum für sich allein. Lily, Natalias Mutter, bewohnte sommers dieses Haus in Ardmore, wo dann ihre Freunde aus und ein gingen, manchmal auch ein paar Tage dablieben, und Butler Fred die Mahlzeiten servierte. Nein, das war nichts für Jack, jedenfalls nicht für länger als zwei Tage am Stück. Er fand es auch gut, wenn Natalia hin und wieder eine Zeitlang ohne ihn war. Sie gehörte zu den Frauen, die scheuten und vielleicht für immer durchgingen, wenn das Zaumzeug der Ehe auch nur ein bißchen scheuerte. Natalia hatte sich nach ihren eigenen Worten »irgendwie verpflichtet« gefühlt, ein paar Wochen bei ihrer Mutter zu verbringen, und manchmal schenkte ihre Mutter ihr ja auch einen Tausender oder mehr, wenn Natalia oder sie beide etwas brauchten oder sich etwas Bestimmtes wünschten. Jack wußte aber, daß Natalia ihre Mutter nicht des Geldes wegen so oft besuchte. Sie hatte an diesen Besuchen mehr Spaß, als sie zugab.

Jack packte in seinem Arbeitsraum die neue graue Mappe aus, so sauber noch, so ohne zeichenkohleschwarze Fingerabdrücke und Tuschkleckse, die sie in den nächsten Monaten bekommen würde. Er zog die drei schwarzen Schleifen auf, um kurz in das leere Innere zu sehen, klappte sie wieder zu und legte sie weg. Er schob die Fixativflasche zu den Tuschfläschchen, Farbtöpfen und Feder- und Pinselhaltern in der linken hinteren Ecke des Tischs und breitete die Skizzenblöcke vor sich aus.

Er hatte Hunger. Heute morgen hatte er sich in einem Lebensmittelgeschäft Pastrami und Kohlsalat besorgt. Aber zuerst ein kühler Schluck. Die Bar war aus Bambus und hatte Schiebetüren. Natalia hatte sie ausgesucht, und Jack erinnerte sich, daß sie teuer gewesen war. Er tat Eiswürfel ins Glas, schenkte sich einen Jack Daniels ein, füllte mit Leitungswasser auf und schaltete den Fernseher ein. Ehe er es sich in dem Sessel mit dem grünen Schonbezug bequem machte, faßte er in seine rechte Gesäßtasche, um die Geldbörse herauszunehmen. Sie war nicht da. Sicher war sie in der Jacke, die er heute getragen hatte.

Jack blieb noch ein Weilchen vor dem Bildschirm sitzen, bevor er zum Wandschrank ging. Die Innentasche des blauen Baumwolljacketts war leer, die Seitentaschen auch. Komisch! Jack sah in der Küche nach, dann auf seinem Arbeitstisch, dann in der Bambusbar, wo er den Glenfiddich verstaut hatte. Keine Geldbörse. Er öffnete die Wohnungstür, aber auf der marineblauen Fußmatte lag auch nichts.

Was war passiert? Er hatte den Taxifahrer aus dieser Geldbörse bezahlt, das wußte er genau. War sie ihm im Taxi zu Boden gefallen? Oder in den Rinnstein? Jack schnappte sich den Hausschlüssel und rannte die Treppe hinunter. Wenn er unverschämtes Glück hatte, war sie noch da. Er wußte noch, wo das Taxi gehalten hatte. Im Rinnstein lagen nur ein paar Zigarettenfilter und die Reißöse einer Bierdose. Jack suchte die Straße nach beiden Richtungen ab, dann ging er wieder ins Haus, wandte beim Hinaufgehen keinen Blick von den Treppenstufen.

So ein verdammter Mist!

Vielleicht hatte er sie wieder in die Gesäßtasche stecken wollen und daneben gegriffen. Geschah ihm recht, weil er heute so ein bißchen auf Westernlook gemacht hatte und in Jeans und Turnschuhen losgezogen war, das Geld in der Gesäßtasche, wohin er es sonst so gut wie nie tat. Plötzlich fiel ihm ein, wie er sich die Börse zwischen die Knie geklemmt hatte, um noch einen Dollar Trinkgeld herauszunehmen. Dabei mußte sie ihm hinuntergefallen sein, und die Chance, sie je wiederzusehen, war gleich null. Der nächste Fahrgast würde sie finden und stillschweigend einstecken.

Was ihn schmerzte, war der Verlust seines Lieblingsfotos von Natalia und ihm, kurz vor der Heirat und etwa um die Zeit, als Natalia schwanger wurde. Vielleicht war sie es da sogar schon gewesen. *Ich hab doch nur geheiratet, um die Schule nicht beenden zu müssen,* hatte Natalia ein paarmal lächelnd zu Freunden gesagt. Sie hatten aber auch geheiratet, weil Natalia schwanger war, und sie hatte Angst vor einer Fehlgeburt gehabt, Angst vor der Geburt aber auch, doch dann hatte sie glücklicherweise das Kind zur Welt gebracht, und es war nicht einmal allzu schwer gewesen. In der Geldbörse hatten sich auch noch ein paar andere Bilder von Natalia befunden, eines, auf dem sie mit ihren zweiundzwanzig Jahren so jung und selbstsicher aussah, wie immer mit geschlossenen Lippen lächelnd, mehr aber noch mit den Augen. Diese Bilder würde er nie wiedersehen, und Natalia würde vor keiner Kamera mehr genauso aussehen.

»Verdammt!« Jack sprang aus dem Sessel.

Die Kreditkarten auch, Brooks Brothers, American Express und irgendein Ölkonzern. Welcher eigentlich? Er mußte den Kreditkartenleuten unverzüglich schreiben und konnte nur hoffen, daß er die Kontonummern hier hatte und nicht im Umschlagrücken des Adreßbüchleins, das er bei Natalia in Ardmore gelassen hatte. Jack ging in die Küche, längst nicht mehr so hungrig wie vorhin. Morgen mußte er also noch einmal zur Bank und Bargeld holen, da er jetzt keins mehr hatte. Zum Glück hatte er wenigstens noch etwas Kleingeld für die U-Bahn.

Jack trug seinen Teller Pastrami mit Dillgürkchen und Kohlsalat sowie eine Dose Bier zu seinem Sessel, vor dem er eines dieser kleinen Klapptischchen aufgebaut hatte, die Natalia zwar nicht ausstehen konnte, aber duldete. »Verdammter Mist!« war sein letzter Kommentar zu der verlorenen Geldbörse, bevor er in sein Sandwich biß. Der Fernseher lief noch, obwohl Jack gar nicht hinschaute. Der Apparat war wie ein Nachbartisch im Restaurant, von dem anheimelnde Geräusche kamen.

Das Telefon klingelte, und Jack stand auf und dachte, es sei Natalia; hoffentlich hatte sie nicht jetzt schon beschlossen, später zu kommen. »Hallo?«

»Hallo. Kann ich bitte Mr. Sutherland sprechen?«

»Am Apparat.«

»Würden Sie mir Ihren Vornamen nennen?«

»J-j-a. John.«

»Haben Sie heute etwas verloren, Mr. Sutherland?«

Was führte dieser Kerl – er hörte sich nicht nach einem Jugendlichen an – im Schilde? Natürlich Geld, aber Jack hatte plötzlich die Hoffnung, wenigstens die Fotos zurückzubekommen. »Ich habe meine Geldbörse verloren.«

Der Mann lachte kurz. »Also, ich hab sie. Alles in bester Ordnung. Sind Sie das auf dem Foto? Mit der blonden Frau?«

Jack runzelte mißtrauisch die Stirn. »Ja.«

»Dann erkenne ich Sie. Ich möchte die Börse ja nicht dem Falschen zurückgeben. Ich wohne nicht weit. Soll ich sie Ihnen bringen? In der nächsten Viertelstunde?«

»Ja, aber – hören Sie, vielleicht kann ich Sie unten auf der Straße erwarten. Hier in der Wohnung schläft gerade jemand, darum –«

»Gut, Sir. In acht bis zehn Minuten vor dem Haus?«

Nach dem Auflegen hatte Jack für Sekunden das Gefühl, zu träumen. Die Stimme hatte sehr amerikanisch geklungen, eigentlich wie die eines alten Mannes. Trotzdem fand Jack es klug, daß er ihn nicht gebeten hatte, zu ihm heraufzukommen. Geld war bestimmt keines mehr in der Börse, aber *vielleicht* alles andere, sofern dieser Mann oder jemand anders, der sie vor ihm gefunden hatte, nicht auch die

Kreditkarten hatte mitgehen lassen. Jack sah auf die Uhr. Gleich halb acht.

Jack nahm die blaue Jacke aus dem Wandschrank und ging hinunter. Auf der Straße angekommen, steckte er beide Hände in die Gesäßtaschen seiner Jeans und blickte die Straße auf und ab. Ein schlaksiger junger Schwarzer näherte sich und ging vorbei. Dann kamen zwei Frauen zusammen, danach drei einzelne Männer, und gingen weiter, ohne ihn eines Blickes zu würdigen. Jetzt kam ein etwas älterer Mann mit Hund und hinter ihm mit schnellen Schritten ein Rabbi mit Bart und ganz in Schwarz.

»Mr. Sutherland?«

Jack hatte auf den Mann mit Hund nicht weiter geachtet. Soeben ging die Straßenbeleuchtung an, obwohl es noch recht hell am Tag war.

»Ja, Sie sind es«, sagte der Mann. Er war ungefähr so groß wie Jack, oder größer, und hatte grauschwarze Haare und wache dunkle Augen. »Also –« Er nahm die Hundeleine von der rechten in die linke Hand und griff in die Tasche seiner alten, aber einigermaßen guten Tweedjacke. »Die gehört dann wohl Ihnen?« Er brachte die Geldbörse zum Vorschein.

»Wo haben Sie sie gefunden? Hier?«

»Ja, Sir. Vor etwa einer Stunde.«

Jack nahm die Börse, da der Mann sie ihm hinhielt, drückte rasch den Daumen zwischen die Falten und sah, daß der Packen neuer Zwanziger noch da war, dann klappte er sie auf und sah die Fotos in der Klarsichthülle. Auch die kleine Kreditkartensammlung war noch vorhanden.

»Zweihundertdreiundsechzig Dollar«, sagte der Mann mit seiner etwas heiseren, aber klaren Stimme. »Das stimmt doch hoffentlich?«

Jack lächelte ganz benommen. »Ihr Wort steht dafür. Ich – es haut mich um! Darf ich Ihnen für Ihre Freundlichkeit einen Hunderter anbieten?« Jack wollte das Geld schon abzählen. Der Mann sah aus, als könnte er es brauchen.

»Nein, Sir!« Der Fremde lachte und winkte verlegen ab. »Es war mir eine Freude. Man findet nicht alle Tage eine Geldbörse und kann sie dem *Eigentümer* zurückgeben! Ich glaube, es ist das erstemal in meinem Leben!« Wenn er lächelte, sah man, daß ihm ein vorderer Backenzahn fehlte.

Jack hielt ihn für einen einsamen Junggesellen, möglicherweise kauzig. »Aber – wenn einem jemand so etwas Gutes tut – es ist doch nur selbstverständlich, daß man sich da irgendwie erkenntlich zeigen möchte.«

»Es ist selbstverständlich, etwas zurückzugeben, was man gefunden hat, wenn man den Verlierer ausfindig machen kann. Meinen Sie nicht? – Das heißt, wenn wir in einer anständigen Welt lebten.« Über dem jetzt matten Lächeln zogen sich die dunklen Brauen ernst zusammen.

Jack lachte kurz und nickte. »Und Sie möchten es sich nicht doch noch anders überlegen und wenigstens Ihrem Hund ein schönes Zwanzigdollarsteak kaufen?« Jack zückte einen Zwanziger.

»Für God? Der bekommt genug zu fressen, denke ich. Meist frisches Fleisch, nicht dieses fettige Zeug aus der Dose. Eher kriegt er sogar zuviel.« Er ruckte an der Leine. »Komm, God, sag dem Herrn guten Tag.«

»Er heißt God?« fragte Jack mit Blick auf den schwarzweißen Hund, der ihm bis zum Knie reichte. »Wie Gott?« Die nach vorn geklappten Ohren und der gebogene Schwanz gaben dem Hund eine gewisse Ähnlichkeit mit einem Schwein, nur die Schnauze war dafür zu spitz.

»Ja, wenn Sie ›Dog‹ von hinten nach vorn lesen«, sagte der Mann. »Ich bin natürlich Atheist, deswegen habe ich Ihnen ja auch die Geldbörse zurückgebracht. Ich meine, der Mensch macht sich sein Schicksal, seinen Himmel oder seine Hölle auf Erden selbst. Es ist zum Beispiel lächerlich, einfach ›Gott‹ zu sagen, ohne Artikel, als wenn's ein Name wäre. Es gibt so viele Götter. Haben Sie sich schon mal vorgestellt, wie komisch das wäre, wenn in der Zeitung stände, der Präsident habe Jupiter um Rat angerufen? Oder meinetwegen Thor? Da müßten Sie doch lachen, nicht?«

Jack lächelte verlegen.

»Wenn wir unsern Gott einfach Gott nennen, ohne Artikel, hört sich das doch an, als wenn uns die Namen ausgegangen wären, oder? Die Afrikaner haben jedenfalls alle möglichen Götter, und jeder hat einen andern Namen.« Er lachte still in sich hinein.

Ein Spinner, dachte Jack und hatte das dumpfe Gefühl, daß dieses Gespräch abendfüllend werden konnte, wenn er es zuließ. Er nickte. »Da ist was dran. Also – nochmals vielen Dank. Ganz ehrlich.« Er streckte die Hand aus.

Der Ältere packte sie, als ob ihm Händeschütteln ein Vergnügen wäre. »Es war mir eine Freude, Sir – sind Sie Journalist?«

Jack befreite seine Hand und machte einen Schritt in Richtung Treppe. »Zeitweise. Freiberuflich. Gute Nacht, Sir, und noch einmal vielen Dank.« Er ging die Stufen hinauf, den Hausschlüssel schon in der Hand und mit dem Gefühl, daß der Mann ihm nachsah, aber als er sich beim Aufschließen umschaute, sah er ihn mit Hund in östlicher Richtung weitergehen und überhaupt nicht zurückschauen.

Komische Geschichte, dachte Jack. In New York war doch wirklich nichts unmöglich!

Er setzte sich an den Schreibtisch in der Wohnzimmerecke und sah sich seine Geldbörse näher an. Daß er wahrhaftig alles wiederhatte! Zuerst betrachtete er die drei Fotos, dann kontrollierte er die Kreditkarten – alle vorhanden, ohne Zweifel, und es waren vier, nicht drei. Das Geld zählte er gar nicht erst nach, so sicher war er, daß es bis auf den letzten Dollar stimmte. Mit besserem Appetit widmete er sich wieder seinem kalten Abendessen.

Der Fernseher lief immer noch und war noch genauso uninteressant.

Ein merkwürdiger Mensch, der seinen Hund »Gott«

nannte. Jack hatte ihn schon nach seinem eigenen Namen fragen wollen, vielleicht auch nach seinem Beruf, aus reiner Höflichkeit. Er war jetzt froh, daß er es nicht getan hatte. Der Kerl konnte in seiner wohlmeinenden Art zur Nervensäge werden, und wie es schien, wohnte er hier in der Gegend. Da konnte er Natalia nun eine lustige Geschichte erzählen.

Eine knappe Stunde später legte Jack sich seine Arbeit für morgen zurecht, vielleicht auch noch für heute abend, falls ihm danach war. Außer Joels Buch, für das es keinen Termin gab, da Joel noch gar keinen Vertrag hatte, sollte Jack noch zwei Buchumschläge illustrieren, und die mußte er in zwei Wochen abliefern. Das eine war eine Häuserfassade mit drei Leuten in drei Fenstern, das Haus im New-England-Stil des vorigen Jahrhunderts; das andere ein Wimmelbild von hetzenden, drängelnden Menschen, etwa wie um sechs Uhr morgens am Eingang zur U-Bahn. Dem Lektor hatten die Entwürfe gefallen, die er ihm aus Philadelphia geschickt hatte, und gestern nachmittag war Jack im Verlag gewesen, und sie hatten sich auf die Farben geeinigt. Jack merkte, wie er mit Tagträumen die Zeit totschlug, und begann mit dem Weiß zu experimentieren, das er für die Fassade nehmen wollte. Weiß, Rosa und Grün sollten die Farben sein, Schatten und Umrisse aus schwarzer Tusche. Morgen mußte er sich um Amelia kümmern und kam vielleicht nicht viel zum Arbeiten. Er haßte Termine und tat lieber so, als gäbe es sie nicht, und wenn er sich diese Illusion bewahrte, konnte er die Arbeit mitunter sogar vor der Zeit abliefern.

Er legte eine Glen-Gould-Kassette ein, eigentlich als Hintergrundmusik, aber in Wirklichkeit hörte er zu und war mit dem Verstand halb bei der Musik, halb bei den Farben und Strichen vor ihm und unter seiner linken Hand. Man muß nur den richtigen Mittelweg zwischen Träumen und Probieren finden, dachte Jack und wurde von Minute zu Minute fröhlicher.

3

Jack blickte suchend über die Menge, die auf ihr Gepäck wartete. Wie hatten die vielen Leute nur in den Bus gepaßt? Wo war Susannes langes braunes Haar, ihr ernstes Gesicht über Amelia gebeugt, die er nicht sehen konnte, weil sie zu klein war?

»Kann ich Ihr –«

»Finger weg!« fuhr ein dürres Männchen den Burschen an, der nach seinen Koffern greifen wollte und sich anbot, ihm ein Taxi zu besorgen. Der Kleine packte mit beiden Händen je einen Koffer und schien gewillt, sich des Größeren mit den Füßen zu erwehren.

Jack hatte heute morgen gearbeitet und in der großen Diele ihrer Wohnung an den Ringen geturnt. Er trug wieder die Jeans und das blaue Jackett, aber diesmal hatte er die Geldbörse in der Innentasche.

»Susanne!« rief Jack und reckte den Arm hoch.

»Hallo, Jack! ... Muß noch – auf einen warten!« Susanne meinte einen Koffer.

»Hallo, mein Schatz!« Jack hob das kleine Mädchen in Jeans und T-Shirt hoch. Amelia hatte glattes Haar wie ihre Mutter, nur blonder.

»Tag, Daddy«, antwortete Amelia gemessen. »Laß mich bitte runter.«

»Du bist schwerer geworden.«

»Ich bin größer geworden.« Amelia griff nach ihrem kleinen Koffer.

Jack nahm Susanne einen Koffer und Amelias Rucksack ab. »Na, wie geht's?«

»Bestens, danke.«

»Kommst du noch mit uns in die Grove Street, oder –?«

»Eigentlich nicht, Jack. Höchstens, wenn du mich brauchst, dann habe ich natürlich jede Menge Zeit.« Susanne war zweiundzwanzig, von ernster Art und eigentlich recht hübsch, obwohl sie sich mit Make-up nicht groß aufhielt. Sie wohnte bei ihren Eltern in einer geräumigen Wohnung am Riverside Drive.

»N-nein«, sagte Jack. Sie gingen zum Taxistand. »Danke, daß du diese Woche mal nach der Wohnung gesehen hast.« Susanne hatte vor seiner Ankunft in der Grove Street aufgeräumt, Staub gewischt und ein paar Sachen in den Kühlschrank getan. »Kommt Natalia immer noch morgen?«

»Ich nehme es an.« Susanne sah ihn mit ihrem ungezwungenen Lächeln kurz an und strich sich die langen Haare aus dem Gesicht. »Bisher weiß ich nichts Gegenteiliges.«

Wenn Jack sie für Amelia brauche, oder wenn »Leute ins Haus« kämen und jemand einkaufen und kochen müsse, sei sie für ihn da, sagte Susanne. Diese Regelung hatten sie schon seit über einem Jahr mit Susanne Bewley, Absolventin der New York University und zur Zeit mit ihrer Dissertation beschäftigt – seit Ewigkeiten, wie es Jack vorkommen wollte.

»Nimm du das!« Jack meinte das erste Taxi. »Doch, ich will es!« Er lud Susannes Koffer ein. »Ich melde mich. Danke, Susanne.«

»Tschau, mein Schatz! Bis demnächst!« Susanne behandelte Amelia wie eine kleine Schwester.

Jack fand auf Anhieb ein zweites Taxi.

»Freust du dich, daß du wieder in New York bist, Amelia?« fragte er auf der Fahrt nach Süden.

»Ja.« Amelia saß kerzengerade neben ihm und blickte aus dem Fenster. »Ich reise gern.«

»Und wie geht's Mama?«

»Ach, gut. Sie geht Golf spielen und –«

»Golf spielen?« Jack lachte.

Jetzt lächelte auch Amelia und zeigte ihre Milchzähne. Ein Anflug wissender Belustigung war in dem Lächeln, und die Kopfbewegung, mit der sie die Haare aus dem Gesicht warf, erinnerte ihn an Natalia. Natalia trug den Scheitel rechts,

Amelia links. »Man muß ja nicht *spielen*, um da hinzugehen«, meinte sie.

Jack wußte, daß sie den Club meinte. Sie rollten die 7th Avenue entlang und passierten gerade die 23rd Street. »Und Louis war auch da?« fragte Jack; er stellte die Frage ungern, aber es sollte seine erste und letzte nach Louis sein.

»Ach was, Louis geht doch nicht zum *Golf*!« kicherte Amelia.

Aber im Haus ist er, wollte Jack sagen und unterließ es. Nie die Dienstboten aushorchen, hatte es in seiner Kindheit geheißen, woraus folgte, daß man auch seine Kinder nicht aushorchen sollte. Louis schwirrte dauernd um Natalia herum, schon fast wie ein Zubehör. Louis Wannfeld hatte ein Haus in Philadelphia und eine Wohnung in New York in den East Sixties, die er mit seinem Freund Bob teilte. Louis war Börsenmakler oder Anlageberater und war auch im Immobiliengeschäft tätig, lauter Dinge, von denen Jack wenig verstand. Louis schien unendlich viel Zeit zu haben. Er konnte bis drei Uhr morgens mit Natalia in Ardmore sitzen und reden, oder in einem Club in New York – und ebenso wie Natalia dafür den ganzen nächsten Morgen durchschlafen, vermutete Jack. Da Louis schwul war, wußte Jack, daß er keinen Grund zur Eifersucht hatte, aber ein bißchen eifersüchtig war er hin und wieder eben doch. Was in Gottes Namen fanden Natalia und Louis von zehn Uhr abends bis in die frühen Morgenstunden alles zu reden? Was zog sie so zueinander hin? *Mein Seelenfreund*, hatte Natalia öfter als einmal gesagt. Hättest du ihn je heiraten wollen? hätte Jack fragen können, hatte aber nicht gefragt. Er wußte genau, daß Natalia geantwortet hätte: *Um alles kaputtzumachen?*

Und Amelia akzeptierte Louis schlicht wie einen Onkel, den sie geerbt hatte. Louis seinerseits akzeptierte, wie Jack wußte, auf seine Weise Jack und Amelia und hielt seine eigene Gegenwart wahrscheinlich für unschuldig und unangreifbar, denn er war schon Natalias Freund gewesen, bevor sie Jack kennenlernte. Sie bogen nach Westen in die Barrow Street und näherten sich der Grove Street, und Jack zückte seine Geldbörse, doch diesmal gab er acht, daß er sie auch wieder in die Innentasche zurücksteckte.

»Den kann ich selbst tragen!« sagte Amelia, was ihrem Koffer galt, und Jack ließ sie.

Oben angekommen, erklärte sie: »Die Wohnung gefällt mir« – als wäre sie noch nie hiergewesen, dabei hatte sie hier fast ihr ganzes Leben zugebracht. Sie ging vom einen Ende der Wohnung zum andern und schaute vorn und hinten aus den Fenstern.

»Dein Zimmer ist hier, das weißt du doch noch?« Jack stellte ihren größeren Koffer auf eine Tiroler Truhe, hellblau mit zwei rosa Blüten darauf.

Das Telefon klingelte.

»Wahrscheinlich für dich«, sagte Jack. »Möchtest du es annehmen, Amelia?« Er hoffte aber, daß es Natalia war.

»Hier bei Sutherland«, sagte Amelia. »Oooh! Hallo, Penny! ... Klar ... Weiß nicht. Ich denke ja.«

Jack wurde hinzugezogen, damit er zu einer Verabredung zwischen Amelia und Penny, morgen irgendwann bei Pennys Mutter an einer bestimmten Adresse in den East Sixties, seinen Segen gab. Er notierte sich die Adresse für den Fall, daß sie nicht schon irgendwo in einem Adreßbuch stand. Elf Uhr.

»Ich bringe Amelia gegen vier Uhr wieder zurück«, sagte Pennys Mutter. »Ist Natalia da?«

»Ich erwarte sie morgen«, sagte Jack.

Nachdem er aufgelegt hatte, wandte er sich an seine Tochter. »Vielbeschäftigte junge Dame.« Er hatte nicht die leiseste Ahnung, wie Mrs. Vernon, Pennys Mutter, aussah, erinnerte sich aber, daß Natalia sie schon ein paarmal erwähnt hatte. Die beiden Kinder kannten sich von Amelias Schule in der West 12th Street. »Was habt ihr zwei denn morgen vor?«

»Oh, wir sind viele! Vier oder fünf. Penny hat neue Videokassetten. Kann ich ein Bad nehmen?«

»Natürlich!«

Amelia wollte die blauen Kügelchen aus dem großen Glas ins Wasser geschüttet haben, das Badesalz, das Natalia manchmal benutzte. Jack roch den angenehmen Duft bis in die Küche. Man stelle sich vor, ich habe mitgeholfen, eine kleine Natalia zu erschaffen! dachte er lächelnd, während er den Lunch bereitete. Er deckte den Tisch mit einfachen weißen Tellern und grünen Servietten. Gekochter Schinken, Kartoffelsalat, Milch. Zum Dessert Vanillecreme. Neben Amelias Teller legte er ein langes, schlankes Päckchen in rotgestreiftem Papier.

Amelia kam in weißen Shorts, oben ohne und barfuß aus dem Bad und erklärte, daß es in New York wärmer sei als in Ardmore, doch die Luft finde sie angenehm. Jack lachte, aber er wußte, was sie meinte.

»Was ist das?« fragte Amelia, als sie sich zu Tisch setzte, und nahm ihr Geschenk in die Hand.

»Für dich. Mach's auf.«

Das Kind zog die schmale Schleife auf. Ihre blonden Haare, vom Baden jetzt dunkler um das Gesicht herum, hatten Natalias Goldstaubfarbe, ihre Brauen dieselbe ungewöhnliche und unweibliche Geradheit und Schwere, aber ihr Mund war mehr wie der seine, beweglicher und veränderlicher als Natalias. Amelia kam ihm jedesmal, wenn er sie ansah, wieder ein bißchen größer und veränderter vor, auch wenn nur zwei Wochen vergangen waren, und auch deshalb wurde Jack es nie müde, sie anzusehen.

»Oh, eine – *Pockflöte*!«

»Blockflöte, mein Schatz. Eine echte. Darauf kann man ganz richtig spielen.«

Amelia, die Stirn in angestrengte Falten gelegt, probierte es gleich.

»Wohlgemerkt, man braucht dazu alle Finger. Fast alle. Ich hab ein Büchlein dafür mitgebracht und zeig's dir nachher. Aber jetzt wollen wir zuerst mal essen.«

Der Tag ging allmählich zu Ende, und Natalia hatte noch nicht angerufen, was ein gutes Zeichen dafür war, daß sie morgen kommen würde. Amelia hatte fast eine halbe Stunde lang in ihrem Zimmer mit Hilfe des Büchleins auf ihrer Blockflöte geübt, und Jack hatte das Getute gar nicht beim Arbeiten gestört. Dann hatte Amelia zu seiner Überraschung einen langen Nachmittagsschlaf gehalten und war hungrig aufgewacht, aber Jack hatte sie überredet, sich noch eine halbe Stunde zu gedulden, da er zum Abendessen mit ihr ausgehen wolle.

»Gar nicht weit von hier – da kriegt man s-o-o-lche Portionen!« Er breitete die Arme aus.

»Wo ist das?«

»In den ›Mexican Gardens‹. Wir können von hier aus zu Fuß hingehen. Waren wir nicht überhaupt schon einmal da? Kommt mir fast so vor.«

Amelia konnte sich nicht erinnern. »Du hast Tusche am Finger.«

Jack sah sich seinen linken Mittelfinger an. Der war öfter voll Tusche. »Na und? Ich muß dir übrigens eine Geschichte erzählen.«

Er erzählte ihr vom Verlust seiner Geldbörse und daß er Angst gehabt hätte, die Fotos nie wiederzusehen, und eine Menge Geld sei auch darin gewesen. Dann von dem geheimnisvollen Anruf und seinem Treffen mit dem Fremden, der seinen Hund »God« nannte, wie Gott. Beim Erzählen nahm Jack einen Bleistift und den Notizblock vom Küchentisch.

»So sah er aus, die Haare ein bißchen abstehend und schlecht rasiert – und er konnte gleichzeitig lächeln und finster dreinschauen. Und das ist sein Hund, der aussieht wie ein Schwein – aber ein freundliches Schwein, denn es lächelt auch.«

Amelia lachte, während sie den Bewegungen des Bleistifts über das Papier folgte.

»Aber er hatte meine Geldbörse, und es war noch alles

Geld darin, und nicht einmal zwanzig Dollar Belohnung wollte er annehmen. Na, ist das nicht mal eine nette Geschichte? Und ein netter Mann?«

Amelia legte den Kopf schief und betrachtete nachdenklich die Karikatur. »Wie alt ist er?«

»Hm – etwas über fünfzig, vielleicht fünfundfünfzig.«

»*Fünf*undfünfzig?«

»Weißt du, deine Großmutter ist auch schon bald fünfundfünfzig. O ja. Aber die Geschichte ist doch lustiger als die Bibelgeschichten, nicht?« Jack war eingefallen, daß Natalia ihm erzählt hatte, ihre Mutter lese Amelia Bibelgeschichten aus irgendeinem Kinderbuch vor, ein Unterfangen, das wahrscheinlich nicht lange vorgehalten hatte, denn so fromm war Lily auch wieder nicht. »Und sie ist wahr.«

»Sind Bibelgeschichten denn nicht wahr?«

»Hm – doch. Oder meist. Also, Amelia, wenn du einmal eine Geldbörse oder Handtasche findest und feststellen kannst, wem sie gehört – dann hoffe ich, du machst es so wie dieser Mann und bringst sie dem Verlierer zurück.«

Amelia legte wieder den Kopf schief. »Wenn ich eine Handtasche mit *viel* Geld finde?«

»Ja!« Jack mußte lachen. »Du hättest mal sehen sollen, wie glücklich der Mann war, als er mir die Geldbörse zurückgab. Es war ihm ein richtiges Fest.«

4

Am nächsten Morgen, kurz nachdem Jack von Mrs. Vernon zurück war, wo er Amelia abgeliefert hatte, rief Natalia an.

»Ich hab vorhin schon mal angerufen ... Ach ja, das hab ich mir gedacht, die Vernons«, sagte Natalia. »Ich wollte nur sicher sein, daß du zu Hause bist, denn ich kann meinen Schlüssel nicht finden – den Wohnungsschlüssel. Vielleicht hab ich ihn in einen Koffer gepackt.«

»Ich bin zu Hause. Wo steckst du denn jetzt?«

Sie war irgendwo an einer Tankstelle und meinte, sie könne etwa in einer Stunde da sein.

»Übereil dich nicht. Fahr vorsichtig, Darling.«

Jack ging wieder an seinen Arbeitstisch. Da lag seine Häuserfassade, mit Bleistift vorgezeichnet und fertig zum Ausmalen. Aber in den nächsten Minuten lief er nur in der Wohnung umher, schüttelte ein Sofakissen auf – dabei fragte Natalia nicht danach, ob die Wohnung in Ordnung war oder nicht. Zu essen war auch da, und Natalia würde gerade zur Lunchzeit ankommen, aber geregelte Mahlzeiten bedeuteten ihr auch nichts, und man wußte nie vorher, ob sie Hunger haben würde oder nicht.

Er war ganz in die Arbeit vertieft, zog soeben die Pinselspitze behutsam aufwärts, um einen Ast nachzuzeichnen, als es draußen zweimal hupte, was er aus den übrigen Verkehrsgeräuschen sofort heraushörte. Er ging ans Wohnzimmerfenster und sah Natalia auf der andern Straßenseite den Kofferraum ihres roten Toyota öffnen. Die Straße war dunkel von einem leichten Nieselregen, den Jack noch gar nicht bemerkt hatte.

»Warte!« rief er hinüber, und sie sah auf. »Bin gleich unten!« Sie winkte ihm zu.

Jack schnappte sich seinen Schlüsselbund und rannte die Treppe hinunter. »Hallo, Darling!« Er drückte ihren Arm unter dem Ärmel ihres alten, pelzbesetzten Regenmantels und küßte sie rasch auf die Wange. »Müde?« Er hob einen Koffer aus dem Auto.

»Nein, aber in Pennsylvania hat's gegossen wie aus Eimern.«

Jack sah die dreckbespritzten Kotflügel. »Das hier auch?« Er hob eine Reisetasche hoch.

»Ja. Die Büchertasche nehme ich.« Sie schloß den Wagen ab, zuletzt den Kofferraum, nachdem sie noch eine Jutetasche herausgenommen hatte, die von Büchern fast platzte und das Emblem der Harvard University trug.

Als sie oben waren, zeigte sich, daß Natalia doch müde war und nach ihrer Erzählung höchstens zwei Stunden geschlafen hatte, falls überhaupt. Sie sei mit Louis und ein paar von seinen Freunden irgendwo zum Abendessen gewesen, und dann habe Louis sie in aller Herrgottsfrühe angerufen.

»Es hing mir einfach zum Hals heraus, darum bin ich früh losgefahren.«

Aber sie sprach inzwischen schon wieder von den Gästen in Ardmore und einem langweiligen Lunch im Golfclub mit Freunden ihrer Mutter; nicht Louis hing ihr zum Hals heraus.

»Zieh wenigstens schon mal die Schuhe aus. Entspann dich.«

Sie trug weiße Stöckelsandalen, einen Sommerrock und ein Hemd, dessen Enden heraushingen. Vielleicht hat sie sich seit gestern abend nicht mehr umgezogen, dachte Jack.

»Möchtest du duschen? Etwas trinken? Glenfiddich ist genug da.«

»Ja«, sagte Natalia. Sie setzte sich aufs Sofa, streifte die Sandalen ab, zündete sich eine Marlboro an und lehnte sich zurück.

Jack machte ihr in einem altmodischen Glas einen Scotch auf Eis, denn die neuen hohen Gläser mochte Natalia nicht. Er schnupperte Natalias feinen, erregenden Duft. Sogar der Duft ihrer Zigarette war erregend.

»Danke, Jack.« Sie sah ihn warm an und lächelte mit geschlossenen Lippen. Sie hatte kleine Fältchen unter den graugrünen Augen, die sie mit Make-up hätte verbergen können, wenn sie sich die Mühe gemacht hätte. Ihre Augen waren nicht groß, die Lider innen ein wenig herabgezogen. Sie öffnete beim Lächeln selten die Lippen, weil sie sich wegen ihrer Zähne genierte, die nicht so weiß waren, wie sie es sich gewünscht hätte, was aber nicht vom Rauchen kam. Auch die Beine, ein bißchen zu dick, gehörten nicht zu ihren größten Vorzügen. Was gab ihr nur diesen ungeheuren Sexappeal, und nicht nur für Jack, sondern für viele andere auch? Vielleicht war es ihre Stimme, die so humorvoll und intelligent klang, wenn auch manchmal etwas heiser, wobei Natalia sich auch öfter räusperte als andere Leute. Jack dachte oft, er würde Natalia am Telefon sofort erkennen, wenn sie sich nur schon räusperte oder hüstelte. Er hoffte sie noch heute nachmittag, bevor Amelia wahrscheinlich gegen halb fünf nach Hause kam, in Stimmung bringen zu können, daß sie mit ihm ins Bett ging.

»Wie kommst du mit der Arbeit voran?« fragte Natalia.

»Ach – das erzähle ich dir später. Ich zeig's dir. Im Moment bin ich bei den Buchumschlägen.« Jack kniete auf dem großen Sessel, die Arme auf der Rückenlehne. Am liebsten wäre er hinübergesprungen, hätte sich auf Natalia mit Whisky und allem gestürzt und sie gleich auf dem Sofa genommen. »Und deine Mutter?«

»Ach, Mama«, stöhnte Natalia, sah zur Zimmerdecke hoch und lachte. »Am Sonntag kommt Teddie. Der wird sie schon unterhalten.«

Teddie war Natalias jüngerer Halbbruder aus der zweiten Ehe ihrer Mutter. Natalias Vater war tot und Teddies Vater von Natalias Mutter geschieden. Teddie war zwanzig und ging irgendwo in Kalifornien aufs College. Er war bei seinem Vater aufgewachsen, der das Sorgerecht bekommen hatte.

Natalia lobte die aufgeräumte Wohnung, was sie nicht oft tat. Jack spürte, daß irgend etwas sie bekümmerte. Als sie ihren Scotch halb ausgetrunken hatte, sagte sie, daß sie jetzt duschen möchte, und stand auf. Während sie im Bad war, trug Jack ihren Koffer ins Schlafzimmer und klappte die Schlösser auf, ließ den Deckel aber zu. Sein Herz klopfte in sanfter, angenehmer Erregung. *Wie kommst du mit der Arbeit voran?* Jack mußte lächeln. Die meiste Zeit hatte er das Gefühl, es interessiere sie nicht, und seine Arbeit sei in Natalias Augen nur eine Art Zeitvertreib, mit dem er nebenbei ein bißchen Geld verdiente. Manche seiner Zeichnungen fand sie ganz gut, aber ihr Interesse galt eigentlich mehr der

Malerei; Kunstwerke um sie herum waren für sie so lebensnotwendig wie Vitamine oder Sonnenlicht. Jack war kein Künstler. Und außerdem wußte er sehr gut, daß sie sein Geld nicht brauchte.

Natalia kam in ihrem gelben Frotteemantel, der an der Tür gehangen hatte, und flauschigen blauen Pantoffeln aus dem Bad. Ihre Haare waren, wie gestern bei Amelia, um das Gesicht herum dunkler, und Jack mußte den Blick wenden, einfach um sie nicht anstarren zu müssen, denn er wußte, daß Natalia solch sklavische Verehrung nicht leiden konnte und sogar verspottete.

»Ich könnte Isabel nächste Woche ein bißchen aushelfen«, sagte Natalia und nahm ihr Glas vom Kaffeetischchen. »Sie hat eine Pinto-Ausstellung vor sich.« Sie trank ein Schlückchen. »Und der Kerl ist – du weißt schon was. Ja?«

»Mhm.« Jack dachte an die Geschichten, die Natalia ihm von dem nervösen, aber selbstbewußten Pinto erzählt hatte, einem Neuling aus Brasilien mit bisher ein paar Ausstellungen in Amsterdam und Paris. »Wann soll das steigen?«

»Die Ausstellung? Ungefähr in einer Woche... Ich helfe ihr nur, die Sachen aufzuhängen. Sie zahlt mir auch was – und das kann ich ja immer brauchen. Das heißt, wir.« Bei dem Wort »brauchen« lachte sie ein wenig.

»Und dafür schmeißt sie dir Pinto an den Hals?« Jacks Ton drückte Verachtung aus – für Pinto.

»Sechsundzwanzig Jahre alt – und hält sich für den Größten.« Sie zündete sich eine Zigarette an. »Na ja, *ganz* schlecht ist er ja nicht. Er ist nur –« Sie zuckte die Achseln. »Er ist eben auch nicht gut.«

Das wußte Jack. Natalia hätte hinzufügen können, es gehe nur darum, ein paar gute Besprechungen zu bekommen und die Preise zu treiben. Jack erinnerte sich an ein paar Pintos, die Natalia ihm in einem Katalog gezeigt hatte: rötliche Flächen mit vielen silbergrauen Kreisen in allen Größen, anscheinend mit dicker Farbe aufgetragen.

»Könnte bis in den Herbst gehen – für Isabel«, ergänzte Natalia.

Jack verstand, und auf eine Weise freute er sich. Natalia hatte schon in der ›Galerie Katz‹ gearbeitet. Sie war eine gute Empfangsdame und konnte auch Bilder verkaufen, was sie schon bewiesen hatte. Immerhin sah Natalia gut aus, hatte angenehme Umgangsformen und versuchte nicht mit allen Mitteln zu verkaufen. »Hast du vielleicht Hunger?«

»Du doch sicher. Was haben wir denn?«

»Kalten Braten mit Meerrettich.«

»Lecker, lecker!« Sie tanzte auf den Zehenspitzen und rieb sich den Bauch wie ein Kind.

Sie deckten den Tisch gemeinsam. Es war auch noch ein Rest Schinken und Kartoffelsalat von gestern und frisches französisches Brot da, heute früh besorgt. Ein frischer Wind wehte zu den offenen Vorderfenstern herein, durch die Wohnung und zu den ebenfalls halboffenen Rückfenstern wieder hinaus, wo grüne Baumwipfel bis über die Fensterbänke ragten. Jack schenkte sich einen Chianti und für Natalia noch einen Scotch ein. Sie erschien ihm jetzt wieder fröhlicher, und ihr vorhin recht blasses Gesicht hatte wieder etwas Farbe. Natalia legte im Sommer nie Wert auf Sonnenbräune. Und jetzt wirkte sie von Minute zu Minute schläfriger.

Jack bestrich sich das letzte Stück Brot mit Butter. »Am Mittwoch abend habe ich meine Geldbörse verloren, und ein Mann hat sie mir wieder zurückgebracht. Alles noch da, Geld, Kreditkarten, alles.«

Das interessierte sie. »Wo verloren?«

»Gleich hier vorm Haus. Auf der Straße. Wahrscheinlich, nachdem ich das Taxi bezahlt hatte – gegen halb sechs. Na ja, und etwa eine Stunde, nachdem ich es gemerkt hatte und mir die größten Sorgen machte wegen der Kreditkarten – nein, eigentlich wegen der Fotos von dir –, klingelt das Telefon, und ein älterer Mann fragt, ob ich der und der sei und etwas verloren hätte. Ja, meine Geldbörse, sage ich. Gut, sagt er, er hat sie gefunden und bringt sie mir in zehn Minuten. Unten auf der Straße. Und er kam tatsächlich und wollte nicht mal eine Belohnung annehmen, keine hundert Dollar, nicht einmal zwanzig!« Jack schlug mit den Fingern auf die Tischkante und lachte.

»Und das ganze Geld war noch drin?«

»Ja. Dabei war ich gerade bei der Bank gewesen. Über zweihundert, und er wußte genau, wieviel es war – hatte nachgezählt.«

Sie lachte. »Muß ein wiedergeborener Christ sein.«

»Zu mir hat er aber gesagt, er sei Atheist. ›Deswegen habe ich Ihnen ja auch die Geldbörse zurückgebracht‹, meinte er. Wahrscheinlich ein Kirchenhasser. Ach ja, und er hat einen Hund, den er God nennt. Irgendeine Mischung. Schwarzweiß.«

»Hund, der God heißt?« Sie schüttelte lächelnd den Kopf. »Soll wohl ›Dog‹ von hinten nach vorn gelesen sein.«

Jack gab einen glücklichen Seufzer von sich. »Willst du dich nicht ein Stündchen aufs Ohr legen? Nach der Fahrt – tut dir sicher gut.«

Aber sie stand nur auf, um sich vom Kaffeetischchen noch eine Zigarette zu holen. »Gleich – ach, ist das schön, wieder hier zu sein!«

Das machte Jack noch glücklicher, aber er sagte nichts. Langsam begann er den Tisch abzuräumen und ließ Natalia tun, was sie wollte. Sie trug ein paar Sachen in die Küche zurück, ging ins Bad, um sich die Zähne zu putzen, und sagte, bevor sie ins Schlafzimmer verschwand:

»Bis später. Komm mich in einer Stunde wecken, wenn ich bis dahin nicht wieder auf bin.«

Als Jack eine gute Stunde später vorsichtig die Schlafzimmertür öffnete, lag Natalia noch fest im Schlaf, das Laken fast bis zu den Schultern hochgezogen, das Gesicht seitlich auf dem Kissen, die rechte Hand unterm Kinn. Es war eine sonderbar nachdenkliche Pose, und Jack mußte lächeln. Auf dem Bett lag ein aufgeschlagener Kunstkatalog mit weißem Glanzpapierdeckel und den großen schwarzen Buchstaben KUNST auf der Vorderseite, und gleich neben ihrer Schulter ein zugeklapptes dickes Buch von Irving Howe.

Jack verschränkte die Arme und lehnte sich an den Türrahmen, lautlos, aber ihre Lider zuckten und klappten auf. »Bist du, eventuell – in Stimmung?« fragte er.

Sie drehte sich um und streckte ihm lächelnd die Arme entgegen. Im Handumdrehen hatte er die Kleider vom Leib und war neben ihr ins Bett geschlüpft. *Unsere eigenen vier Wände,* dachte er, *endlich, nach drei Wochen Ardmore.* Er liebte das leichte Kratzen der feinen blonden Härchen an ihren Schenkeln, ihre Hüften, die glatt und ziemlich rund waren, nicht vorn und hinten platt wie bei den meisten Frauen. Und ihr Kuß war leidenschaftlich.

Zuletzt war es dann aber doch nicht der erhoffte Erfolg. Als er ihren Atem am Ohr fühlte und glaubte, sie sei soweit, ließ er sich gehen, doch hinterher merkte er an der Art ihres Atmens, daß sie den Höhepunkt nicht erreicht hatte. Er küßte ihre Brüste.

»Entschuldige. Ich weiß auch nicht, was los ist – eigentlich gar nichts.«

Jack nahm die Lippen von ihrem festen Körper. »Nächstes Mal.« Er stand auf.

Aber in der nächsten Stunde drückte eine sonderbare Schwere auf ihm. Er war bestimmt nicht schläfrig von dem Glas Wein und auch nicht vom Lieben, aber er hatte Füße wie Blei. Amelia mußte gleich wiederkommen. Er und Natalia unterhielten sich über Amelias Schule an der West 12th Street, die ›Sterling-Akademie für junge Leute‹, ein Name, bei dem Natalia meist den Mund zu einem amüsiert-herablassenden Lächeln verzog.

»Meinst du wirklich, daß sie ihr Geld auch wert ist?« fragte Natalia leicht gereizt.

Das Thema hatten sie schon einmal gehabt. Die ›Sterling-

Akademie‹ war eine Einrichtung, wo man sein Kind bis zur Schulpflicht oder sogar bis zum neunten Lebensjahr unterbringen konnte, und angeblich brachte sie den Kindern auch etwas bei, wie Lesen-Schreiben-Rechnen. Sie war von hier zu Fuß zu erreichen, und nachmittags wurde Amelia nach Hause gebracht, sofern Jack oder Natalia nicht anriefen und sagten, sie werde abgeholt. Für zweihundert Dollar pro Fünftagewoche bekam Amelia auch noch einen guten Lunch.

»Ich meine, du hättest mir gesagt, die Vernons fänden die Schule in Ordnung«, sagte Jack mit dem dummen Gefühl, dies mindestens schon zweimal gesagt zu haben, »und die bringen ihr Kind von weit her.«

Worüber machte Natalia sich wirklich Sorgen? Vielleicht war es gar nichts Ernstes, aber man sah ihr den kleinsten Kummer schon immer im Gesicht an.

»Wir könnten eine Oma brauchen«, meinte Natalia, »eine, die auch noch die Geduld aufbringt, ihr Lesen und Rechnen und dergleichen beizubringen.«

»Eine Oma im Haus?« lachte Jack.

»Nein, ich meine –« Sie zuckte zusammen und machte eine ungehaltene Geste, als Telefon und Wohnungsklingel gleichzeitig loslegten. »Ich nehme das«, sagte sie, schon auf dem Weg zum Telefon.

Jack drückte den Türöffner, ließ die Wohnungstür einen Spalt offenstehen und lief die Treppe hinunter, um Mrs. Vernon guten Tag zu sagen und sich bei ihr zu bedanken.

Aber Amelia wurde von einem etwa zwanzigjährigen jungen Mädchen gebracht. Jack kannte sie nicht, sah aber gleich das Gegenstück zu Susanne in ihr.

»Guten Tag«, sagte er. »Ich bin Jack Sutherland, der Vater.«

»Aha. Guten Tag. Und hier ist Amelia.« Sie lächelte. »Alles in Butter, soviel ich weiß. Keine kaputten Knie zu beklagen.« Sie war eindeutig Engländerin.

»Schön. Tausend Dank.«

Das Mädchen nickte und war mit einem »Bye-bye, Amelia« schon wieder weg.

Sie gingen hinauf, Amelia unentwegt plappernd, aber Jack hörte kaum zu. Natalia hätte sicher etwas daran auszusetzen gehabt, daß Amelia nicht danke gesagt und sich von dem Mädchen verabschiedet hatte. Schlechtes Betragen.

»Guten Tag, Mr. Hartman!« sagte Jack im zweiten Stock zu einem Mann, der dort gerade aus seiner Wohnung kam. »Ja, wir sind wieder da – für eine Weile.«

»Freut mich, Sie wiederzusehen. Tag, Amelia.« Mit freundlichem Lächeln ging Mr. Hartman, mittlerer Jahrgang, einen ordentlich zugeknoteten Müllbeutel in der Hand, die Treppe hinunter.

Natalia war noch am Telefon. Sie lehnte rauchend bei einem der Vorderfenster an der Wand und redete leise. Jack ahnte gleich, daß der Anrufer Louis Wannfeld war, und resignierte. Das Gespräch konnte noch eine Viertelstunde dauern.

»War's schön?« fragte er Amelia.

»Ja. Und *Durst* hab ich.« Sie taumelte demonstrativ gegen die Wand. »Wir haben LSD geschluckt – auweia!«

»Trink etwas Wasser«, flüsterte Jack und verkniff sich sein Lächeln. »Menschenskind! LSD!«

»Doch, und ich fühle mich e-e-lend!« Amelia stand mit gekreuzten Beinen an die Küchenwand gelehnt und versuchte möglichst benebelt dreinzusehen.

»Leise, deine Mutter telefoniert.« Jack ließ ein Glas mit Wasser vollaufen und reichte es ihr.

»... *Ungeheuerlich* ...«, sagte Natalia soeben. »Nein, das täte ich nicht. Hör mal, ich rufe zurück, hier ist soviel – in zehn Minuten vielleicht? Gut.«

»Mama, ich hab LSD geschluckt!« Amelia breitete die Arme aus und flog ihrer Mutter an die Beine.

»Autsch!« rief Natalia, als das Kind gegen sie prallte. »Ich glaube kein Wort.«

»Mama – Jack – Daddy, was sagt der Teig zur Hefe?«

wechselte Amelia das Thema, nachdem das LSD nicht recht ankam.

Natalia stöhnte. »Ist mir völlig egal. Diese blöden Kinderwitze, Jack! Täglich krieg ich zehn davon zu hören.«

»Ich weiß es nicht, was sagt er denn?« fragte Jack.

»Komm, wir gehen!« rief Amelia.

»Oooch!« Jack tat gelangweilt und fühlte sich auch plötzlich so. Oder war ihm nur unbehaglich? Am liebsten wäre er an seine Arbeit gegangen und hätte den Vorhang zugezogen. Er sah Natalia an. »Ich gehe ein bißchen an die Luft. Du wolltest zurückrufen –«, sagte er mit einem Blick zum Telefon.

Natalia wollte etwas antworten, sah zu dem Kind und machte Jack ein Zeichen, er solle mit ihr ins Schlafzimmer gehen. Dort flüsterte sie bei fast geschlossener Tür, die Hand auf dem Knauf: »Es war Louis. Er glaubt, er hat Krebs. Ich sage es dir lieber gleich.«

Mir lieber gleich sagen? dachte Jack – als ob es ihm das Herz bräche? »Was für Krebs?«

Sie machte die Tür ganz zu. »Magen. *Glaubt* er. Sein Arzt in Philadelphia –«

»Ist es nicht eher nur ein Magengeschwür?«

Natalia lachte kurz auf, wie so oft. »Bei seinen Nerven? Er hat auch Blutungen. Das hat er vor ein paar Monaten schon mal erwähnt. Und Schmerzen. Der Arzt in Philadelphia hat ihn hier zu einem Spezialisten geschickt, und da war er heute nachmittag. Louis ist mit mir hergefahren.«

»Hm... Aber dann kann er doch heute noch gar nichts wissen, oder? So bald?«

»Mami!« Vor der Tür forderte Amelia Aufmerksamkeit.

»Er sagt, sie haben heute irgendwas ausgeschabt. Klingt schrecklich.« Natalia zog ein Gesicht, als hätte sie es selbst durchgemacht, und als sie Jack ansah, hatte sie plötzlich Tränen in den Augen. »Er ist unglaublich tapfer.«

Immerhin etwas, dachte Jack. »Ich kann verstehen, daß du

da mit ihm reden möchtest. Soll ich etwas zum Abendessen mitbringen, wenn ich wiederkomme? Oder gehen wir aus?«

»Laß uns hier essen.«

Ein paar Minuten später war Jack unten und ging in Richtung Bleecker Street, wo er sich nach rechts wandte, nicht wie sonst nach links. Die Läden, in die er meist ging, lagen alle links. Es war erst kurz nach fünf, und wenn er erst um sieben wiederkäme, wäre das auch nicht schlimm. Die Bewegung tat ihm so gut, daß er sich in Trab setzte. Im Nu war er am Washington Square, wo er wieder einen normalen Schritt anschlug. Kinder fuhren mit ihren Fahrrädern den grauen Betonhügel hinauf und hinunter. Ein Minihügel, ganz dem angemessen, was Manhattan für seine Kinder übrig hatte, dachte Jack – gerade einen Meter hoch und zehn im Durchmesser. Aber die Knirpse hatten ihren Spaß.

Er fühlte sich niedergeschlagen, von einer Depression verfolgt wie von einer düsteren Gestalt, die er nicht abschütteln konnte, weil sie so schnell lief wie er. In solchen Momenten, die manchmal Stunden überdauerten, hatte er immer das Gefühl, er und Natalia seien gar nicht richtig zusammen, gehörten nicht zusammen, und die kleinste Erschütterung könne sie für immer auseinanderbringen. Der Gedanke stürzte Jack in Verzweiflung, denn er glaubte, daß Natalia die einzige Frau war, die er je lieben könnte. Er konnte sich durchaus vorstellen, in eine andere Frau ein bißchen verliebt, sogar mit ihr verheiratet zu sein – kein schöner Gedanke allerdings –, dabei aber zu wissen, daß sie nur zweite Wahl und mit Natalia nicht zu vergleichen war.

Oder quälte er sich damit nur selbst? Waren nicht die meisten Ehen ebenso auf Ängsten wie auf Zufriedenheit gebaut? War er anders, oder war er genau wie alle andern, jung und alt, dick und dürr, reich und arm?

Reich, ja! Seine Familie war nicht so reich wie Natalias Familie und die Hamiltons, das stand fest, aber sein Vater war doch ziemlich nah dran. Nur Natalias Mutter brachte es fertig, auch noch die letzte halbe Million zum Vergleich heranzuziehen, und Natalia selbst scherte sich nicht weiter darum. Jack war jedoch überzeugt, daß Natalia niemanden geheiratet oder sich auch nur ein Kind von jemandem hätte machen lassen, der nichts hatte. Das war schon so, auch wenn sie Künstler noch so sehr liebte und viele gute Künstler ihre Karriere arm begannen und vielleicht auch arm beendeten. Jedenfalls hatten Jacks Herkunft, Ausbildung und Umgang ganz gut zu Natalias Kreisen gepaßt. Aber dann, kaum hatte er in Princeton sein Examen in den Hauptfächern Englisch und Kunst gemacht, war Jack auf seine dritte oder vierte Weltreise gegangen, diesmal allein, und zusammen mit zwei schmierigen Kumpanen in einem jugoslawischen Gefängnis gelandet, weil man sie mit Heroin erwischt hatte. Dort hatte Jack vor sich hin geschmachtet und Läuse geknickt, während sein Onkel Roger, der eine mitfühlendere Seele hatte als Jacks Vater Charles, in Washington an allen verfügbaren Fäden gezogen hatte, um seine Freilassung zu bewirken. Seine zwei Kumpane hatten weniger Glück. Auch sie waren zu drei Jahren verurteilt worden und hatten sie seines Wissens abgesessen. Diese Erinnerung war jetzt verschwommen und unscharf, selbst von den Kumpanen hatte er nur noch unrasierte Gesichter und ein dämliches oder freches Grinsen in Erinnerung. Er hatte sie irgendwo in Österreich kennengelernt, aber sie waren Amerikaner. Leichtes Geld, hatten sie gesagt, das Zeug zu befördern, und bezahlen würde man sie an beiden Enden, besser natürlich in Amerika, wenn sie erst nach Kanada und von dort in die USA kämen.

Das Schlimme war, dachte Jack, während er jetzt auf der Mercer Street stadtabwärts ging und Schimpf und Schande auf sich herabbeschwor, daß er selbst angefangen hatte, das Zeug mit den in Österreich aufgelesenen Kumpanen zusammen zu schnupfen und zu spritzen. Sie hatten einen Mordsspaß gehabt; sie waren getrampt, hatten Landkarten studiert und manchmal im Wald geschlafen. Es hätte ein gesundes

Leben sein können, dachte er. Statt dessen hatte er sich benommen wie ein verzogenes Kind, war in aller Stille verwildert, alles andere als ein zivilisierter Mensch gewesen, gerade als er sich für ganz besonders zivilisiert und lebensnah hielt, wie er sich jetzt erinnerte. Sein Vater hatte ihn diesen Fehltritt nie vergessen lassen. Und Jack hatte noch eine Narbe davon, eine zweieinhalb Zentimeter lange Delle links an der Stirn, gleich unter dem Haaransatz, nicht etwa von Schlägen der jugoslawischen Polizei, sondern weil er am ersten Tag im Knast mit dem Kopf gegen einen Türrahmen geknallt war. An dem Tag war er nicht ganz klar im Kopf gewesen. *Nur damit du es nie vergißt,* dachte Jack oft, wenn er die Narbe im Spiegel sah. Das sollte heißen: Damit du nie vergißt, was für ein Arschloch du einmal warst, hast du jetzt diese Narbe als Andenken und Mahnung, damit dir so etwas nicht nochmal passiert. Die vier Monate Gefängnis hatten dann zu Hause gewissermaßen ihre Fortsetzung gefunden; zwar war seine Mutter guter Dinge und zum Verzeihen bereit gewesen, aber sein Vater war der Herr im Haus. Jack hatte sich von seinem Vater unter vier Augen allerhand anhören müssen, und die zwanzigtausend Dollar, die er ihm als Starthilfe für eine Karriere als freier Journalist oder Künstler in New York versprochen hatte, bis er auf einem dieser Gebiete Fuß faßte, waren irgendwie in Vergessenheit geraten. Dagegen waren die Aktien seines Bruders Christopher gestiegen, fand Jack, weil sein Vater von da an alle seine Hoffnungen auf Christopher gesetzt hatte. Der drei Jahre jüngere Christopher hatte sich angepaßt und war nach dem Harvard-Studium in die väterliche Firma eingetreten.

Und gerade als er sich anschickte, das Nest oder den Käfig zu verlassen und sein Glück in New York zu suchen, hatte Jack auf einer Party, zu der er auf Drängen seiner Mutter gegangen war – einer steifen Gesellschaft im Zusammenhang mit irgend etwas Wohltätigem –, Natalia kennengelernt. Irgendwo in Trenton war das gewesen. Jacks Familie hatte damals ein Sommerhaus bei Trenton gehabt, und Jack war mit in den Osten gekommen. Aus dem Blauen heraus, inmitten der ganzen Langeweile, inmitten der Schande, die ihm noch immer nachschlich, war da plötzlich Natalia gewesen und hatte mit ihrer tiefen, verführerischen Stimme irgend etwas Witziges zu ihm gesagt, während sie mit ihren Champagnergläsern in einem großen Raum standen und darauf warteten, daß sie ans Büffet konnten. Jack glaubte, daß es bei ihm Liebe auf den ersten Blick war. So etwas gab es ja, da war er ganz sicher, und zumindest hatte er sich sofort in ihre Stimme verliebt. Er hatte sie für eine halbe Stunde aus den Augen verloren, wiedergefunden und nach ihrer Telefonnummer gefragt. Ich habe einen Wagen draußen, hätte er gern gesagt. *Ich habe einen Wagen draußen,* hatte Natalia gesagt. *Hauen wir ab.* Die Worte würde er nie vergessen.

Wie hatte er es nur fertig gebracht, an diesem Abend immer genau das Richtige zu sagen? Er erinnerte sich nicht, daß er besonders witzig gewesen wäre. Sie hatten zwar viel gelacht, doch bei ihm war das mehr die unterdrückte Erregung gewesen. Er war der Frau seines Lebens begegnet. Und wie durch ein Wunder hatte auch sie Gefallen an ihm gefunden, wie es in alten Geschichten immer heißt. Aber er wußte auch, warum. Er war für sie gerade genug Aussteiger gewesen, aber nicht zu sehr. Es hätte eine bloße Affäre bleiben können, aber da war sie schwanger geworden. Und mittlerweile wußte Jack, obwohl er sich damals nicht sicher gewesen war, daß Natalia das Kind hätte abtreiben lassen, wenn sie es sich nicht gewünscht hätte, von ihm. Ihre Familie hatte keine Einwände gehabt, denn Jack kam schließlich aus dem richtigen Stall, einer anständigen Familie mit Geld im Rücken, und wenn er selbst auch noch keinen Beruf hatte, würde er ja vielleicht noch zu Verstand kommen und die Kunst an den Nagel hängen und in einen der väterlichen Betriebe zur Herstellung von Herbiziden und Pharmazeutika eintreten.

Jack ging in eine Kaffeebar. Er wußte nicht und wollte auch

gar nicht wissen, wo er war, aber es mußte irgendwo im oberen Teil der Greene Street sein. Er bestellte sich einen Kaffee, weiß.

Und nun ging es Louis also dreckig. Krebs. Vielleicht. *Er ist unglaublich tapfer*, hatte Natalia gesagt, mit ungewöhnlichem, aber angemessenem Ernst, fand Jack, denn Krebs war nun mal ein ernstes Thema.

Das war ja ein Schlag! Natalias bester Freund, ihr Seelenfreund aus einem Viertel Philadelphias, das der Lower East Side in New York entsprach. Wannfeld war nicht ganz sein richtiger Name, sondern das Ergebnis einer leichten Namensänderung, und Jack glaubte sich zu erinnern, daß Louis Halbjude war. Louis las nicht einmal besonders viel, jedenfalls nicht das, was Natalia las. Und doch war er bei Lily, Natalias Mutter, durchaus *persona grata*, selbst wenn er dort mit seinem speziellen Freund Bob Campbell aufkreuzte. Hatte es etwas damit zu tun, daß Louis nie eine Gefahr für die Tugend der zwanzigjährigen Natalia gewesen war? Oder daß Lily – nein, Lily hatte es nicht nötig, sich tolerant und aufgeschlossen zu geben, so ein Snob war sie nicht. Louis war ein stiller, zurückhaltender Mensch mit ansprechenden Manieren und – Jack mußte es zugeben – ein Gentleman. Die förmlichste Gesellschaft konnte Louis nicht schrecken, und er fiel nie aus der Rolle.

Jack trank seine Tasse aus und schob sie zurück, wütend auf sich selbst, weil er wieder die alte Leier spielte. Was tat Louis ihm denn? Nichts, er nahm nur unzumutbar viel von Natalias Zeit in Anspruch. Aber hatte das nicht auch sein Gutes? Es gab Jack mehr Zeit zum Arbeiten und verhinderte vielleicht, daß Natalia sich mit ihm langweilte. Da war er auch schon gewesen.

Er zahlte und ging. Zeit, nach Hause zu gehen und unterwegs die Augen nach etwas Interessantem aufzusperren, was er zum Abendessen mitbringen könnte. Chinesisch vielleicht, falls er da etwas mit Außerhausverkauf fand.

Amelia war immer glücklich mit einer Pizza, aber davon konnten ihre Eltern leicht zuviel bekommen. Jack fand unverhofft ein griechisches Restaurant, ließ sich ein paar fettige Schachteln und Tüten geben und ging, schon wieder besser gelaunt, weiter nach Westen. Er hatte Arbeit und die erfreuliche Aussicht auf einen Vertrag für Joels *Halbverstandene Träume,* wenn seine Illustrationen ankamen. Ein paar Verleger waren interessiert, wollten aber zuerst die Illustrationen sehen. Wenn Jack auf sein Gesamtwerk zurückblickte, hatte er das Gefühl, er hätte – wie es in Schulzeugnissen manchmal hieß – mit mehr Eifer Besseres leisten können. Sein Vater hatte nach der Jugoslawien-Episode nie den Fonds eingerichtet, den er Jack zum Studienabschluß versprochen hatte, und Jack hatte das Thema nie mehr angesprochen. Von den bescheidenen Erträgen dieses Fonds hätte er in New York seinen Lebensunterhalt bestreiten, ein paar Wochenstunden an der Kunstakademie belegen und sich als Journalist und Zeichner versuchen können. Onkel Roger dagegen hatte zu ihm gehalten und ihm ein paar solide Tausender zugesteckt, die er als Geschenk bezeichnete. Sein Vater war mit Jacks erwähltem Beruf oder Berufen nicht einverstanden, wohl aber mit seiner Heirat. Kein Wunder. In den letzten Jahren hatte Jack sich mehr der Zeichnerei als dem Journalismus gewidmet, der sowieso nur aus gelegentlichen Reiseberichten oder Reportagen aus der Welt der Kücheneinrichtungen und Wohnzimmerkultur bestand. Zeichnen machte mehr Spaß und brachte mehr Befriedigung. Jack erinnerte sich dankbar, daß Onkel Roger ihm auch das Geld für die Kunstakademie gegeben hatte, als Amelia noch klein war.

Als Natalia ihm auf sein Klopfen öffnete, kam Jack sich plötzlich wie ein Hans im Glück vor. Die Wohnung war wunderschön. Was hatte Natalia in seiner Abwesenheit damit angestellt? Der weiße Tisch war gedeckt. Amelia lag bäuchlings vor dem Fernseher, der nicht zu laut angestellt war. In der Küche bejubelte Natalia seine Einkäufe, als wäre er mit einer seltenen und schwer zu erlegenden Beute von der Jagd gekommen.

»Du hast ganz rote Backen«, meinte sie, eine schwarze Olive im Mund.

Er nahm sie in die Arme und zog sie fest an sich, die Augen geschlossen, ihren Duft in der Nase. So würde Louis sie nie halten können und auch nicht wollen. Was zweifelte er, zweifelte an Natalia, manchmal am Wunder seiner eigenen Tochter, an der Wirklichkeit von allem? Vielleicht war Zweifeln normal, sogar gesund, sogar klug? Wann würde er das je endgültig wissen?

Natalia sagte, sie werde das Essen auf den Tisch bringen, und natürlich habe er noch Zeit zum Duschen. Und heute nacht würden sie im selben Bett einschlafen, dachte Jack, und noch unzählige Nächte danach.

5

Kurz nach vier Uhr morgens trat Ralph Linderman ins Büro des Parkhauses, in dem er arbeitete, und öffnete ohne nachzudenken eine Schublade, in der zwei Waffen lagen, eine davon in einem Gürtelholster. Ralph trug im Dienst keine Waffe, aber er hatte sich beim Kommen und Gehen davon zu überzeugen, daß sie da waren.

»Feierabend, Ralph?« fragte Joey Fischer, ein schlaksiger junger Mann in Mechanikermontur, der gerade zufällig im Büro war.

»Was sonst? Gibt's was Neues?« fragte Ralph in einem Ton, der keine Antwort erwartete. Er sah auf seine Armbanduhr, trug die Zeit ins Wachbuch auf dem Schreibtisch ein und unterschrieb. »Noch nichts von –«

In dem Moment jaulte ein Krankenwagen dicht an dem verglasten kleinen Büro in der West 48th Street vorbei. Ein Fußgänger drehte sich um und gaffte hinterher, wobei er mit einem andern, der ihm entgegenkam, zusammenstieß. Dann huschte der helle Scheinwerferstrahl eines Autos über Joeys junges Gesicht und durchs Büro, als ein großer Wagen einfuhr.

»Noch nichts von Conlan zu sehen, wollte ich sagen«, fuhr Ralph fort. Conlan, der die nächste Schicht hatte, sollte um vier Uhr übernehmen.

»Ach, der wird gleich kommen«, meinte Joey und ging aus dem Büro ins Halbdunkel des Parkhauses, um dem vorhin eingefahrenen Wagen einen Platz anzuweisen.

Wenn einmal jemand das Midtown-Parkhaus überfallen wollte, wäre Conlans Dienstantritt immer die richtige Zeit, dachte Ralph. Conlan war für ihn das negative Beispiel eines Wachmannes. Der Kerl mußte schon mindestens vierundsechzig sein und ließ sich regelrecht verkommen, schlurfte durch die Gegend und sah aus, als würde er im Notfall fünf Minuten brauchen, um eine Waffe zu ziehen, und immer kam er zehn bis fünfzehn Minuten zu spät. Ein Mensch konnte sich doch zumindest so rechtzeitig aus dem Bett oder sonstwas aufrappeln, dachte Ralph, daß er pünktlich an die Arbeit kam, für die er bezahlt wurde. Zum Beispiel war jetzt, während Joey Fischer diesen neuen Kunden abfertigte, der ja schon ein Ganove sein konnte, das Büro unverschlossen und theoretisch unbesetzt, nur daß Ralph eben noch hier war und eine Schußwaffe in Reichweite hatte. Man wußte ja nie, wer hier bei Tag und Nacht, bloße drei Meter weiter, auf der Straße vorbeiging, nie wußte man das. Rauschgiftsüchtige brauchten ihren Schuß, brauchten Geld zu jeder Tages- und Nachtzeit. Ralph musterte kritisch die Passanten, ohne eigentlich Schlimmes zu erwarten, aber er würde bleiben, bis Conlan kam. Eben kam Joey zurück und steckte die eine Hälfte der Parkkarte, die er dem neuen Kunden gegeben hatte, ans Brett.

»Noch immer da?« meinte Joey, indem er sich umdrehte und eine Zigarette anzündete.

»Nicht mehr lange«, sagte Ralph, denn eben hatte er Frank

Conlan die Straße überqueren sehen. »Da kommt er. Gute Nacht, Joey.« Ralph brachte ein breites Lächeln zustande, denn Joey war ein ordentlicher Bursche, ehrlich und fleißig und außerdem jung verheiratet. »Morgen, Mr. Conlan.«

»Hal-looo!« sagte Conlan unbekümmert. »Bißchen spät, ich weiß. Mußte mal wieder elend lange auf den Bus warten heute morgen. Wie steht's, Joey?«

»Alles bestens«, sagte Joey mit einem Lächeln für Ralph.

Ralph nickte Joey zum Abschied zu. Er sah kurz zum Himmel, an dem noch kein Morgen graute, aber bis er am Sheridan Square aus dem Bus stieg, würde es soweit sein. Er liebte solche frühen Morgen, wenn er God ausführte, der sich nach acht Stunden immer so über das Wiedersehen freute, liebte die Luft, die um fünf Uhr morgens noch viel weniger verschmutzt war als zum Beispiel vormittags um neun. Man muß auch für kleine Dinge dankbar sein, dachte Ralph.

Er war am Sheridan Square aus dem 7th-Avenue-Bus gestiegen und hatte kaum ein paar Schritte in die Christopher Street gemacht, als ein betrunkenes Grölen die Stille zerriß. Ralph sah drei oder vier junge Burschen und ein paar Mädchen auf der andern Seite der Christopher Street in Ostrichtung gehen, torkelnd, lachend, einander schubsend. Sie hatten natürlich die ganze Nacht durchgemacht, wahrscheinlich in einer dieser dreckigen Spelunken an der Christopher Street. Als das Grüppchen genau auf Ralphs Höhe war, erkannte er Elsie, und ein Schrecken durchzuckte ihn, ein schmerzhafter Stich, als wäre sie seine eigene Tochter, zumindest sein teures Mündel.

»Ah-ha-ha!« Das war *ihr* Lachen! Sie taumelte rückwärts und ließ sich in die Arme eines großen Burschen hinter ihr fallen.

»He, Billy – wo *wohnen* die Mädchen bloß?« rief eine übermütige Männerstimme.

Sie lachten und schwatzten.

Ralph war auf der Stelle stehengeblieben. Gräßlich! Er

starrte der davonziehenden Gruppe nach, als könnte er sie mit Blicken auslöschen, alle – bis auf Elsie natürlich. Wenn er doch nur den Mut hätte, ihr nachzulaufen! Aber diese Kerle würden ihn fertig machen. Sie würden ihn gegen eine Mauer drücken und bewußtlos schlagen, schneller als sie ihn auch nur angesehen hätten. Nein, so ging's nicht. Behutsame Anleitung war das einzige Mittel, und auch damit durfte er es nicht übertreiben, aber – Ralph fühlte sich auf einmal so hilflos, hoffnungslos, von einer Trauer erfüllt, daß ihm fast das Herz stehenblieb.

Lächerlich! Er zwang sich zum Weitergehen. Er kannte Elsie kaum. Er wußte, daß sie ihn dämlich fand, altmodisch und vielleicht verrückt. Damit mußte er einfach leben. Noch konnte er Elsie vielleicht retten und sie vor der Gosse bewahren, vor Drogen und Prostitution, in die das leichtverdiente Geld sie locken könnte. Sie war es wert, daß er sie zu retten versuchte. Denk nach, sagte er sich. Denk über den nächsten Schritt nach.

Jetzt wartete erst einmal God auf ihn. Und am Himmel kündigte sich das erste Tageslicht an. Und in der Grove Street wohnte dieser nette junge Mann, der sich so gefreut hatte, seine Geldbörse zurückzubekommen! Dieses Ereignis machte Ralph glücklich, sooft er daran dachte. Er hatte Elsie davon erzählt, um ihr vor Augen zu führen, was Menschen füreinander *tun* konnten, wenn sie in einer anständigen Welt leben wollten. Elsie hatte ihn eine Weile mit offenem Mund angestarrt. Zuletzt hatte sie aber genickt, als sie vor ihm die Theke abwischte. Sie arbeitete jetzt in einer Kaffeebar an der 7th Avenue. Was konnte sie mit zwanzig Jahren vom Leben wissen, zumal sie doch erst vor ein paar Monaten aus irgendeiner Kleinstadt im Norden hierhergekommen war? Was geschah heute nacht mit ihr? Wo würde sie diese Nacht, den Rest dieser Nacht, verbringen? Grauenhafter Gedanke, grauenhaft! Ralph war auf der letzten Treppe zu seiner Wohnung und hörte schon Gods freudiges Japsen, sein erwartungsvolles Hecheln hinter der Tür. Ralph hatte ihm beigebracht, nur ja nicht zu bellen, wenn er ihn kommen hörte, egal zu welcher Stunde.

»Na, mein Guter!« flüsterte Ralph und tätschelte den Hund, der an ihm hochsprang, auch um ihn zu beruhigen. Er nahm die Leine vom Haken.

Dann waren sie unten auf der Straße, wo God unverzüglich an die Hauswand pinkelte. Ralph hörte irgendwo um die Ecke, wo er es nicht sah, ein Bierfaß auf dem Pflaster scheppern. Auf der 7th Avenue setzte bereits das Summen und Sausen des Verkehrs ein. Ralph nahm sich vor, nach einem kleinen Imbiß noch zu duschen und dann gleich mit der ›Times‹ – der von gestern, die er noch nicht zu Ende gelesen hatte – zu Bett zu gehen, um sich richtig auszuschlafen, vielleicht bis eins, und danach in die Städtische Bibliothek in der Leroy Street zu gehen und seine Bücher umzutauschen.

Ralph bog nach Westen in die Morton Street, im Hundetempo, also langsam, da God immerzu an irgendwas zu schnuppern hatte. Ralph ging diese Route morgens oft: rechts in die Bedford Street, über die Commerce Street mit ihren hübschen, stillen Häuserfronten, weiter durch die Grove Street und dann wieder nach rechts in die Bleecker Street. An der Bedford Street war die alte P.S.3, die sich gegen Vandalismus und fliegende Gegenstände mit Maschendraht vor den unteren Fenstern schützte, während darüber auf einer Steinplatte in dicken Lettern stand: KINDHEIT WEIST DEN MANN. Ein wahreres Wort ward nie gesagt oder gemeißelt, dachte Ralph, und er las es gern. Irgendwo schepperte eine Mülltonne. Die Straßenbeleuchtung war aus. Ralph schaute auch gern auf die wenigen erhellten, gelblich hinter dünnen Vorhängen schimmernden Fenster der Wohnhäuser in der Bedford Street und fragte sich, warum Leute wohl so früh auf waren – beruflich, aus Krankheit oder Schlaflosigkeit? Ein Jogger war schon unterwegs und kam ihm auf der andern Seite der Bedford Street in Turnschuhen und blauem Trainingsanzug mit weißen Streifen an der Hose entgegen. Auf den zweiten Blick sah Ralph, daß es Sutherland war, John Sutherland, dem er die Geldbörse zurückgebracht hatte.

Ralph versagte es sich, ihn mit einem lauten »Guten Morgen, Mr. Sutherland!« zu begrüßen. Sutherland hatte die Stirn gerunzelt und sah starr geradeaus. Was für ein schöner Anblick, wenn ein gesunder junger Mann, noch ehe die meisten andern aufgestanden waren, Frühsport betrieb, seine Muskeln stählte, die Lungen reinigte. Er hatte John Sutherlands blonde Haare weniger dunkel in Erinnerung, aber daß er es war, stand fest. Ralph drehte sich um und sah der blau gekleideten Gestalt nach, die auf leisen, federnden Sohlen jetzt nach Westen in die Morton Street abbog und verschwand. Sutherland joggte aber offenbar nicht jeden Morgen, sonst hätte Ralph ihn sicher schon öfter gesehen. Er arbeitete ja jetzt schon zwei Wochen auf dieser Schicht.

Ralph ging durch die Grove Street zur Bleecker. Ob Sutherlands Frau noch schlief? Wahrscheinlich. Von dem Foto in der Geldbörse wußte er, wie sie aussah, aber er konnte sich nicht erinnern, sie in dieser Gegend je gesehen zu haben.

Der Lebensmittelladen in der Bleecker Street machte gerade auf, die Türen standen offen, und Johnny, in Schürze, schob die Holzständer nach draußen, auf denen in wenigen Minuten die Waren ausliegen würden. Ralph trat ein. God drehte Kreise an der Leine und schnupperte genüßlich die Mortadella-, Leberwurst-, Salami- und Käsedüfte.

»Morgen, Mr. Linderman!« Johnny kam in den Laden. »Sie sind heute wieder der erste Kunde. Wird langsam zur Angewohnheit.«

Ralph lächelte geschmeichelt und richtete sich etwas gerader auf. »Morgen, Johnny. Was sagt heute die Leberwurst?«

»Immer dasselbe. Keine Klagen. Verkauft sich gut.«

Ralph kaufte ein Stück Leberwurst, etwas Salami und Kohlsalat und nahm für God ein paar Dosen Katzenfutter vom Regal. Katzen waren wählerischer als Hunde, folglich war Katzenfutter von besserer Qualität als Hundefutter, glaubte er. Zu Hause hatte God noch etwas Leber und Rumpsteak. Ralph brauchte auch Butter. Johnny addierte alles auf seinem Taschenrechner. Netter Junge, dieser Johnny, obwohl Ralph den Italienern im allgemeinen nicht traute, weil sie Katholiken waren und die Mafia noch immer hauptsächlich aus Italienern bestand. Ralph wußte noch, wie er die Italiener früher gehaßt hatte, und immer noch beargwöhnte und haßte er die Schwarzen, wie sie selbst sich nannten. Ralph nannte sie im stillen immer nur Affen. Neger waren sie! So hieß nun einmal ihre Rasse, aber nein, sie nannten sich lieber Schwarze, ein trostloses Wort, so trostlos wie die Farbe. Viele fleißige Italiener hatten es in Amerika zu etwas gebracht, aber Ralph konnte nie die Mafia vergessen, dieses Familienunternehmen, reich und grausam, Inbegriff des Bösen, Mörder und Erpresser, Diener der Unmoral. Die Juden hatten sich nach Ralphs Ansicht nicht geändert, und im großen und ganzen waren sie ihm unsympathisch mit ihrer Cliquenwirtschaft und ihrem Geld, mit dem sie sich Leute kauften, wobei die Leute, die sich kaufen ließen, natürlich noch schlimmer waren. Ralph bezahlte acht Dollar dreiundsiebzig Cent.

»Und was macht God?« fragte Johnny und beugte sich über den Tresen, um den Hund anzusehen. »Hallo, God, alter Freund.« Johnny lachte.

Der Pickel über seiner Oberlippe spannte sich dabei, als wollte er gleich platzen. Drumherum wurde der Flaum allmählich dunkler. Johnny mochte siebzehn sein und hielt wohl nichts davon, die High-School abzuschließen, aber wenigstens arbeitete er im Geschäft der Eltern, die wahrscheinlich noch schliefen, was ihnen Ralph aber gönnte, denn sie hatten fast bis Mitternacht im Laden gestanden.

»Danke, God geht's gut.« Ralph nahm die braune Tüte. »Bis demnächst, Johnny.«

»Auf Wiedersehen, Sir, und schönen Tag, God!« antwortete Johnny, noch immer grinsend.

Ralph Linderman hatte sogar einen wunderschönen Tag. Mittags holte er seine ›Times‹, die der Zeitungsverkäufer am Sheridan Square ihm zurückgelegt hatte, und tauschte in der Leroy Street fünf Bücher um, nur Thomas Manns letzte *Essays* ließ er verlängern, denn für so etwas ließ er sich gern Zeit. Er las alles oder fast alles langsam, ließ es einwirken, aber manche der ausgeliehenen Bücher entpuppten sich als Mißgriffe, weil sie langweilig oder einfach nichts wert waren. Ralph las erzählende Literatur ebenso gern wie Sachbücher. Er wollte *1984* gern noch einmal lesen, aber die Warteliste war so lang, daß er sich die Taschenbuchausgabe kaufte. Zur Unterhaltung liebte er Robert Louis Stevenson. Ein Buch über Semiotik nahm er nur mit, weil es interessant aussah. Außerdem einen Roman von Iris Murdoch, die er liebte, weil sie eine englische Welt beschrieb, die ihn, obwohl zeitgenössisch und offenbar realistisch, einfach phantastisch anmutete, wie die Opernhandlungen bei Richard Wagner, wo immer einer aussichtslos verliebt war oder einen andern aus nichtigem, eigens aufgeblähtem Grund haßte. Ralph war noch nie in England gewesen und hätte ganz gern gewußt, ob sich auch heute noch recht viele Engländer auf diese Weise verliebten, ohne es sich unter ihrer äußerlichen Gelassenheit anmerken zu lassen.

God hatte er natürlich nicht in die Bibliothek mitgenommen, so daß er schnell nach Hause gehen konnte. Die Bewegung tat gut. Die Kaffeebar, in der Elsie arbeitete, lag südlich von der Leroy Street, aber Ralph hatte jetzt keine Lust, da hineinzugehen. Vielleicht hatte Elsie heute gar keinen Dienst.

Im Laufe des Nachmittags räumte Ralph die beiden Regale unter dem Spülbecken leer, warf ein paar alte Lumpen und nutzlose Tüten weg, fand einen Rest Stahlwolle und noch eine Flasche Fensterputzmittel, von der er gar nichts mehr gewußt hatte, wischte das Wachspapier auf den Regalen ab und stellte die meisten Sachen wieder zurück. Dann schrieb er einen Brief an seine Mutter. Sie war fast achtzig und lebte in einer kleinen Wohnung in einer Kleinstadt in New Hampshire. Einmal im Monat schickte Ralph ihr Geld, und etwa alle drei Wochen schrieb er ihr. Er war ihr einziger Sohn.

15. September 19..

Liebe Mutter,

Hier geht es wie immer, das Wetter ist ganz angenehm, und die schlimmste Hitze scheint überstanden. Ich arbeite noch immer in dem Parkhaus an der 48th Street. 6,50 Dollar sind ein guter Stundenlohn, denn 7 Dollar sind etwa Spitze. Du weißt doch noch, daß ich vor gar nicht langer Zeit noch für den Mindestlohn von 5,50 Dollar gearbeitet habe? Dafür würde ich heute nicht mehr arbeiten, weil ich es nicht mehr nötig habe. Meine Zeugnisse sind übrigens tadellos.

Was macht Deine Arthritis? Leg Dir schon mal Deine wollenen Sachen zurecht, denn es wird bald Herbst. Und höchstens vier Aspirin am Tag, hoffe ich!

God ist wohlauf und läßt Tissy grüßen.

Ralph hielt kurz zum Nachdenken inne und erinnerte sich an die schwarz-weiße Tissy, die so lange Haare hatte wie eine Angorakatze, obwohl sie nur eine ganz gewöhnliche Katze war, ein langweiliges Tier, das auf dem Kissen lag und die Leute ansah, als verachtete es sie.

Mit den besten Segenswünschen, Dein liebender Sohn

Ralph

Seine Mutter war eine fromme Kirchgängerin, protestantisch. Die Segenswünsche sollten ihr nur eine Freude machen. Wer oder was sollte sie segnen? Das Schicksal? Glück?

6

Ab halb neun füllte sich die Wohnung, und es sah allmählich nach einer Party aus. Man mußte lauter reden, um sich Gehör zu verschaffen, und sogar Sylvia Kinnocks Lacher, einzelne spitze Schreie, klangen gedämpft. Louis Wannfeld war auch da, und Isabel Katz, Natalias langjährige Freundin, der die ›Galerie Katz‹ gehörte. Es war Natalias achtundzwanzigster Geburtstag, was sie und Jack aber bei der Einladung nicht erwähnt hatten; sie hatten zu einem Drink ab sieben eingeladen und nur durchblicken lassen, es gebe vielleicht auch was zu essen. Höchstens Natalias engste Freunde brachten das Datum mit ihrem Geburtstag in Verbindung. Natalia veranstaltete an ihrem Geburtstag immer gern etwas, aber die Leute sollten nicht das Gefühl haben, sie müßten ein Geschenk mitbringen.

Joel MacPherson war gekommen, und Jack hatte ihm vier weitere Entwürfe für das *Träume*-Buch und zwei fertige Illustrationen gezeigt, blaßrosa, blau und grün, wie sie alle werden sollten. Joel war sehr davon angetan.

»Komm, wir stellen sie auf – um den Tisch herum, so.« Zur Demonstration lehnte er eines hinten auf Jacks Arbeitstisch an die Wand, behutsam wie eine Kostbarkeit, dann breitete er die Arme aus und flüsterte: »Wir holen die Leute herein und fragen sie, was sie davon halten – oder magst du das nicht?« Joels dickes Gesicht strahlte, als sei das Buch heute schon herausgekommen.

Jack zauderte, denn die Idee gefiel ihm gar nicht. »Eigentlich ist das hier mein Privatzimmer, Joel!« meinte er lachend.

Joel machte ein langes Gesicht wie ein enttäuschtes Kind. »Der alte Opa gefällt mir – sieht aus wie Jehova oder so ähnlich. Und sein Sohn – so unterwürfig!« Joel lächelte wieder, als er jetzt auf Vater Caspar zeigte, eine winzige Gestalt, die auf allen vieren zum Großvater kroch, dem im Schlaf dämmernden Übervater. »Und die Sexszenen – also –« Joel schienen die angemessenen Lobesworte zu fehlen.

»Komm, wir gehen wieder rein«, sagte Jack mit einer Kopfbewegung.

Kaum waren sie wieder in dem großen Wohnzimmer, wo jetzt mehr Leute standen als saßen, da fiel Jacks Blick auf Louis' hochgewachsene Gestalt im dunkelblauen Sommeranzug mit weißem Hemd und ungeheuer schicker blauer Fliege. Er stand mit Natalia am vorderen Fenster und überreichte ihr gerade ein kleines Päckchen in weißem Seidenpapier. Sie öffnete es, und Jack sah, wie ihre Lippen sich in freudiger Überraschung öffneten und sie etwas aus dem Päckchen nahm, was aussah wie eine ziemlich schwere Silberkette mit einem roten Anhänger.

»Wo ist dein Glas, Jack?« fragte Isabel Katz und sah ihn aus Augen an, deren Lider von intensiverem Hellblau waren als manche von Jacks Illustrationen. »Ich habe mir gerade ein frisches geholt und wollte auf Natalias Gesundheit anstoßen. Nur mit dir.«

Isabel war aufwendig zurechtgemacht, im Gegensatz zu Natalia, die bis zur letzten Minute noch mit ihrem Guakamole-Dip zu tun gehabt oder »Panik vor der Party« gespielt und nicht einmal Zeit gehabt hatte, ihre Lippen nachzuziehen, bevor die ersten Gäste klingelten. Isabel war klein und zierlich und hatte die dunklen Haare hinten zu einem Knoten gebunden. Mit ihren mindestens fünfundvierzig Jahren mußte sie schon etwas an sich tun, aber innerlich sei sie gar nicht der Typ dafür, hieß es. Isabel Katz lebte ganz der Kunst, nicht einmal dem Geschäft mit der Kunst oder nur der gewinnbringenden Kunst, sondern der Kunst schlechthin. Sie malte auch selbst, hielt sich mit ihrem Werk jedoch bescheiden zurück. Und was hielt sie von *seiner* Arbeit, *seinem* Talent, fragte sich Jack – falls sie überhaupt einen Gedanken daran verschwendete? »Mir ist heute nach Weißwein«, sagte Jack. »Ich hole mir einen.« Er tat es, dann hob er sein Glas.

Isabel hob das ihre, Scotch mit Wasser. »Auf Natalia.«

»Auf Natalia«, sagte Jack. Sie tranken.

»Häppchen!« ertönte es plötzlich von unten. Neben ihnen stand Amelia mit einem Teller heißer Würstchen, jedes auf einen Zahnstocher gespießt. Amelia war auf Partys immer eine umsichtige Gastgeberin, die langsam, aber stetig und unermüdlich Sachen herumreichte. »Bit-te, Daddy!«

Isabel wollte nichts, und Jack nahm nur seiner Tochter zuliebe eines. Amelia ging weiter zum Sofa.

»Du siehst blaß aus«, sagte Isabel.

»Blaß?« fragte Jack erstaunt.

»Von einer Sekunde auf die andere – ist dir nicht wohl?«

»Doch.«

»Natalia sieht richtig gut aus, findest du nicht? Sie wirkt – glücklicher – dieses letzte Jahr.«

Das hörte Jack gern. »Du mußt es wissen. Ich kann es nur hoffen.« Natalia arbeitete jetzt fünf Tage die Woche fünf bis sechs Stunden in Isabels Galerie.

»Wer ist die Frau dort mit den langen dunklen Haaren?« fragte Isabel.

»Ach – das ist Sylvia Kinnock. Alte Freundin von Natalia. Schulfreundin, glaube ich. Weißt du nicht mehr, wie Natalia vor ein paar Jahren – na ja, mit Sylvia ein paar Monate nach Europa gereist ist? Ich dachte, du kenntest sie.«

»N-nein. Ich erinnere mich nur, daß Natalia in Europa war. Die Frau hat ein tolles Gesicht. Interessant«, meinte Isabel lächelnd.

Jack sah Sylvia auf einmal anders. Sie hatte etwas Zigeunerhaftes in Gesicht und Haltung, aber Natalia hatte ihm einmal gesagt, ihre Familie sei ziemlich streng katholisch. Sylvia war in Natalias Alter, unverheiratet, und hatte einen Beruf, für den sie viel reisen mußte, irgend etwas mit Public Relations. Komisch, daß Isabel in den ganzen Jahren Sylvia nie kennengelernt haben sollte, aber Isabel blieb abends meist zu Hause und traf selbst ihre besten Freunde höchstens einmal zum Abendessen.

»Möchtest du –« Jack hatte ihr Sylvia gerade vorstellen wollen, aber soeben wandte Isabel sich mit einem freudigen »Hal-looo« jemand anderem zu, und Jack wußte, daß sie jetzt eine Weile beschäftigt war. Jack trank einen Schluck Wein, der ihm auf einmal gar nicht mehr schmeckte, und dabei war es ein ausgezeichneter Frascati. Sylvia. Seit fast einem Jahr hatte Jack nicht mehr an sie gedacht. Er war sich einer leichten Abneigung gegen sie bewußt, weil Natalia damals, als Amelia etwa zwei Jahre alt war, auf dieser Reise soviel Zeit mit ihr verbracht hatte. Als hätte Natalia die Spuren ihrer Ehe verwischen, Mann und Kind vergessen und sich wieder frei und unabhängig fühlen wollen. Amelia war in dieser Zeit bei ihrer Großmutter in Ardmore in der Obhut eines Kindermädchens gewesen, von dem Jack noch wußte, wie es aussah, aber nicht, wie es hieß. Natalia war mindestens ein halbes Jahr weggewesen, dann war Sylvia, soweit er sich erinnerte, für eine Weile wieder nach New York gekommen, aber Natalia war nach Mexiko gefahren, und Sylvia war ihr dorthin gefolgt. Natalia war gelöster zurückgekommen, hatte aber über ihre Reisen kaum ein Wort verloren. *Ich war ja schließlich nicht zum erstenmal in Europa oder Mexiko.* Jack hörte noch immer Natalias Stimme, wie sie das sagte.

»Hallo, Jack. Du machst so ein nachdenkliches Gesicht.« Louis Wannfeld lächelte ihn liebenswürdig an. Er hatte einen breiten Mund mit vollen, roten Lippen, große Zähne und eine Glatze. »Tolle Party. Bin froh, daß ich gekommen bin.«

Was sagte man darauf? Jack brummelte etwas, das ähnlich liebenswürdig klang, und fragte, ob Louis das Richtige zu trinken gefunden habe.

»O ja, danke. Sieht aus wie eine Bloody Mary, ist aber reiner Tomatensaft«, sagte Louis. »Ich höre, du hast wieder ein paar neue Illustrationen. Für ein Buch.« Der Punktstrahler hinter Louis, der gegen die Decke gerichtet war, malte einen silbernen Heiligenschein um Louis' kahle Schädelwölbung.

»Hm – ja. Noch nicht druckreif – oder vorzeigbar. Überhaupt –« Jack lächelte. »Joel und ich haben noch gar keinen Vertrag für das Buch, nur ein paar ernsthafte Interessenten.«

»Ach ja, Joel...« Louis trank einen Schluck. »Wenn du mit so einem Bild anfängst, zeichnest du nicht einmal mit dem Bleistift vor, sagt Natalia.«

Jack antwortete, nein, unter idealen Bedingungen, wenn er nicht für Geld zeichne, dann nicht. Louis hat nach neuestem Stand also doch keinen Krebs, dachte er, aber Natalia hatte es drei Wochen lang geglaubt, nachdem Louis ihr so etwas gesagt hatte. Der New Yorker Arzt hatte ihn mit einem neuen Verdikt begnadigt. Was hatte Louis nun wirklich? Er mußte sich deswegen mit dem Essen in acht nehmen und sollte keinen Kaffee und am besten auch keinen Alkohol mehr trinken. Jack hatte das unangenehme Gefühl, daß Louis sich nur aus Höflichkeit mit ihm unterhielt, weshalb er ihn jetzt zu Sylvia bugsierte, die mitten im Wohnzimmer stand und sich mit Joel unterhielt.

»Na, Louis?« meinte Sylvia. »Wie halten wir's denn heute abend – Stockfisch oder Schnapsdrossel?«

Louis lachte und verbeugte sich höflich. »Schnapsdrossel jedenfalls nicht. Ich bin trocken.«

Jack hatte gar nicht gewußt, daß Sylvia und Louis so vertraut miteinander waren. Er zog sich zurück und ging in der Küche nachsehen, wie Susanne zurechtkam. Sie war zum Aushelfen gekommen und soeben emsig, aber nicht zu emsig – sie hatte eine herrliche Gemütsruhe – damit beschäftigt, mit einem scharfen Messer den Schinken in Scheiben zu zerlegen und auf einem Teller mit Gürkchen, Oliven und Ananasstückchen zu garnieren. Amelia wich ihr nicht von der Seite und wartete ungeduldig, daß Susanne ihr wieder einen Teller zum Herumreichen in die Hand drückte.

»So, mein Schatz, jetzt wird's ernst«, sagte Susanne. »Ein paar von diesen Sachen gehören auf den Tisch.«

»Und *das* auch.« Es war Joels Stimme, weit weg, aber laut.

Jack ging in die Diele und sah Joel mit ein paar anderen in seinem Arbeitsraum stehen, dessen Vorhänge halb zurückgezogen waren. »He, Joel!« Jack ging näher. »Was gibt's denn hier?«

»Ich wollte Louis nur mal die Bilder zeigen. Er hat mich gefragt, wie – nur die paar, die hier herumlagen.« Joel schien sich ein bißchen zu schämen, aber nur ein bißchen.

Isabel war auch da. Sie lächelte höflich, fand Jack. Und noch eine Frau, deren Name ihm im Moment nicht einfiel. »Also, wie gesagt – die Bilder sind noch gar nicht fertig. Nicht ganz. Ja, zugegeben – reine Skizzen sind es auch nicht mehr.«

»Ich weiß doch, daß du gar keine Skizzen machst«, meinte Louis in seinem vornehm zurückhaltenden Ton.

Nur manchmal, dachte Jack. Und wen geht's was an?

Isabel Katz kniff die klugen Augen zusammen und betrachtete die feinen Federstriche auf der Zeichnung, die Jack insgeheim die väterlichen Masturbationsphantasien nannte.

»So, Leute, das reicht. Ihr werdet schon auf das Buch warten müssen.« Jack wollte sie aus dem Arbeitsraum haben. »Genug, Joel!« Der hatte schon nach weiteren Bildern greifen wollen.

»Raus, raus!« sagte Isabel und scheuchte die andern vor sich her. »Aber mir gefallen sie, Jack.«

Ein solches Urteil wußte Jack zu schätzen. Er sah zu Boden und drehte sich um. Alle verließen jetzt den Raum. Laß es gut sein, dachte Jack, während er sich seinen Weg durch das volle Wohnzimmer bahnte. Man durfte Joel so etwas nicht übel nehmen, es war nur seine extrovertierte Art, die Leute an allem teilhaben zu lassen, auch wenn es noch gar nicht fertig war. Jack ging an die Bambusbar und schenkte sich einen Jack Daniels ein.

Alle aßen jetzt. Amelia verteilte Pappteller und Papierservietten und sah in ihren Jeans und rot-weiß gewürfeltem Hemd wie ein kleiner Roboter aus, der sich, wie von Radar geleitet, ohne anzustoßen zwischen den Leuten bewegte. Natalia bückte sich einmal kurz und faßte Amelia um die Schultern, und sie sahen aus wie Kopien voneinander, eine große und eine kleine, hauptsächlich wohl wegen ihrer langen blonden Haare.

Plötzlich ein Donnerschlag. Ein paar Leute machten »Ahhh!« Sie erhofften sich von einem Gewitterregen etwas Abkühlung. Es war schon Ende September, und sie stöhnten unter einer irren Hitzewelle. Vor den Fenstern sah es aber kaum nach Regen aus, eher düster, langweilig. Joel wurde ein bißchen ausgelassen, fand Jack. Sein Gesicht wurde immer rosiger, und er redete mit wilden Gesten und wie ein Wasserfall auf einen Mann ein, der mit Isabel gekommen war. Joel war fast dreißig und benahm sich noch immer wie ein Teenager, himmelhoch jauchzend oder, meist länger, zu Tode betrübt und stets im Widerstreit mit sich – manchmal auch mit Jack – über den Sinn seines Lebens. Er hätte gern seine Stelle aufgegeben, konnte es sich aber nicht leisten. Die Bezahlung war zu gut. Jack fühlte sich hier plötzlich *de trop* – der Ausdruck kam ihm so in den Sinn – aber im Grunde wollte er sich nur gern ein bißchen bewegen, für sich allein sein. Einfach wegzugehen, wäre jedoch ungezogen, auch wenn Natalia und Sylvia und Louis jetzt in einer Ecke beieinander standen und ganz in ihr Gespräch vertieft schienen. Manchen würde sein Fehlen auffallen, wenn es ans Abschiednehmen ging. Wann? Einige waren schon fort. Einige würden ziemlich lange bleiben.

Amelia kam jetzt mit ihrem eigenen Teller zu ihm, um ihm beim Essen Gesellschaft zu leisten, und Jack fühlte sich geschmeichelt. Er saß in der einen Sofaecke, neben ihm Joel, und Amelia machte es sich auf dem Fußboden bequem, wo ihr Teller am sichersten aufgehoben sei, hatte Jack ihr gesagt.

Die häßlichen Fernsehtischchen waren aufgestellt, alle drei. Joel war mit einer Frau gekommen, um die er sich aber herzlich wenig kümmerte. Sie hieß Terry und hatte rötliche Haare. Jack hatte Joel noch nie bis über die Ohren in eine Frau verliebt gesehen. Was war mit ihnen allen los, daß sie eigentlich nie so recht glücklich, eher immer ein bißchen unglücklich waren?

»Du bist doch nicht sauer auf mich?« meinte Joel kauend, aber sein Blick war bekümmert.

»Wegen der Bilder? N-nein. Schwamm darüber.«

»Weißt du – diese eine Skizze, wo der Ehemann auf dieser – Klippe steht, wie wenn er jeden Moment runterfiele –?«

»Das ist ein Fenstersims. Was ist damit?«

»Gut, ein Fenstersims. Wie wär's, wenn da ein paar ganz kleine Frauen unten ständen – ihn sozusagen auslachten? Ganz viele kleine Frauen, ein paar mit ausgestreckten Armen, als ob sie ihn auffangen wollten, und ein paar –«

Jack lachte. »Klar. Kapiert.« Auf dem Bild ist noch Platz genug für die Frauen, dachte er, und die Idee ist vielleicht gar nicht so schlecht.

Natalia lachte und stellte sich auf die Zehenspitzen, die Augen geschlossen. Sie war noch immer mit Louis und Sylvia zusammen, und Isabel Katz war jetzt auch zu ihnen gegangen, aber anscheinend nur, um gute Nacht zu sagen. Sie ging zusammen mit dem Mann, mit dem Terry sich unterhalten hatte.

»Gute Nacht, Jack, und vielen Dank«, sagte Isabel. »Nein, bleib sitzen!«

Wenig später hatte auch Jack sich davongemacht. »Ich gehe mit Joel runter«, hatte er zu Natalia gesagt, und zu Sylvia und Louis: »Bis später.«

Joel und Terry, eine Kollegin bei der CBS, mußten sich heute abend um elf noch eine Sendung ansehen. Jack ging mit ihnen in Richtung 7th Avenue, wo sie am ehesten ein Taxi finden würden.

»Es hat mir ganz unbeschreiblich gefallen, Jack«, sagte Terry strahlend. »Und so eine wunderschöne Wohnung! Wiedersehen.«

Sie hatten schon ein Taxi. Der Wind fegte durch die Straßen, und Jack fühlte erste Regentropfen im Gesicht. Zum Teufel mit dem Regen, dachte er; er wollte eine halbe Stunde spazieren gehen, und wenn er wiederkäme, würden Natalia und Louis es sich auf dem Sofa bequem gemacht haben und wahrscheinlich einen Espresso trinken, den Louis über alles liebte, obwohl der Arzt ihm das verboten hatte. Susanne würde schon Gläser in die Spülmaschine geräumt und diese eingeschaltet haben und nach Hause gegangen sein. Und Natalia würde vielleicht noch bis zwei Uhr morgens aufbleiben, weil sie Geburtstag hatte und sich mit ihrem Seelenfreund unterhalten konnte, beide in je eine Sofaecke gekuschelt, das ganze übrige Sofa zwischen sich.

Jack leckte sich den Regen von der Oberlippe. Seine Schuhe fühlten sich schon pitschnaß an. Wo war er hier? Irgendwo unterhalb der West Houston Street. Er machte kehrt und schlug ein schnelleres Tempo an. Die paar Leute, die bei diesem Wetter unterwegs waren, hatten Regenschirme oder rannten. Jack schob die nassen Hände in die Manteltaschen, senkte den Kopf und trabte stadtaufwärts. Er fühlte ein paar Münzen in der rechten Tasche, genug, um irgendwo einen Kaffee zu trinken und für ein paar Minuten aus dem Regen zu kommen. Die Straßenlaternen und Schaufensterbeleuchtungen funkelten vom nassen Pflaster der 7th Avenue zurück. Jack überquerte die Straße, als eine Ampel rot wurde. Er hatte weiter vorn auf der andern Seite eine Kaffeebar erspäht.

Jack wischte sich mit beiden Händen übers Gesicht, stampfte ein paarmal mit den Füßen auf und trat ein. Es roch nach Hamburgers, Zwiebeln und anderen Kochdünsten; grelles gelbliches Licht erhellte den Raum, aber es war wenigstens trocken hier drinnen. Jack ging an einen der

Stehtische an der Wand. Andere kamen herein und redeten über das Unwetter. Jack ging schließlich an die Theke, die ein paarmal in sich gebogen war, damit möglichst viele Hocker daran Platz hatten. Die Hocker waren anscheinend alle besetzt. Sowie Jack sich bei einer der Bedienungen bemerkbar machen konnte, bestellte er einen Kaffee, zahlte und kehrte an den Stehtisch zurück.

»Sie machen ein Gesicht, als wenn's draußen regnete!« hatte die blonde Bedienung gemeint, als sie ihm den Kaffee gab.

Jack mußte noch immer grinsen. Sie hatte eine freundliche Stimme, ohne den New Yorker Tonfall. Er sah sie hierhin und dorthin huschen und dem einen Gast ein Törtchen servieren oder einem andern das Ketchup anreichen, immer lächelnd, lachend, aber bei dem Lärm konnte er das Lachen nicht hören. Mit nahezu jedem wechselte sie ein paar Worte. Ihre Energie hielt Jack gefangen. Die Gäste ließen sich davon anstecken und erwiderten das Lächeln. Die andern Mädchen hinter der Theke fielen längst nicht so auf wie diese kleine Blonde mit ihren schätzungsweise sechzehn Jahren.

»Hoaaah!« machte ein großer Schwarzer, der eben mit einem Freund hereinkam, und beide traten sich die Füße auf den mittlerweile schon ganz schmierigen Fliesen ab. *»Mann!«*

Die beiden Schwarzen schienen high, wer weiß wovon. Laut kreischend gingen sie durch das Lokal nach hinten.

Jack kostete von dem schwachen Kaffee und sah wieder nach der Blonden. Sie stand gerade ganz hinten links über die Theke gebeugt, die roten Lippen geöffnet. Sie schüttelte rasch den Kopf, lachte wieder und wandte sich zum Gehen, sah aber noch einmal zu dem Mann auf dem Hocker zurück, der auf sie einredete. Er drohte ihr jetzt mit dem Finger.

»*Nein!* ... *Nein,* Sie sind ja ...« Damit flüchtete sie zu den Kaffeemaschinen.

Jack sah sich den Mann, mit dem sie gesprochen hatte, genauer an und erkannte ihn. Es war der Mann, der ihm die

Geldbörse zurückgebracht hatte. Ja, bestimmt. Auch den häßlichen Hund hatte er bei sich. Jetzt stand er auf, um zu gehen. Jack drehte sich zur Wand, um nicht gesehen und womöglich in ein Gespräch gezogen zu werden. Er hatte den Mann als Nervensäge in Erinnerung. Anscheinend hatte er heute abend diese Blonde genervt. Jack riskierte erst wieder einen Blick, als der Mann die Tür erreichte, und sah ihn mit seinem Hund hinausgehen.

Der Regen ließ nach. Fünf weitere Gäste gingen.

Jack war neugierig auf das Mädchen geworden, auf den Mann, und was sie von ihm hielt. Er ging zur Theke und setzte sich auf einen Hocker.

»Einen Kaffee, weiß«, sagte er zu einer Bedienung, aber es war nicht die Blonde. Der Kaffee kam. Die Bedienung war anderweitig beschäftigt und nahm den halben Dollar, den er auf die Rechnung legte, nicht gleich, aber schon kam die Blonde angeschossen wie ein Kanarienvogel und schnappte ihn sich. Jack sah ihr amüsiert zu. Im Nu war sie mit der halb abgerissenen Rechnung von der Kasse zurück, und als Jack die Hand ausstreckte, um die drei Cent Wechselgeld zu nehmen, berührten sich ihre Finger. Die Blonde lächelte. Sie hatte sehr weiße Zähne und blaue Augen, die nicht sehr groß, aber hell und intelligent waren. Zu ihren Haaren fiel ihm nur das Wort Flachs ein. Sie waren glatt, dünn, lieblos geschnitten und kurz.

»Da sind Sie ja wieder«, sagte sie.

»Ja. Sagen Sie – dieser Mann, mit dem Sie eben gesprochen haben – der mit dem Hund.« Jack zeigte zu dem Hocker, wo der Mann gesessen hatte.

»Ach, der! Ein Spinner!« Sie lachte kurz auf.

»Inwiefern?«

Die Kleine sah sich rasch um, ob sie nicht irgendwo dringend gebraucht wurde. »Hält mir die ganze Zeit Vorträge. Mein Gott, was es in New York für schräge Vögel gibt!« Sie wollte gehen.

»Ich bin ihm schon mal begegnet.«

»So? Er kommt – ja, ist gut, Lorrie!« Sie ging fort. An der Durchreiche zur Küche wartete irgendein Schnellgericht.

Jack nahm die heiße Kaffeetasse in die Hand.

Das Mädchen kam wieder. »Er wohnt hier in der Gegend. Arbeitet irgendwo als Wachmann, sagt er. Man sollte meinen, er wird dafür bezahlt, daß er *mich* bewacht. Mich *beschattet.* Zum Glück leide ich nicht an Verfolgungswahn – hoffentlich. Woher kennen Sie ihn?«

Jack lächelte. »Er hat mir meine Geldbörse zurückgebracht – nachdem ich sie verloren hatte. Ehrlich ist er ja, das muß man ihm lassen.«

»Ach, Sie sind das!« Ihr Blick verriet großes Interesse. »Das hat er mir haarklein erzählt. Er fand es so prima, fast wie ein Wunder. Und er findet *Sie* so prima. Kriegt sich kaum noch ein wegen dieser Geldbörse. Immerhin stimmt die Geschichte wenigstens – freut mich. Ich war da nämlich nicht so sicher. Er ist ja derart plemplem. Und jetzt –« Sie sah kurz fort, ein bißchen verträumt, als suchte sie nach Worten. »Jetzt predigt er mir immerzu, ich soll auch so sein – ehrlich und alles. Haha!« Sie bog sich schier vor Lachen und mußte sich an der Theke festhalten.

»El-sie!« rief eine andere Bedienung.

»Bin gleich wieder da.« Sie huschte fort.

Jack mußte lächeln. Elsie wäre eine gute Schauspielerin, dachte er – oder beschränkte diese Eindringlichkeit sich auf Dinge, die sie selbst betrafen?

»Dämliches Lammstew«, brummelte Elsie, als sie wiederkam. »Also – und dann hält der Trottel mir dauernd Vorträge über mein *Sex*leben, mein Gott – Moral! Hat der eine Ahnung, was ich für ein sauberes Leben führe! Hält er mich vielleicht für eine Nutte? Und wie steht's überhaupt mit ihm? frage ich mich manchmal. Oder ihn. Klar, ich frag ihn selbst: ›Waren Sie denn nie jung und glücklich?‹ Könnte ja sein. Dann ist er einfach verklemmt und kann jetzt nichts mehr dagegen tun, nicht?« Sie lachte, nicht bitter, sondern amüsiert, so amüsiert, daß sie feuchte Augen bekam. »Ein komischer Kauz! Dabei hält er nicht mal was von Religion. Wußten Sie, daß sein Hund ›God‹ heißt?«

Jack nickte. »Ja, ich weiß.«

»Sagen Sie – läuft er Ihnen auch nach?«

Jack grinste. »Nicht daß ich wüßte. Hab noch nichts davon gemerkt.«

»Passen Sie bloß auf. Er will nämlich die Welt verbessern. Wohnt in der Bleecker Street, soviel ich weiß. Und Sie wohnen in der Grove Street, sagt er.«

»*El-sie!* Die Hamburgers – die gehören auf deine Seite!«

Jack hätte jetzt gern einen Kugelschreiber oder Bleistift bei sich gehabt. Ihre spitzen Augenwinkel beim Lachen waren genau das, was er für Suzuki, die Phantasiefreundin des heranwachsenden Sohnes im *Träume*-Buch, suchte. Ob er sie sich merken konnte? Am besten sah man sie im Profil, ebenso die hochgezogenen Mundwinkel. Wie aus dem Nichts war auf der Theke, nur ein paar Zentimeter von seiner linken Hand entfernt, plötzlich ein kurzer Bleistift erschienen, und schon schnappte er ihn sich. Mit flinken Strichen zeichnete er auf die Rückseite seiner Rechnung, den Blick halb auf Elsie, halb auf dem Papier. Geschafft! Ha! Gut! Es war ein Gefühl, als hätte er gerade einen dicken Fisch gefangen. Rasch malte er noch die Linien ihres Halses und Hinterkopfes dazu.

»Malen Sie *mich*?«

»Schon fertig. Danke.« Jack lächelte sie fröhlich an und schob das zusammengefaltete Blatt behutsam in die Gesäßtasche.

»Sind Sie Maler?« fragte Elsie, auf einmal neugierig wie ein Kind. »Ralph sagt, Sie sind Journalist.«

»Wer ist Ralph?«

»Der mit dem Hund.«

»Ach so. Nein, eigentlich mehr Zeichner – bilde ich mir jedenfalls ein. Ich wollte Ihre Augen haben. Auge im Profil.

Und ich hätte Sie ja nicht gut bitten können, in mein Atelier zu kommen, nicht? Hätte zu sehr nach Briefmarkensammlung gerochen.« Jack hätte beinahe hellauf gelacht, so ernst und nachdenklich war der Blick, mit dem das Mädchen ihn musterte, als gelte es seine letzten Worte abzuwägen. »Schönen Dank jedenfalls – Elsie.« Er rutschte von seinem Hocker.

»He, Sie – ich komme, wenn Sie ein Modell brauchen. Ohne Geld.«

Jetzt war es an Jack, verdutzt zu sein. »Und wo ... kann ich ... Sie erreichen? Hier?«

Sie prustete vor Lachen. »Nächste Woche vielleicht noch. Klar. Ich bin da.« Damit hob sie lässig die Hand zum Abschied und ging an ihre Arbeit zurück.

Der Regen war zu einem Tröpfeln verkümmert. Jack war so gut gelaunt, als hätte er sich gerade verliebt. Dieses Gefühl kannte er, obwohl er es noch nicht oft gehabt hatte. Ein paarmal hatte er so etwas an einem guten Tag in der Kunstakademie erlebt, wenn ein weibliches Modell – sie mußte gar nicht unbedingt jung und hübsch sein – ihn zu einer besonders guten Kohleskizze oder Federzeichnung inspirierte und er plötzlich das Gefühl hatte, er sei in sie verliebt und nur sie, sie allein, habe die besondere Macht, sein Talent zu wecken. Von Dauer war das nie, aber Jack konnte gut verstehen, warum Maler wie Modigliani und andere nach Vollendung einer guten Arbeit das Verlangen hatten, mit ihrem Modell ins Bett zu gehen. Es war absurd, wo er doch nur mit einem stumpfen Bleistift ein paar Striche auf die Rückseite einer blau linierten Rechnung gemalt hatte. Aber er hätte diese Elsie am liebsten umarmt, wie um sich zu vergewissern, daß sie aus echtem Fleisch und Blut war.

Elsie hatte einen billigen Ring am linken Mittelfinger gehabt, einen von Schlangen umringelten Schädel. Knallrote, sorgfältig lackierte Fingernägel. Sie hatte graziöse, sehr schmale Hände. Ein paar junge Männer, Weiße, hatten sie angegafft, ihre blauen Augen mit überschwenglichen Komplimenten bedacht und sie gefragt, wann sie Feierabend habe, doch Elsie hatte sie völlig ignoriert.

Jack schloß leise die Wohnung auf, hörte Stimmengemurmel und schlich ins Bad, um sich zu kämmen. Seine Hosenbeine waren unten noch ein bißchen naß, aber egal. Dann ging er ins Wohnzimmer, wo es nach Damenparfüm und Zigarettenrauch roch. Natalia rekelte sich auf dem Sofa, Louis saß rechts neben ihr und Sylvia ihnen gegenüber in dem großen grünen Sessel. Sylvia sah ihn zuerst.

»Nanu, Jack! Warst du fort?«

»Ich habe Joel und seine Freundin noch ein Stückchen begleitet.« Jack sah seinen angefangenen Jack Daniels auf einer Ecke des Bambusschränkchens stehen und holte ihn sich. Noch ein Fingerbreit. Er fühlte sich wie in eine andere Welt zurückgekehrt, eine Welt, die er für kurze Zeit fast vergessen hatte.

»Und da«, erzählte Natalia gerade mit ihrer tiefen Stimme, lachend, »konnte ich mir den richtigen Rahmen für ihn ziemlich genau vorstellen, ohne Aufpreis. Nach *diesem* ...«

Louis war ganz Ohr.

Natalia balancierte einen Scotch, nur mit Wasser, auf dem Brustbein oder Sternum, wie die Lehrer an der Kunstakademie dazu sagten, und während Jack sich setzte, dachte er, daß sie sein Fortsein oder Wiederkommen wahrscheinlich gar nicht bemerkt hatte. Sie war schon wieder bei einer anderen Geschichte aus der ›Galerie Katz‹, diesmal vom Verkauf eines Pinto, dessen Preis sie ohne böse Absicht viel zu hoch angesetzt und auch bekommen hatte. Der Preis habe noch nicht festgestanden, es sei der größte Pinto und nicht sein bester gewesen, vielleicht sogar sein schlechtester, aber irgendein Idiot habe ihn gekauft, und Isabel habe sich natürlich gefreut. Jack fühlte sich jetzt wieder wohler, während er Natalia ansah und den Erzählungen der drei zuhörte. Als er ins Wohnzimmer gekommen war, hatte er gedacht: Dieses Trio, Triumvirat sozusagen, schließt mich aus. Sie waren alte Freunde, schon fast zehn Jahre, Natalia, Louis und Sylvia, und er selbst kannte Natalia erst sechs Jahre, obwohl sie doch seine Frau war. Jack hatte, als er ins Wohnzimmer getreten war und die drei gesehen hatte, richtiges Unbehagen, fast Widerwillen empfunden. Aber das konnte er sofort wieder vergessen, wenn Natalia beim Reden den Blick zu ihm schweifen und kurz auf ihm ruhen ließ, bevor sie, ohne eine Miene verzogen zu haben, weiter zu Sylvia blickte. Er war der ihre, wie sie die seine war, oder etwa nicht? Sie gehörten zusammen, lebten zusammen. Bedeutete das nicht sehr viel? Ja, sofern Natalia glücklich war. War sie es? Solche Fragen stellte man Natalia nicht. *Wer ist schon glücklich?* würde sie wegwerfend darauf erwidern, vielleicht sogar etwas ärgerlich über die dumme Frage. Wenn Leute nicht glücklich waren, blieben sie nicht zusammen, dachte Jack, höchstens wenn sie beide Masochisten oder Sadisten waren, die ihre Neigungen aneinander ausließen, oder eine gefällige Kombination von beidem.

Louis rappelte sich zu voller Länge hoch und entschuldigte sich, er müsse ein paar Pillen schlucken gehen. »Nein, gewöhnliches Leitungswasser, ich hol's mir schon selbst, Jack.« Er ging ins Bad.

Als er wiederkam, gab er Natalia einen Kuß auf die Stirn, wünschte ihr noch viele schöne Geburtstage und sagte gute Nacht. Sylvia schloß sich an. Es war schon fast eins.

»Ruf mich mal an«, sagte Sylvia zu Natalia. »Ich kann praktisch jederzeit mal zu einem Lunch fort. Irgendwo in deinen Jagdgründen, meine ich. Oder«, meinte sie lächelnd, »ich bringe Sandwiches mit, wenn Isabel dir keine Pause gönnt.«

Endlich war die Tür zu.

Jack ging mit ausgebreiteten Armen auf Natalia zu und freute sich, als sie ihm regelrecht in die Arme sank und er ihr ganzes Gewicht halten mußte. »Darling – ich liebe dich so, ich liebe dich.«

»*Heute nacht?*« fragte sie überrascht.

»Was hat Louis dir eigentlich geschenkt? Sah nach Kette aus.«

»Die hat einmal seiner *Mutter* gehört. Er hätte das nicht tun sollen. Wo ist sie eigentlich?« Sie hatte das Seidenpapierpäckchen auf ein Regal gelegt. Sie nahm die Kette heraus. »Das hier. Ein Granat. Die Silberkette ist wunderhübsch, findest du nicht, Jack? Aber der Granat –« Es war ein recht großer Granat, den man sich unwillkürlich am vollen Busen einer älteren viktorianischen Dame vorstellte. Er hatte den Durchmesser einer kleinen Zitrone, war aber eher flach. »Sieht nach einem richtigen Erbstück aus«, meinte Natalia lächelnd. »Er sagt ja auch, seine Mutter habe es ihm vor Jahren gegeben, damit er es mal einem Mädchen schenkt.«

Jack mußte laut lachen. Die Vorstellung, daß Louis den Granat seiner Liebsten schenken würde, seiner Verlobten! »Schön«, sagte er. »Übrigens bekommst du noch eine Kleinigkeit.« Er ging ins Schlafzimmer und holte eine Plastiktüte aus der Hemdenschublade.

Natalia öffnete sie. Es war eine Ergänzung zu der kalbsledernen braunen Dunhill-Briefmappe, die Jack ihr vor Beginn der Party schon gegeben hatte. Die selbstgemachte Glückwunschkarte trug die Unterschrift: »Der tüchtigen Managerin«. Die Karikatur darüber zeigte Natalia mit schmerzlich abwesendem Blick an ihrem Empfangstisch in der ›Galerie Katz‹. In der Plastiktüte fand sie weiter eine Kassette mit Prokofjews Streichersonaten, darunter eine, von der Jack wußte, daß Natalia sie besonders liebte, und eine Taschenbuchausgabe von *The Unquiet Grave,* ein Buch, das sie sehr vermißte, nachdem sie es einmal ausgeliehen und nicht zurückbekommen hatte. Er hatte beides nicht als Geschenk verpackt.

»Herrlich!« sagte Natalia. »Wie schön, Jack!«

»Ist Amelia hier? Im Bett?« fragte er, plötzlich leise werdend. Manchmal nahm Susanne sie für die Nacht mit zu sich nach Hause, wenn sie eine Party gaben, und brachte sie am nächsten Morgen wieder.

»Amelia«, meinte Natalia abwesend, als wäre ihr gerade erst wieder eingefallen, daß sie ja ein Kind hatte. »Doch, Susanne hat sie schon vor Stunden zu Bett gebracht.«

Jack drückte die Tür zu Amelias Zimmer ein Stückchen auf und spähte in die Dunkelheit. Auf der Grove Street fuhren Autos vorbei und übertönten die Atemgeräusche, die er sonst hätte hören können, aber er sah ihre Umrisse unter der Decke.

»Alles in Ordnung?« fragte Natalia.

Jack machte die Tür leise wieder zu. »Ja.« Er hätte Natalia gern wieder in die Arme genommen, denn sie stand jetzt so nah bei ihm, aber er fürchtete, es könnte sie verstimmen.

Sie räumten ein bißchen im Wohnzimmer auf und trugen noch ein paar Gläser und Aschenbecher hinaus, aber Susanne hatte ja schon gut vorgearbeitet. Die Spülmaschine hatte ihr Programm durchlaufen. Was noch an schmutzigem Geschirr da war, hatte im Spülbecken Platz. Alles bestens. *Mein Gott, was geht es uns gut,* dachte Jack. Eine hübsche Wohnung, keine Geldsorgen, eine zuverlässige Hilfe wie Susanne und ein gesundes Kind!

Natalia war unter der Dusche.

Jack holte tief Luft. Seine Welt war in Ordnung.

7

Jack kam mit Tüten beladen aus Rossis Obst- und Lebensmittelgeschäft. Eine kalte Flasche Cola für Amelia drohte durch den nassen Boden der einen Tüte zu brechen, und Jack hielt die Hand darunter. Johnny Rossi lieferte heute nicht ins Haus, denn sein Vater lag mit Bronchitis im Bett, und Johnny konnte nicht aus dem Laden. Aber Jack hatte es ja nicht weit nach Hause. *Manchmal bist du so naiv, Jack.* Jack verzog das

Gesicht. Warum ging ihm dieser Satz nicht aus dem Kopf? Natalia hatte dabei gelächelt, aber es hatte ihn getroffen, vielleicht weil Isabel Katz dabei war, und Jack erinnerte sich, wie sie still vor sich hin geschmunzelt hatte. Gestern abend hatte Natalia, als sie bei Isabel in der East 41st Street zum Essen waren, von »Sylvias neuer Freundin« gesprochen, einer Biochemikerin und recht attraktiv, sagte Isabel, und sie und Natalia hatten dann gemeint, Syliva sehe soviel besser und glücklicher aus, seit die beiden sich vor einem Monat kennengelernt hätten. »Freund*in*?« hatte Jack mit ungespieltem Erstaunen gefragt und einen Augenblick überlegt, ob wirklich von Sylvia Kinnock die Rede war, aber es war so. »Wußtest du nicht, daß sie lesbisch ist, Jack?« hatte Natalia gefragt, und ihr kurzes Lachen hatte fast verzeihend geklungen, voll Nachsicht für ihn, bevor sie sich wieder Isabel zuwandte. Jack hatte nichts mehr dazu gesagt, auch nicht, als sie wieder zu Hause waren. Nein, er hatte es nicht gewußt. Sylvia sah kein bißchen lesbisch aus, immer gut zurechtgemacht und, wenn er jetzt darüber nachdachte, auch immer ausgesprochen feminin gekleidet. Aber bei diesen Enthüllungen über Sylvias sexuelle Vorliebe mußte Jack wieder an die über sechs Monate denken, die Natalia mit Sylvia in Europa und so weiter gewesen war. Hatten sie etwas miteinander gehabt? Jack würde nicht danach fragen. Aber beim bloßen Gedanken an diese Möglichkeit wurde ihm innerlich schon ein bißchen komisch.

»He, Sie!«

Jack war in der Grove Street. Die Stimme kam von hinten. Sofort erkannte er das Gesicht über der Jeansjacke, unter der Matrosenmütze. Die Blonde aus der Kaffeebar. Elsie. Er lächelte. »Hallo. Guten Tag.« Er ging weiter, doch sie folgte ihm, bis sie neben ihm war.

»Kommen Sie, ich nehme ihnen was ab.«

»Oh, danke. Es sind nur noch ein paar Schritte.« Jack behielt die kaputte Tüte selbst und gab ihr die andere. »Hier ist es schon.« Er deutete mit dem Kopf zur Haustür. »Lassen Sie mich das hier nur erst mal drinnen abstellen –« Jack steckte mit der freien Hand den Schlüssel ins Schloß.

»Ich helfe Ihnen hochtragen«, sagte sie. »Wohnen Sie hier? Ich würde ja so gern mal Ihre Bilder sehen – oder haben Sie im Moment zuviel zu tun?«

»N-nein. Gut. Wenn Sie sich mal umsehen möchten.«

Sie ging mit ihm in den dritten Stock hinauf. Sie trug Jeans und weiße Turnschuhe.

»Hier.« Jack nahm einen anderen Schlüssel.

Sie blieb mit der Tüte auf dem Arm im Wohnzimmer stehen und sah sich um. »Mann, ist das toll hier! Und hier wohnen Sie auch?«

»Natürlich. Sie können die Tüte auf den Tisch stellen. Vielen Dank auch.«

Sie stellte die Tüte ab und trat vor ein kleines Bild an der Wand. »Ist das von Ihnen?«

»Haha! Danke! Nein, das ist ein de Kooning.« Und wahrscheinlich das Wertvollste im ganzen Haus, dachte Jack.

»Mensch, und die Stereoanlage! Wirklich, das ist die schönste Wohnung, die ich in New York bisher gesehen habe. Und so hohe Decken!«

»Es ist eben ein altes Haus.« Er stellte die große Colaflasche für Amelia in den Kühlschrank. Der Rest konnte warten.

Sie stand mitten im Wohnzimmer vor ihm, die Hände in den schrägen Jackentaschen. Sie war nicht groß, etwa einsfünfundsechzig. »Und wo arbeiten Sie?«

»Hier.« Ihm war richtig komisch zumute, ganz merkwürdig, als er den Vorhang wegzog und das Mädchen in sein Allerheiligstes treten ließ. War er verrückt geworden? Wollte er mit dem Feuer spielen? Wenn ja, inwiefern? »Das – da«, sagte er und zeigte auf einen Entwurf, so ziemlich den einzigen von den vielen Entwürfen zu Joels Buch, den er ausrangiert und links hinten in die Ecke gestellt hatte. »Das ist nicht fertig. Ich werde es auch gar nicht verwenden. Es gehört zu –«

»Gruslig!« sagte sie bewundernd. »Und das? – Sind die alle von *Ihnen*?«

»Alles, was Sie hier sehen, ja.« Alles, die schwarzweißen Feder- und Pinselkompositionen, die Experimente mit buntem Seidenpapier, das er auf eine kleine Pappmachéfrau geklebt hatte, als Partykleid sozusagen, und das große, gar nicht so schlecht gelungene Aquarell, das einen Blick aus einem der Vorderfenster zeigte und von dem Mädchen gleich als »hier gegenüber« erkannt wurde.

»Mann, Sie haben gar nicht geflunkert – Sie *sind* ein Maler! Und wo ist die Zeichnung von mir?«

Jack lächelte. »Die auf der Rechnung?« Er ging zu einer Wand, an der ein paar Sachen lehnten, und nahm einen Zeichenblock. Er hatte die kleine Skizze mit einer Büroklammer oben an den Block geklemmt – das kleine Juwel – und der ganze Block war mit zwölf bis fünfzehn Skizzen von Elsie bedeckt, Elsie im Profil, Halbprofil und *en face*.

»Himmel! Das bin ja wirklich ich!« Sie hatte die blauen Augen ganz weit aufgerissen. »Das finde ich –« Sie schüttelte den Kopf, sprachlos. »Also, wie gesagt, ich stehe für Sie Modell. Kostenlos. Wenn Sie *so* gute Sachen machen.«

Was sie da sah, war eigentlich alles ziemlich unrealistisch, vielleicht mit Ausnahme der Augen; um so mehr überraschte es Jack, daß die Skizzen ihr gefielen. »Hm – irgendwann vielleicht. Vielen Dank für das Angebot.« Er fand sie ungemein hübsch, wie sie so im Profil vor ihm stand und auf den Zeichenblock sah, den sie vorsichtig zwischen den Handtellern hielt. Sie hatte eine schöne Nase. Make-up trug sie keins. Er stellte sie sich mit etwas Farbe auf den Lippen und in einem langen roten Kleid vor. Wie eine menschgewordene Feenkönigin würde sie aussehen.

»Wollen Sie gleich ein paar Zeichnungen von mir machen?«

Jack schüttelte den Kopf. »Nein, jetzt nicht.« Im Moment

war ihm nicht nach Zeichnen, er wollte sie nur ansehen. »Nehmen Sie doch einen Augenblick Platz, wenn Sie Zeit haben. Im Wohnzimmer.«

»Oder möchten Sie vielleicht arbeiten?« fragte sie wie ein wohlerzogenes kleines Mädchen, das nicht lästig sein will.

»Wenn ich arbeiten wollte, würde ich Sie nicht bitten, Platz zu nehmen.«

Sie setzte sich aufs Sofa, er auf den grünen Sessel.

»Woher kommen Sie?« fragte Jack.

»Norden. So ein winziges Nest, daß noch kein Mensch etwas davon gehört hat. Ich mag nicht mal sagen, wie es heißt.« Sie sah Jack frei ins Gesicht und lachte, wobei sie die spitzen Eckzähne zeigte. »Ausgerissen bin ich – mit fünfzig Dollar oder so. Mir war's zu blöd, mich zu Hause rumzustreiten. Meine Eltern wollten unbedingt, daß ich in dieser Klitsche blieb. Ich hab mich so gelangweilt, es ging einfach nicht. Den Leuten Nähgarn und so was verkaufen.« Sie mußte sich jetzt noch schütteln. »Da hab ich einen Bus nach New York genommen und bin an der Thirty-fourth ausgestiegen. *Wow!* – Ich hatte eine Freundin in der King Street. *Hatte.* Wir haben ein bißchen Krach gekriegt – aber als ich hier ankam, hat sie mich erst mal aufgenommen, und ich hab ihr was dafür bezahlt, daß ich auf dem Sofa schlafen durfte, aber so richtig leiden konnte sie mich nie. Sie kannte mich auch eigentlich kaum, denn ich war ja nur die Freundin einer Freundin von ihr, die in *meinem* Kaff wohnte, soweit Sie da noch mitkommen, und ... Also, nichts leichter, als in dieser Stadt eine Teilzeitarbeit zu finden. Jetzt wohne ich in der Minetta Street, mit einem Mädchen zusammen, das ich ganz gern mag. Wir teilen uns die Miete.« Sie zuckte die Achseln. »Aber New York! Ich liebe New York. Da kommt ein Zirkus nicht mit. Man weiß nie, was einem als nächstes für Leute über den Weg laufen. Komische Leute – und gescheite Leute. Man kann mit ihnen reden, und sie lassen einen trotzdem in Ruhe.« Sie sah Jack jetzt ganz ernst an, die

Hände zwischen die Knie gepreßt. Dann sah sie das Päckchen Marlboro auf dem Kaffeetisch. »Kann ich eine haben?«

»Natürlich.« Jack stand auf und zündete ihr mit Natalias Jadefeuerzeug die Zigarette an.

»Danke.« Sie nahm das Feuerzeug rasch in die Hand, nachdem Jack es wieder hingestellt hatte, rieb mit dem Daumen über die glatte, goldgefaßte Seite und stellte es wieder hin. »Wie schön – rauchen Sie nicht?«

»Nein. Die Zigaretten gehören meiner Frau.«

»Ach ja! Ralph hat mir schon gesagt, daß Sie verheiratet sind und eine kleine Tochter haben. Wo ist sie?«

»Woher weiß er, daß ich eine Tochter habe?«

Sie lächelte. »Ich habe Ihnen doch gesagt, daß er jedem nachspioniert. Er wohnt gleich hier in der Bleecker Street.« Sie zeigte mit dem linken Arm in die ungefähre Richtung. »Ich versuche ihm immer aus dem Weg zu gehen. Ha! Das weiß er. Dauernd redet er von meiner Moral. *Moral!* Zum Totlachen! Er kapiert anscheinend nicht, daß ich zu jedem, wirklich zu jedem ›Hau ab‹ sagen kann, wenn ich nicht will. Und die hauen ab!« Sie lachte, prustete vor Vergnügen. »Ich weiß nicht, was an meiner Moral auszusetzen sein soll. Ehrlich!«

Jack mußte auch lachen. »Wie lange kennen Sie ihn schon – diesen Ralph?«

»Kennen? Ich kenne ihn überhaupt nicht. Er läuft nur immer hier herum. Hat so verrückte Arbeitszeiten wie ich. Er arbeitet als Wachmann, sagt er. Darum –«

»Arbeitet er hier in der Gegend?«

»Woher soll ich das wissen? Keine Ahnung. – Aber wenn ich in einer Kaffeebar oder Bar arbeite – oh, in eine Bar würde er vielleicht nicht gehen, aber wenn ich in einer Kaffeebar arbeite, schon ist er da, zu jeder Tages- oder Nachtzeit! So geht das jetzt schon seit – vielleicht fünf Monaten. Und vor ein paar Wochen, das war vielleicht komisch! Ich war nach der Arbeit noch in eine Disco an der Christopher Street gegangen, das war schon nach zwei Uhr morgens, und anschließend noch mit in irgendeine Wohnung, und wie ich da frühmorgens mit meiner Freundin Genevieve und ein paar Burschen nach Hause gehe, kommt auf einmal Ralph, wahrscheinlich auf dem Heimweg von der Arbeit, und sieht mich in diesem lärmenden Haufen, obwohl es noch nicht mal hell war und er auf der andern Straßenseite. Da stand er im Dunklen und glotzte. Ich mußte so lachen! Genevieve weiß auch über ihn Bescheid, weil ich es ihr erzählt habe – er ist aber harmlos. Er muß gedacht haben, wir gehen eine Sexorgie feiern, diese drei Jungs und Genevieve und ich. Oder –« Wieder prustete es bei der Erinnerung unwiderstehlich aus ihr heraus. Sie sah zur Decke und blies eine Rauchfahne in die Luft. »Ich weiß, was er gedacht hat, denn als ich ihn das nächstemal sah, hat er mir was von Versacken und Drogen und Suff gepredigt. Haha! Anscheinend weiß er nicht, daß ich den ganzen Tag schlafen kann, wenn ich will.«

»Wie alt sind Sie, wenn ich fragen darf?«

»Gerade zwanzig geworden. Alt genug, um ein bißchen von der Welt zu sehen, meinen Sie nicht?«

»Doch. Und wie heißen Sie mit Nachnamen?«

»Tyler. T-y-l-e-r. Gefällt mir nicht. Klingt so trist – gehen Sie manchmal ins Museum of Modern Art?«

»Natürlich.«

»Da gehe ich gern hin. Manchmal –«

»Malen Sie vielleicht auch selbst?«

»N-nein. Aber es gefällt mir. Ich glaube, ich wäre gern Schauspielerin. Hab auch mal ein bißchen Schauspielunterricht genommen, an einer Schule, wo's nichts kostet – fast nichts – Cooper Union. Aber da bin ich dann zu unregelmäßig hingegangen. Das war erst vor ein paar Monaten. Jetzt bin ich ungefähr acht Monate in New York. Ich dachte, ich schaue mich erst mal ein Jahr lang um, bevor ich was Ernsthaftes anfange. Eigentlich weiß ich noch gar nicht, was ich mal werden will.« Wieder sah sie Jack frei und offen ins Gesicht.

Ein Mädchen, aus dem noch etwas werden kann, dachte Jack; im Moment noch fröhlich und frei und eine Augenweide, auch naiv, aber darunter ahnte er einen harten Kern: Sie würde nicht zu allem ja sagen, was so daherkam. Er war sich bewußt, daß viele tausend junge Leute so nach New York kamen, um ihr Glück zu suchen. Was Elsie Tyler von ihnen unterschied, war ihre Tatkraft, ihr offenes Gesicht, ihre Frische. »Ihnen müssen die jungen Männer nur so nachlaufen«, sagte Jack.

Wieder Achselzucken. »Das bedeutet mir nicht viel. Sie langweilen mich, wenn sie sagen, daß sie in mich verliebt sind. Wie lange hält das schon vor? Zwei Wochen? Oder sie wollen einen bloß angeln. Das ist vielleicht noch schlimmer. Ich will noch nicht seßhaft werden – in keiner Weise.« Sie nahm plötzlich ihre Mütze ab, setzte sich dabei aber gerader hin, die Mütze auf dem Schoß, als wollte sie aufstehen und gehen.

Jetzt hätte Jack sie am liebsten doch gemalt. Ob er sich später noch erinnern würde, wie sie aussah? Feste junge Muskeln unter blauen Hosenbeinen, zum Aufspringen bereit, blondes Haar, dessen einmalige Schlichtheit keinen Anteil an der Schönheit ihres Gesichts hatte, höchstens durch seinen hellen Glanz. Und die rastlosen Augen.

»Ich sollte jetzt mal verschwinden.« Sie war schon auf. »Muß kurz vor sechs zur Arbeit. Immer noch im selben Laden.« Sie lächelte ihm kurz zu. »Haben Sie wirklich eine Tochter?«

Soeben klingelte es. Es war kurz nach vier. Susanne holte Amelia heute von der Schule in der 12th Street ab.

»Ja«, sagte Jack, während er in der Diele auf den Türöffner drückte. »Sie können sie gleich sehen.«

Elsie setzte ihre Mütze auf. »Danke, daß Sie mich raufgebeten haben. Hat mir richtig Spaß gemacht – auch wenn ich ganz allein geredet habe, nicht?«

Offenbar wollte sie das Gegenteil hören. Jack sagte aber

nichts, sondern ging die Wohnungstür öffnen. Er hörte Susannes und Amelias Stimmen auf der Treppe.

»Hallo, Jack.« Susanne ließ Amelias Hand los.

»Daddy, ich hab einen *Vogel* für dich gemacht!« Amelia warf sich gegen seine Beine, dann gab sie ihm einen blauen Papiervogel, so einen, der mit den Flügeln schlug, wie Jack ihr schon viele gemacht hatte. »Den habe *ich* gemacht.«

»Sehr schön, mein Schatz. Danke. Darf ich euch Miss Elsie Tyler vorstellen?« fragte er. »Amelia. Und Susanne Bewley.«

»Guten Tag.« Susanne lächelte Elsie an und ging weiter in die Küche.

»Tag.« Amelia sah zu Elsie auf. »Was hast du denn für einen Hut auf?«

»Eine Matrosenmütze«, antwortete Elsie. »Aus England.«

Amelia streckte sich danach.

»Nein, nein, Amelia, komm«, sagte Jack. Seine Tochter, ganz Amelia, wollte die Mütze anfassen und aufprobieren.

Elsie ließ sie gewähren. »Du kannst sie haben, wenn du willst. Ich weiß, wo ich eine neue herkriege«, fügte sie für Jack hinzu.

Jack nahm Amelia die viel zu große Mütze vom Kopf. »Nein. Du kannst dir nicht einfach anderer Leute Sachen aneignen, Amelia. Das gehört sich nicht.«

Amelia war nicht beleidigt. Neugierig musterte sie Elsie.

Jack begleitete Elsie zur Wohnungstür und folgte ihr die Treppe hinunter, weil er sie zur Haustür bringen wollte.

»Was meinen Sie damit – daß die Zeichnungen da oben nur Vorübungen sind?« fragte Elsie, als sie die Haustür öffnete. »Haben Sie noch andere von mir gemacht?«

»Das sollte heißen, daß ich zuletzt noch eine vollständige gemacht habe.« Sie gingen auf die Straße hinunter. »Die ist für ein Buch, das ich illustriere. Gestern habe ich die Zeichnungen alle abgegeben. Beim Verlag.«

»Für ein *Buch*?«

»Ja, von einem Freund von mir. Ich weiß noch nicht, ob es

veröffentlicht wird. Aber die Zeichnung von Ihnen ist hübsch.«

»Heißt das, ich werde mein Gesicht mal gedruckt sehen?«

Jack lachte. »Ich sage Ihnen dann Bescheid.«

Sie machte kehrt, hob noch einmal den rechten Arm und wandte sich zur Ecke Grove und Bleecker Street.

Jack schob die Hände in die Taschen und sprang die Treppe hinauf. Jetzt mußte er klingeln und sich von Susanne die Tür aufmachen lassen. Susanne hatte ihre Schlüssel bei sich gehabt, das hatte Jack gesehen. Manchmal klingelte sie, obwohl sie die Schlüssel bei sich hatte, wie um vor ihrem Kommen zu warnen. Aber als Jack oben ankam, stand die Wohnungstür noch einen Spaltbreit offen.

Susanne stand am Spülbecken und wusch irgend etwas ab. Sie hatte auch seine Einkäufe schon alle weggeräumt.

Jack blieb in der Küchentür stehen. »Was macht die Doktorarbeit?« Soeben fiel ihm auch das Thema wieder ein, das er sonst nur allzugern vergaß: ›Familiäre Bindungen und Beziehungen in den dreizehn Kolonien zur Zeit der amerikanischen Revolution.‹

»O Gott – frag mich nicht«, stöhnte Susanne. Sie drückte einen Schwamm aus. »Ich *werde* bis Ende November damit fertig. Bin zur Zeit beim Abtippen. Aber gerade ist ein Buch zu dem Thema erschienen, das ich mir bestellt –«

»Lies es bloß nicht! Wie lange soll das denn noch weitergehen?«

»Aber du solltest mal die Rezensionen lesen! Ja, schon gut...« Sie wandte Jack das sommersprossige Gesicht zu und grinste zerknirscht.

Susanne war ebensowenig zurechtgemacht wie Elsie Tyler. Sie trug eine ungebügelte Cordhose, einen Pulli über der Bluse und braune Mokassins. Susanne war von Kopf bis Fuß ein praktischer Mensch, auch wenn sie ihre Dissertation noch nicht fertig hatte. Sie wollte Geschichtslehrerin werden, möglichst an einer Universität. Ihr Freund hieß Michael und war irgendwo Assistenzprofessor, und wie ihre Dissertation zog sich auch die Sache mit Michael schon mindestens zwei Jahre still dahin.

»Wie steht's inzwischen mit dem *Träume*-Buch, Jack?« fragte sie.

»Ich habe die Illustrationen gestern abgeliefert... Nett, daß du fragst. Die Hälfte hatte der Lektor schon gesehen, aber gestern habe ich die ganze Serie abgeliefert, an die zwei Dutzend. Bei Dartmoor, Aegis.«

»Man sieht dir die Nervosität an«, sagte Susanne mit ihrer ruhigen, fast schläfrigen Stimme. »Ich finde die Bilder faszinierend, Jack. Komisch und ernst zugleich.«

Das war auch Jacks Absicht gewesen. Er sah Susanne die braune Aktentasche öffnen, die sie fast immer bei sich hatte, und ein paar Bücher und Hefte auf den rechteckigen weißen Tisch in der Eßecke legen. Sie blieb heute abend hier, bis Jack und Natalia irgendwann zwischen elf und zwölf aus dem Theater kamen. Jack sollte Natalia um sechs in der ›Galerie Katz‹ abholen.

Als Jack in der Galerie ankam, mußte er noch warten, während Natalia im Foyer einen Anruf erledigte. Dann verschwand sie auf dem Flur, um sich die Hände waschen zu gehen, die ganz schön schmutzig waren, denn Isabel und sie hatten mit Bilderrahmen und Drähten und allerlei anderem hantiert. Jack sah zwei Pintos an den Wänden des Foyers hängen, beide dominiert von dieser bläulichroten Farbe, die Jack so besonders mißfiel, und beide vollgemalt mit silbrigen Kreisen in verschiedenen Größen. Was fanden die Leute nur an solch geistlosen Kompositionen? Das Kastanienbraun war schlaff, häßlich und deprimierend zugleich. Natalia mit ihrer freundlichen Geschäftstüchtigkeit hatte in den letzten Wochen Tausende für derartiges Zeug kassiert, und dabei war die Ausstellung noch gar nicht eröffnet. »Mit dem Geld, das Isabel daran verdient, kann sie einen guten Künstler fördern«, hatte Natalia zu Jack gesagt. »Vielleicht mal eine junge Malerin, die eine Ausstellung braucht. Frag mich nicht, wieso die Leute Pinto kaufen.«

Jack sah Isabel in zerknitterten Jeans mit ausgefransten Stößen herumgehen und Aschenbecher leeren, zuletzt auch den Papierkorb neben Natalias Schreibtisch; dann knipste sie in dem großen vorderen Raum, dessen Fenster zur Straße lagen, das Licht aus. Die ›Galerie Katz‹ schloß offiziell um sechs Uhr.

»War's ein guter Tag, Isabel?« Jack stand mit dem Mantel über dem Arm da, den Natalia ihn mitzubringen gebeten hatte. Isabel hatte ihn vor lauter Arbeit noch gar nicht bemerkt.

»Oh, hallo, Jack! Doch, der Tag war gut, danke. Und ich bin müde!« schloß sie gutgelaunt.

Natalia kam wieder. »Fertig!« Sie zog den Mantel an, den Jack ihr aufhielt.

Sie nahmen ein Taxi bis zur West 42nd Street, ganz in der Nähe des Theaters, und gingen auf einen kleinen Imbiß noch rasch in den ›Blarney Rock Pub‹. Natalia bestellte ein Schälchen Chili zu ihrem Scotch. Sie und Isabel hatten heute einen Howard Branston verkauft – der Name sagte Jack nichts, und auch Natalia bezeichnete ihn als einen »Unbekannten«. Das Bild hatte bei ihrem Schreibtisch an der Wand gestanden, und da war jemand gekommen, dem es zufällig gefiel, und hatte sich nach dem Preis erkundigt.

»Fünfzehnhundert, habe ich gesagt – einfach so aufs Geratewohl«, sagte Natalia. »Dann bin ich zu Isabel gegangen und hab sie gefragt. ›Du lieber Himmel, für das Ding?‹ meinte sie. ›Aber versuch's nur ruhig.‹ Und da ist es für diesen Preis weggegangen. Isabel hat mir hinterher gesagt, sie hätte es diesem Branston schon zurückgeben wollen und es deshalb ins Foyer gestellt, nur um es nicht zu vergessen.«

»Vielleicht sollte Isabel ihre Bilder immer nur an die Wand lehnen«, sagte Jack, »dann wirken sie nicht so einschüchternd.« Er betrachtete bewundernd Natalias Gesicht, das nicht hübsch war, aber gut aussah. Sie pflegte ihren besonderen Stil, auch mit der schwarzen Satinbluse, die sie von zu Hause mitgenommen hatte, um sie heute abend anzuziehen. Wieviel interessanter, ausdrucksvoller und folglich auch verführerischer Natalia doch aussah als diese kindergesichtige Elsie Tyler, mochte diese auch auf ihre eigene Weise noch so aufregend sein. Er sah auf die Uhr. Sie hatten reichlich Zeit, noch eine Viertelstunde. Das Stück, das sie sehen wollten, war Sam Shepards *Fool for Love.*

8

Zwei Tage später, an einem Samstagmorgen, bekam Jack einen Brief von Dartmoor, Aegis. Die maschinengeschriebenen Initialen über dem Firmenzeichen auf dem Umschlag lauteten T. E. W. und verrieten Jack, daß der Brief von Trews war, wie alle Welt ihn nannte. Richtig hieß er Trelawney E. Watson und war Lektor bei Dartmoor, Aegis. Jack und Joel hatten ihn vor ein paar Wochen kurz kennengelernt. Jack erwartete, daß Trews ihm schrieb, die Illustrationen gefielen ihm zwar – ihm hatten ja auch die paar schon gefallen, die Jack ihm bisher gezeigt hatte –, aber er habe doch noch ein paar »Änderungsvorschläge«. Die hatten Lektoren immer.

Jack ging an ein Fenster und öffnete den Brief.

Lieber Mr. Sutherland,
ich will Ihnen nur rasch schreiben, daß Ihre 28 Bilder großartig sind. Jedes ist von einer solchen Freiheit und Frische, daß ich nichts hinzugefügt oder weggelassen haben möchte – kurz, keine Änderungen, denn eine Neubearbeitung würde vielleicht nicht mehr so gut. Es ist alles so aus einem Guß, so persönlich und echt. Natürlich kann von echt *nicht eigent-*

lich die Rede sein, ich finde nur, es sieht alles so mühelos aus.

Herzlichen Glückwunsch!
Trews
Trelawney E. Watson

Jack lächelte. Er sah sich im Wohnzimmer um, ohne etwas zu sehen, und fühlte ein paar Sekunden sein Herz schneller schlagen. Von *Trews.* Na bitte, geschafft! Sollte er Joel anrufen und es ihm sagen? Nein, ruhig Blut, dachte Jack. Vielleicht bekam Joel ja heute morgen auch einen Brief von Dartmoor, Aegis wegen eines Vertrags. Die Zustimmung zu den Bildern bedeutete ja wohl sicher einen Vertrag.

Es war gegen neun Uhr morgens, und Natalia schlief noch. Susanne hatte kurz zuvor Amelia zu einem Zoobesuch abgeholt und würde sich den ganzen Tag um Amelia kümmern. Und Natalia mußte mittags in der Galerie sein.

Jack war früh aufgestanden und hatte seine Runde gedreht: die Bedford Street hinunter, rüber zur Hudson und wieder zurück. Er hatte auch diesen Ralph mit seinem God beim Gassigehen gesehen, und wenn Jack nicht alles täuschte, hatte Linderman einen Finger gehoben, als wollte er mit ihm sprechen, aber Jack hatte ihn geflissentlich übersehen. Morgens um sechs im Trainingsanzug herumstehen und sich einen Vortrag über Rechtschaffenheit und womöglich Moral anhören zu müssen, wie Elsie Tyler gesagt hatte – nein danke!

Er sah sich noch einmal den Brief von Trews an und entdeckte unten in der Ecke ein kleines »b. w.« Auf der Rückseite stand handgeschrieben:

Ich habe von einem anderen Projekt gehört, das Sie interessieren könnte. Rufen Sie mich bald mal an.

Der Tag fing wirklich gut an! Jack ging in seinen Arbeitsraum und sah sich seinen neuesten Entwurf an. Er versuchte sich gerade an einer Gleichgewichtsstudie, einem Bild von schwebender Ruhe, wie er sie an einigen abstrakten Bildern von Braque so bewunderte. Er arbeitete mit Bleistift, Radierer und Farbstiften. Lohnte die Mühe, oder schadete sie nur? Von den etwa fünfundzwanzig Bildern, die Jack bisher gemalt und aufgehoben hatte, gefielen ihm nur vier oder fünf richtig. Sollte er doch lieber beim Zeichenstift bleiben? Würde er sich diese Frage in zehn Jahren immer noch stellen, immer noch zu malen versuchen? Wahrscheinlich ja.

Als Natalia aufstand, machte Jack frischen Kaffee und deckte den Tisch für ein Frühstück mit Croissants, die er schon vorher besorgt hatte. Er zeigte Natalia den Brief von Trews.

Natalia fand das »herrlich«. »Hoffentlich stecken die auch was in die Werbung. Das sollte im Vertrag stehen. Wieviel soll das Buch noch mal kosten?«

»Irgend jemand hat von sechzehn fünfundneunzig gesprochen. Schade, daß es so ein dünnes Buch ist. Bei dem Preis!«

»Für Bilder zahlen die Leute«, sagte Natalia ruhig und biß in ein Croissant. »Ich werd's Isabel sagen – sie bitten, ein paar Exemplare in der Galerie auszulegen... Ich glaube, das hat sie sogar schon angeboten.«

Jack war wieder in seinem Arbeitsraum, als Natalia den Vorhang öffnete, um sich zu verabschieden.

»Halb sieben bin ich wieder da – hoffentlich. Ich habe ein bißchen in Amelias Zimmer aufgeräumt. Vielleicht reizt es Susanne zur Nachahmung. So ein schlampiges kleines Mädchen aber auch!« sagte Natalia, Betonung auf »klein«.

Jack lachte.

Ein paar Minuten, nachdem die Wohnungstür zugefallen war, konnte Jack doch nicht widerstehen und rief Joel MacPherson an.

Joel hob nach dem neunten Klingelton ab. Er keuchte

vernehmlich. »Ich wollte gerade einkaufen gehen – mußte extra noch mal aufschließen.«

»Kannst du nicht Terry einkaufen schicken?«

»Terry ist nicht hier. Denkst du, wir leben zusammen?«

»Solche unartigen Fragen stelle ich nicht.«

»Dann laß auch die artigen Anspielungen«, sagte Joel.

»Ich ruf an, weil – ich habe einen netten Brief von Trews gekriegt. Er mag die Bilder. Keine Änderungswünsche.«

»Im Ernst? Keine Änderungen? Das heißt Vertrag. Danke, Jack!«

»Ich zeige dir den Brief irgendwann. Er dichtet die reinsten Lobeshymnen – geh doch mal runter und hol deine Post.«

Danach war es ruhig, und Jack konnte arbeiten und die Zeit vergessen. Er experimentierte mit Farben, Braun, Hellgrün und Ocker, und versuchte sie sich in Öl vorzustellen. Das Gelb war eine schwebende Mandelform. Er stellte die Skizze auf den Tisch und trat zur Begutachtung einen Schritt zurück.

Es klingelte. Einmal und ganz kurz.

»Mist!« schimpfte Jack. Vielleicht spielten da nur ein paar Kinder Mäuschenfangen. Er öffnete die Wohnungstür, um hinunterzugehen und nachzusehen, wer es war, bevor er die Haustür aufmachte, und hörte zuerst fernes Murmeln, dann deutlich die Stimmen von Susanne und Amelia. Jack hatte die beiden erst am späten Nachmittag erwartet und ärgerte sich ein bißchen. Er beugte sich übers Treppengeländer, und als sie im zweiten Stock waren, rief er hinunter:

»Ist was passiert, Susanne?«

»Nein, Jack. Amelia braucht nur einen Mantel.«

Draußen sei es kalt geworden, berichtete Susanne. Amelia bestand darauf, bereits erkältet zu *sein*, und Susanne meinte, sie sei nicht erkältet und solle nicht so übertreiben. Susanne hatte etwas zum Lunch mitgebracht, von ihrer Mutter, und fragte Jack, ob er mitessen wolle, aber er wollte nicht.

»Dann machen wir mal die Küchentür zu, damit dich der Krach nicht stört. Du willst sicher arbeiten«, sagte Susanne.

So war es. Nach dem Lunch wollten die beiden wieder fortgehen.

»Ach so, Jack, unten liegt was im Briefkasten. Ich hätte es mit raufgebracht, aber ich hatte ja keinen Schlüssel.«

»Ich habe heute morgen schon die Post raufgeholt. Sieht es nach was Wichtigem aus?« Der Briefkasten hatte vorn eine blütenförmige Öffnung, durch die man hineinsehen konnte.

»Keine Ahnung. Weißer Umschlag. Soll ich mal runtergehen?«

»Nein, das mache ich schon.«

Jack ging aus reiner Neugier. Der Brief war nicht frankiert und handschriftlich an John M. Sutherland adressiert, mit Straße und Postleitzahl. Jack wollte ihn schon öffnen, da sah er Mrs. Farley mit ihrem vollen Einkaufswägelchen auf dem Gehsteig und half ihr erst einmal, die Sachen in den zweiten Stock hinaufzutragen. Mrs. Farley war über siebzig und lebte allein.

»Sehr lieb, Mr. Sutherland! Und wie stark Sie sind!«

»Kinderspiel! Es war mir ein Vergnügen, Mrs. Farley.« Jack grinste, vergewisserte sich noch, daß sie ihr Wägelchen auch in die Wohnung bekam, und ging weiter die Treppe hinauf.

Der Brief war von Ralph Linderman und handgeschrieben. Jack las ihn und runzelte immer verwunderter die Stirn.

Samstag

Sehr geehrter Mr. Sutherland,

Ich schreibe Ihnen, weil ich einen Brief für weniger aufdringlich halte als einen Anruf, und vielleicht kann ich mich darin auch klarer ausdrücken. Es geht um Elsie – den Namen werden Sie ja inzwischen kennen –, die ich gestern mit Ihnen aus Ihrem Haus kommen sah. Ich weiß nicht, was sich zwischen Ihnen abgespielt hat. Elsie ist ein sehr beeinflußbares junges Mädchen, sehr schwach in dem Sinne, daß ihr Charakter noch ungefestigt ist. Sie ist leicht auf Abwege zu führen, und das hat schon angefangen. Sie ist erst vor kurzem – vor sehr kurzem – in diese große Stadt gekommen und weiß sich nicht zu schützen, und ich weiß, daß sie schon in Kreise geraten ist, die man in jeder Hinsicht als schlechte Gesellschaft bezeichnen muß. Ich glaube, daß die Frau, mit der sie die Wohnung teilt, eine gemeine Prostituierte ist, obwohl auch noch sehr jung. Elsie hat nicht viel Geld, und Sie kennen ja die Versuchungen. Sie sind ein verheirateter Mann, aber schon mancher verheiratete Mann hat sich ins Unglück gestürzt, ohne es zu wollen. Es könnte zweierlei passieren. Elsie könnte auf ihre Weise versuchen, Geld von Ihnen zu bekommen, oder einer der Nichtsnutze, mit denen sie Umgang pflegt, könnte aus irgendeinem Grund über Sie herfallen wollen. Nichts ist unmöglich in dieser riesigen Stadt, in der so viele Halbirre herumlaufen. Ich habe für Sie und Elsie nur das Beste im Sinn. Und ich halte es, mit Verlaub, und ohne mich einmischen oder Sie kränken zu wollen, für das Beste, wenn Sie und Elsie einander nicht mehr sehen.

Gern würde ich Ihnen noch ein paar Worte zu diesem Thema sagen, wenn Sie mir zuhören wollen. Wenn nicht, nehmen Sie diese meine Worte so, wie sie gemeint sind – freundlich, hilfsbereit und hoffnungsvoll.

Ihr sehr ergebener
Ralph Linderman

Der alte Esel mußte eine lebhafte und ziemlich schlüpfrige Phantasie haben. Jack hatte ein ungutes Gefühl, fand den Brief irgendwie bedrohlich. Es war ein beidseitig beschriebenes Blatt Schreibmaschinenpapier, wie es die meisten Leute nicht im Haus hatten. Ob Ralph Linderman nebenbei Romane schrieb? dachte Jack. Abhandlungen über Moral? Seine Handschrift war klein und leserlich, alle Wörter durchgezogen.

Ignorieren, dachte Jack. Der Kerl wollte doch nur beachtet und ernst genommen werden. Aber es irritierte ihn schon, daß Ralph Linderman in der Gegend patroullierte, sogar bis hierher vor Jacks Haustür. Jack hatte gar nicht die Absicht, Elsies Angebot zum Modellstehen anzunehmen, aber wenn nun doch? Was hatte dieser Trottel sich darüber aufzuregen? Linderman hatte keinen Absender auf den Umschlag geschrieben. Jack nahm das Telefonbuch und sah unter Linderman nach. Er fand tatsächlich einen Linderman, Ralph W., in der Bleecker Street, wo er laut Elsie wohnte, und das überraschte ihn etwas, denn eigentlich hatte er nicht damit gerechnet, daß Linderman einen Privatanschluß hätte. Das verlieh ihm eine gewisse Respektabilität, und auch das wollte Jack nicht recht gefallen.

Jack hatte Natalia gestern abend schon von Elsies Überraschungsbesuch und ihrer Verbindung zu dem Mann, der ihm die Geldbörse zurückgebracht hatte, erzählen wollen, es dann aber doch nicht getan, weil sie soviel über *Fool for Love* geredet hatten, denn das Stück hatte Natalia besser gefallen als ihm. Aber wenn er ihr jetzt von Elsie und dem heutigen Brief von Linderman erzählte, fürchtete er, es werde Natalia nur beunruhigen, und der Unterhaltungswert war auch wieder nicht so groß, daß er das Erzählen gerechtfertigt hätte.

Er erinnerte sich, daß er vor ungefähr drei Wochen einmal morgens mit Amelia fortgegangen war, um bei Rossi etwas einzukaufen, und plötzlich hatte Amelia mit ausgestrecktem Finger gerufen: »Guck mal, Daddy! Da ist der Mann, den du gemalt hast! Mit dem Hund!« Und tatsächlich, auf der andern Straßenseite hatte Ralph Linderman gestanden und zugeschaut, wie God das Bein hob. »Willst du ihm nicht guten Tag sagen gehen?« Nein, hatte Jack geantwortet, jetzt nicht, und hatte seine Tochter rasch weitergezogen.

Ralph hatte merkwürdige Zeiten. Das war um so ärgerlicher, als es Jack das Gefühl gab, von einem Dreimannteam in Achtstundenschichten rund um die Uhr bewacht zu werden. Und Elsie hatte merkwürdige Zeiten. Aber eigentlich hatte er die selbst auch, denn manchmal arbeitete er bis zwei Uhr morgens, und wenn er Hunger bekam, ging er dann auch mitten in der Nacht noch irgendwo etwas essen.

Jack beschloß, Ralph Linderman zu ignorieren und ihn einfach nicht zu sehen und zu hören, wenn er ihn auf der Straße anzusprechen versuchte. Linderman würde des Spielchens dann schon müde werden und sich jemand andern vorknöpfen, den Elsie gelegentlich sah.

Da Linderman seinen God in der Bedford Street Gassi zu führen schien, gewöhnte Jack sich an, diese Straße zu meiden, wenn er morgens seinen Frühsport machte, was er ohnehin nicht jeden Morgen tat, und statt dessen auf der Grove Street nach Westen in Richtung Hudson Street zu laufen. Und manchmal war Natalia auch am frühen Morgen in Stimmung, kam halbwach zu ihm gekrochen und weckte ihn, indem sie den Arm um seine Hüfte legte, seinen – man denke! – erogensten Körperteil, zumindest bei Eröffnung des Spiels. Oft sank Natalia danach wieder in tiefen Schlaf, worüber Jack sich freute, weil er sich dann einbilden konnte, sie glücklich gemacht zu haben, und später weckte er sie mit einer Tasse schwarzem Kaffee, wenn sie aus irgendeinem Grund aufstehen mußte; sonst ließ er sie einfach schlafen, bis sie von selbst aufwachte.

Die nächste Woche brachte eine kleine Enttäuschung und eine kleine Freude. Die Enttäuschung war das Buch, das Jack zum Illustrieren angeboten worden war; es war vulgär, gekünstelt und in Jacks Augen kein bißchen lustig. Es kam von einem anderen Verlag namens Flagship und war nichts weiter als eine Witzesammlung – Joels *Halbverstandene Träume* waren dagegen Literatur – und Jack lehnte höflich ab. Ein Blick auf die Manuskript- oder Witzseiten im Büro hatte genügt. Einer der Witze war ein zotiges Wortspiel mit *Schmiernippel.* Von John Sutherlands Illustrationen erhoffte man sich wohl Verkaufsförderung. Trews hatte sicher nicht gewußt, was für ein Schund das war. Jack hatte aber auch den Lektor nicht gemocht, mit dem er hatte verhandeln sollen, obwohl das vielleicht nur daher kam, daß er ihn mit dem Buch in Verbindung brachte, und so hatte er seinen Preis maßlos überhöht. »Ich bekomme jetzt tausend pro Illustration, zuzüglich gestaffelte Tantiemen und...« Hatte der Lektor ihm das abgenommen? Jedenfalls hatte er große Augen gemacht, und vielleicht sprachen seine Preise sich jetzt herum, was ja auch nicht schaden konnte, wenn es nach Natalia ging. Jack nahm sich vor, zu Trews nichts weiter darüber zu sagen, solange der ihn nicht selbst fragte, was bei den Verhandlungen mit Flagship herausgekommen sei.

Der Lichtblick war eine Postkarte von Elaine und Max Armstrong, ihren Freunden in der West 11th Street. Sie schrieben, daß sie Anfang November aus Paris zurückkämen und hofften, Natalia und Jack würden dann zu Hause sein. Max war Rechtsanwalt, knapp vierzig Jahre alt und von seiner Firma für vier Monate nach Paris geschickt worden. Die Armstrongs hatten einen sechsjährigen Sohn namens Jason, und dadurch hatten die Sutherlands und Armstrongs sich im Kindertheater von Greenwich Village kennengelernt. Elaine arbeitete für ein Möbelhaus und war etliche Jahre jünger als Max. Für Max war es die zweite Ehe.

»Die beiden haben mir richtig gefehlt«, sagte Natalia, nachdem sie die Karte gelesen hatte. Sie sagte es mit diesem Ernst, den sie manchmal an sich hatte, die Stirn leicht krausgezogen und ohne Jack dabei anzusehen, als dächte sie nur laut. In solch unkomplizierten Momenten lag Jack ihr zu Füßen.

Ähnlich kurz und bündig hatte sie Shepards *Fool for Love* kommentiert. »Ich verstehe schon, warum Halbgeschwister sich tiefer ineinander verlieben können als Leute, die nicht verwandt sind.« Natalia glaubte, in jedem stecke ein starker Drang zum Inzest, weshalb man ihn mit einem Tabu belegt habe. Sie sprach von kleinen Geschwistern, die sich miteinander auf dem Boden tummelten, wogegen Jack einwandte, die beiden hätten sich ja erst mit etwa fünfzehn Jahren kennengelernt. »Aber da wußten sie immerhin, daß sie Halbgeschwister waren«, sagte Natalia, »und ich rede von etwas so Primitivem wie den Paarungsversuchen kleiner Katzengeschwister, sobald sie reif dafür sind.« Jack verstand ihre Worte, nicht aber die Gefühle, von denen sie sprach, jedenfalls nicht auf Menschen bezogen. Das ging ihm oft so mit Natalia.

Jack fand, daß Natalia ebensoviel Zeit ohne ihn wie mit ihm verbrachte. Louis Wannfeld war geschäftlich dauernd zwischen New York und Philadelphia unterwegs, und wenn Jack ihn in der einen Stadt vermutete, war er vielleicht in der andern, und Natalia war dann womöglich auch gerade dort und traf sich mit ihm, nicht einmal gezielt, sondern nur, weil Louis zufällig da war. Wenn Natalia mit Louis »aus« gewesen war oder ihn zu Hause besucht hatte, kam sie meist erst um zwei oder drei Uhr nachts nach Hause, aber wenn sie dann am nächsten Morgen müde war, konnte sie Isabel, die meist schon ab zehn in der Galerie war, einfach anrufen und ihr sagen, sie möchte lieber erst um zwei kommen, und soweit Jack es beurteilen konnte, war Isabel nie böse. Jack wußte, daß er Natalia zu den Abenden bei Louis hätte begleiten können, aber er wußte eben auch, daß Louis' Freundeskreis überwiegend aus Männern bestand, Homosexuellen also, unter denen Jack sich immer etwas überzählig vorkam.

»Wir reden nicht über Sex – und erzählen auch keine Witze«, versuchte Natalia ihm mit leisem Vorwurf in der Stimme zu erklären. »Überhaupt wird auf sogenannten normalen Partys mehr über Sex geredet und mehr angebändelt, wenn du mich fragst.«

Sie redeten über alles andere als Sex, sagte Natalia. Aber sie – die Jungs – hätten immer ganz gern ein paar Mädchen oder auch eine ältere Frau um sich. Natalia eine ältere Frau, mit achtundzwanzig! Aber diese jungen Männer waren zum Teil ja auch erst zwanzig, hatte Jack gehört. Er war auch eigentlich nicht sauer, denn zu den Grundlagen ihrer Ehe gehörte die Respektierung der beiderseitigen Unabhängigkeit, um kein »Zwangsjackengefühl« aufkommen zu lassen, wie Natalia es ausgedrückt hatte. Mit dem Verstand, der Logik, konnte Jack dem auch voll zustimmen. Zum einen schob es die Gefahr der Langeweile zu zweit hinaus, vielleicht für immer. Bevor sie heirateten, hatte Jack sich auf diese Art von Eigenständigkeit verpflichtet und würde nun keinen Rückzieher machen. Als weiterer Gesichtspunkt, über den Jack sich nicht beklagen konnte, kam hinzu, daß ihm dadurch mehr Zeit zum Arbeiten blieb.

Ohne Wissen Natalias, die seine kreativen Bemühungen respektierte und nie wissen wollte, was er zur Zeit tat, hatte Jack in letzter Zeit angefangen, seine meist langen, dünnen Gruselgestalten in Akryl auf Leinwand zu bringen. Am besten wirkten sie in hellen Pastellfarben mit haarfeinen schwarzen Umrissen, manchmal nur Teilumrissen. Natürlich konnte er selbst mit dem feinsten Pinsel nicht genau so schnell und flüssig zeichnen wie mit der Feder, aber seine bisherigen rund zehn Versuche fand er gar nicht so schlecht. Besonders gut gefiel ihm »Der Selbstmord« – so hatte er das Bild genannt, auf dem eine Figur undefinierbaren Geschlechts über eine fast volle Badewanne gebeugt stand, in den Händen einen Strick, ein Rasiermesser und einen Blumenstrauß.

Jack mied also die Bedford Street, aber als er eines Morgens aus der Hudson in die Barrow Street einbog, erblickte er trotzdem Ralph Linderman. Linderman überquerte soeben die Barrow Street, natürlich mit God an der Leine, sah Jack und rief von der anderen Straßenseite herüber: »Oh, Mr. Sutherland! Kann ich Sie mal...«

Jack lief auf seiner Seite weiter, als ob er nichts gehört hätte. Seit Lindermans Brief, den Jack zerrissen und weggeworfen hatte, waren inzwischen zwei Wochen vergangen, vielleicht sogar mehr.

9

Ende Oktober bis Anfang November erlebte Ralph Linderman nichts als Unerfreuliches. Im Oktober bekam er ein Telegramm, daß seine Mutter an Herzschlag gestorben sei und »seine Dienste benötigt« würden. Er solle sich mit der »unterzeichneten Mabel Haskins« in Verbindung setzen, die ihm auch gleich ihre Telefonnummer mitteilte. Ralph erinnerte sich an den Namen und hatte die Frau seines Wissens auch einmal kennengelernt. Sie war die Nachbarin und in den letzten Jahren auch die beste Freundin seiner Mutter gewesen. Als er anrief, erfuhr er, daß seine Mutter mehr als vierundzwanzig Stunden in ihrem Wohnzimmer auf dem Boden gelegen hatte, bevor sie von Mabel und dem Hausverwalter, der einen Schlüssel hatte, gefunden wurde. Wenn Ralph dem Begräbnis beiwohnen wolle, solle er sofort kommen.

Ralph hatte dazu überhaupt keine Lust, aber er meldete den Trauerfall bei seinem Arbeitgeber und fuhr nach New Hampshire, wo er erfuhr, daß seine Mutter vor sechs Stunden beerdigt worden sei. Der Leichenbeschauer suchte ihn eigens in der Wohnung seiner Mutter auf. Die Beisetzung sei nach dem Stand ihrer jeweiligen Versicherungen durchgeführt worden. Es sei ein anständiges Begräbnis gewesen, sagte Mabel Haskins, die gerade bei ihm war, als der Leichenbeschauer kam. Ralph mußte Papiere unterschreiben und tat es. Mabel Haskins wußte über die Angelegenheiten seiner Mutter wenig, aber es war besser als nichts. Sie wußte, wo sie ihr Scheckbuch aufbewahrte, und in der Nachbarschaft standen anscheinend nur noch ein paar kleinere Rechnungen offen. Ralph mußte dafür sorgen, daß die Möbel seiner Mutter – es war nichts Wertvolles dabei – versteigert oder an die Heilsarmee gegeben wurden. Mrs. Haskins lud ihn freundlich ein, in ihrem Haus zu übernachten – sie war ebenfalls Witwe und hatte ein Zimmer leerstehen –, und Ralph nahm an. Vor lauter Grübeln, fremdem Zimmer und ungewohnter Schlafenszeit bekam er zwar kaum ein Auge zu, aber das machte ja nichts. Er hatte sich einen Tag zusätzlich frei genommen, um alles abzuwickeln. Aus irgendeinem Grund hatte er für das Begräbnis noch elfhundert Dollar zu zahlen; er stellte einen Scheck über zweihundert Dollar aus und versprach, den Rest binnen eines Monats zu begleichen. Es war ein bißchen Schmuck vorhanden, und Ralph entschied sich nach kurzem Zögern, einen Ring zu behalten, an den er sich erinnerte und der für die knotigen Finger seiner Mutter wohl in den letzten Jahren zu klein gewesen war. Auf keinen Fall wollte er etwas vom Schmuck seines Vaters haben, keine Krawattennadel, keine Manschettenknöpfe. Das eine oder andere gab er Mrs. Haskins zum Behalten oder Verkaufen. Sie war eine gebeugte, aber temperamentvolle kleine Frau mit braunen Augen. Eines davon war getrübt, infolge einer Verletzung, sagte sie. Letzten Endes war er dankbar für ihre Hilfe. Nach zwei Tagen war er noch nicht einmal am Grab seiner Mutter gewesen, weil er einfach keine Lust dazu hatte. In den beiden fast schlaflosen Nächten hatte Ralph in eine dunkle Ecke der cremeweißen Zimmerdecke gestarrt und daran zurückgedacht, wie er mit zehn, zwölf Jahren seine Mutter geliebt hatte und sogar eifersüchtig auf seinen Vater gewesen war, weil ihm die Liebe seiner Mutter galt. Mit zwölf hatte er sich von seiner Mutter dann regelrecht verschmäht gefühlt und war zutiefst gekränkt gewesen, was er aber für sich behielt. Sie hatte weiter für ihn gesorgt, ihm sein Essen gekocht und so weiter, aber Ralph hatte eine schreckliche Kälte gespürt. Das hatte er nur überwinden können, indem er sich eine Zeitlang einredete, sie zu hassen, aber er hatte sie nie wirklich gehaßt. Als er mit achtzehn aufs College ging, hatte er die Grenzen seiner Mutter erkannt und beschlossen, sie so zu akzeptieren, wie sie war, und als sein Vater starb, hatte er auch seine Pflicht als Sohn getan. Aber sie lieben? Nie mehr. Sie hatte ihn auch gezwungen, in die Kirche zu gehen; noch mit fünfzehn und älter hatte sie ihn hingetrieben. Dabei hatte sogar sein Vater sich so manchen Sonntag mit faulen Ausreden davor gedrückt. Die Mutter hatte damit sehr zu seinem Kirchenhaß beigetragen, und das war ja nur gut so. Erst nachdem sein Vater gestorben war und er das College verlassen und eine Arbeit aufnehmen mußte, hatte er sich strikt geweigert, noch einmal einen Fuß in irgendeine Kirche zu setzen. Was hatte die Kirche denn mit Moral zu tun? Sehr wenig, und das Wenige waren meist Verstöße gegen die Moral. Ralph sah durchaus, daß die Kirche den Leuten, wenn sie starben, ein schönes Begräbnis bereitete und denen, die dabei waren, das Gefühl gab, das Rechte zu tun und den Toten die Ehre zu erweisen. Schön und gut. Aber im Laufe der Weltgeschichte hatte die Kirche stets Recht und Unrecht zu ihren Gunsten gedreht und sich den herrschenden Mächten angebiedert, das heißt, sich meistens gegen die Armen gestellt, um die Ordnung zu erhalten. Die Wohlhabenden Amerikas waren natürlich alle fleißige Kirchgänger, hochangesehene weiß-angelsächsische Protestanten, und Gott ein Werbeträger der Republikanischen Partei. Schmutziges Geschäft! Nur in Polen war das anscheinend anders, dort war die Kirche kämpferisch. Solche Gedanken gingen Ralph durch den Kopf, wenn in den Morgenstunden die winterliche Tagesdämmerung verspätet und zaghaft durch die unvertrauten Fenster brach.

»Ich glaube an kein Leben nach dem Tod«, sagte Ralph einmal auf eine besonders unsinnige Bemerkung von Mrs. Haskins. »Und es ist barbarisch, Leichen einzubalsamieren und in dicke Särge zu legen, wo sie sich ja doch nicht halten und – jedenfalls ist Feuer hygienischer, und Asche braucht weniger Platz.«

Mrs. Haskins meinte, er sei nur ein bißchen erregt.

Das nächste Ärgernis passierte eines Nachts im Midtown-Parkhaus, als plötzlich zwei Schwarze und noch ein dritter, der eher nach Latino aussah, in das verglaste Büro kamen, wo Ralph gerade stand, und einer eine Pistole auf ihn richtete.

»Kasse auf, sonst bist du tot. Sofort!«

Ein anderer kicherte nervös, aber sie standen unverrückbar wie die Statuen, alle drei sprungbereit in ihren Turnschuhen und ohne einen Blick von ihm zu wenden, und es wäre nicht klug gewesen, in dieser Situation die Schublade zu öffnen und eine Waffe herauszureißen. Joey war gerade zur Toilette gegangen, und das mußte das Trio beobachtet haben. Ralph machte einen Schritt nach hinten, wo der Schreibtisch an die Wand stieß, und drückte auf einen Knopf. Es war der stumme Alarm, der die Polizei herbeirief.

»Keine Bewegung!« rief einer der Burschen und bewegte die Hand in der Jackentasche, als ob er eine Waffe darin hätte.

»Hab mich ja gar nicht bewegt. Da ist das Geld«, sagte Ralph und deutete mit dem Kopf zur Kasse, die weiter vorn auf einem andern Tisch stand. Wenn sie sich dann alle auf die Kasse konzentrierten oder das Schloß kaputtzuschießen versuchten, wollte Ralph zur Pistole greifen.

In dem Moment kam Joey angerannt; die drei sahen ihn; Ralph schnappte sich eine Pistole und entsicherte, und wie der Blitz ergriff das Trio die Flucht und verschwand im selben Moment nach links um die Ecke, als eine Polizeisirene ertönte.

Das war's. Nichts war passiert. Die Polizei nahm Ralphs Bericht auf. Joey hatte die Burschen auch gesehen. Wie konnte man Affen beschreiben? Kurzes schwarzes Kraushaar, alle so um achtzehn. Nicht einmal mit ihren Jeans, Turnschuhen und hüftlangen schwarzen Kunstlederjacken war etwas anzufangen, denn die waren schon fast wie eine Uniform. Die Waffe konnte eine Attrappe gewesen sein, dachte Ralph, sagte es aber nicht, denn viele Waffen sahen wie Attrappen aus und waren echt – oder umgekehrt.

Es war also nichts wirklich passiert, und doch erschien der Vorfall Ralph jetzt wirklicher als der Tod seiner Mutter, ihr Fortsein. Daß die Polizei gekommen war – auch Wirklichkeit. Keiner hatte Ralph gelobt, vielleicht hatte er auch kein

Lob verdient, aber er hatte das Richtige getan. Der Überfall war Wirklichkeit gewesen; er zumindest wußte, daß er das war.

Aber der Tod seiner Mutter, nein. Sie war nur jemand, dem er nun nicht mehr einmal oder zweimal monatlich schreiben mußte. Sie würde ihm fehlen, obwohl sie ihm selten geschrieben hatte und ihre Briefe einer so langweilig wie der andere gewesen waren, wenn sie schrieb. Die elfhundert Dollar, die er hatte zahlen müssen, taten ihm nicht weh; er war sich eher ein bißchen schäbig und herzlos vorgekommen, als er den Scheck über die restlichen neunhundert Dollar ausstellte, wie wenn er sich freikaufte, sich auf diese eiskalte Art von seiner Mutter verabschiedete.

Kummer bereitete ihm außerdem noch das Mädchen Elsie, und in geringerem Maße auch der junge John M. Sutherland, von dem er vor ein paar Monaten noch so eine hohe Meinung gehabt hatte. Vielleicht war Elsie schon ganz tief gesunken, wahrscheinlich sogar, aber dank ihrer Jugend war sie noch zu retten. Hoffentlich wurde sie nur nicht schwanger oder holte sich eine dieser gräßlichen Geschlechtskrankheiten wie Syphilis (die ja heilbar sein sollte, das wußte er) oder Herpes, der seines Wissens unheilbar war, oder diese neueste, die AIDS hieß und von Homosexuellen auf normale Menschen übertragen werden konnte. Es ging ja heutzutage alles drunter und drüber, Homosexuelle waren oft verheiratet, kaum einer liebte noch irgend jemanden oder blieb mit einem Menschen zusammen. Man nehme John Sutherland. Ralph war nicht *sicher*, daß er es mit allen möglichen trieb, aber der Mann hatte seiner Meinung nach so etwas Affiges und Egozentrisches an sich. Er hatte auf Ralphs Brief nicht geantwortet – aber nachdem Ralph ihn in Sutherlands Briefkasten gesteckt hatte, war ihm eingefallen, daß er keinen Absender auf den Umschlag geschrieben hatte – und Sutherland hatte ihn bewußt übersehen, als Ralph ihn auf der Straße hatte ansprechen wollen. Dabei hatte Ralph sich Mühe gegeben mit dem

Brief, und es war ein höflicher Brief gewesen. Wenn Mr. Sutherland mit Elsie nichts Unrechtes im Sinn hatte, warum sagte er es nicht, warum war er nicht bereit, sich auf der Straße mit ihm zu unterhalten? Oder er hätte ja nur das Telefonbuch aufzuschlagen brauchen und seinen Namen finden und sich mit ihm in Verbindung setzen können, aber auch das hatte er nicht getan.

Diese Sorgen um Elsies und John Sutherlands Wohlergehen waren Probleme von durchaus unterschiedlicher Größe. Elsie war bei weitem das größere, Sutherland nur »eine kleine Wolke wie eines Mannes Hand«, so hieß es irgendwo im Buch der Bücher. Er hatte Elsie in den letzten drei Wochen zweimal gesehen, obwohl es schon schwierig war, sie auch nur von weitem zu Gesicht zu bekommen. Sie arbeitete zwar noch in dieser Kaffeebar an der 7th Avenue, schien aber dauernd die Schicht zu wechseln. Und nicht nur das – sobald sie ihn eintreten sah, verzog sie sich jedesmal in die Küche oder bat eine Kollegin, ihm seinen Kaffee oder dergleichen zu servieren. *Ach, hören Sie doch auf,* hatte sie beim ersten der beiden Male, als er mit ihr sprach, stirnrunzelnd gesagt und es von da an vermieden, ihn zu bedienen. Ralph hatte gesehen, wie zwei andere Bedienungen einander angrinsten, und sich gefragt, wieviel mehr sie wohl über Elsies nächtliches und sonstiges Treiben wußten als er. Das zweitemal hatte er ein paarmal leise ihren Namen gerufen, um sich eine halbe Minute mit ihr unterhalten zu können, und schließlich hatte sie sich vor ihn hingestellt und über die Theke zu ihm gesagt: *Kümmern Sie sich gefälligst um Ihre eigenen Sachen, sonst rufe ich die Polizei. Das ist schon gar nicht mehr komisch.* Und dann hatte sie noch etwas von einer Chefin in der Küche gesagt (Ralph glaubte nicht, daß es in der Küche eine Chefin gab), die sie bitten werde, ihm Lokalverbot zu erteilen. Sehr bedauerlich. Aber Menschen, die eine führende Hand, einen guten Rat brauchten, umgaben sich ja oft mit einer Mauer von Widerstand. Hätte er ihr Jesu Nachfolge oder so etwas gepredigt, dann könnte er ja verstehen, daß sie ihn zum Teufel schickte; aber er bot ihr doch nichts als gesunden Menschenverstand! Sie war so verletzlich! Ralph wurde richtig wütend, wenn er sie sich hinter dieser Theke vorstellte, zu allen Tages- und Nachtzeiten, von sechs Uhr abends bis nachts um zwei oder von acht Uhr morgens bis nachmittags um vier, so jung und hübsch und von strahlender Gesundheit und Unschuld. Unschuld! Das reizte doch gerade diese abartigen Jungen und Alten, die sie so begafften. Ralph hatte ihre lüsternen Blicke gesehen, Tag und Nacht. Bei manchen von diesen Typen hatte er Elsie sogar stehenbleiben und mit ihnen lachen, ihnen zum Spaß ihren Wischlappen ins Gesicht schlagen sehen, daß sie fast von ihren Hockern fielen vor lauter Freude, daß sie sich mit ihnen abgab. Alle versuchten sich natürlich mit ihr zu verabreden, und Ralph zweifelte nicht, daß sie manchmal darauf einging. Wenn sie nachts um zwei Uhr Feierabend hatte, konnte man sich leicht ausmalen, wie sie mit einem dieser Rüpel noch irgendwo einen trinken ging und er sie anschließend nach Hause begleiten wollte. Und dann? Ralph hatte herausgefunden, wo sie wohnte – in der Minetta Street –, und auch das Mädchen gesehen, mit dem sie dort zusammen wohnte. Einmal, samstags, als er nicht zur Arbeit mußte, hatte er sie und die andere aus dem Supermarkt an der 6th Avenue kommen sehen und war ihnen bis zu dem Haus in der Minetta Street gefolgt. Die andere schien etwa fünfundzwanzig zu sein; sie war größer als Elsie, hatte rötliche dunkle Haare und dazu Klamotten angehabt, in denen sie aussah wie frisch aus einem türkischen Harem: rote Pluderhosen, an den Fußknöcheln mit Kettchen zusammengehalten, und spitze vergoldete Sandaletten – im Oktober! –, alles in allem jedenfalls wie eine Nutte. Vielleicht betrieb diese Langhaarige in der Minetta Street einen Callgirlring, und Elsie verdiente sich als eines ihrer Mädchen ein Zubrot. Ralph sah noch immer dieses abscheuliche Grün – oder war es Violett? – auf den Lidern der Haremsdame. Vielleicht ein Überbleibsel vom

Abend davor. Jedenfalls ungewaschen hatte sie ausgesehen, und sie konnte Ralph jederzeit gestohlen bleiben. Elsie war anders, war auch an diesem Samstag anders gewesen, wie sie da, obwohl sie beide Arme mit Einkaufstüten vollgeladen hatte, in ihren weißen Tennisschuhen dahinhüpfte, ganz vertieft in ihr Gespräch mit der Haremsdame. Ralph hatte erwartet, sie werde der andern an der Haustür ihre Sachen geben und sich verabschieden, aber Elsie war mit ihr ins Haus hineingegangen, als wohnte sie selbst dort. Vorher hatte Elsie in der King Street gewohnt, das wußte er, weil er ihr ein paarmal nachgegangen war, und dann ein paar Wochen in der 8th Street, natürlich in einer Wohnung, die jemand anderm gehörte. Einem Mann? Einer Frau? Das hatte Ralph nie herausbekommen. Wie konnte ein Mädchen ein Gefühl für Heimat, für Anstand und Sicherheit entwickeln, wenn es so in der Weltgeschichte herumhüpfte?

Zur Krönung dieser langen Serie von Kränkungen mußte Ralph auch noch entdecken, daß ihm wieder mal eine seiner Erfindungen gestohlen worden war. Es handelte sich um eine einfache, preiswerte Methode der Meerwasserentsalzung. Die Zeichnung in der ›Times‹ war ganz ähnlich der, die Ralph vor ungefähr sechs Jahren in sein Notizbuch gemalt hatte. Ein Zufluß *warmen* Salzwassers – jawohl, genau – dicht unter der Oberfläche, von wo es in eine Hitzekammer geleitet und verdampft wurde, und natürlich hatte Ralph auch an das Vakuum gedacht, den Unterdruck, der den Siedepunkt des Wassers senkte. Natürlich gehörten dazu noch ein Generator und eine Turbine, die Ralph ebenfalls eingeplant hatte, genau wie in der Zeitung abgebildet. Ralphs Zeichnung und Notizen waren in einem seiner unlinierten Notizhefte auf dem Regal über seinem Tisch. Wenn er sich an das Jahr erinnern könnte, würde er die Skizze sehr schnell wiederfinden. Ralph sparte sich die Mühe. Er hätte ein kleines, und sei es noch so unzulängliches, Modell anfertigen und ans Patentamt in Washington schicken sollen, das war sein Fehler gewesen.

Wie oft war ihm das nun schon passiert? Fünfmal, sechsmal? Darüber mochte er nicht einmal mehr spekulieren. Es hätte ihn nur noch mehr verdrossen.

Er hatte noch etwas weiße Farbe im Haus gehabt und weitere dazugekauft. Weißen Emaillack. An seinen beiden freien Tagen in der Mitte der Woche lackierte er die Bücherregale, staubte seine Bücher und Notizhefte und alten Magazine ab und räumte, während der Lack trocknete, die oberen Regale in der Küche ab und säuberte sie, um sie ebenfalls komplett neu zu lackieren, aber er begnügte sich dann doch mit der Außenseite. Die Regale waren an der Wand festgeschraubt. Er mußte noch immer recht grimmig dreingeschaut haben, als er in den Laden trat, denn Johnny sagte: »Bitte heute keine Predigt, Mr. Linderman, ich bin nicht in Stimmung. Und ich war ganz brav, das schwöre ich!« Lachend schlug Johnny ein Kreuzzeichen über der Brust. »Hab mich auch gar nicht mit Mädchen eingelassen, ehrlich!«

»Wer sagt was von Predigen, Johnny?« fragte Ralph und rang sich mit Mühe auch ein Lächeln ab.

»Ich glaube nun mal an Gott. Hallo, *God*!« Johnny beugte sich lachend über die Theke und sah den Hund an, der an der Leine zerrte und ihn anwedelte.

10

»Na bitte, wir haben's überlebt«, sagte Natalia, als sie gegen Mitternacht aus dem ›Waverly Theatre 2‹ kamen.

»Tja! Keine gute Idee von mir«, sagte Jack. »Bedaure.«

»In den letzten zehn Minuten tat sich ja wenigstens mal was. Diese Frau, die Ehefrau, hat mich ja derart genervt! Was interessiert einen noch die Handlung, wenn die Hauptfigur schon so ein toter Fisch ist! Was meinst du?«

»Sagtest du ›Handlung‹?«

Sie waren auf dem Heimweg. Eben hatten sie einen als gut

gerühmten deutschen Film gesehen, in dem es um zwei Frauen ging, die »eine dauerhafte Freundschaft« entwikkelten.

»Ist dir aufgefallen, daß die Männer lauter Schwachköpfe waren?« fragte Jack. »Minderbemittelte mit dem Etikett ›Ehemann‹.«

»Das war ja die Absicht. Mein Gott, dieses ganze Gewäsch vom Krieg der Geschlechter – von Rivalität. So was von einem alten Hut!« Sie sprach gereizt, sah ihn beim Reden immer kurz an und gleich wieder fort.

»Trinken wir noch irgendwo was? Zum Abschluß des großen Abends?« Jack lachte. Ihr Sprößling war heute nacht bei Susanne zu Hause am Riverside Drive, sie brauchten es mit dem Heimweg also nicht eilig zu haben.

»Ich weiß nicht«, meinte Natalia, wie mit den Gedanken woanders. »Laß uns einfach ein bißchen spazieren gehen.«

Ein paar Minuten später sagte sie mit jenem Stirnrunzeln, auf das bei ihr so oft etwas Nettes folgte: »Komm, wir gehen da mal rein. Einen trinken oder so.«

Sie war vor einem Loch im Gehsteig stehengeblieben. Es war eine Treppe nach unten, und von dort dröhnte Discomusik herauf. Sie traten ein. BIRD'S NEST stand in grünen Lettern über der Tür, vor die noch ein Vorhang gezogen war. Drinnen war es eng, düster und ziemlich voll. Ein dunkelrotes Licht ging immerzu an und aus, und immer wenn es ausging, war es stockfinster.

»Setzen?« schrie Natalia. »Nein, wir bleiben stehen!« Sie steuerte links auf die Bar zu. Sie wollte einen Ballantine's.

Jack brüllte die Bestellung. »Und ein Bier! Pils!«

Es wurde eifrig getanzt. Junge Leute in Jeans, ein schwarzes Paar, ein Schwulenpärchen, zwei Alleintanzende und auch einige, die nicht mehr ganz so jung waren. Eine Rothaarige in enger weißer Hose sprühte Feuer wie eine Bombe. Ihre rote Afro-Look-Frisur war aufgeplustert wie ein Kissen.

»Tanzen?« fragte Jack.

»Gleich.« Natalia trank einen Schluck.

»Da hast du uns was Schönes ausgesucht!«

»Nicht wahr? ... Sieh mal *da*!« Natalia krümmte sich vor Lachen und zeigte zur Tür.

Dort wurde gerade ein junger Mann auf traditionelle Weise hinausbefördert. Der Rausschmeißer hatte ihn mit der einen Hand am Hosenboden gepackt, was schmerzhaft aussah, mit der andern hinten am Pulloverkragen. Gar nicht leicht, einen die Treppe *rauf*zuschmeißen, dachte Jack.

»Die Rothaarige –« Natalia beugte sich zu Jack herüber, beobachtete aber weiter die Tänzer. »Wovon ist die so high, was meinst du? Tanzt aber *sehr* gut.«

Das Mädchen tanzte mit einem schlanken jungen Mann, Puertoricaner dem Aussehen nach, der auch gut tanzte. Ein paar andere Gäste sahen den beiden zu und klatschten im Rhythmus der Musik. Das Profil des Mädchens erinnerte Jack an Elsie, obwohl er sie so genau nicht sehen konnte, weil sie sich so schnell drehte.

»Ran, Junge!« brüllte irgendwo jemand.

Ein Tänzer fiel hin, torkelte gegen ein paar Stühle und warf beinahe einen Tisch und nicht nur beinahe ein paar Gläser um.

Wah-wah-wah ... hämmerte die elektronische Musik und schien gleich dem Film, den sie vorhin gesehen hatten, kein Ende nehmen zu wollen. Irgendeine Ordnung war auch nicht darin zu erkennen. Natalia ließ sich anstecken, und sie suchten sich irgendwo ein freies Fleckchen auf der Tanzfläche. Natalia hatte ihren Mantel noch an. Egal. Jack sprang ein paarmal kerzengerade in die Höhe, einfach weil es so ein schönes Gefühl war. Die Rothaarige warf beim Tanzen den Kopf so heftig hin und her, daß Jack schon fürchtete, ihr Hals werde gleich abbrechen. Einmal kam sie bis auf einen guten Meter an ihn heran, und da sah er plötzlich, daß es tatsächlich Elsie war, Elsie mit einer total verrückten Perücke. Ihre blauen Augen sahen ihn, sie nickte kurz und zog die geöffneten Lippen etwas auseinander.

Die Musik wurde leiser. Das eigentliche Stück war zu Ende, aber der Beatrhythmus hämmerte weiter und immer weiter, wie eine Herz-Lungen-Maschine, die nicht mehr aufhören konnte.

Elsie stand still. Dann ging sie auf hohen Absätzen von der Tanzfläche, lächelnd, den einen Arm lässig um die Taille des dunkelhaarigen jungen Mannes gelegt, der sie auf den Mund zu küssen versuchte, aber nur ihre Wange traf. Als sie aus dem Licht der Tanzfläche ins Dunkel der Tische trat, riß sie sich die Perücke vom Kopf.

»Die ist ja blond!« sagte Natalia, ohne den Blick von ihr zu wenden. »Und richtig süß.«

»Ja, nicht?« Jack fühlte sein Herz klopfen, und das kam nicht nur vom Tanzen. Komisch. Womöglich kam Elsie gleich zu ihm her, um guten Abend zu sagen. Das sähe ihr ähnlich, dachte er. *Vielleicht* sähe ihr das ähnlich, er war nicht sicher. Wenn sie käme, würde er Natalia sagen, daß er sie in einer Kaffeebar an der 7th Avenue kennengelernt hatte. Jack wollte Natalia jetzt in diesem Lärm nicht gern erklären müssen, daß Elsie schon bei ihnen in der Wohnung gewesen war.

Ihre Getränke standen noch da.

Jack hätte gern gewußt, ob dieser Latino-Typ Elsies neueste Flamme war. Kein Wunder, daß Linderman sich seine Sorgen machte!

»Was gibt's zu lächeln?« fragte Natalia.

»Dieses Mädchen«, antwortete Jack, als die Musik wieder loslegte. »Sie arbeitet in einem Schnellimbiß an der 7th Avenue. Ich habe sie dort mal gesehen.« Er mußte schreien.

Natalia nickte und rückte näher zu Jack und der Bar. *»Schnellimbiß?*... Die könnte doch für Geld auftreten!«

Jack antwortete darauf nichts. Er sah an Elsies Tisch noch einen Schwarzen und eine Frau mit langen dunklen Haaren sitzen, falls das nicht auch eine Perücke war.

»Gehen wir? Oder magst du noch ein Bier?« fragte Natalia.

Sie gingen.

Am Freitagabend dieser Woche waren Jack und Natalia bei den Armstrongs zum Essen eingeladen. Jack gefiel die Wohnung der Armstrongs, eine langgestreckte Souterrainwohnung mit einem Garten dahinter, in dem Max und Elaine Gemüse anbauen konnten, wenn sie Lust hatten. Im Garten standen Rosensträucher und ein paar Bäume, und auf einer bescheidenen Terrasse konnten sie auch grillen. Es war ein Zuhause, das den Namen verdiente; man hatte den Eindruck, als wohnten die Armstrongs hier schon seit Jahrzehnten, dabei waren es aber erst drei bis vier Jahre. Das Sofa war ein bißchen durchgesessen, die Sessel auch. Die meisten Möbel hatten Max und Elaine aus zweiter Hand gekauft.

»Nach einem Tag im Geschäft kann ich Apfelsinenkisten richtig schön finden«, hatte Elaine einmal gesagt, denn sie arbeitete in einem Möbelhaus. Das vordere Zimmer, wo das durchgesessene Sofa zu Hause war, hatte einen Kamin, der prächtig zog und nicht erst gestern gebaut worden war. Die Armstrongs hatten Feuer darin gemacht, und neben der Glut brutzelten Kartoffeln in Alufolie. Die Kinder spielten in Jasons Zimmer, wo Jason seine Eisenbahn auf dem Boden aufgebaut hatte, sagte Elaine, und zwischen ihrem Gebrüll vernahm Jack von dort das Piepen eines Computerspiels. Die vier Erwachsenen tranken im Wohnzimmer ihren Aperitif. Max hatte Holzkohle für die Steaks aufgelegt und erklärte Jack, das Kochen sei heute seine Sache, worauf Jack mit ihm in die Küche ging. Natalia und Elaine saßen auf dem Sofa und schienen sehr in ihr Gespräch vertieft zu sein.

»Worüber können sie nur immerzu reden?« fragte Jack.

»Wer?«

»Die beiden.« Jack zeigte nach hinten. »Manchmal möchte ich das auch können.«

»So? Ich nicht – viel zu anstrengend.« Max nahm Salz und Essig und zog eine Salatschüssel näher.

Jack nahm den Salat aus dem Waschbecken, tat ihn in den Salatschwenker und ging damit auf die Terrasse.

»Daddy, mein Recorder geht nicht!« Der sechsjährige Jason stand in der Küchentür, die Stirn gerunzelt unter wirrem braunem Haar.

»Aber damit gibt Daddy sich jetzt nicht ab. Wieviel Krach wollt ihr denn noch machen?«

Jason machte auf dem Absatz kehrt wie ein Soldat und ging, wie auf ein Kommando seines Vaters.

Max rührte die Tunke an. »Wie gefällt Natalia die Arbeit in der Galerie?«

Sehr, sagte Jack, sie habe ja auch schon öfter für Isabel gearbeitet.

»Und Louis? Seinen Nachnamen vergesse ich immer. Natalias alter Freund.«

»Wannfeld. Dem geht's gut. Natalia sieht ihn hin und wieder.« Jack wollte nichts von der Krebsangst sagen, denn die schien ja überstanden. Louis hatte eben doch keinen Krebs. Max sprach nie über seine eigene Arbeit. »Meine kleine Firma beschützt große Firmen«, hatte er einmal lächelnd gesagt, um von dem Thema wegzukommen. Max liebte Malerei, Musik und auch Jacks Karikaturen und Zeichnungen und redete lieber über die schönen Künste.

Jetzt legte Max das Steak zwischen die beiden Hälften des stählernen Grills mit den langen Griffen. »Und die alte Mrs. Farley?« fragte er lächelnd. »So heißt sie doch, oder? Wohnte ein Stockwerk unter dir.«

»O ja, da wohnt sie auch noch. Weißt du noch, wie wir sie eines Nachmittags mal über den Schnee getragen haben? Aus dem Taxi?« Jack lachte. Max und er hatten vor dem Haus Schnee gefegt, als ein Taxi mit Mrs. Farley vorfuhr, und sie hatten sie mitsamt ihrem Gepäck über den Schneewall getragen und wohlbehalten und trocken im Hauseingang abgestellt.

»Klar weiß ich das noch«, sagte Max. »Hat Spaß gemacht.«

In Notfällen, zum Beispiel wenn es geschneit hatte, pflegten Max und Jack einander vor der jeweiligen Tür zu helfen. Max war über einsachtzig groß und kräftig gebaut, ein Bild von einem Iren, obwohl er nur Halbire war. Er hatte lange Wimpern, ein kräftiges Kinn und war der Typ, von dem Jack annahm, daß er auf Frauen sexy wirke, doch als er Natalia einmal fragte, ob Max sexy wirke, hatte sie gesagt: »Max? Auf mich nicht.« Komisch, dachte Jack. *Du bist sexy,* hatte Natalia hinzugefügt. *Du siehst zwar nicht besonders sexy aus, aber du* bist *es, und das ist viel wichtiger.* Ja, wenn Natalia das sagte, war es wichtiger. Jack mußte plötzlich an Elsie denken, den tanzenden Derwisch in der Bar, und an diesen schrulligen Ralph Linderman. Er wünschte, er könnte den Namen vergessen, aber er ging ihm einfach nicht aus dem Kopf.

»Sag mal, Max –«

»Könntest du den Salat reinbringen, Jack?«

Jack trug die Salatschüssel, als sie ins Eßzimmer gingen, und stellte sie auf den Tisch. Max trug das große Steak.

»Und dreh mal die Kartoffeln um, wenn du das mit bloßen Händen schaffst. Was wolltest du vorhin sagen?«

Sie saßen vor dem Kaminfeuer in der Hocke.

»Ist dir hier in der Gegend vielleicht schon mal ein Mann von etwa Mitte Fünfzig aufgefallen, der einen schwarzweißen Hund ausführt?«

»Dalmatiner?«

»Vielleicht halb, aber ein Mischling. Der Mann führt seinen Hund immer morgens gegen sechs Uhr Gassi, wenn ich manchmal meine Runden drehe, aber es kann auch zu jeder anderen Zeit sein, weil er als Wachmann arbeitet. Jedenfalls spinnt er ein bißchen. Geh ihm aus dem Weg, wenn er mit dir zu reden versucht. Er wohnt in der Bleecker Street, kommt also vielleicht nicht bis hierher zur 11th Street.«

»Und er versucht dich anzuquatschen?«

»Kann man wohl sagen.« Jack schnitt eine Grimasse. »Das Komische ist, ich habe mal beim Aussteigen aus einem Taxi vor dem Haus meine Geldbörse verloren, und dieser Kerl rief mich etwa eine Stunde später an und brachte sie mir zurück, und nicht mal eine Belohnung wollte er haben.«

Max sah von dem Steak auf. »Mitsamt dem Geld?«

»Bis auf den letzten Dollar. Er meinte, es sei normal, jemandem etwas zurückzubringen, was man gefunden habe.« Jack lachte. »Und dann ließ er eine Rede vom Stapel – über die gute alte Ehrlichkeit und so. Dabei ist er strikt antikirchlich, antireligiös.«

»Sehr komisch«, meinte Max und wendete das Steak. »Aber Glück für dich.«

Elaine und Natalia saßen außer Hörweite auf dem Sofa, die Füße hochgelegt, und redeten noch immer.

»Wahrscheinlich hat's ihm Spaß gemacht, dir deine Börse zurückzubringen«, meinte Max lächelnd.

»O ja, eindeutig. Das sah man ihm an.« Jack fühlte sich wohler, nachdem er Max die Geschichte erzählt und ihn gewarnt hatte, dem Mann aus dem Weg zu gehen. Es war, als hätte er eine Bürde teilweise abgeschüttelt. Aber was machte Linderman zur Bürde?

»Darf man raten, woran du denkst, Jack?« fragte Elaine.

Jack stand mit einem Teller heißer Kartoffeln in Folie da. »Hab nur vor mich hin geträumt«, sagte er.

Jack hatte gar nicht mitbekommen, daß die Frauen aufgestanden waren, aber auf dem Wohnzimmerteppich lag jetzt ein Wachstuch ausgebreitet, und darauf Teller, Besteck und Milchbecher für die Kinder.

»Das löst, wie du siehst, alle Kleckerprobleme«, sagte Max zu Jack. »Und was sonst noch mit diesem Teppich passiert, ist sowieso egal.«

Die vier Erwachsenen gingen ins Eßzimmer. Jack stand neben dem Tisch und beobachtete Natalia, weidete sich an ihrer Stimme. Sie hatte ihren Scotch mitgebracht.

»Und du sitzt wie immer dort, Jack«, sagte Elaine und zeigte auf einen Stuhl. »Nun setzt euch schon, ihr beiden.«

11

»He... hallo!« Elsie war plötzlich neben ihm.

»Hallo!« sagte Jack überrascht.

Sie waren auf der 7th Avenue, Jack auf dem Weg zu der Drogerie an der Ecke Grove Street.

Sie kam mit ihm in die Drogerie, die Hände in den Taschen ihrer Jacke, diesmal einer U.S.-Navy-Jacke. »Ich wollte Sie schon anrufen.«

»So?... Darf ich schnell mal eine Zahnbürste kaufen?« Jack suchte für Amelia eine kleine rote Zahnbürste aus. Er brauchte auch noch Aspirin.

»Ja«, fuhr Elsie fort. »Wegen dieser Plage – diesem Ralph. Das wird immer schlimmer. Immerzu kommt er zu uns in die Kaffeebar, und Viv, die Chefin, kann ihn nicht rausschmeißen, weil er nicht betrunken ist oder so.« Sie redete weiter, während Jack bezahlte. »Einmal sind wir ihn losgeworden; da hat Viv einfach gesagt, es dürfen keine Hunde rein.«

Jack hörte zu. Sie gingen Richtung Ausgang.

»Ich wollte Sie mal fragen, ob *Sie* ihm vielleicht was sagen können. Daß er mich in Ruhe lassen soll. Ich kann darüber noch mal meinen Job verlieren. Und den will ich nicht verlieren, denn die Arbeitszeiten liegen mir, und die Leute sind nett. Auf Sie würde er hören. Er findet Sie prima. Oh – und er weiß auch, daß ich mal bei Ihnen in der Wohnung war! Spioniert er mir nicht schön nach?« Sie stampfte zornig mit dem Fuß auf. »Wenn Sie ihm nur mal sagen könnten, daß ich keine – keine Strichbiene bin...« Sie sah Jack stirnrunzelnd an.

Jack nickte und versuchte sich ein Wort unter vier Augen mit Linderman vorzustellen, wenn Linderman ihn das nächstemal in ein Gespräch zu ziehen versuchte. »Gut, Elsie, ich werd's versuchen. Versprochen.«

»Danke. Vielen Dank. – Kommen Sie mal mit, ich will

Ihnen nur mal was zeigen!« Impulsiv packte sie Jack am Arm und zog ihn mit, stadtabwärts.

»Zeigen – was?«

»Ich wohne nicht weit. Gleich da drüben. Haben Sie fünf Minuten Zeit?«

»Klar.« Jack ging mit. Sie überquerten die 7th Avenue, gingen in Richtung Father Demo Square an der Jones Street vorbei und bogen in den Minetta Lane.

»Da in der Straße wohne ich. Minetta Street.«

Sie gingen zu einem dreigeschossigen, rot gestrichenen Ziegelhaus mit Treppenaufgang. Elsie nahm einen Schlüssel aus den Jeans.

»Kommen Sie einen Moment mit rauf.«

»Nein, ich seh's ja schon. Hübsches Haus.«

»Es ist im Moment niemand da... Ich bin auch mit zu *Ihnen* gegangen«, fuhr sie in herausforderndem Ton fort. »Ich will ja nur, daß Sie die Wohnung sehen. Sie brauchen sich nicht mal zu setzen.«

Jack gab lächelnd nach. »Gut, Elsie.«

Sie gingen die Treppe hinauf, und sie öffnete mit einem zweiten Schlüssel die Wohnungstür.

»So, und hier wohne ich jetzt mit Genevieve«, sagte Elsie. Sie ging voran und drehte sich in einem übermöblierten Wohnzimmer einmal um.

Das Zimmer hatte eine niedrige Decke, und die beiden Fenster lagen zur Minetta Street. Auf dem Sofa lag ein dunkelroter Überzug, und von den modernen Sesseln war die schwarze Farbe abgekratzt wie von Katzenkrallen, aber Jack sah keine Katzen. Der kleine Kamin sah aus, als ob er nie benutzt würde, denn an seiner Rückwand lehnte ein Poster mit Schädel und gekreuzten Knochen. Bücher gab es reichlich.

»Und hier ist das Schlafzimmer«, sagte Elsie unbekümmert und führte ihn durch die Diele, an Bad und Küche vorbei zu einem Zimmer auf der Rückseite. Das Schlafzimmer wurde zu mehr als der Hälfte von einem Bett eingenommen, das aussah wie zwei zusammengestellte Doppelbetten. Ein paar Batikdecken lagen darauf, und die Wände waren mit Postern tapeziert: Popsänger, nackte Frauen und irgendein Wahlplakat, aber das Gesicht und den Namen darauf kannte Jack nicht.

»Aha«, sagte er. »Sehr gemütlich.«

»Und die Küche – die haben Sie vielleicht vorhin schon gesehen.« Elsie zeigte in die Richtung. »So, und jetzt frage ich Sie, sieht das aus wie ein Puff? Genevieve hat eine geregelte Arbeit von neun bis fünf. Ich gehe heute abend um sechs zur Arbeit. Bildet dieser Schleimer sich ein, wir liegen hier herum, fixen und koksen den ganzen Tag und bumsen für Geld?« Nachdem sie die Wohnung gezeigt hatte, schien ihre Wut nur noch größer zu werden. »Sagen sie ihm, er soll sich verpissen, ja?«

Jack nickte. »Ich hab's ja versprochen.«

Sie war sichtlich erleichtert. »Ehrlich?«

»Ja.« Er war schon an der Wohnungstür. Um sich zu verabschieden, drehte er sich noch einmal um.

»Sonst hab ich auch schon daran gedacht, ihm die Polizei auf den Hals zu hetzen«, fuhr Elsie fort. »Wenn hier Männer mit raufkommen, bleiben sie nicht über Nacht. Klar, es kommen mal welche zu Besuch, aber zur Zeit ist eben Genevieve meine Freundin. Da gibt's nichts. Sie mag ja nicht mal Männer.«

»Hm. Freundin«, sagte Jack so selbstverständlich wie möglich, weil er sich an sein sichtbares Erstaunen über Sylvia erinnerte und es nicht wiederholen wollte. »Ja«, sagte er noch.

»Jawohl, sie ist lesbisch. Und ich auch – zur Zeit. Früher hab ich Jungs ein bißchen gemocht, aber jetzt eben nicht.« Sie sagte es mit einer ungeduldig wegwerfenden Handbewegung, die Jack schon einmal aufgefallen war. »Vielleicht mag ich Genevieve auch gar nicht mehr lange, nur – ich meine, solange es eben gutgeht!« Sie zog ihre Jacke aus und warf sie aufs Sofa, wobei sie sich auf Zehenspitzen einmal um sich selbst drehte. Ihre Stirn war wieder glatt, das fröhliche Lächeln wieder da. »Ich will doch nur mein Leben genießen. Verstehen Sie?«

»Ja.« Jack verstand. »Danke, daß Sie mich mit raufgenommen haben.« Er öffnete die Tür.

Sie ging mit ihm die Treppe hinunter. »War das Ihre Frau, neulich nachts in der Disco?«

»Ja«, sagte Jack lächelnd.

»Sieht interessant aus. Anders – verstehen Sie?« Elsie sprach, als ob sie es ernst meinte. »Ist sie Schriftstellerin?«

»Nein. Aber sie liest viel. Wiedersehen, Elsie.«

Jack schlug den Heimweg ein. Elsie konnte so entschlossen dreinschauen, so ernst! Diese zitternden, dünnen blonden Brauen, die hellblau blitzenden Augen! Kurz darauf war Jack in Lindermans Straße. Die Hausnummer wußte er nicht mehr, aber um so besser. Sollte er dem Alten jetzt, um zehn vor vier, begegnen, würde er mit ihm reden, ruhig und höflich, und es hinter sich bringen. Jack hielt die Augen offen, ob er Linderman irgendwo sähe, und als er sich der Grove Street näherte, hielt er auch nach einer Frau mit einem kleinen Mädchen an der Hand Ausschau, denn Amelia wurde heute von der Schule in der West 12th Street nach Hause gebracht, aber es war noch etwas zu früh. Für diesen Extraservice, das Abholen und Nachhausebringen, mußten er und Natalia auch extra bezahlen, dabei brachte Natalia oder er, meist er, Amelia für gewöhnlich so gegen neun Uhr hin, und manchmal rief Jack nachmittags um halb vier in der Schule an und sagte, er komme sie abholen. Bis zur Grove Street hatte er nun weder Linderman noch Amelia mit Begleitung erspäht, also ging er weiter nach Hause.

Gestern und heute hatte er mit Feder und Tusche gearbeitet. Gestern hatte er fünf und heute bisher zwei Skizzen angefertigt, ohne Vorarbeit mit dem Bleistift, wie er es am liebsten tat. Die Skizzen erschienen ihm jetzt anders, und nicht schlecht. Ein paarmal im Monat ging Jack mit seiner Mappe bei Zeitungsredaktionen hausieren, ließ ein paar Skizzen da und ging eine Woche später wieder hin, um zu hören, was daraus geworden war. Jetzt war er plötzlich nicht mehr in der Stimmung, eine neue Zeichnung anzufangen.

Elsie war also lesbisch! Seltsam. Noch seltsamer, wenn er an den Kleiderschrank dachte, den er vorhin in diesem Schlafzimmer in der Minetta Street gesehen hatte, drei Meter lang und vollgestopft mit lauter verspielten Kleidchen und langen Röcken von allen denkbaren Farben. Auf dem Schrankboden hatten reihenweise Stöckelschuhe gestanden, vergoldete Slipper, Riemensandalen, die der Trägerin anscheinend bis an die Knie gingen, und hohe, ausgesprochen sexy wirkende Stiefel. Im Schlafzimmer lehnte in einer Ecke eine blaßlila Straußenfeder. Lesbisch! War *das* Lindermans Verdacht? Jack würde ihn jedenfalls nicht darüber aufklären. Linderman schien Elsie ja vor der Prostitution warnen zu wollen. Jack sah Elsies Bett jetzt mit anderen Augen. Auf dieser breiten elysischen Wiese gaben sich Elsie und diese Genevieve der Liebe hin.

Jack zog sich von einer Ecke des Arbeitstischs ein rechteckiges Stück rotes Glanzpapier heran. Er hatte einen kleinen Vorrat von solchem Papier, das weder Tusche noch Bleistift annahm, wohl aber Fettstift. Es waren die Deckblätter der Börsenmagazine, die hier ins Haus kamen, meist an Natalia adressiert, manchmal aber auch an Jack. Er riß die auf einer Seite oft unbeschrifteten Deckblätter immer ab. Jetzt nahm er einen gelben Fettstift und malte damit eine tanzende nackte Frau, die nur aus Bögen und fast geschlossenen Kreisen bestand. Die Hüftbögen verliefen an der Taille nach innen, den Kopf bildete ein Linksbogen, und die ganze Figur stand auf einem Bein, der andere Fuß war in der Luft. Die Bögen der Schultern und Arme endeten in den Brüsten. Heiße Sache, dachte Jack zufrieden. Solange die gelbe Fettfarbe noch so feucht war, daß er sie nach Belieben auch noch hätte wegwischen können, fuhr er mit der Zeigefingerspitze allen Linien nach, um sie verschwommener und weicher zu machen. Es war wie Modellieren. Das Porträt war fertig: Elsie beim Tanz. Er stellte es ganz hinten auf den Tisch. In fünfzehn bis zwanzig Minuten wäre es trocken. Das angedeutete kurze Haar war gut gelungen, man sah es im Wirbel der Bewegung abstehen. Kein Gesicht. Aber es war Elsie.

Es klingelte. Amelia kam nach Hause.

12

An den nächsten Tagen sah Jack nichts von Ralph Linderman, wenn er morgens seine Runden drehte. Das tat er jetzt auch immer später, weil es ja immer später hell wurde, und vielleicht war Linderman früher dran als er, weil er God gleich nach Rückkehr von der Arbeit ausführte, wenn es noch dunkel war.

Im November nahm Jack eine Auftragsarbeit in Angriff, die Trews ihm angeboten hatte. Es war der Reisebericht eines jungen Amerikaners, der eine lange Wanderung durch Tibet und seine Gebirge unternommen und bei den Bauern kampiert und bei Frosttemperaturen gefahrvolle Tage einsam und allein überlebt hatte. Jack ging in die öffentliche Bibliothek an der 42nd Street, um sich Bildmaterial zu beschaffen. Trews wollte Phantasiefiguren von ihm haben, seine komischen Käuze, aber Jack mußte sich ja wenigstens informieren, wie ein tibetanischer Kochtopf aussah, oder ein Yak, ganz zu schweigen von der landesüblichen Kleidung.

Jack hatte seit Tagen nicht mehr an Linderman gedacht, als er ihn plötzlich in Rossis Lebensmittelgeschäft aus nächster Nähe vor sich sah, ein paar Dosen in der einen und Gods Leine in der andern Hand. Jack, der in diesem Moment mit den Gedanken meilenweit weg war, erschrak ein bißchen und machte, als Linderman ihn sah, eine Kopfbewegung, die halbwegs als ein Nicken gelten konnte. Dann betrachtete er höchst interessiert den Aufschnitt hinter dem Glas. Es waren noch ein paar Kunden im Laden. Linderman schien bezahlen zu wollen.

»Guten Tag, Mr. Sutherland«, sagte Linderman.

»Guten Tag, Sir«, antwortete Jack. Das Versprechen, das er Elsie gegeben hatte, fiel ihm wieder ein. Er nannte Rossi dem Älteren seine Wünsche: ein halbes Pfund Gorgonzola und ein viertel Pfund Salami, so dünn wie möglich geschnitten.

Linderman stellte seine Einkäufe auf die Theke, und Johnny Rossi nahm das Geld. Dann näherte Linderman sich mit seiner braunen Tüte Jack. »Ich hätte gern mal ein paar Worte mit Ihnen gesprochen, Mr. Sutherland. Ich möchte mich etwas deutlicher erklären.« Seine Stimme klang sanft und ernst.

Jack merkte jetzt schon, wie die Langeweile sich seiner bemächtigte, schnell und lähmend. Bring's hinter dich, sagte er sich. »Ja, gut – ich bin gleich hier fertig.« Jack wollte die beiden Rossis nicht so gern wissen lassen, daß er Linderman auch nur flüchtig kannte. Er bezahlte.

Sie standen draußen auf dem Gehsteig in der kühlen Sonne.

»Ich glaube, ich habe mich in meinem Brief an Sie nicht sehr klar ausgedrückt«, fuhr Linderman fort. »Vielleicht habe ich Sie gekränkt. Das wollte ich wirklich nicht. Aber es muß wohl so sein, sonst hätten Sie ja geantwortet. Mir ist später eingefallen, daß ich keinen Absender auf den Umschlag –«

»Sie haben mich nicht gekränkt. Gewiß nicht.« Jack sah in Lindermans grobes Gesicht mit den tiefen Falten an den Wangen, den selbstgerechten braunen Augen. Linderman war heute rasiert. »Das Mädchen, das Sie erwähnten – diese Elsie ... Sie wissen doch, daß sie arbeitet. Sie vergeudet ihre

Zeit nicht – jedenfalls nicht so, wie Sie denken. Wenn sie spät noch ausgeht – nun, sie will etwas vom Leben haben. Wie alle jungen Leute.«

Linderman schüttelte den Kopf, wie um zu sagen, daß Jack völlig daneben liege. »Ich weiß, daß sie jung ist. Darum ist sie es ja auch wert, daß man ihr zu helfen versucht... Oh, entschuldigen Sie einen Moment...!«

God hatte offenbar ein Geschäft zu erledigen, und Linderman bugsierte ihn gewissenhaft in den Rinnstein. Der gekrümmte, fette Rücken machte den Hund einem schlappohrigen Schwein ähnlicher denn je.

Jack holte Luft. »Da Ihnen so an Elsies Wohlergehen liegt, Mr. Linderman, möchten Sie doch sicher nicht, daß sie ihre Stelle verliert. Die könnte sie aber verlieren, wenn Sie weiter zu ihr in die Kaffeebar gehen, um dort mit ihr zu reden. Ihre Chefin ist darüber verärgert.«

Lindermans Augen weiteten sich mit einem Erstaunen, das nicht vorgetäuscht aussah. »Hat sie Ihnen das gesagt? Das ist doch absurd! Ich trinke dort hin und wieder einen Kaffee. Natürlich versucht sie mir möglichst nicht zuzuhören!«

Jack gab nicht auf. Wie gebannt sah er Linderman zu, der den Hundehaufen mit dem Schäufelchen aufklaubte und in den mitgebrachten Plastikbeutel tat. »Lassen Sie das Mädchen doch sein eigenes Leben führen, Mr. Linderman. Ich dachte, Sie seien gegen die Kirchen, gegen Spießigkeit?« Jack rang sich ein Lächeln ab.

»Ich *bin* gegen die Kirchen. Aber ich rede von der Wirklichkeit, von Dingen, die man sehen und anfassen kann.« Linderman machte ein düsteres Gesicht.

In der Tat sah Jack jetzt Elsies Gesicht und Figur sehr deutlich vor sich. Er hätte sie aus dem Gedächtnis naturgetreu zeichnen können. Er stellte sich ihr Gesicht vor, wie sie in ihrer Wohnung mit ihm gesprochen hatte, die Feuchtigkeit in ihren Augen, als sie ihn angefleht hatte, ihr Linderman vom Hals zu schaffen. »Das Mädchen hat aber ein Recht darauf, sich keine Predigten anhören zu müssen, meinen Sie nicht? Sie ist nicht Ihre Tochter. Und sie hat da eine sehr entschiedene Meinung.«

Jacks Unverstand bereitete Linderman sichtlich Kummer. »Was versteht sie denn mit zwanzig vom Leben? Sie ist doch auf dem besten Weg, ihr Leben zu ruinieren. Das sage ich, und dabei bleibe ich!«

Jack sah einen Passanten zu Linderman herübersehen, der sehr heftig geredet hatte. Jack drehte sich halb um und sah zur Ecke Grove Street; er wollte nach Hause. Wie beendete er dieses Gespräch? »Ich möchte Ihnen nur noch sagen, daß Sie meines Erachtens nichts erreichen, wenn Sie so mit ihr reden, wie Sie es tun. Damit können Sie es nur schlimmer machen. Haben Sie mal darüber nachgedacht –«

»Aber wer redet denn sonst mit ihr? Sie hat ihre Familie nicht in New York. Sie lebt hier ganz allein!«

Jack hätte am liebsten gesagt, daß Elsie drauf und dran sei, Linderman bei der Polizei anzuzeigen, aber das wäre vielleicht unklug. Lindermans Radikalismus saß tief und unverrückbar. Jack fühlte sich plötzlich angewidert, abgestoßen von Lindermans starrem Blick, der ihm richtig schwachsinnig vorkam. »Sie ist ja nicht – das einzige Mädchen allein in New York«, sagte Jack, zum Gehen bereit.

»Sind *Sie* jetzt ihr Beschützer?«

Jack lächelte. »Nein, und ich glaube auch nicht, daß sie einen Beschützer braucht. Adieu, Mr. Linderman.«

»Mr. Sutherland!« Linderman machte einen Satz, wie um Jack noch festzuhalten, buchstäblich, indem er ihn am Revers packte.

»He, was soll das!« Jack riß sich los und stieß dabei eine junge Frau an, die gerade mit ihrem Einkaufswägelchen über die Straße kam. Wenn Jack sie nicht am Ellbogen festgehalten hätte, wäre sie hingefallen. »Entschuldigung! Das tut mir *sehr* leid.« Die Frau warf ihm einen unwirschen Blick zu.

»Ich habe mich noch nicht deutlich genug ausgedrückt«, sagte Linderman.

»Doch, das haben Sie. Beruhigen Sie sich jetzt mal, ja?« Jack merkte, daß er das Kinn vorgeschoben hatte, wie Elsie, und die leere Hand zur Faust geballt.

»Auf der Straße ist nicht gut reden«, sagte Linderman, jetzt ruhiger. »Meine Wohnung – es sind nur ein paar Schritte. Wären Sie bereit, auf ein paar Minuten mitzukommen –?«

Eine deprimierende Vorstellung, aber war es vielleicht noch schlimmer, offen unfreundlich zu sein? Vielleicht zehrte Linderman gerade von Opposition. Jack nickte knapp. »Gut. Gehen wir. Vielleicht kann auch ich mich dann klarer ausdrücken.«

Ein paar Minuten später folgte er Linderman die Treppe – vier Treppen – hinauf zu seiner Wohnung, über düstere Korridore voller Kochgerüche und staubiger Läufer. Der Hund sah Jack mit seinem abbittenden Lächeln an, vielleicht auch nur neugierig, als Linderman seine Wohnung aufschloß.

13

Auf Lindermans freundliche Aufforderung betrat Jack zuerst das kleine, mit Regalen und Tischen überladen wirkende Wohnzimmer. Alles hier drinnen war sauber, verschlissen und alt. Zwei Fenster lagen zum Hinterhof, der nur ein freier Raum zwischen den Rückseiten dieses und eines anderen Hauses in der nächsten Straße war. Linderman hängte die Hundeleine irgendwohin. In der Ecke links hinten war eine Kochnische installiert, und rechts stand eine Tür halb offen, vielleicht zu Lindermans Schlafzimmer, denn die Wohnzimmercouch sah nicht so aus, als ob darauf geschlafen worden wäre.

»Bitte, nehmen Sie Platz, Mr. Sutherland«, sagte Linderman und wies auf seinen einzigen Sessel.

Der dunkelblaue Plüschsessel sah mindestens dreißig Jahre alt aus, wirkte aber bis auf die ausgebleichte Farbe unbenutzt. Mittelpunkt der Wohnung schien ein langer Holztisch an den Rückfenstern zu sein, denn darauf lagen Notizbücher, Kugelschreiber, Bleistifte, Lineale und ein paar Bücher aus der öffentlichen Bibliothek. »Nicht sehr vornehm hier, aber ein Zuhause – meines. Seit über zehn Jahren schon.« Lindermans Ton drückte Zufriedenheit und Stolz aus, während er einen Stuhl vom Tisch wegzog und sich Jack gegenüber setzte.

»Es ist doch hübsch hier«, sagte Jack liebenswürdig. Er saß jetzt auf dem Sessel. »War Elsie schon mal hier?«

»Aber nein!« sagte Linderman kopfschüttelnd. »Nein, ich habe sie noch nie heraufgebeten. Sie ist sowieso immer furchtbar in Eile.« Er lächelte, lachte sogar ein bißchen vor sich hin.

Jack nahm an, daß Linderman selten oder überhaupt nie Besuch bekam. Er sah ihn angestrengt nach Worten suchen.

»Kommt Elsie in letzter Zeit zu Ihnen? Haben Sie deshalb gesagt, ich soll sie nicht mehr ansprechen?«

»Zu mir?« Jack lachte kurz auf und schüttelte den Kopf. »Sie hat mir einmal tragen geholfen, als ich vom Einkaufen kam. Das muß an dem Tag gewesen sein, als Sie gesehen haben, wie sie zu mir hineinging oder herauskam, denn das war das einzige Mal, daß sie in unserer Wohnung war.« Hatte Linderman sie hineingehen sehen und abgewartet, wie lange sie blieb?

»Woher kennen Sie Elsie?« fragte Linderman.

»Äh – ich war einmal in der Kaffeebar, wo sie arbeitet. Ist schon ein paar Wochen her. Es hat geregnet, das weiß ich noch. Ich weiß auch noch, daß Sie ebenfalls da waren, mit Ihrem Hund. Sie haben mit Elsie gesprochen. Und – als sie mir dann meinen Kaffee brachte, habe ich gefragt, woher sie Sie kennt, und ihr erzählt, daß Sie meine Geldbörse gefunden haben. Sie sagte, davon hätte sie schon gehört.«

»*Sie* haben also das Gespräch angefangen?«

»Wer angefangen hat, weiß ich nicht mehr«, erwiderte Jack und mußte lächeln, denn er erinnerte sich genau an Elsies erste Worte, als er dastand und keine Sitzgelegenheit fand und sie meinte, er mache ein Gesicht, als wenn's draußen regnete.

Linderman verschränkte die Arme. »Und dann haben Sie sich mit ihr verabredet?«

»Ach was! Ich hab sie zum erstenmal an dem Tag wiedergesehen, als mir die Einkaufstüte unten durchbrach und Elsie zufällig durch die Grove Street kam – sie hat mir dann eine Tüte abgenommen. An dem Tag haben Sie dann auch gesehen, wie sie bei mir ins Haus gegangen – oder herausgekommen ist.«

Linderman hätte ihn ganz genauso anstieren können, wenn er ihm kein Wort geglaubt hätte. »Ist Ihnen bewußt, Mr. Sutherland, daß Elsie ein kleines – Juwel ist? Wie eine –«

»Juwel?«

»So jung und vollkommen. Und eine richtige Schönheit.«

Jack wartete.

»Sie ist – manche würden sagen, sie ist ein Traum von einem Mädchen. Das muß Ihnen doch klar sein.«

»Stimmt, sie ist sehr hübsch.«

»Und so lebhaft. Alles andere als eine Statue.«

»Sehr richtig.«

»Und darum ist sie gefährdet.«

Ihre Jungfräulichkeit zu verlieren? Wahrscheinlich. »Gefährdet – inwiefern?« fragte Jack.

»Sie ist für andere eine Versuchung.«

Jack lächelte. »Das sind alle hübschen jungen Mädchen.« Er lockerte den Schal um seinen Hals, richtete sich aber halb auf, wie zum Gehen.

»So eine Frau ist gefährlich«, fuhr Linderman fort. »Solche Mädchen bringen Unglück, sie – können sich und andere ruinieren.« Er runzelte die Stirn und biß sich auf die Unterlippe. »Aber mir geht es mehr darum, Elsie zu schützen als die Männer und Burschen, die nach ihr lechzen.«

Jack spielte mit dem Gedanken, ihm zu sagen, daß Elsie zur Zeit Mädchen bevorzuge, überlegte es sich aber wieder anders. »Nun, Sir, ich wüßte nicht, womit ich Elsie helfen könnte. Sie hat Arbeit und wirkt auf mich völlig normal – ich bin für Leben und Lebenlassen.«

»Aber sie könnte *Sie* ruinieren. Wenn Sie es dazu kommen lassen. Wenn Sie sich noch öfter mit ihr treffen.«

»O nein, Sir. Ich habe auch gar nicht unbedingt die Absicht, sie wiederzusehen.« Er nahm seine Einkaufstüte, die er auf den Boden gestellt hatte. Der Hund hatte daran schnuppern wollen, aber ein energisches »Aus, God!« von Linderman schickte ihn zurück auf den Teppich bei der Tür, wo Jack ihn sich wieder hinlegen und mit der Schnauze auf den Pfoten die Ohren spitzen sah.

»Solche harmlosen kleinen Abenteuer können Ehen zerstören«, fuhr Linderman fort. »Und Sie sind doch ein anständiger Ehemann, Mr. Sutherland.«

»Sogar glücklich verheiratet«, antwortete Jack liebenswürdig. »Ich interessiere mich gar nicht für andere Frauen.« Er kam sich ein bißchen naiv vor, als er das sagte, als ob er dem alten Knacker ein Geschenk machte oder so etwas.

»Aber sehen Sie denn nicht, wie sie mit jedem flirtet?«

»Nein, das sehe ich nicht. Ich glaube nicht einmal, daß sie überhaupt flirtet. Sie ist ungemein geradlinig, sagt, was sie denkt, und damit basta. An dem Abend in der Kaffeebar habe ich selbst gesehen, wie sie die Kerle abblitzen ließ. Unmißverständlich.«

Lindermans Gesicht legte sich in mißvergnügte Falten. »Sie sollten manchmal hören, was die Kerle in der Kaffeebar alles zu Elsie sagen. Dieser *Abschaum*, der da dauernd nach ihr grapschen will!«

Jack stand auf. »Warum nehmen Sie's so schwer, Mr. Linderman? Elsie kann auf sich selbst aufpassen.« Aber er wußte, warum Linderman es schwernahm; weil er selbst auf seine krankhafte, mystische Weise in Elsie verliebt war. Ja, mystisch, dachte Jack, denn Linderman hatte Elsie ein Juwel genannt, einen Traum von einem Mädchen.

Linderman ließ den finsteren Blick nicht von Jack. »Weil Elsie nichts von dem weiß, worüber wir hier reden – weil sie ihre eigene Macht nicht kennt. *Das* ist das Gefährliche. Elsie hat diese Macht, einfach weil sie hübsch ist, sogar schön. Und unsere Gesellschaft macht es dann noch schlimmer, indem sie die Mädchen nötigt, Make-up zu tragen, hohe Absätze, überhaupt alles, was ins Auge fällt. Je hübscher und hilfloser, desto verführerischer. Den Gipfel hatte das wohl mit dem Füßebinden im alten China erreicht, da war die Frau nur noch ein Sexobjekt, das der Mann ins Bett trug, weil sie von selbst nicht mehr gehen konnte. Jetzt sind es dafür manchmal Haare über den Augen, damit sie nicht mehr sehen, wohin sie gehen. *Sexy!* Nichts als Dressur ... Ist Ihnen das klar, Mr. Sutherland?« Linderman beugte sich vor, seine verzweifelten dunklen Augen verhießen mehr.

»Als ich Elsie sah, trug sie Turnschuhe.«

»Ich glaube sogar, es steckt bei den Frauen schon in den Genen«, sagte Linderman, als hätte er das mit den Turnschuhen gar nicht gehört. »Und die Gesellschaft – die Werbung nicht zu vergessen! – tut ein Übriges. Lackierte Nägel ...«

»Mädchen machen sich nun einmal gern hübsch.«

»Und wer sagt ihnen, was hübsch ist?« versetzte Linderman in einem Ton, wie wenn er Jack jetzt auf den Schulterblättern hätte, endgültig besiegt.

Natürlich, die alte Frage: Machen Frauen sich für sich selbst oder für die Männer schön? Jack konnte darauf jetzt nicht weiter eingehen. Er drehte sich um und sah ein blaugrünes Blumenmuster, das irgendwer, vielleicht Linderman selbst, mit unbeholfener Hand auf einen Lampensockel gemalt hatte, sowie ein Foto, Frauenkopf im Profil, das in einem runden Rahmen auf einem von Lindermans Bücherregalen stand. Die Frau trug einen altmodischen Haarknoten und war jung. Lindermans Mutter?

»Waren Sie mal verheiratet, Mr. Linderman?« fragte Jack, ohne die mindeste Vorstellung, was für eine Antwort er darauf erwartete.

»Früher mal, ja. Meine Frau hat mich wegen eines anderen verlassen – vor zwanzig Jahren oder länger. Typisch. Frauen sind flatterhaft. Genießen ihre Macht. Glauben Sie das nicht, Mr. Sutherland?«

Jack schwieg. Und Männer verliebten sich gern in Frauen, die diese Macht besaßen. War Linderman ein gebranntes Kind? Es war schwer, sich Linderman jung und für ein Mädchen attraktiv vorzustellen. Was war wohl Lindermans eigentliches Problem? Impotenz vielleicht?

»Dieses Foto, das Sie sich da angesehen haben«, fuhr Linderman fort, »ist nicht meine Frau. Das war meine Mutter, die vor ein paar Wochen gestorben ist.« Er sagte es ganz ruhig.

»Oh – das tut mit leid. Wo ist Ihre Frau denn jetzt?!« Jack war neugierig.

»Kalifornien? Florida? Ich weiß es nicht und will es auch nicht wissen. Ich habe keine Verbindung mit ihr. Kinder hatten wir keine.« Linderman sprach diesen letzten Satz in einem Ton selbstzufriedener Genugtuung.

Wieder kam es Jack in den Sinn, daß Linderman vielleicht im Bett versagt hatte.

»Gibt ja schon zu viele Kinder auf der Welt«, sagte Linderman. »Und dann hören Sie sich diesen Papst an. Anti Geburtenkontrolle! Wie *kann* er nur? Dabei hat er die Elendsviertel in Südamerika selbst *gesehen* – sie wimmeln von hungernden Leuten, Kindern, und da sagt er: ›Gott segne euch, macht so weiter!‹ Dann fliegt er in seinem Luxusjet nach Rom zurück.«

»Ja, man –« Jack zwang sich, etwas zu sagen, nur um leutselig zu sein. »– man nennt ihn einen Dritte-Welt-Papst. Katholiken in der westlichen Welt praktizieren aber Geburtenkontrolle, wenn sie es für richtig halten.

»Das ist auch nur ein Glück.«

Jack holte Luft. »Wie war denn Ihre Frau?«

Lindermans Blick wurde lebendiger, seine Mundwinkel verzogen sich nach unten. »Wie soll ich sie beschreiben? – Hohl im Kopf. Wir waren so um vierundzwanzig, als wir heirateten. Zu jung. Sie redete immerzu davon, Bücher zu schreiben. Romane. Hatte aber keine Disziplin. Aus ihren Kurzgeschichten ist nie was geworden – oder dem Buch, das sie nie fertig geschrieben hat.« Linderman lachte bitter auf. »Ich find's ja normal, wenn eine Frau nicht arbeiten gehen muß, dagegen habe ich nichts, aber sie konnte ja nicht mal den Haushalt führen. Nur Dummheiten im Kopf. Hielt sich für hübsch. Na ja, hübsch war sie auch irgendwie. Und da hat sie eben einen andern Idioten kennengelernt, der sich in sie verliebte, und ist abgehauen. Einfach so. Wie ein Schmetterling. Kein großer Schaden für mich, das kann ich Ihnen versichern«, sagte Linderman mit einer wegwerfenden Gebärde, dann fuhr er mit dem Daumen unter dem Hosenbund entlang. Dort war kaum Fett zuviel.

Jack wartete, ob noch mehr kam, aber es kam nichts. Linderman schob die Unterlippe vor und schwieg, wie zugenäht. »Und Ihre Mutter? Lebte sie in New York?«

»Nein. New Hampshire. Meine Familie kommt von da oben.«

Jack hatte gehört, die Leute aus New Hampshire gälten als stur und konservativ. Er überlegte, was er Linderman noch Nettes sagen könnte, bevor er ging. »Ich sehe da auf Ihren Regalen viele ernsthafte Bücher. Über Technik.«

»Ach ja!« Linderman lächelte. »Ich bin wohl ein verhinderter Ingenieur. Wollte immer gern Erfinder werden. Aber ein Erfinder bringt's nicht weit, wenn er kein Patent bekommt. Meist kommt mir irgendwer zuvor. Ich bin nicht ausgebildet oder ausgerüstet, um geeignete Modelle zu machen – vom College bin ich abgegangen, weil ich meine Mutter unterstützen mußte. Dann hab ich's in der Möbelbranche versucht.

Serienware. War nicht genug dran zu verdienen. Das war nach meiner Heirat. Tja, und nun bin ich Wachmann, mit viel Nachtdienst, was mir ganz recht ist. Ich schütze Häuser und Menschen und ihr Geld vor dem Bösen auf der Straße. Eine undankbare und aussichtslose Arbeit. Die meisten Menschen stehlen, wenn sich die Gelegenheit bietet. Eine Geldbörse zu finden, mit einem Namen drin, und sie *nicht* zurückzugeben, das finde ich –« Linderman suchte nach geeigneten Schmähworten.

»Ja.« Jack war froh, daß er Linderman noch einmal danken konnte. »Das werde ich Ihnen auch nicht vergessen, Sir, nie.« Als er zur Tür ging, sah er ein gerahmtes Bild an der Wand hängen. Es war die Reproduktion eines präraphaelitischen Gemäldes, aber es hatte keine Farbe. Es zeigte eine bleiche junge Frau mit langen dunklen Haaren und langem weißem Gewand. Eine Hand auf einem Felsbrocken und barfuß, wie eine Schlafwandlerin. Jack hatte das Gefühl, daß dies Lindermans Ideal war, die traumhafte Waldfee, die es nicht gab, mit der niemand je sprechen oder ins Bett gehen würde. Jack sah das Bild nicht lange an, damit Linderman nicht darüber zu reden anfing. »Wahrscheinlich halte ich Sie jetzt vom Schlafen ab. Danke, daß sie mich heraufgebeten haben, Mr. Linderman.«

»Schlafen?« Linderman sprang erstaunlich flink von seinem Stuhl hoch. »Ich brauche erst um acht Uhr schlafen zu gehen. Wir müssen noch einmal zusammenkommen. Ich bin nicht sicher, daß ich mich in den komplizierten Fragen, über die wir gesprochen haben, klar genug ausgedrückt habe – Frauen und Mädchen. Haha!« Es war ein leichtes, aber doch echtes Lachen. »Ich kann mich mit so wenigen Worten nicht richtig verständlich machen – es könnte ein bißchen konfus geklungen haben, was ich gesagt habe.«

»Keineswegs. Ich werde jedenfalls über Ihre Worte nachdenken.« Jack zwang sich, Lindermans ausgestreckte Hand zu ergreifen. Linderman nahm seine Hand wie an dem

Abend, als er die Geldbörse zurückgebracht hatte, und schüttelte und schüttelte.

Endlich war Jack draußen und wurde schon auf der Treppe immer schneller. Lieber sich gut mit ihm stellen, sagte er sich, lieber nicht schmollen, lieber auf der Straße nicht an ihm vorbeisehen. Wenn er Linderman das nächstemal begegnete, wollte er ihm wenigstens zunicken. Zu Hause angekommen, war Jack überzeugt, daß er Linderman jetzt in klarerem Licht sah. Sein Gefühl hatte ihn nicht getrogen: Linderman *war* auf skurrile Art in Elsie verliebt und störte sich folglich an jedem Rivalen. Linderman sah in Elsie ein Symbol der jungen Frau an sich, der Reinheit, und die mußte er darum schützen. Sie war hübsch und wegen ihres Zaubers zugleich gefährlich, für Linderman aber dennoch offenkundig ein Objekt der Faszination, wenn nicht Besessenheit. Alle Frauen in einer. Von solchen Dingen hatte Jack in der Mythologie gelesen.

Langsam ging er an seinen Arbeitstisch, versuchte seine Gedanken auf das Yak zurückzulenken, die langbehaarten Ohren, das zottige Fell, das mißmutig und zugleich freundlich wirkte. Jack tauchte die Zeichenfeder in die Tusche, probierte, ob sie ging, und stand dann über seinem leeren Skizzenblock. Komisch, wie Linderman aus Elsie Tyler so ein Abstraktum, ein Symbol der Frau an sich gemacht und sie damit als wirkliches Mädchen von zwanzig Jahren ausgelöscht hatte. Und vielleicht nur, weil er sie nicht bekommen konnte. Das war das Gegenteil von dem, was verliebte Männer sonst mit dem Gegenstand ihrer Zuneigung taten, nämlich die Frau ihrer Träume für die eine und einzige auf der Welt zu halten, ein Wesen, lebendig und faßbar. Bestimmt war dieser Linderman-Typ irgendwo bei Freud detailliert beschrieben, aber Jack hatte nun auch wieder nicht *jedes* Wort von Freud gelesen. Anders als wahrscheinlich Natalia. Irgendwann würde er Natalia vielleicht von Lindermans Verhältnis zu Elsie erzählen. Es mochte sie amüsieren.

Jack brachte endlich die Feder aufs Papier.

14

»Mein Gott, wie kann man *so* nur eine Versammlung leiten!« stöhnte Natalia, kaum daß sie zu Hause war und ihre und Amelias Schuhe hinter der Wohnungstür auf eine Zeitung gestellt hatte. Jack war heilfroh gewesen, daß der Regen und die Elternversammlung – wie die Vereinigung hieß, hatte er vergessen – ihm erspart geblieben waren, aber er hörte natürlich zu, was Natalia ihm darüber zu erzählen hatte. Elaine Armstrong war mit Jason, aber ohne Max dagewesen, und die Vorsitzende, eine Mrs. Cova, die Jack nur vom Hören kannte, hatte versucht, die Kinder zuerst allein und dann zusammen mit den Eltern darüber abstimmen zu lassen, ob das zweite Zimmer einer Wohnung in der Bank Street als Turnzimmer oder mit Tischen und Stühlen eingerichtet werden sollte.

Diese Zweizimmerwohnung war zur Kinderverwahrung für die Zeit zwischen Schulschluß und Heimkehr der Eltern von der Arbeit gedacht. Die Aufsicht sollten die Eltern reihum übernehmen, und nur solche Eltern sollten die Einrichtung benutzen dürfen, die sich zuvor verpflichteten, entsprechend der Kinderzahl an jedem soundsovielten Nachmittag die Aufsicht zu führen.

»Diese Madeleine Cova«, sagte Natalia, als sie in Pyjamahose wieder ins Wohnzimmer kam, »die redet so süß, daß einem schlecht wird, und dann hört sie jedem zu und kann nie zu einer Entscheidung kommen, deshalb dauert das alles immer so lange.«

»Ein Scotch für die Dame«, sagte Jack und gab Natalia einen Glenfiddich.

»Oh, danke, Jack. Also, ich weiß, daß ich nie und nimmer selbst Vorsitzende sein möchte. Ob's mit einem Mann als Vorsitzendem anders wäre?« Sie trank einen Schluck und lachte. »Jedenfalls ist es jetzt fast halb neun!«

»Waaah!« machte Amelia. Sie nahm einen Anlauf und warf

sich bäuchlings aufs Sofa, dann sah sie auf und grinste ihre Eltern an. »Quaak-quaak-quaak!«

»Und was hast du gemacht, während ich die Elternschaft repräsentierte?« Natalia strich sich die Haare aus dem Gesicht.

Der Regen hatte dunkle Streifen in ihrem Haar hinterlassen, die ihrem Aussehen etwas Wildes gaben, das Jack schon öfter gesehen hatte und liebte, wie er es jetzt liebte, wenn die normale Farbe langsam wiederkam, die sich kaum beschreiben ließ – höchstens als ein aufgerauhtes, unpoliertes Gold. »Ich habe Onkel Roger geschrieben«, sagte Jack, »und ihm von dem Yak-Buch erzählt – auch vom *Träume*-Buch, das Weihnachten rauskommt. Die haben's eilig damit. In den nächsten Tagen dürfte ich schon meine Belegexemplare bekommen.«

»So? Wie schön! Wann hast du das erfahren?«

»Dartmoor, Aegis hat heute nachmittag angerufen und es mir gesagt.... Hat jemand Hunger?«

»*Ich* habe Hunger!« brüllte Amelia.

Natalia war heute wieder mit Kochen dran, und sie hatte schon heute früh, bevor sie zur ›Galerie Katz‹ ging, Spaghettisauce gemacht. Sie kochten dann aber gemeinsam. Die Küche war groß genug, daß zwei darin arbeiten konnten, ohne einander auf den Füßen zu stehen. Als die Spaghetti fast gar waren, klingelte das Telefon, und es war Louis Wannfeld, wie Jack an Natalias Lachen und bedächtigem Sprechen erkannte, als er einmal ein Ohr ins Wohnzimmer hielt. Es konnte allerdings auch Sylvia sein, aber Sylvia rief nicht so oft an wie Louis. Jack brachte den Salat auf den Tisch und ging zu Natalia.

»Die Spaghetti sind *fertig*!« flüsterte er.

Jack trug auf. Amelia forderte mit schriller Stimme ihr Stuhlkissen, das sie nicht fand. Jack hörte Natalia sagen, daß die Spaghetti fertig seien, und dann legte sie tatsächlich auf und kam lächelnd an den Tisch.

Louis' Freund Bob sei an der Berlitz School, wo er Französisch lerne, in arge Bedrängnis geraten, erzählte sie.

Man habe ihn mit einem Italienischlehrer verwechselt, und plötzlich habe er sich vor einer ganzen Klasse von Italienischschülern wiedergefunden. Jack hörte kaum zu und bekam die Pointe nur halb mit, aber er lächelte wohlerzogen. Dann mußte Natalia Amelias Lätzchen suchen gehen, weil Spaghetti nicht das reinlichste Essen waren, und fand es hinter der Küchentür.

Jack hatte gerade den Espresso gemacht, als das Telefon wieder klingelte. Natalia nahm ab.

»Jack!«

»Wer ist es? Joel?«

»Ein Mädchen.«

»Hallo?«

»Hallo, Mr. Sutherland. Hier ist Elsie. Ich nehme an, Sie haben mit dem alten Schleimer gesprochen?«

»Ja, hab ich. Vor ein paar Tagen.«

»Also, hierher kommt er jetzt nicht mehr, danke, aber dafür schnüffelt er mir jetzt ums *Haus* herum nach.«

Jack hörte Geschirrklappern im Hintergrund. Elsie rief aus der Kaffeebar an. »Heißt das, er streicht um Ihr Haus herum?«

»Ja, und versucht mich anzusprechen. Jetzt frage ich mich doch, ob ich nicht mal zur Polizei gehen soll. Was halten Sie davon? Ein Freund von uns hat ihn neulich mal abends fast verdroschen. Aber das macht ihn anscheinend nur noch irrsinniger. Ich hab keine Angst, zur Polizei zu gehen, weil ich finde, daß ich im Recht bin. Aber was halten Sie davon, ehrlich?«

Jack versuchte nachzudenken. Es schien ihm nicht klug, zu sagen: »Klar, tun Sie das.« Es sollte einen andern Weg geben.

»Sind Sie noch dran?«

»Ja«, sagte Jack. Dann hörte er ein Krachen, wie wenn ein blechernes Tablett zu Boden gefallen wäre, und dann eine Frauenstimme: »... nicht gucken, wo du hingehst...?«

»Auweia!... Der ganze Boden voll Suppe! Entschuldigen

Sie, daß ich von hier anrufe, aber zu Hause haben sie uns das Telefon gesperrt... Mißverständnis wegen der Rechnung... Ich hab sie bezahlt, also müßte es in ein paar Tagen wieder...« Ihre Stimme ertrank jetzt in einem andern Lärm, diesmal von irgendeiner Maschine.

Natalia stellte Jack seinen Espresso neben dem Telefontischchen aufs Bücherregal.

»Ich rede mal mit meiner Frau darüber, Elsie. Wirklich. Wir denken darüber nach. Überstürzen Sie nichts. Können Sie mich noch mal anrufen, so in...?«

»Heute abend noch?« unterbrach sie ihn. »Klar. Bis wann?«

»Bis Mitternacht. Einverstanden?«

Ihr war's recht.

Jack nahm seinen Kaffee und ging an den Tisch. Amelia lief an ihm vorbei und schaltete den Fernseher ein.

Natalia saß am Tisch und sah ein bißchen müde aus. »Was war das?«

Jack setzte sich. »Das war das Mädchen, das wir neulich abends haben tanzen sehen.«

»Wann abends?«

»In dieser Disco. Die Blonde. Die so gut tanzte.«

»Wahrhaftig? Woher hat sie unsere Telefonnummer?«

»Das hat alles mit diesem Kerl aus der Bleecker Street zu tun, der meine Geldbörse gefunden hat. Er belästigt das Mädchen – seit Monaten, wie's scheint.« Jack erzählte ihr, wie er am Abend ihres Geburtstags, als er noch einen Spaziergang machte, in diese Kaffeebar an der 7th Avenue gegangen war und dort Linderman mit einer Bedienung hatte reden sehen, deren Namen, Elsie, er später erfuhr. An dem Abend hatte Elsie ihm auch von Lindermans Moralpredigten erzählt. Er berichtete, wie er Elsie vor der Drogerie an der Ecke Grove Street begegnet sei und sie darauf bestanden habe, daß er sich ihre Wohnung in der Minetta Street ansehe, worauf sie ihm die Wohnung dann als Inbegriff der Wohlanständigkeit vorgeführt habe. Zuletzt erzählte er Natalia von dem peinlichen Gespräch mit Linderman in dessen Wohnung in der Bleecker Street.

»Warum hast du mir das nicht schon lange erzählt?« fragte Natalia amüsiert.

»Weil ich dachte, es könnte dich beunruhigen. Dieser Linderman wohnt hier in der Nähe.« Und mehr zu sich selbst fügte er hinzu: »Ich möchte ihn mir wirklich nicht gern zum Feind machen. Ob du ihn nicht schon mal gesehen hast – mit seinem schwarzweißen Hund? Sieht aus wie Mitte Fünfzig, etwa so groß wie ich.«

Natalia schüttelte den Kopf. »Ich glaube nicht.«

»Ist ja auch egal. Elsie will heute abend jedenfalls noch mal anrufen. Sie möchte wissen, was ich von der Idee halte, Linderman bei der Polizei anzuzeigen – wegen Belästigung. Was sagst du dazu, Darling?«

Natalia drehte sich auf dem Stuhl um. »Amelia, ein bißchen leiser, Schatz, ja?«

»Ja, Mami.« Amelia drehte den Fernseher leise.

»Ich kann mir vorstellen, daß so etwas ärgerlich ist«, sagte Natalia. »Aber wieso fragt sie dich um Rat?«

Jack nahm das goldgerahmte Feuerzeug und gab Natalia Feuer für die Zigarette, die sie sich zwischen die Lippen gesteckt hatte. »Nun – ich bin älter – und vielleicht kennt sie sonst niemanden, der diesen Kerl auch kennt. Ich *kenne* ihn zwar nicht direkt, aber –«

»Aber?«

»Na ja, ich habe mir so überlegt – an was für einen Typ sie womöglich bei der Polizei gerät. Vielleicht an einen, der sagt, sie muß ihn wohl irgendwie provozieren.«

»Provozieren?« meinte Natalia schmunzelnd mit ihrer rauhen Stimme. »Tut sie das deiner Meinung nach?«

»Ganz und gar nicht.« Jack mußte auch lächeln. »Aber – was meinst du, was ich ihr wegen der Polizei sagen soll, wenn sie wieder anruft?«

Natalia zog die Augenbrauen hoch, dann die Schultern. »Wenn das schon so lange geht, sollte sie vielleicht doch mit der Polizei reden. Aber mit mehreren Polizisten.«

Während Natalia aufräumte, bugsierte Jack Amelia ins Bett. Manchmal las er ihr dabei noch etwas vor, obwohl Amelia schon ganz gut selbst lesen konnte. Aber Amelia genoß das Vorlesen als einen besonderen Luxus. Heute abend las Jack ihr aus einem großen, dünnen Buch über Enten vor, wobei er in seine eintönige Schlafstimme verfiel, die Amelia manchmal einschläferte, manchmal zum Lachen brachte. Heute abend wirkte sie einschläfernd. Bald konnte Jack es wagen, sich über sie zu beugen und ihre runde Wange mit den Lippen zu berühren. Ihr blondes Haar lag so wunderbar selbstvergessen auf dem Kissen ausgebreitet. Jack richtete sich wieder auf, streckte sich und sah sich im schummrigen Licht des Nachttischlämpchens um. Amelia hatte mindestens fünf Kunstausstellungskataloge auf ihrem Toilettentischchen stehen, alle bei irgendeiner Farbreproduktion aufgeschlagen. Er oder Natalia, manchmal auch beide, nahmen Amelia gern in Galerien mit, und Amelia langweilte sich dort nie. Nur Rembrandt mochte sie nicht, wie Jack seit einem Besuch im Metropolitan Museum vor einiger Zeit wußte, und beim Gedanken daran mußte er lächeln. Amelias eigenes künstlerisches Schaffen war mit Reißzwecken an die Innenseite ihrer Tür geheftet. Auf einem Aquarell saßen zwei Figuren an einem Tischchen, auf dem in Tassen irgend etwas dampfte – etwas plump in der Form vielleicht, trotz allem aber eine wohlausgewogene Komposition – ganz in Rot. Er knipste das Licht aus.

»Wenn das Mädchen wieder anruft – wenn –, dann rede ich mit ihr. Ich würde ganz gern mal hören, was sie so sagt.« Natalia saß auf dem Sofa, jetzt ganz im Pyjama. Der Fernseher lief noch.

»Das tätest du?« Jack lächelte überrascht. »Danke, Schatz. Ich weiß nämlich wirklich und wahrhaftig nicht, was ich ihr wegen der Polizei sagen soll. Man müßte einen Polizisten persönlich kennen.«

»Oder meinst du, sie möchte vielleicht nicht so gern mit mir reden?« fragte Natalia.

»Aber nein. So ein schüchternes Häschen ist sie nicht. Überhaupt nicht. Sie kennt dich noch aus der Disco. Du sähst interessant aus, hat sie gemeint – anders, sagt sie.«

»Interessant! Ha!«

Jack war in der Küche und knotete den Müllsack zu, als das Telefon klingelte. Er ließ Natalia abnehmen. Es war noch nicht ganz elf.

»Ja, Jack hat es mir erzählt«, sagte Natalia am Telefon.

Jack hörte bewußt nicht zu. Er schüttelte einen knisternden neuen Müllsack aus und steckte ihn in den blechernen Eimer. Dann ging er durch die Diele in seinen Arbeitsraum, schaltete das Licht ein, und sein Blick fiel sofort auf das Bild, das er gelb auf rot von Elsie gezeichnet und hinten an die Wand gelehnt hatte. In den Bögen steckte viel Bewegung, fand er. Wenn er die Zeichnung ansah, konnte er Musik hören, Trommeln und einen pulsierenden Beat.

»Jack?« Natalia stand hinter ihm.

Jack war zusammengezuckt. »Was?«

»Ich muß sagen, die redet wie ein Buch! Und eine ulkige Nudel ist sie auch. Daß der alte Trottel sich ausgerechnet *dieses* Mädchen herausgreifen muß!« Natalia lachte. »Sie ist so frei von der Leber weg.«

»›Ist doch wahr, nicht?‹ würde Louis sagen. Und was hast du ihr nun geraten?«

»Ach, wir haben gar nicht weiter über die Sache mit der Polizei gesprochen. Ich habe vorgeschlagen, mal ein paar Freunde zusammenzutrommeln, die diesem Lindman nach Hause nachlaufen und zur Abwechslung einmal *ihn* piesakken. Nur um ihm einen Schrecken einzujagen.«

»Linderman.«

»Linderman. Es könnte jedenfalls was nützen. Elsie sagt,

er hat ja jetzt schon Angst vor ihren Punker-Freunden. Sie nennt sie Punks.«

»Hm. Und keine Polizei?«

»Sie meint, die Polizei schreckt ihn vielleicht nicht ab, und womöglich erzählt er denen, sie wohne in einem Puff oder so. Da könnte sie recht haben. Ich habe auch vorgeschlagen, irgendein anderes junges Mädchen ausfindig zu machen, dessen Moral oder sonstwas gefährdet ist, und dafür zu sorgen, daß Linderman sie kennenlernt.«

Jack lächelte. »Aber Elsie ist so hübsch.«

»Stimmt.« Natalia sah auf Jacks Tisch. »Ist sie das?« Sie ging auf die Zeichnung zu, die zwischen ein paar andern stand. »Das ist doch Elsie, nicht?«

»Ja. Ich hab's nach diesem Discoabend gemacht. Nicht schlecht, daß du sie gleich erkennst.«

»Es ist ja auch eine gute Zeichnung.«

Jack ging darauf nicht ein, aber der Ton, in dem Natalia es gesagt hatte, freute ihn, denn den bekam er nicht oft zu hören. Er fühlte sich geschmeichelt.

»Ich bin morgen früh um elf mit ihr zum Kaffee verabredet. In diesem Ding am Sheridan Square, mit der Glasfront. Kennst du's? ... Willst du mitkommen?«

Jack kannte das Lokal mit dieser verglasten Terrasse. »Nein, geh du nur. Bin gespannt, was du hinterher meinst.« Er lächelte. »Ich glaube nicht, daß sie dich langweilen wird.«

15

An einem Werktagmorgen in aller Frühe fuhr Ralph Linderman mit dem 7th-Avenue-Bus nach Hause. Der Bus war fast leer und fürchterlich überheizt. Schon zweimal hatte er den Platz gewechselt, um dem Heißluftstrom zu entkommen, der ihm geradezu die Kleider zu versengen schien. Die Hitze machte die eingeschlossene Luft noch stickiger, diesen Mief von schmutzigen Wollsachen, ranzigem Fett, Körperausdünstungen und sogar Knoblauch. Schlimmer noch als der Gestank, dachte Ralph, der aus den Entlüftungsgittern der U-Bahn aufstieg, wenn unter der Straße ein Zug durchfuhr, das Rülpsen eines häßlichen, lange toten und verwesenden Drachen. Der U-Bahn-Geruch setzte sich zusammen aus Metallabrieb, öligem Staub, menschlicher Atemfeuchtigkeit und abgestandener, seit Inbetriebnahme der allerersten U-Bahn-Waggons nie mehr völlig ausgetauschter Luft, angereichert durch die Dünste von Kaugummi, weggeworfenen Zigarettenkippen, Spucke, Erbrochenem und Pisse. Ralph haßte die U-Bahn. Sie war nicht nur häßlich, sondern auch gefährlich.

»Sie sollten den Leuten erlauben, ein Fenster aufzumachen«, sagte Ralph kurz vor seiner Haltestelle zu dem Fahrer. »Wenn Sie schon die Heizung so aufdrehen!« Er hatte kein Fenster zu öffnen vermocht, obwohl er es an zweien versucht hatte.

»Dann gibt's Beschwerden wegen des Luftzugs«, versetzte der schwarze Fahrer.

»Hier drinnen hat's mindestens dreißig Grad. Der reinste Backofen.«

»Ausstieg hinten, Sir, und Unterhaltung mit dem Fahrer verboten.«

Der Fahrer bremste absichtlich so abrupt, daß es Ralph beinahe von den Füßen riß.

Die kalte Dezemberluft tat gut, und Ralph atmete tief durch. Im Bus hatte er darüber nachgedacht, ob er sich mal einen neuen Mantel kaufen sollte, und nun kehrten seine Gedanken zu diesem erfreulichen Thema zurück. Geld hatte er genug, sagte er sich, nur war er von Natur aus knickrig, was er alles in allem aber nicht als Fehler ansah. Liefen denn nicht genug Leute auf der Welt herum, die mehr ausgaben, als sie hatten, sich ins Unglück stürzten und durch Anpumpen ihre Freunde verloren?

Es war noch pechfinster, als er God ausführte, weshalb er es diesmal kurz machte und dem Hund ein längeres Gassi für später versprach. Um elf Uhr vormittags löste er dieses Versprechen ein, als er ein paar Lebensmittel einkaufen und sich seine ›Times‹ holen ging. Jetzt hätte er zu der Kaffeebar an der 7th Avenue gehen können, wo Elsie arbeitete, denn er hätte Lust auf einen Kaffee und etwas Süßes gehabt, aber dort ließen sie ja God nicht hinein (ob das wohl auch für andere Hunde galt?), und außerdem begann Elsies Schicht erst abends um sechs, dachte er. Es war für Ralph eine Freude, sie nur schon zu sehen, das gestand er sich ein. Er brauchte gar nicht mit ihr zu reden oder, wie sie sagte, ihr Predigten zu halten. Um Himmels willen, nein! Und mindestens einmal war er auch schon ohne Hund dagewesen und hatte kein Wort zu ihr gesagt, ihr nicht einmal zugenickt, sich nicht einmal irgendwo hingesetzt, wo sie ihn vielleicht bedienen mußte. In Ralphs Augen diente das einem doppelten Zweck: zum einen konnte er es genießen, in ihrer Nähe zu sein, ihr zuzusehen, wie sie umherging und mit den Leuten redete und sie anlächelte, zum zweiten sah er sich als ihr personifiziertes Gewissen, das da an der Theke auf einem Hocker saß. Ja, wenn sie ihn sah, würde sie daran denken müssen, wie er zu ihr gesagt hatte, sie solle sich ihren Charakter und ihre Gesundheit bewahren, solange sie beides noch hatte. Lauter Schönes hatte er ihr doch gesagt, warum war sie darüber nur böse?

Ein paar Stunden später ging Ralph von der 14th Street, wohin er mit dem Bus gefahren war, nach Hause, in der Hand eine Schachtel mit seinem neuen Mantel. Zu Hause angekommen, sprach er zuerst mit dem Hund und erweckte sein Interesse, bevor er den mit Seidenpapier ausgelegten Karton öffnete.

Was für ein schöner Mantel – für hundertsiebenundsechzig Dollar und achtunddreißig Cent! Dunkelblau, mit dunkelblauem Seidenfutter, Klappen über beiden Seitentaschen, einer Innentasche und einem Aufhänger hinten. Ralph ging damit vor seinen größten Spiegel, einen Kippspiegel auf der Kommode, und zog ihn an.

»Na, was sagst du dazu, God? Ist er nicht richtig schön?«

Der Hund bellte und umtänzelte ihn und schnupperte am Mantelsaum.

Ralph knipste alle Lampen im Wohnzimmer an und kippte den Spiegel so, daß er die untere Hälfte sehen konnte. Schließlich machte er die steifen Knöpfe wieder auf und hängte den Mantel sorgsam fort.

Am Nachmittag wachte er um eine Zeit auf, die für ihn eigentlich Mitternacht war, und als ihm sein Mantel einfiel, hatte er gar kein Verlangen mehr, wieder einzuschlafen. Die fahle Wintersonne fiel in sein Schlafzimmer. Ralph zog seine Vorhänge nie zu. Tageslicht beeinträchtigte seinen Schlaf nicht. Sutherlands Frage nach seiner Frau, seiner *Ex*frau, hatte ihn aufgewühlt, und er mußte sich gestehen, daß dies mit ein Grund für ihn gewesen war, sich den Mantel zu kaufen – *irgend* etwas Schönes, was ihn dieses alberne Frauenzimmer irgendwie vergessen lassen konnte. Was hatte Irma sich auf ihr süßes Gesicht eingebildet, ihre ach so vergängliche Schönheit! Wie sah sie wohl jetzt aus, als Mittfünfzigerin? Die Männer würden ihr nicht mehr in Scharen nachrennen, nur weil sie ihnen schöne Augen machte. Und sexbesessen, hatte er damals geglaubt. Aber nein. Er war zu dem Schluß gekommen, daß ihre sexuellen Ansprüche – sie hatte sie jedenfalls als sexy erscheinen lassen wollen – auch nur ein Mittel für sie gewesen waren, ihn zu ärgern, zu demütigen. Das war ihr in der Tat gelungen! Natürlich hatte auch er schon davon gelesen, daß Frauen auf jeden Orgasmus des Mannes gleich fünf haben konnten. Sie konnten ihn aber auch vortäuschen. Mit Irma – doch, ja, es hätte gutgehen können, wenn sie nur nicht so seicht gewesen wäre, so sehr das verwöhnte Kind gespielt hätte, das es nicht nötig hatte, arbeiten zu gehen, und überhaupt nur den

Haushalt zu führen und in den Schönheitssalon zu gehen und sich die Zehennägel zu lackieren brauchte. Warum hatte er ihre schriftstellerischen Ambitionen nur so ernst genommen? Aus falschverstandener Höflichkeit, Respekt? Ralph machte sich da Vorwürfe: Es war dumm von ihm gewesen, so ein albernes Frauenzimmer zu heiraten, und das konnte er niemand anderem anlasten als sich selbst. Und dann war er natürlich impotent geworden, aus dem einfachen Grund, daß er Irma nach fünf, sechs Monaten nicht einmal mehr gern gehabt hatte, geschweige noch in sie verliebt war. Er war nicht impotent, das hatte er sich durch Onanieren bewiesen, was ihm aber eigentlich gar keinen Spaß machte. Gewiß, es war im Moment ein schönes Gefühl, aber an und für sich, als bloßes Vergnügen oder Ersatzhandlung – war es da nötig? Er stellte sich nie eine Frau oder sonst irgend etwas dabei vor, schon gar nicht so ein Pin-up-Girl mit dicken Brüsten, die gängigen Vorlagen. Wirklich nicht! Er stellte sich auch nicht Elsie vor. Undenkbar! Für Elsie empfand er genau das Gegenteil. Er konnte sich nicht einmal in der Phantasie den Märchenprinzen ausmalen, der ihrer würdig gewesen wäre. Nein, bei solchem Tun, dem er sich vielleicht ein- oder zweimal im Jahr hingab – so genau wußte er das selbst nicht –, dachte er nur an sich. Er dachte: Bitte, ich kann's noch, kein Problem. Da hatte Irma sich geirrt. Er war keine Mißgeburt mit einer diesbezüglichen Blockade im Gehirn. Wenn Ralph verbittert oder rachsüchtig hätte sein wollen, was er nicht war, dann hätte er die »Schuld« Irma geben können, weil sie ihn enttäuscht hatte, enttäuscht als Mensch, als die vierundzwanzigjährige Frau, die er zu heiraten geglaubt hatte. Er hatte ihr mehr Substanz zugetraut. Als sie sich kennenlernten, war sie Sekretärin in einem Immobilienbüro gewesen. Ihre Eltern, angesehene Leute, hatten ein Haus in der Stadt besessen, und Ralph erinnerte sich auch, daß Irma einen verheirateten älteren Bruder gehabt hatte. Ralph wollte sich gar nicht an das alles erinnern, weil es durch und durch negativ war und immer damit endete, daß er sich Vorwürfe machte. Er war verliebt gewesen, ja. Ein gefährlicher Zustand, ein Zustand, in dem man schwerwiegende Fehler machte.

Wie war er nun eigentlich darauf gekommen? Natürlich, durch das Gespräch mit Sutherland. Irma. Impotenz. Onanie. Pfui! Ralph schämte sich wegen des Onanierens ein bißchen, aber das hatte nichts mit seiner Kindheit zu tun, nichts mit Vater oder Mutter, die ihm gesagt hätten: »Laß das!« Nein, Ralph erinnerte sich nicht, daß sie das je gesagt hatten. Er war sich bewußt, daß Irma ihn gegen alle Frauen verbittert gemacht, Angst vor Frauen in ihn gesät hatte, obwohl ihm durchaus klar war, daß nicht alle Frauen so waren wie Irma.

Ralph stand auf, denn er hatte beschlossen, seinen neuen Mantel an den Elementen zu erproben, die im Moment aber nur einen kalten Tag zu bieten hatten. Beim Rasieren plagte ihn wieder die Erinnerung an Irma, wie sie morgens um sieben in ihrem rosa Morgenmantel herumgelaufen war, wenn er sich rasierte, um zur Arbeit zu gehen. Meist hätte er sich sein Frühstück wahrscheinlich selbst gemacht. Wie oft hatte sie ihn verhöhnt, weil er morgens im Bett nichts zustande gebracht hatte! Es war ja auch nicht leicht, mit der Uhr im Kopf ein guter Liebhaber zu sein. Und wer hätte ihren Lebensunterhalt verdient, wenn er die Möbelfirma vernachlässigt hätte? Zum Teufel mit ihr! Nebelfetzen, diese Erinnerungen, nichts als Nebelfetzen, kleine weiße Gespenster wie die Schaumflocken, die von seinem Sicherheitsrasierer ins Waschbecken platschten.

Ralph zog sich an und schlüpfte in den Mantel. Vom Kleiderschrankregal nahm er die runde Pelzmütze, die er sich vor einem Jahr gekauft und seitdem kaum getragen hatte. Er probierte sie an. Schwarzes Kaninchenfell mit Ohrschützern, ein bißchen nach russischer Art.

So angetan spazierte Ralph – ohne God, der noch bis gegen sieben Uhr warten konnte – die Bleecker Street hinunter nach Süden. Er war versucht, durch die Minetta Street zu gehen, an

Elsie Tylers Haus vorbei. Es war jetzt halb sechs, und vielleicht kam sie gerade aus dem Haus, um zur Arbeit zu gehen, und dann könnte er sie sehen. Oder auch nicht. Er machte sich klar, daß er gern von ihr in seinem schicken neuen Mantel gesehen werden wollte. Wenn er sie sähe, würde er nur an die Mütze tippen, freundlich »Tag, Elsie« sagen und weitergehen.

Als er an einer Straße warten mußte, fiel ihm noch etwas Ärgerliches ein: Die Elektrizitätsgesellschaft im Wohnort seiner Mutter plagte ihn mit einer Rechnung, die er schon lange per Scheck bezahlt hatte, aber anscheinend hatte er ihn an die falsche Zweigstelle geschickt. Und ihre Kirche erwartete, daß er ein »Gelübde« einlöste, das seine Mutter getan hatte, nämlich der Kirche hundert Dollar im Jahr zu spenden, und ob er nicht und so weiter ... Es lief darauf hinaus, daß für dieses Jahr noch dreiundsiebzig Dollar zu zahlen seien. Ralph hatte weder bezahlt noch den Brief beantwortet, aber die Kirche schickte weiter ihre Zahlungserinnerungen. Wenn solche irregeleiteten Gelübde nicht eingelöst wurden, warf das in Ralphs Augen keinen Schatten auf die Familienehre.

Aber wieso verdarb er sich an so einem schönen Tag mit solchen Gedanken die Laune? Dort war das dreistöckige Haus, dunkelrot wie noch ein paar andere, aber für Ralph etwas Besonderes, weil Elsie darin wohnte. Die Tür war zu. Ralph behielt das Haus im Auge, während er auf der anderen Straßenseite vorbeiging. Die Straße war kurz und schmal und machte einen kleinen Bogen. Früher war hier einmal der Minetta Brook geflossen, und Ralph glaubte noch eine Vertiefung zu erkennen, wo die Minetta Street in den quer zu ihr verlaufenden Minetta Lane mündete.

Plötzlich ging Elsies Haustür auf, ein paar Männer- und Frauenstimmen redeten durcheinander, und jemand lachte. Ein Mädchen und zwei junge Burschen kamen heraus, danach Elsie, die sich noch einmal umdrehte, um die Tür zu schließen.

»Da!... seht!« rief Elsie ihren Freunden zu.

Die anderen fingen an zu johlen, und Ralph merkte, daß es ihm galt. Er ging schneller.

»Alter Schleimer!« rief eine Mädchenstimme ihm nach.

»He! Laß gefälligst Elsie in Ruhe! Hast du gehört?« grölte ein Bursche.

»Sexmonster!...«

»Mit wem hast du zuletzt gebumst?«

»Haha! Guckt mal, wie er rennen kann!«

Ralph fühlte Scham und Wut. Er lief nicht, er ging nur so schnell, wie er es mit Würde vermochte, und die paar Schritte durch den Minetta Lane bis zur 6th Avenue erschienen ihm endlos. Ein junger Bursche in Turnschuhen hatte ihn überholt und baute sich mit ausgebreiteten Armen vor ihm auf, wie um ihn abzufangen.

»Verpiß dich, du Kniefícker, sonst hetzen wir dir die Bullen auf den Hals!«

Was war denn mit Elsie? Einer der Burschen stieß Ralph mit dem Handballen gegen die Schulter. »Hören Sie auf!« schrie Ralph. »Lassen Sie mich in Ruhe!«

»*Ihn* in Ruhe lassen!« rief eine schrille Mädchenstimme, und es wurde gelacht.

»Jippiiie! Mach Mücke, du Scheißer!«

»Und komm bloß nicht wieder! Laß dich hier ja nicht mehr blicken, kapiert?« schrie ein junger Bursche mit Rouge und Lippenstift Ralph aus nächster Nähe ins Gesicht. Dann tänzelte er rückwärts vor ihm her und funkelte Ralph aus fast geschlossenen Augen mit schwarz beschmierten Lidern an. »Schleimscheißer!«

Ralph zog den Kopf ein und stapfte die 6th Avenue hinauf.

»Ha!... Hahahaaa!... Tempo, Junge! Gib Gas!«

Die Stimmen schwirrten durcheinander. Ein Mülleimerdeckel schlitterte gräßlich scheppernd an seinen Füßen vorbei. Ein paar Passanten sahen sich um.

Endlich hatte er einen Vorsprung gewonnen. Ralph ging

langsamer, atmete tief durch und blickte starr nach vorn, und sowie die Autos Rot hatten, wechselte er auf die andere Seite der 6th Avenue.

Und da lief er ihnen geradewegs in die Arme. Die drei – Elsie war nicht dabei, wo war sie? – hatten irgendwie auch die Straße überquert.

»Na, wo soll's denn hingehen?« fragte der mit dem unbemalten Gesicht. »Da gehen wir doch glatt mit, oder?«

»Klaro!« sagte der Geschminkte.

Ralph schlug den Weg zur Bleecker Street ein, aber die beiden Burschen sprangen ihm dauernd vor die Füße und rempelten ihn von der Seite an. Aber wieso nach Hause? dachte Ralph und steuerte kurz entschlossen auf ein Restaurant zu, trat durch die erste, dann durch die zweite Tür.

»Wir haben noch nicht geöffnet, Sir«, sagte ein Kellner.

»Das Telefon –«

Der Kellner schien unschlüssig, zeigte dann aber nach hinten, wo die Telefone waren.

Ralph ging durch das leere Lokal, und als er sich umschaute, sah er den einen Burschen eintreten. Es gab einen Wortwechsel, und der Kellner drängte ihn, assistiert von einem Kollegen, fast mit Gewalt hinaus. Ralph sah sie draußen herumstehen. Er nahm den Hörer von der Gabel und tat, als ob er telefonierte. Als er wieder zur Glastür sah, standen sie immer noch draußen. Sie würden nicht fortgehen, damit mußte er sich abfinden. Und wie er mit dem Hörer am Ohr so dastand und mit den Lippen Sprechbewegungen machte, sah er auf einmal Irma vor sich, eine Zigarette zwischen den dunkelroten Lippen, die welligen Haare bis auf die Schultern, lachend, die Augen geschlossen vor Lachen, ihn auslachend, daß es sie schüttelte. Gemeines Luder!

Er legte auf und ging zur Tür, denn an ein Entkommen war nicht zu denken. Er bedankte sich bei den Kellnern und ging mit erhobenem Kopf hinaus.

»Er kommt!« schrie der eine.

Ralph sah jetzt auch Elsie weiter unten an der Ecke stehen und sich lächelnd von dem andern Mädchen verabschieden: sie mußte zur Arbeit. Ihr lächelnder Blick begegnete noch dem seinen, bevor sie sich umdrehte und ging. Ralph nahm die Schultern zurück und ging stadtaufwärts, heimwärts.

Und die beiden Burschen gingen mit, nahmen ihn in die Mitte, rempelten ihn von beiden Seiten an.

»Laß Elsie in Ruhe, kapiert? Sonst machen wir dich zu Mus, du Matschbirne!«

»Schleimscheißer! Schleimscheißer!« sang der andere und lachte fröhlich, als sei er gerade mit etwas sehr Vergnüglichem beschäftigt.

Als Ralph in die West 4th Street einbog, waren sie immer noch bei ihm. Ihre Worte waren widerwärtig. Ralph hielt Ausschau nach einem Polizisten. Wohin sollte er jetzt gehen? Er wollte sich von ihnen nicht bis vor die Haustür verfolgen lassen, es nicht darauf ankommen lassen, daß er ihnen die Haustür, die nicht immer richtig schloß, vor der Nase zuschlug und diese Burschen sie einfach wieder aufdrückten und ihm bis vor die Wohnungstür folgten, bis in die Wohnung hinein, wenn sie konnten.

Plötzlich war Ralph am Sheridan Square, bei der verglasten Café-Terrasse. Er zögerte. Ein Stückchen weiter stand der Zeitungskiosk am Eingang zur U-Bahn, und der Zeitungsverkäufer kannte ihn.

»He, Sie!« Auf einmal war das Mädchen wieder da, ein Gesicht aus weißem Puder und Lippenstift, lange Haare, die eindeutig eine Perücke waren, eine Jacke wie aus einem alten Vorhang oder einer Bettdecke. »Lassen Sie Elsie in Ruhe, wenn Ihnen Ihr Fell was wert ist!... Haben Sie's endlich kapiert?«

»Los, Marion, gib's ihm!« grölte der eine Bursche.

Der mit dem bemalten Gesicht spuckte nach Ralph, verfehlte ihn aber. Von den Passanten kam ihm natürlich keiner zu Hilfe. Ein paar Männer und eine Frau sahen nur kurz von dem ausgelassenen Trio zu Ralph und wieder zurück.

Ralph trat an den Kiosk. »Bitte eine –«

»Sie haben Ihre ›Times‹ schon geholt, Sir«, sagte der Zeitungsverkäufer. »He! Aber 'n duften Mantel haben Sie heute an!«

Ralph machte kehrt. Es war rot, er konnte über die Straße gehen. Machte dieser Zeitungsverkäufer – ein Mann, den er kaum kannte – sich etwa auch über ihn lustig? Ralph ging in das United Cigars an der Ecke. Der Laden, den er sonst nie betrat, hatte eine Dreiecksform, der Straßenecke angepaßt, und roch nach süßlichem Tabak und Konfekt. Ralph sah die Taschenbuchständer ringsum. Das Trio war ihm nicht gefolgt. Er durfte ein wenig aufatmen. Es waren noch mehr Kunden im Laden, so daß Ralph nicht das Gefühl hatte, aufzufallen. Er sah sich die ausgelegten Illustrierten an, dann schlenderte er zur Tür, durch deren verglaste obere Hälfte er nach draußen sehen konnte. Sie schienen fort zu sein. *Schienen* – denn vorhin, als er über die 6th Avenue gegangen war, hatte er sie auch plötzlich wieder vor sich gehabt.

Ralph verließ rasch den Laden und ging nach links in die Christopher Street, die zur Bleecker führte. Tatsächlich, sie folgten ihm nicht. Anscheinend hatten sie doch aufgegeben. Er hörte niemanden hinter sich rufen, als er die Bleecker Street erreichte, sie überquerte und auf sein Haus zuging, schon nach dem Schlüssel greifend.

Oben angekommen, fühlte er sich von einer Scham erdrückt, die schwerer auf ihm lastete als seine Wut. Am schlimmsten war die Erinnerung an *Elsie*, ihr amüsiertes, herzloses Lachen, mit dem sie einfach fortgegangen war und ihn diesen Strolchen überlassen hatte.

Die Strolche sind ihre Freunde, dachte er. Wie grauenhaft! Grauenhaft und verkehrt!

Zum zweitenmal an diesem Tag machte Ralph die Knöpfe seines neuen Mantels auf, hängte ihn auf einen Bügel und bürstete Schultern und Ärmel ab, wo diese Burschen ihn berührt hatten. Elsie hatte den Mantel überhaupt nicht beachtet, als hätte er ihn gar nicht angehabt, als hätte er von vornherein auch seine alte, schmuddlige graue Tweedjacke anziehen können.

»Dreck! Dreck! Dreck!« schimpfte Ralph mit zusammengebissenen Zähnen vor sich hin.

16

An einem Mittwoch im Dezember bekam Jack seine sechs Belegexemplare von *Halbverstandene Träume,* mit einem kurzen, aber herzlichen Glückwunsch von Trews. Das Umschlagbild zeigte den Ernährer der Familie an seinem Schreibtisch sitzend, einen Arm vor die Augen geschlagen, umstanden von drei Gestalten, vielleicht Mutter, Vater und irgendein unheiliger Geist, die tadelnd auf ihn hinabsahen. Die Figuren waren alle grünlich, der Titel schwarz, freihändig in Schreibschrift mit dem Pinsel hingeworfen. Jack klappte eines der Exemplare auf und blätterte darin herum, und Freude, wenn nicht sogar Stolz, durchströmte ihn. Sein erstes Buch! Wurde auch höchste Zeit, dachte Jack, denn er war immerhin schon dreißig.

Jack mußte lächelnd daran denken, daß Joel MacPherson vorige Woche zusammengeklappt war. Joel hatte angerufen und ihm gesagt, er habe vor Angst um das Buch einen Zusammenbruch erlitten und mache auf Anraten des Arztes ein paar Tage Urlaub, mindestens vier. Dartmoor, Aegis wollte das Erscheinen am kommenden Freitag mit einer kleinen Party feiern, und anschließend sollten Jack, Joel, Natalia und »ein paar Presseleute« mit Trews essen gehen.

Es war dieselbe Woche, in der Natalia sich mit Elsie zum Kaffee getroffen hatte. Natalias Eindruck von Elsie war ganz anders ausgefallen, als Jack erwartet hatte. Natalia hielt sie für ausgesprochen ehrgeizig und sagte, sie hätten mehr über Theater, Kunstausstellungen und Maler gesprochen als über Linderman.

»Sie liebt das Guggenheim-Museum so. Und Kandinsky! Anscheinend will sie sich ganz New York auf einen Sitz einverleiben – und dabei mußt du wissen, daß sie nur Mittelschule hat. Ich finde das bewundernswert – wenn's vorhält.«

Während Natalia das sagte, sah sie in ihren Kleiderschrank und nahm ein paar Sachen heraus, die in die Reinigung sollten. Was sie in Sachen Linderman beschlossen hatten, mußte Jack ihr regelrecht aus der Nase ziehen.

»Ach Gott, der wird schon irgendwann aufgeben«, meinte Natalia. »Er ist nichts weiter als ein einsamer alter Junggeselle, der gern ein hübsches Mädchen sieht.«

»Ja. Einsam ist er bestimmt«, sagte Jack.

Über die Frage, ob Elsie seinetwegen zur Polizei gehen sollte, war offenbar nicht gesprochen worden, und Jack kam auch nicht darauf zurück. Im Laufe des Tages sagte Natalia dann:

»Ich habe Elsie gefragt, ob sie Lust hat, mit zu Louis' Party zu kommen, und sie war ganz begeistert. Du weißt ja, daß Louis nächste Woche seine Weihnachtsparty gibt.«

Jack lächelte erfreut. »Elsie kommt also? Gut.« Eine ulkige Vorstellung: Elsie in Louis' unaufdringlich eleganter Wohnung, zwischen Louis' ausgesprochen dezenten Freunden!

»Elsie wollte wissen, ob sie noch eine Freundin namens Genevieve mitbringen darf. Ich werde Louis fragen. Er hat ja gern neue Gesichter um sich.«

Die Party bei Dartmoor, Aegis fand in Trews' großem Büro statt, dessen Fenster zum East River lagen. Achtzehn bis zwanzig Leute waren da, zum Teil Lektoren aus anderen Abteilungen des Hauses, die nur mal kurz reinschauten, um Jack und Joel die Hand zu drücken. Joel hatte sich wieder erholt, er sah nur noch etwas blaß aus. »Bringen Sie Ihr Kind ruhig mit«, hatte Trews zu Jack gesagt. »Ein Mädchen, nicht? Die Presse sieht Familienväter gern.« Also hatten die Sutherlands Amelia mitgebracht und Susanne gleich dazu, damit sie Amelia vor dem Lunch wieder nach Hause bringen konnte. Natalia hatte keine Kontaktschwierigkeiten. So etwas hatte sie gelernt, und Jack wußte, daß er demnächst von ihr erfahren würde, wer von den vielen Leuten, mit denen sie ins Gespräch kam, wichtig war und wer nicht.

»Haben Sie auch selbst analytische Träume, Mr. Sutherland?« wollte ein Journalist von Jack wissen.

Amelia reichte Appetithäppchen herum, ganz wie zu Hause, worüber sich alle amüsierten, während Jack es geflissentlich übersah. Jack und Joel signierten gemeinsam ein paar Bücher, eines mit einer besonderen Widmung für Trews. Die Ausbeute des Tages bestand für Jack und Joel aus einem kurzen Rundfunkinterview, das vor dem Lunch in einem andern Raum auf Band gesprochen wurde. Kein Fernsehauftritt. Mit einem Fernsehauftritt hatte Jack auch nicht gerechnet. Trews ebenfalls nicht, obwohl er es versucht hatte, wie er sagte.

Louis Wannfeld hatte für seine Party grüne und rote Girlanden aus Kreppapier über die vier Ecken seines Wohnzimmers gespannt. »Ich wollte einen kleinen altmodischen Anstrich«, erklärte er. Es war außer einem langen Kiefernzweig auf dem weißgedeckten Tisch, auf dem Flaschen, Gläser und Schälchen mit Kaviar und Oliven und Ähnlichem standen, das einzige, was weihnachtlich wirkte.

Isabel Katz war natürlich auch da, und Sylvia Kinnock, mit der ein gertenschlanker junger Mann namens Ray gekommen war, laut Sylvia ein Tänzer vom New York City Ballett. Sogar Max und Elaine Armstrong waren eingeladen worden, obwohl sie eigentlich keine engen Freunde von Louis oder dessen Freund Bob Campbell waren. Es waren auch etliche Leute da, die Jack noch nie gesehen hatte, vermutlich

Freunde von Bob, und Männer und Frauen waren etwa gleich stark vertreten. Louis, geradezu feierlich in seinem königsblauen Seidenanzug mit weißem Hemd und schwarzen Lacklederschuhen, wies Jack auf die Flasche Jack Daniels auf dem Getränketischchen hin.

Jack war dankbar und gerührt. »Wie geht's Bob?«

»Oh, er ist – da drüben«, sagte Louis, der ihn bei dem Stimmenlärm wohl nicht richtig verstanden hatte. »Auf dem Sofa.«

Eines mußte man Louis' Partys lassen, dachte Jack, als er mit seinem Glas weiterging: Es fand sich immer die merkwürdigste Zusammenstellung von Leuten ein, die sich aber alle prächtig unterhielten. Das wurde durch die Größe des Wohnzimmers begünstigt. Niemand mußte den ganzen Abend an ein und derselben Stelle stehenbleiben. Sylvias Freund oder Begleiter war dünn wie ein Strich, und Jack konnte sich kaum vorstellen, daß er die Kraft in den Beinen hatte, die ein Tänzer brauchte. In den engen schwarzen Hosenbeinen steckten Beine wie Pfeifenstiele. Oder eher noch Pfeifenreiniger.

»Oh, Mr. Sutherland, ich habe Ihr Buch gesehen!« sagte eine robuste junge Frau, die Jack noch nie gesehen hatte. »Ich weiß, daß es ein Gemeinschaftswerk ist, aber in erster Linie wird es ja doch wegen der Zeichnungen gekauft. Die sind so witzig und gehen einem doch zugleich unter die Haut – machen einem fast angst. Ihnen vielleicht nicht, aber mir.« Sie lachte.

Jack nickte. »Ich habe noch keine Kritiken gesehen.«

»Das werden Sie bald. Ich arbeite bei der ›Post‹. Hazel Zelling ist mein Name. Vorhin habe ich Ihre Frau kennengelernt, die hat mir gezeigt, wo Sie sind. Ich habe erst heute eine sehr positive Besprechung geschrieben. Die erscheint aber erst in den nächsten Tagen.«

»Danke«, sagte Jack lächelnd.

Gemütlicher sprach sich's mit Isabel und den Armstrongs. Susanne hatte den Armstrongs ein Exemplar von *Halbver-*

standende Träume vorbeigebracht, und sie bedankten sich jetzt dafür bei Jack, auch für die Widmung, die er hineingeschrieben hatte.

»Auf die *Träume*!« Max hob sein Glas.

»Ich bin's schon leid«, sagte Jack. Er dachte an die beiden Exemplare, die er an Onkel Roger und seinen Vater geschickt hatte. Ob er je erfahren würde, was sein Vater davon hielt? »Wo ist Bob?« fragte Jack jetzt Isabel leise. »Ich vergesse immer, wie er aussieht, aber ich wollte ihm doch guten Abend sagen.«

»Der Dicke mit der Glatze, drüben auf dem Sofa«, sagte Isabel lächelnd. »Und mit Brille.«

Natürlich. Jack erinnerte sich jetzt wieder an ihn: nicht ganz so kahl wie Louis, gesellig, redselig und im Moment anscheinend mitten in einer Anekdote, so grinste und gestikulierte er. Kaum noch ein Wunder, daß er und Louis nun schon so ungezählte Jahre zusammen waren. Bei Bob hatte man den Eindruck, daß er immer alles verstand und alles verzieh. Jack wollte zu ihm.

Er kam nicht hin, denn Natalia zupfte ihn am Ärmel und meinte: »Sag doch mal deiner Freundin guten Abend.«

Jack hatte schon vergebens nach Elsie Ausschau gehalten, aber da stand sie jetzt plötzlich mitten im Zimmer, vor ihr Louis in aufmerksam gebeugter Haltung. Sie trug ein Abendkleid aus schwarzem Satin, bis zum Schenkel geschlitzt. Louis lächelte übers ganze Gesicht und strahlte vor Gastfreundlichkeit. Elsie strich ihr blondes Haar zurück und lachte. Sie sah ungemein hübsch aus. Man konnte kaum wegsehen.

»Guten Abend, Elsie«, sagte Jack. »Wie ich sehe, haben Sie Ihren Gastgeber ja schon kennengelernt.«

»Was darf ich der jungen Dame zu trinken holen?« fragte Louis.

»Guten Abend, Mr. Sutherland«, sagte Elsie. »Und das ist meine –«

»Mein Gott, nun nennen Sie mich doch Jack.«

»– meine Freundin Genevieve«, sagte Elsie und zeigte mit schwarzem Handschuh auf eine junge Frau in Gelb, deren langes rotes Haar leicht gewellt war.

Jack und Louis gingen mit den beiden Damen zu den Getränken. Elsie wollte Tomatensaft, von dem Louis einen großen Krug dastehen hatte. Genevieve war höchstens mittelhübsch und wirkte langweilig, fand Jack. Ihr Haar hatte die Farbe von gebackenen Süßkartoffeln. Konnte das echt sein? Er hätte heute abend so gern einmal nicht an Farben gedacht, denn sie gingen ihm durch und durch, wie Geräusche.

»Ist Natalia nicht hier?« fragte Elsie.

»Da steht sie«, sagte Jack, denn er sah Natalia nur zwei Schritte entfernt schräg hinter Elsie stehen und sie beobachten.

Die Armstrongs kamen jetzt hinzu, und Jack stellte allerseits vor: »... und Genevieve –«

»Perusky«, half Elsie nach, sichtlich bemüht, wohlerzogen zu sein und heute abend alles richtig zu machen.

Jack wiederholte Genevieves Nachnamen gar nicht erst. Max und Elaine sahen Elsie an. Elsie hatte ein Gel in den Haaren, Rougetupfer auf den Wangen und knallrote Lippen. Dabei war sie jedoch atemberaubend hübsch heute abend, und ihre Energie oder Lebendigkeit, oder wie man es nennen wollte, sprühte von ihr in alle Richtungen, selbst wenn sie stillstand.

»Wollen wir uns nicht setzen?« schlug jemand vor.

Keiner setzte sich. Elsie und Genevieve blieben nicht die ganze Zeit zuammen, waren aber auch nie sehr weit voneinander entfernt. Elsie ging an das große Ostfenster, wo sie kerzengerade aufgerichtet stand und sehr souverän wirkte. Jack fand ihr fettglänzendes Haar allmählich sogar schick.

»Kennst du das Mädchen?« fragte Max Armstrong. »Oder Natalia vielleicht?«

»Wir kennen sie beide. Sie ist –« Jack zögerte »– eine Bekannte aus der Nachbarschaft.«

»Ungemein hübsch. Fotomodell?«

»Ich glaube, sie möchte gern Schauspielerin werden. Sie ist erst zwanzig.«

Max mußte ein wenig lächeln. »Ich hätte sie für noch jünger gehalten.«

Jack hörte leise Cembalomusik und erkannte, als er die Ohren spitzte, die Goldberg-Variationen. Typisch Louis – oder Bob – hier Bach zu spielen. Später nach dem Essen würde dann jemand Rockmusik auflegen, und es würde getanzt werden. Louis hatte schon die Teppiche zurückgerollt.

»Ich hatte geglaubt, das wäre hier eine feine Party«, hörte er unweit Elsies Stimme in untypisch schüchternem Ton.

Sie hatte das zu Natalia gesagt. Jack sah Natalia achselzuckend etwas antworten, was er aber nicht hören konnte.

»Du, Jack, ich habe gerade eine Idee.« Joel war neben ihm aufgetaucht, strahlend und lebhaft gestikulierend. »Doppelleben, richtige und eingebildete. Leute mit *wirklichen* Zweitfamilien und Zweitberufen ganz woanders. Ein Bankdirektor könnte sich zum Beispiel in seiner Freizeit als Dieb betätigen! Klingt das nicht vielversprechend?«

Jack schnitt eine Grimasse. »Ehrlich gesagt, nein.«

Joel machte ein langes Gesicht, aber dann lachte Jack, und Joel lachte mit. »Schon gut«, sagte er und ging.

Jack wußte, daß Joel nicht beleidigt war. Sie kannten sich schon viel zu lange, und solche Wortwechsel kamen viel zu häufig vor. Joel quälte sich zum Beispiel damit, daß er seinen Beruf am liebsten aufgegeben hätte und nicht konnte, träumte von einem andern Leben, das er gern führen zu wollen glaubte, vielleicht aber gar nicht wirklich führen wollte. Und daraus konnten sich noch ein paar gute Ideen ergeben.

Als Jack das nächstemal Elsie sah, saß sie auf der Sofalehne, und Louis stand neben ihr. Louis reichte ihr die Hand, Elsie nahm sie, und zusammen gingen sie quer durchs Zimmer und verschwanden in der Diele.

Einige gingen jetzt ans Büffet, und Jack schloß sich an. Er sah die gelbgekleidete, rothaarige Genevieve, die mit leerem Teller und etwas verlorenem Gesicht neben ihm stand.

»Möchten Sie was davon?« fragte Jack, der gerade eine Scheibe Putenfleisch auf der Gabel hatte. Er legte sie auf Genevieves Teller. »Sind Sie Schauspielerin?« Er wußte nicht recht, was er mit Genevieve reden sollte.

»Nein. Ich verkaufe Kosmetika. Bei Macy's.«

»Aha.« Man sah es ihr ja auch ein bißchen an: bläulichgrüner Lidschatten, ziegelrote Fingernägel. Ihr gelbes Kleid war eng gegürtet, erinnerte vorn ein bißchen an eine orientalische Pluderhose; es mußte eines von denen sein, die er in der Minetta Street bei einem Blick in den Kleiderschrank gesehen hatte. Wußte Genevieve, daß er in ihrer Wohnung gewesen war?

»Und was macht unser Freund zur Zeit, dieser Ralph?«

Mit einemmal kam etwas Leben in Genevieves Augen. »Also, *das* ist jetzt etwas besser! Hat Elsie Ihnen erzählt, daß sie und ein paar Freunde von ihr ... ihn erschreckt haben, daß er weggerannt ist? Sie haben ihn die 6th Avenue hinaufgescheucht. Er hatte sich wieder vor unserm Haus herumgetrieben.«

Jack grinste. »Gescheucht ... schön! Und Sie meinen, er bleibt jetzt auf Abstand?«

»Seit dem Tag kommt er jedenfalls nicht mehr. Natürlich kann er jederzeit wieder bei ›Viv's‹ auftauchen.«

»Bei Viv's?«

»So heißt die Kaffeebar, wo Elsie arbeitet.«

Jack nickte. »Sie waren also nicht bei der Polizei?«

»Wir haben's uns anders überlegt. Je weniger man mit der Polizei zu tun hat ... wenn die erst anfängt, ein paar von unsern Freunden zu durchleuchten ... Sie *sind* unsere Freunde, aber ich weiß nicht, ob sie der Polizei gefallen würden.«

Jack hatte verstanden und nickte. »Ihre Freundin Elsie ist heute der Star des Abends.«

»Ja, sieht sie nicht toll aus? Ich weiß nicht, wie sie das macht, praktisch ohne Schlaf. Letzte Nacht – zwei Stunden vielleicht. Und am Sonntag muß sie arbeiten, weil sie sich für heute abend frei genommen hat.«

»Was hat sie denn letzte nacht getrieben?«

»SoHo. Ach Gott – !« Genevieve schüttelte den Kopf, und die roten Locken gerieten ein bißchen in Bewegung. »Irgendeine neue Nachtbar. Gitarrenmusik. Ich kann abends nicht so lange aufbleiben, denn ich muß um halb neun im Dienst sein und darf dort nicht mehr halb schlafen. Aber ich bin ja auch drei Jahre älter als Elsie ... Sie waren ja sehr nett zu ihr. Sie und Ihre Frau. Sie mag Sie beide sehr.«

Jack machte eine Verbeugung. »War mir ein Vergnügen.« Er wollte jetzt mal wieder woandershin und hielt den Zeitpunkt für günstig.

»Und was hast du aus Genevieve herausgequetscht?« fragte Natalia ihn etwas später.

»Daß sie bei Macy's in der Kosmetikabteilung arbeitet.«

Natalia lächelte mit geschlossenen Lippen. »Das wußte ich. Elsie kommt hier ganz gut allein zurecht. Louis findet sie göttlich.«

Er und Natalia gingen früh, weil Susanne heute nacht noch nach Hause wollte. Elsie blieb, und als sie sich verabschiedeten, saß sie gerade auf der Lehne eines großen Sessels, umringt von Louis, Sylvia, deren Freund Ray und Isabel. Im Taxi nach Hause sagte Natalia, Elsie habe mehr von Louis' Bildern sehen wollen, und Louis habe sie in die Diele und in beide Schlafzimmer geführt. Jack erinnerte sich, daß Louis einen Goya hatte, auf den er sehr stolz war.

»Schade, daß Elsies Freundin so eine Träne ist«, sagte Jack.

»Kann man wohl sagen ... Hat Elsie dir auch so einen Reklamezettel von dieser Gitarristin gegeben?«

»Nein.«

»Ich zeig ihn dir zu Hause. Eine Gitarristin, die Elsie ziemlich gut findet. Marion heißt sie. Elsie möchte, daß wir sie uns mal anhören. In irgendeiner Bar in SoHo.«

Jack hatte für Bars in SoHo nicht viel übrig, und Natalia seines Wissens auch nicht. »Gut. Wenn du mal in der Stimmung bist.«

»Hoho!« machte Natalia, denn »in Stimmung sein« hatte bei ihnen eine andere Bedeutung. »Ich glaube nicht, daß Elsie noch sehr lange mit Genevieve zusammenbleibt. Es ist Genevieves Wohnung, und sicher hat eine Wohnung in der Minetta Street ihren Reiz, aber –«

Jack wartete. Er nahm Natalias Hand, trotz Handschuh, und legte den Kopf zurück. Er liebte diese langen, gemütlichen Taxifahrten, sofern der Fahrer es verstand, rote Ampeln zu meiden. Die dunkle Szenerie draußen war heute nacht blau und silbern gefleckt, denn es wurde Weihnachten.

Zu Hause war alles in bester Ordnung; Susanne saß im Wohnzimmer und las in einem Buch, und Amelia schlief. Sie flüsterten alle, um das Kind nicht zu wecken. Jack bot Susanne an, ihr telefonisch ein Taxi zu bestellen, aber sie meinte, um diese Zeit finde man am Sheridan Square immer eins. Susannes gelegentliche Taxifahrten wurden ihr von den Sutherlands erstattet.

Natalia ging unter die Dusche, und Jack folgte ihr. Sie war heute abend in Stimmung, da brauchte er gar nicht erst zu fragen, und es wurde schön.

Als sie eine Stunde später nackt und schläfrig im Bett lagen, Natalia mit einer Zigarette, fragte sie: »Wie gefiel dir Sylvias tanzender Freund von heute abend?«

»Dieser Dürre? Sieht aus wie ein Trottel.«

»Sylvia sagt, auf der Bühne ist er das reinste Kraftwerk. Ray Gibson heißt er.«

»Den möchte ich mal zwei Meilen joggen sehen. Außerdem kommt er mir recht hirnlos vor. Was findet Sylvia an ihm?«

Natalia zog an ihrer Zigarette. »Wahrscheinlich findet sie

gar nichts an ihm ... Sie hat mir erzählt, daß er gesellschaftlich gern etwas höherkommen möchte, darum hat sie ihn mitgebracht.«

»Gesellschaftlich höherkommen, bei Louis?«

»Na ja, vielleicht in andere Homokreise. Ob du's glaubst oder nicht, ich habe wieder Hunger.«

»Prima. Ich auch.«

Sie durchforsteten leise den Kühlschrank und aßen am Küchentisch. Sie unterhielten sich über die wichtige Frage, was man Natalias Mutter, einer Frau, die alles hatte, zu Weihnachten schenken könne. Natalias Halbbruder Teddie kam jetzt doch nicht in den Osten, woraus zwingend folgte, daß sie nach Ardmore mußten, wo ihre Mutter Weihnachten zu begehen gedachte, nicht in ihrer Wohnung in Philadelphia, denn sie wollte Heiligabend eine Party geben und brauchte Platz. Der neueste ›Times‹-Weltatlas sei vielleicht ein gutes Geschenk, meinte Jack, denn er hatte zufällig eine Reklame davon gesehen und wußte, daß Natalias Mutter gern auf Landkarten nachschaute, wo sie schon überall gewesen war und wohin sie demnächst reisen könnte.

»Ausgezeichnete Idee, Darling!« flüsterte Natalia. »Ich werde einen bei Rizzoli besorgen.«

Sie würden also zweimal Weihnachten feiern, einmal bei ihrer Mutter und einmal zu Hause.

»Übrigens«, sagte Jack, »Elsies langhaarige Freundin sagt, daß Linderman sie seit einiger Zeit in Ruhe läßt. Ein paar von Elsies Freunden haben ihn aus der Minetta Street gejagt und ihm Beine gemacht!« Jack lächelte.

»Das hat Elsie mir schon erzählt. Hast du ihn in letzter Zeit noch mal gesehen? Ich noch nie, aber ich muß sagen, ich halte auch nicht gerade nach ihm Ausschau.«

»Nein. Halt, ich hab ihn diese Woche doch einmal gesehen, glaube ich. Er hat mich aber nicht gesehen. Da trug er einen neuen Mantel und eine russische Pelzmütze spazieren. Ohne den Hund hätte ich ihn gar nicht erkannt.«

17

Beten ist eine Art Wetten, schrieb Ralph in sein Notizbuch und unterstrich es. Er fuhr fort:

Es ist eine andere Art zu sagen: »Ich hoffe«, und der Betende verläßt sich nicht darauf. Nur wenn etwas in Erfüllung geht, hören wir mal einen sagen: »Ich wußte, daß mein Gebet erhört würde!« Scheinheiliges Gefasel!

Genug! Ralph hätte noch weiterschreiben können. Die letzte Eintragung über der mit dem Beten lautete:

Wann will es den USA endlich in den Kopf, daß die Likud-Partei keinen Frieden will? Daß Frieden alle ihre Pläne durchkreuzen würde? Sie sind die Friedensschwindler, sie hassen und fürchten schon die Bedeutung des Worts.

Er saß an seinem langen Tisch und dachte in aller Stille nach. Es war einen Tag nach Weihnachten. Gestern hatte Ralph nur God zur Gesellschaft gehabt, aber der Hund genügte ihm. Er hatte mit dem Gedanken gespielt, den Sutherlands eine Weihnachtskarte in den Briefkasten zu stecken, auf die er geschrieben hätte: »Schöne Festtage und Glück und Gesundheit.« Niemals hätte er ein »Frohe Weihnachten« geschickt, so eine banale Floskel, die sich zudem auf die angebliche Heiligkeit des von der Jungfrau geborenen Jesus bezog. Das Weihnachtsfest, von eben den Leuten in den Schmutz gezogen, die es alle Jahre wieder kreischend verkündeten, entzog sich jeder Betrachtung, bedrückend für die Armen, eine Pflichtübung für andere und eine frohe Zeit nur für die Kinder gutbetuchter Eltern sowie für Leute, die etwas zu festlich überhöhten Preisen zu verkaufen hatten – jawohl, und in den Kaufhäusern, in denen Schilder warnten: AUFGE-

PASST! AUCH TASCHENDIEBE HABEN JETZT HOCHKONJUNKTUR. Ralph hatte Heiligabend die Tagschicht und Weihnachten die Nachtschicht gemacht und mußte heute abend wieder zum Dienst. Im Midtown-Parkhaus herrschte Hochbetrieb, und die meiste Zeit hing das BESETZT-Schild aus.

Er hatte den Sutherlands keine Karte geschickt, aber zu Neujahr, fand er, konnte er das ja immer noch tun. Einfach als freundliche Geste. Er würde sie natürlich an beide adressieren, obwohl er zwischen beiden einen großen Unterschied vermutete: Sutherland war als Mann höher einzuschätzen als Mrs. Sutherland als Frau. Ralph hielt sie für hinterhältig und verschlossen, vielleicht auch eingebildet und verzogen. Sie schien einer Arbeit außer Haus nachzugehen, arbeitete aber wohl nicht jeden Tag und auch nicht zu festen Zeiten, dachte Ralph, denn mindestens zweimal hatte er sie schon vormittags zwischen elf und zwölf zum Sheridan Square gehen sehen, von wo sie dann wohl mit dem Taxi irgendwohin fuhr, doch einmal war er ihr gefolgt, und da war sie an der Ecke Christopher Street, wo der Kiosk war, zur U-Bahn stadtaufwärts hinuntergegangen.

Und auch sie hatte jetzt Elsies Bekanntschaft gemacht. Am Tag vor Heiligabend hatte Ralph sich mittags gegen eins die ›Times‹ geholt, und da war er an der verglasten Caféterrasse am Sheridan Square vorbeigekommen und hatte Mrs. Sutherland und Elsie in lebhafter Unterhaltung an einem Tisch sitzen und zum Lunch ein Glas Wein trinken sehen. Das war ein kalter Tag gewesen. Vielleicht hatten sie über ihn gesprochen, dachte Ralph. Natürlich würde John Sutherland seiner Frau erzählt haben, daß der Mann, den er für ehrlich und anständig gehalten hatte, weil er ihm seine Geldbörse zurückgebracht hatte, jetzt ein junges Mädchen namens Elsie »belästigte« und das Mädchen sich an ihn, John Sutherland, um Hilfe gewandt hatte. Ralph Linderman konnte sich das Gespräch lebhaft vorstellen – wenn so eine Geschichte erst bei einer Frau landete! Ralph erinnerte sich nur äußerst widerwillig an den Augenblick, als er Elsie und Mrs. Sutherland so verständnisinnig die Köpfe hatte zusammenstecken sehen, aber er sah das Bild immer wieder vor sich, als ob etwas in ihm sei, was ihn damit quälen wollte, indem es das Bild immer wieder aufflackern ließ wie ein Blinklicht: Mrs. Sutherland links, das gesträhnte blonde Haar bis auf die Schultern, wie immer eine Zigarette rauchend und mit derselben Hand gestikulierend, und Elsie leicht über den Tisch gebeugt, ein frisches Gesicht mit blondem Haar, ein Lächeln auf den Lippen, dieses herrliche Lächeln, das sie ihm nie schenkte.

Ralph hatte an dem Tag seine alte Tweedjacke angezogen und eine Mütze aufgesetzt und eigentlich gehofft, Elsie irgendwo zu sehen, vielleicht beim Einkaufen in der West 4th Street, ohne daß sie ihn gleich erkannte. Wenn sie ihn nämlich sah, machte sie immer gleich kehrt oder ging auf die andere Straßenseite, und das tat ihm weh.

Was hatten Elsie und Mrs. Sutherland im Sinn? Wenn er sie einmal zusammen gesehen hatte, trafen sie sich wahrscheinlich auch noch öfter. Ralph malte sich aus, daß sie irgendeine Art Schutzwehr gegen ihn planten, womit sie verhindern konnten, daß er noch einmal mit Elsie sprach oder auch nur in ihre Nähe kam. Aber wie konnten sie? Hatte er etwa gegen ein Gesetz verstoßen, ein geschriebenes oder ungeschriebenes? Waren es nicht vielmehr Elsies rüpelhafte Freunde gewesen, die ihn belästigt und öffentliches Ärgernis erregt hatten, als sie ihn so auf der 6th Avenue herumschubsten? Gab es irgendein Gesetz, das es einem Menschen verbot, durch die Minetta Street zu gehen und auch einmal ein paar Minuten stehenzubleiben, um sich eines der interessanten alten Häuser dort anzusehen? Ralphs Empörung über die Ungerechtigkeit erinnerte ihn wieder an die Lage im Libanon. Wie lange beobachtete er jetzt schon dieses schleichende Grauen? Jedenfalls schon länger als ein Jahr, seit damals, als Israel seine Panzer hingeschickt hatte, um angeblich die PLO dort hinauszujagen, aber Ralph hatte gleich gedacht: *Mehr Land,* denn das war ja ihr immerwährendes Streben. Allem, was die israelische Regierung von sich gab, wie »Frieden« oder »Sicherheit«, gab Ralph die gegenteilige Bedeutung, und das erwies sich als nützlich. In Wahrheit waren Unsicherheit und Feinde ringsum ihr lieber. Dann die Massaker in diesen beiden Palästinenserlagern, wobei natürlich andere, die christlichen Phalangisten, die Schmutzarbeit machten, während die israelischen Soldaten, die das Gebiet kontrollierten, zuschauten und sich amüsierten wie die Spanier beim Stierkampf. Wie ärgerlich, daß Amerika das alles finanzierte. Und um dem ganzen Unrecht die Krone aufzusetzen, hatte Amerika dann auch noch seine Marineinfanterie als »Friedensmacht« nach Beirut geschickt, als ob man dort in den Amerikanern etwas anderes hätte sehen können als die Verbündeten und Geldgeber Israels, und natürlich war gekommen, was kommen mußte: ein Selbstmordkommando hatte im Lager der Amerikaner einen Wagen voll Sprengstoff gezündet, und an die zweihundertfünfzig Amerikaner hatten dabei ihr Leben gelassen, die meisten kaum neunzehn Jahre alt und ohne die mindeste Ahnung, was sie im Libanon zu suchen hatten. Unrecht über Unrecht! Alles Lug und Trug! Was hatte Reagan den Eltern dieser Jungen erzählt? Nur noch mehr Schwulst, während die Amerikaner sich schon still und leise aus dem Chaos davonmachten und ihre Schiffe hinter dem Horizont verschwanden. Ralph wollte gern glauben, daß die amerikanische Öffentlichkeit sich nicht noch mehr Unsinn, nicht noch mehr Lügen über die wahren Ziele hätte gefallen lassen. Ralph hatte noch Vertrauen.

Er saß noch immer an seinem Tisch, neben sich das linierte Notizbuch, aber er starrte an die Wand und fühlte, wie bei diesen zornigen Gedanken sein Herz schneller schlug, und das haßte er. Er ging ins Bad, wo er in der Badewanne gerade ein paar hölzerne Schiffe ausprobierte.

Diese drei Schiffe sahen aus wie schwimmende Zylinderhüte mit unverhältnismäßig breiten Krempen und von unterschiedlicher Größe. Die Zylinderhauben stellten die Aufbauten dar, wo sich alle Bedienungselemente befanden. Eines der Schiffe war aus dem Deckel einer Zigarrenkiste gemacht, die er mit einem Messer gerundet hatte, die andern aus etwas dickerem Holz, das er auf der Straße aufgelesen und ebenfalls rundgeschnitten hatte. Die Überbauten waren hölzerne Zylinder. Ralph besaß eine ganze Sammlung von Eisenringen, Holzstücken und kleinen Stahlfedern, die er in dem Parkhaus, in dem er arbeitete, und von Müllkarren aufgelesen hatte. Er belud die Schiffchen mit Teelöffeln und Gabeln, um zu sehen, wie nah sie damit an die Küste herankamen, die von ringsum auf den Wannenboden gelegten Tellern und Untertassen gebildet wurde. Keineswegs so gut wie mit Sand, aber vielleicht konnte er doch daran lernen. Die Wanne war etwa fünfzehn Zentimeter hoch mit Wasser gefüllt. Soviel Ralph wußte, waren in See- und Flußhäfen unterentwickelter Gebiete, wo nicht tief genug ausgebaggert worden war, keine derartigen Schiffe im Einsatz. Ihm schwebte vor, die Schiffchen zum Entladen so dicht wie möglich an die Küste heranzubringen. Sie sollten auf der Stelle wenden können und in ein halbkreisförmiges Schwimmdock passen. Ralph verursachte Wellengang und beobachtete die Strömungen, barg Teelöffel, versuchte sich die Höhe der von einem Sturm verursachten Wellen vorzustellen und sah im Geiste so ein rundes Schiff an einem Ufer anlegen.

God trippelte winselnd hin und her und erinnerte Ralph mit ungeduldigen Japsern daran, daß es Zeit zum Gassigehen war.

»Ja, God, du bist meine Uhr.« Ralph erhob sich. Es war gleich Mittag und wirklich Zeit zum Gassi, und anschließend wollte Ralph sich ein bißchen schlafen legen. Mit den Schiffen konnte er später noch spielen, je nachdem, wann er aufwachte, falls er dann noch ein paar Minuten Zeit hatte, bevor er zur Arbeit mußte.

Seit Beginn des neuen Jahres hatte Ralph im Midtown-Parkhaus eine neue Schicht und arbeitete jetzt von vier Uhr nachmittags bis Mitternacht. So hatte er einen fast normalen Tagesrhythmus und konnte das Tageslicht genießen. Mitternacht war für ihn eine frühe Zeit, da waren die Straßen um den Sheridan Square noch belebt, wenn er gegen halb eins aus dem Bus stieg. Nachdem er dann God ausgeführt hatte, spazierte er manchmal noch zu der Kaffeebar, wo Elsie fünfmal in der Woche bis zwei Uhr nachts arbeitete, aber es waren nicht immer dieselben Nächte, wie Ralph festgestellt hatte, so daß er nie sicher war, ob er sie auch antreffen würde. Wenn sie da war, brachte sie es immer irgendwie fertig, ihn nicht zu bedienen, und tat einfach so, als sähe sie ihn gar nicht. Ralph trank dann seinen Kaffee, fast ohne einmal den Blick von Elsie zu wenden, und ignorierte es, wenn die andern Mädchen hinter der Theke tuschelten und einander anstießen. Er war nicht betrunken, stand nicht unter Drogen und verschüttete auch seinen Kaffee nicht wie manch andere Gäste. Ralph wußte jedoch, daß es Elsie ärgerte, wenn er kurz vor zwei Uhr aufkreuzte und dablieb, bis der Laden zumachte und eine peinliche Situation entstand, wie Ralph durchs Fenster zur Küche beobachten konnte, denn Elsie wollte, daß er weg war, wenn sie ging, und alle wußten das. Elsie brauchte nur die 7th Avenue hinaufzugehen, dann durch die Carmine Street und über die 6th Avenue in die Minetta Street. Einmal war er ihr nachts nachgegangen, ohne daß sie es merkte, da war er sicher, und hatte sie auf dem kürzesten Weg nach Hause gehen sehen.

Ralph Linderman ging gemächlich die 7th Avenue hinunter, auf den Lichtstreifen zu, wo Elsie war – jedenfalls hoffte er es. Es war halb zwei, so daß ihm gerade noch die angemessene Zeit für einen Kaffee blieb, und er hatte seine ›Times‹ bei sich und wollte Elsie überhaupt nicht beachten, nicht einmal in ihre Richtung sehen, so daß sie ganz normal nach Hause gehen und er ihr – wenn er Lust hatte – in einiger Entfernung folgen konnte.

Etwa zwanzig Schritte vor der Kaffeebar stockte Ralph plötzlich und blieb fast stehen. Ein Stückchen weiter unten hatten ein Mann und eine Frau die Straße überquert und kamen ihm geradewegs entgegen, und die Frau war Mrs. Sutherland. Ein Lichtschein war auf ihr Haar gefallen, und das hätte er überall und auf jede Entfernung erkannt: rechts gescheitelt, manchmal halb über dem linken Auge, und soeben hörte er auch ihr kurzes Lachen, das ihm bekannt vorkam, obwohl er gar nicht wußte, wann er es schon einmal gehört hatte. Der Mann in ihrer Begleitung war nicht John Sutherland, sondern eine schlankere Figur, und trug einen dunklen Mantel und einen Zylinder auf dem Kopf.

Kurz vor dem Lichtstreifen, der aus der Kaffeebar fiel, nahm der Mann elegant den Hut vom Kopf. Sie gingen hinein!

Ralph wartete, neugierig geworden, und überlegte, ob es klug war, jetzt auch da hineinzugehen. Vorsichtig ging er näher, stellte sich seitlich an die Glastür und spähte hinein. Er sah Elsie mit Mrs. Sutherland reden, die einen Hocker ergattert hatte und wie im Damensattel darauf saß. Elsie lächelte übers ganze Gesicht. Mrs. Sutherlands Begleiter war kahlköpfig, sah ziemlich jung aus, grinste und trat von einem Fuß auf den andern, während er mit dem Zylinder in der Hand neben Mrs. Sutherland stand. Elsie zog an der Schleife, die ihre Schürze hinten zusammenhielt, und verschwand durch eine Tür. Andere Gäste beäugten Mrs. Sutherland und den Zylinder und die Lackschuhe ihres Begleiters. Sekunden später kam Elsie in einer Polojacke wieder, ging um den Tresen herum und gesellte sich zu Mrs. Sutherland und dem Mann, der Elsie mit einem Zahnpastalächeln ansah. Ralph zog sich in die Dunkelheit zurück, als das Trio sich der Tür näherte. Er spazierte stadtaufwärts, langsam, die Ohren gespitzt, um zu hören, in welche Richtung sie gingen.

Als er einmal stehenblieb, hörte er nichts als das Brummen des Straßenverkehrs. Er drehte sich um. Die drei gingen stadtabwärts. Ralph folgte ihnen. Es war eine kalte Nacht, windstill, aber bitter kalt. Ralph trug seinen alten, dünneren Mantel und hatte keine Handschuhe und keinen Hut mitgenommen. Er schlug den Mantelkragen hoch und behielt die Hände in den Taschen.

Was hatten sie vor, daß sie um zwei Uhr nachts stadtabwärts gingen? Zwei leere Taxis fuhren vorbei, und der Kahlköpfige zeigte kein Interesse an ihnen.

Sie bogen in die Houston Street ab, und ihr Lachen hallte zu Ralph zurück, aber er war zu weit entfernt, um auch nur ein Wort von dem zu hören, was sie sprachen. Dann überquerten sie die Houston Street und bogen in eine Straße nach Süden ein. Ralph mußte auf den nächsten Ampelwechsel warten, und als er an die Straße kam, waren sie nicht mehr zu sehen. Sie mußten in das einzige Gebäude gegangen sein, das Licht hatte, dachte Ralph, ein Restaurant oder eine Bar zehn Meter weiter auf der Ostseite der Straße. Ralph näherte sich dem Lokal, über dessen Tür ein plump gemaltes Schild die Aufschrift STAR-WALKERS trug.

»Bah-di-dah... bah-di-dah...« Eine Frauenstimme drang durch die geschlossene Tür und das trüb erhellte Fenster. »Wuuu-du-wuuuh...« Irgendein Saiteninstrument begleitete die Stimme. An einem Geländer vor dem Lokal lehnte ein Plakat, auf dem ein Mädchen mit krausem Haar zu sehen war, eine Gitarre umklammernd. MARION GILL und ihre sprechende Gitarre. Jazz. Rock. Rhythm-and-Blues.

Das Lokal konnte früher einmal ein Lebensmittelgeschäft oder so was Ähnliches gewesen sein, jedenfalls mit Schaufenster. Dunkelrote Vorhänge hingen hinter dem Fenster, und durch die verglaste obere Türhälfte konnte Ralph Tische mit Kerzen sehen, und hinten eine Art Podest, auf dem die Gitarristin saß, wahrscheinlich das Mädchen hier draußen auf dem Plakat, dachte Ralph. Hatte nicht einer von den Rüpeln, die ihm nachgelaufen waren, diesen Namen gerufen: »Marion«? Das Rüpelmädchen hatte zwar lange Haare gehabt, aber das konnte ja eine Perücke gewesen sein.

Der Gedanke war ein kleiner Tiefschlag für Ralph: Daß diese Schlampe, die ihn da verfolgt hatte, hier vor Publikum sang und spielte, verlieh ihr einen gewissen Status – wenigstens war es ein Beruf – obwohl Ralph solche Formen der Unterhaltung in Wahrheit verachtete. Unausgebildete Stimmen! Hohlköpfige Menschen, der Bodensatz der Gesellschaft suchte solche Spelunken auf, kranke Gehirne vergifteten sich hier weiter mit Alkohol und Tabak, Marihuana und Kokain. Nun war Elsie also schon dieser Art von Unterhaltung verfallen, und Mrs. Sutherland liebte so etwas auch? Ralph konnte sich gut vorstellen, daß John Sutherland in so ein Ding nicht gehen wollte, sofern seine Frau ihm überhaupt gesagt hatte, daß sie hingehen würde. Und wer war dieser neue Mann auf der Bildfläche? Mrs. Sutherlands heimlicher Liebhaber? Oder war er womöglich hinter Elsie her? Er sah nach Geld aus. Das wäre eine Versuchung für Elsie. Für Elsie war alles eine Versuchung, das war ja das Problem, die Gefahr. Ralph schaute noch einmal in das Lokal, aber weit konnte er nicht sehen. Elsie sah er nicht, aber er fühlte, daß sie da war. Er glaubte, daß ihre Gegenwart, egal wo, eine magnetische Wirkung auf ihn hatte, ob er sie nun sah oder nicht.

Ralph blies in die Hände, trat in den Schatten der Häuserfronten und ging langsam weiter, um seinen Kreislauf in Gang zu halten.

»Mah ... puddy ... bah ...«, tönte die Mädchenstimme.

Irre Worte, sofern es Worte waren!

Ein schnatterndes junges Paar ging schnell an Ralph vorbei und verschwand in den ›Star-Walkers‹. Als sie die Tür öffneten, warf Ralph schnell einen Blick nach drinnen. An einem Tisch an der linken Wand sah er Mrs. Sutherlands Profil, dem Kahlkopf zugewandt, und schräg hinter ihr saß Elsie und wandte keinen Blick von der Gitarristin.

Bum-pfff! Die Tür ging wieder zu.

Ralph schloß die Augen. Er wandte sich stadtaufwärts, rieb die Hände aneinander und steckte sie wieder in die Taschen. Welches Elend! Welches Unglück! Tränen brannten in Ralphs Augen, und er hätte geheult, wenn nicht Schrecken und Wut seine Gefühle beherrscht hätten. Warum hatte er bei Elsie nur so versagt, wo er es doch so gut mit ihr meinte! In Spelunken wie den ›Star-Walkers‹ gingen ja auch sicher Drogenhändler ein und aus, und dieser Kerl mit Zylinder hatte das Geld, um alles zu kaufen – für Elsie.

Nein, er hatte ja gar nicht versagt, dachte er, während er jetzt immer schneller ging und von der Houston Street nach links in die 7th Avenue abbog. Wenn sie sich mit solch langen Nächten auch die Gesundheit ruinierte, noch war sie nicht kaputt, bisher nicht einmal krank! Er würde es weiter versuchen.

Ob Mrs. Sutherland es darauf anlegte, Elsie zu ihrem eigenen Amüsement auf Abwege zu führen? Und wußte John Sutherland davon? Ralph wäre ja gern in der Nähe geblieben, bis Elsie und Mrs. Sutherland und dieser Mann wieder herauskamen, aber das konnte noch zwei Stunden dauern.

Sollte er einen kurzen, diskreten Brief an John Sutherland schreiben oder mit ihm reden? Reden erschien ihm klüger. Dann gab es die heiklen und eventuell gefährlichen Aussagen wenigstens nicht schwarz auf weiß.

18

»Oh, Mr. Sutherland!«

Jack fuhr herum. Er war schnell gegangen.

»Guten Tag.«

Jack erkannte Linderman, jetzt ohne Hund, lächelnd, tiefe Falten in den Wangen. »Tag.«

»Ich habe etwas – ich werde es kurz machen. Ich weiß, daß Sie zu tun haben.«

Jack zeigte auf die Mappe unter seinem Arm. Er kam gerade von einer Besprechung mit Trews.

»Ja, das habe ich.«

»Es ist wegen Ihrer Frau.«

»So? Was ist mit ihr?«

Linderman wurde leiser. »Ich weiß nicht – oder vielleicht wissen Sie schon, daß sie sich in letzter Zeit mit Elsie Tyler trifft und – neulich habe ich Ihre Frau abends mit Elsie und einem Mann gesehen – ich kann ihn beschreiben, wenn Sie wollen –, wie sie in SoHo in eine Bar gingen ... Ich könnte mir vorstellen, daß Sie das beunruhigt.«

»Mr. Linderman – meine Frau ist ein freier Mensch. Ich finde das gut so – und sie auch.«

»Wenn sie mit einem andern Mann ausgeht? ... Vielleicht ist es ja ganz harmlos. Aber mit Elsie? Elsie ist soviel jünger!«

Worauf wollte der alte Esel hinaus? Jack konnte sich auf einmal denken, von welchem Abend Linderman wahrscheinlich sprach. Da war Natalia mit Louis nach SoHo gegangen, um sich irgendeine Gitarristin anzuhören, mit der Elsie bekannt war. »War der Mann groß?« fragte Jack. »Oben ziemlich kahl und –«

»Ja!«

»Ein Freund von uns«, sagte Jack. »Meine Frau kennt ihn schon länger als ... Taufpate unserer Tochter!« fügte Jack lächelnd hinzu.

Linderman zog die Mundwinkel ein bißchen nach unten, vielleicht vor Enttäuschung.

»Sie machen sich unnötige Sorgen, Mr. Linderman, das kann ich Ihnen versichern. Und jetzt muß ich weiter.« Aber Lindermans Gewittermiene hielt ihn zurück.

»Ich kann es nicht leiden, wenn Elsie sich mit so intellektuellen Leuten abgibt – und älter als sie. Da kann sie auf Abwege geraten!«

»Sie ist –« Jack schüttelte fassungslos den Kopf. »Meine Frau zum Beispiel – ihr ist es zu verdanken, daß Elsie jetzt zur

Schule geht. Studiert. Kunst und Literatur. Ich frage Sie, Mr. Linderman, sind das Abwege?« Jack lachte, obwohl er auch jetzt wieder das Gefühl hatte, es sei besser, dieses Gespräch in freundschaftlichem Ton zu beenden.

»Was für eine Schule?«

Jack tat, als müßte er nachdenken. »Den Namen habe ich vergessen. Weiter oben. Aber jetzt muß ich gehen, Sir. Ich habe heute viel zu tun.« Er schwenkte kurz die Mappe und setzte seinen Heimweg fort.

Während er die Haustür aufschloß, sah er sich nicht mehr nach Linderman um.

Jack befaßte sich wieder mit seinen eigenen Problemen. Von seinen Illustrationen zu dem Yak-Buch stimmten ein paar noch nicht so ganz, und er hatte deswegen heute schon seine zweite Besprechung mit Trews gehabt. Brian Kent, dem Autor, hatten Geist und Atmosphäre der Bilder zuerst gefallen, nur daß er an den Hütten und den Kleidern der Leute noch mehr Tibetanisches sehen wollte. Das war nicht weiter schwierig, denn dafür hatte Jack ja noch die Bücher aus der Bibliothek. Jetzt fand Trews jedoch, er habe es etwas übertrieben. Vor allem standen die Details im Widerspruch zu Jacks traumhaftem Stil; trotzdem hatte Jack sie eingefügt. Das Ende vom Lied war, daß er jetzt fünf Bilder neu zeichnen mußte, denn die Details ließen sich nicht einfach mit Weiß übermalen. Jack haßte es, ein Bild noch einmal neu zu malen, den freien Schwung der ersten Fassung kopieren zu sollen, und so war er, nachdem er die Wohnungstür hinter sich zu hatte, erst einmal fünf Minuten lang verstimmt. Er nahm sich aber vor, heute wenigstens noch eine Zeichnung in Angriff zu nehmen und nicht einfach schon um Viertel vor vier Feierabend zu machen. Wenn Amelia in einer halben Stunde käme, wollte er sich einen Tee kochen und ihr Gesellschaft leisten, wenn sie ihren Imbiß einnahm, der meist aus Kräckern mit Erdnußbutter und einem Glas Cola bestand, so sehr Jack auch immer Milch befürwortete.

Jack breitete seine Sachen auf dem langen Arbeitstisch aus. Welche zuerst? Die Kochtopfszene, entschied er. Sie zeigte den Autor, dunkelhaarig, wie er auch in Wirklichkeit war, nur lange nicht beim Friseur gewesen, vor einem Tontopf hockend, der über einem Feuer hing, und zwar, wie es der Autor geschildert hatte, an einem Stecken, der beiderseits des Feuers auf je einem Steinhaufen auflag. Alle Details in der Zeichnung waren authentisch: die Bergblumen, der tibetanische Lederrucksack des Erzählers, die zusammengerollte Schlafdecke, die Wasserflasche – nun ja, ein paar von ihnen gingen also drauf, aber die hübschen kleinen Blumen hatte Jack liebgewonnen, und sie würden bleiben. Jack war froh, daß Trews die Begegnungsszene genehmigt hatte, wo der Autor an einem Berghang auf einen kleinen Jungen traf. Im Buch hatte Brian Kent Steine rollen hören, dann war der Junge aus dem kalten Morgennebel aufgetaucht, ganz in einen Umhang gehüllt und mit großen, erstaunten runden Augen. Beide waren so erschrocken, daß sie ein paar Sekunden wie erstarrt dagestanden hatten.

Er würde Natalia nichts von seiner heutigen Begegnung mit Linderman erzählen. Was hatte Linderman denn schon groß gesehen? Daß Natalia vor ungefähr zwei Wochen mit Louis Wannfeld in die ›Star-Walkers‹ gegangen war. Jack war selbst noch nicht dagewesen, konnte sich das Lokal aber gut vorstellen. Natalia hatte Marion, die Sängerin und Gitarristin, ganz gut gefunden. Und laut Natalia war Elsie völlig von ihr hingerissen, was auf Gegenseitigkeit beruhte. Marion sollte ein- oder zweiundzwanzig sein, wenn er sich recht erinnerte, und eine Wohnung in der Greene Street haben, oder vielleicht war ihr die Wohnung auch nur überlassen worden. Und was wurde dabei aus Genevieve, Elsies bisheriger Freundin? Hatte Natalia nicht auch davon gesprochen, daß Marion ihre jetzige Mitbewohnerin hinauswerfen wollte, damit Elsie bei ihr einziehen konnte? Oder hatte Genevieve vielmehr Elsie hinausgeworfen? Derlei konnte Jack sich nie so genau merken. Interessant war, daß Elsie einen Job als Fotomodell bekommen sollte, was sicher besser war, als in diesem Ding an der 7th Avenue Kaffeetassen über den Tresen zu schieben. Natalia und Louis hatten das eingefädelt, anscheinend mühelos. Natalia hatte die Idee gehabt, daß Elsie sich als Fotomodell etwas verdienen könne, und Louis hatte sie daraufhin einem Modefotografen vorgestellt, einem Freund oder Bekannten von ihm. Der Fotograf hatte sich interessiert gezeigt und Elsie zu Probeaufnahmen in sein Atelier gebeten, und wie Natalia inzwischen von Louis gehört hatte, wollte der Fotograf sie für einen Auftrag nehmen oder hatte sie schon genommen.

»Dad-dy!«

Jack erschrak richtig, als er so plötzlich die Stimme seiner Tochter in der Wohnung hörte.

»Jack? Bist du da? Ich bin's, Susanne.«

Jack ging in den Flur. »Hallo, ihr beiden. Welche Überraschung!« Jack hatte damit gerechnet, daß jemand von der Schule unten klingeln würde.

»Ich war bei einer Freundin in der Bank Street, da habe ich gedacht, ich könnte gleich Amelia abholen.« Susanne war wie immer ungeschminkt und trug eine rostfarbene Hose zu braunen Mokassins, die sie mal hätte putzen können, und einen dunkelbraunen Wintermantel. »Komm, Amelia, ich helfe dir dabei.«

Amelia hatte sich schon über ihre Kräcker mit Erdnußbutter hergemacht. »Ich will keine Butter darauf!«

»Gut, aber einen Teller brauchst du«, sagte Susanne.

Jack griff nach dem Wasserkessel. »Kann ich dich mit einer Tasse Tee locken?«

Er konnte. Sie setzten sich an den Küchentisch. Susanne erkundigte sich nach dem Yak-Buch, und Jack erzählte ihr von seinen jüngsten Schwierigkeiten. Susanne hatte in fünf verschiedenen Buchläden fünf *Halbverstandene Träume* gekauft, um sie Freunden zu Weihnachten zu schenken, obwohl Jack ihr angeboten hatte, sie ihr mit Autorenrabatt zu besorgen. Amelia unterbrach immer wieder mit Berichten über »ihren Tag«, und Jack überließ es gern Susanne, sie wegen des schlechten Benehmens zurechtzuweisen.

»Sprich nicht einfach dazwischen, Amelia. So, und wenn du uns nun etwas Interessantes zu erzählen hast, hören wir dir schon zu, nicht wahr, Jack?«

»Natürlich«, sagte Jack.

Amelia öffnete den Mund, wandte den Blick, um auf einen Flecken auf dem Tisch zu starren, und zog die Stirn ein wenig kraus. »Ich habe heute in der Schule am besten gelesen.«

»Ist das wahr, Amelia?« fragte Jack in respektvollem Erstaunen.

»Wird schon stimmen«, flüsterte Susanne.

Wie unter einem plötzlichen Anfall von Schüchternheit sprang Amelia auf und flüchtete in ihr Zimmer, von wo Sekunden später das Tuten einer Blockflöte zu vernehmen war.

»Natalia arbeitet noch fleißig?« fragte Susanne.

»Na ja, meist so von mittags bis sechs Uhr abends. Es macht ihr Spaß. Da kommt sie mit Leuten zusammen. Allen möglichen«, fügte er lächelnd hinzu, denn Kunstgalerien zogen nun einmal alle möglichen Leute an.

»Was ist eigentlich aus diesem blonden Mädchen geworden, das ich hier mal gesehen habe. Mit der Matrosenmütze. Erinnerst du dich?«

»O ja. Elsie. Natalia hat sie auch kennengelernt. Sie – arbeitet in einer Kaffeestube hier in der Nähe. Jetzt versucht sie sich als Fotomodell. Mode. Hoffentlich wird was daraus.«

»Hübsch ist sie ja. Das weiß ich noch.«

»Ja.« Jack sah in seine fast leere Tasse, nahm sie dann und trank sie aus. Er mochte im Moment nicht weiter über Elsie reden. Susanne wußte von diesem Mann hier aus der Nachbarschaft, der ihm die Geldbörse zurückgebracht hatte. Susanne wußte aber nicht, daß Linderman Elsie belästigte.

»Du wirkst heute so nachdenklich, Jack.« Susanne räumte das Geschirr vom Tisch.

»Die Arbeit«, antwortete Jack lächelnd und stand auf. »Muß mich wieder darangeben... Bleibst du zum Abendessen?« Er wußte, daß Susanne bis dahin lesen konnte – sie hatte ihre braune Aktentasche immer bei sich, so auch jetzt – oder sonst in Amelias Zimmer etwas zu tun finden würde.

»Nein, danke, Jack. Ich gehe zur Riverside zurück. Es sei denn, du hast irgendwas für mich zu tun. Natalia hat nicht zufällig in letzter Zeit einen Knopf verloren?«

Jack lachte. Natalia haßte Knöpfeannähen und lief lieber eine Woche ohne Knopf herum, als daß sie zu Nadel und Faden gegriffen hätte. »Nein, ich glaube nicht.«

Susanne rief Amelia, die jetzt vor dem Fernseher lag, auf Wiedersehen zu, dann fragte sie Jack: »Ach so, wie geht's eigentlich Louis?«

Jack hörte an ihrem Ton, daß sie von dem Krebs gehört haben mußte. »Allem Anschein nach besteht keine Gefahr. Das ist der neueste Stand. Muß wohl nur ein Verdacht gewesen sein – oder Louis hat nur das Schlimmste befürchtet.«

»Das ist ja prima!« sagte sie richtig ehrfürchtig. »Natalia hat ihn doch so gern. Ich weiß, das beruht auf Gegenseitigkeit. Es würde sie wirklich treffen, wenn Louis etwas passierte.«

»Stimmt.« Jack nickte.

Susanne ging.

Jack war noch bei der Arbeit, als Natalia um halb acht nach Hause kam. Wie sie heute morgen beschlossen hatten, war Natalia heute mit Kochen an der Reihe, aber Jack sah nicht, daß sie etwas mitgebracht hätte, außer einem Strauß Chrysanthemen in grünem Seidenpapier.

»Die hat Elsie mir gegeben«, sagte Natalia. »Sind sie nicht hübsch? Ich war eben einen mit ihr trinken.«

»Oh – schön.« Jack meinte die Blumen. Sie waren gelb und

rosarot, frisch und wie Sterne. »Soll ich eine Vase holen?« fragte er zuvorkommend, schon auf dem Weg in die Küche.

»Elsie soll ein Foto in ›Mademoiselle‹ bekommen. Berkman hat das heute gedeichselt, und Elsie hat mich in der Galerie angerufen, um es mir zu sagen. Irgendeine Pulloverreklame. Sie ist ganz aus dem Häuschen... Stell sie auf den weißen Tisch, Jack. Komisch –« Natalia starrte die Blumen an.

Jack stellte die durchsichtige gläserne Vase mitten auf den Tisch. »Was ist komisch?«

»In Frankreich legt man Chrysanthemen aufs Grab. Man nimmt sie nur zu Begräbnissen mit – verstehst du? Das weiß Elsie sicher nicht.« Natalia sah ihn lächelnd an.

»Elsie muß noch viel lernen. Das mit dem Foto freut mich.«

»Berkman möchte ihr Haar länger haben, aber das ist ja kein Problem.«

»Wer ist dieser Berkman? Kennen wir ihn?«

»Nein, einer von Louis' Bekannten. Elsie hat in der Kaffeebar gekündigt. Hoffentlich war das nicht voreilig, aber im Moment ist sie nicht zu bremsen... Möchtest du etwas trinken, Jack?«

»Ja, bitte. Kannst du mir einen Jack Daniels einschenken?... Und was gibt's zum Abendessen, gnädige Frau?«

»Oh!« Natalia drehte sich vom Barschränkchen um und machte ein betretenes Gesicht. »Mein Gott, das steht noch vor der Tür. Ich vergesse noch mal meinen Kopf.« Sie ging zur Wohnungstür, öffnete sie und kam mit einer größeren Tüte zurück. »Ich war in diesem Feinkostladen an der 6th Avenue. Hab was zum Grillen mitgebracht.«

»Hm – gut. Hab ich dir schon gesagt, mein Schatz, daß ich dich in diesem Kleid liebe?«

»Jjjjj-a!« antwortete Natalia über die Schulter, während sie die Sachen auf dem Küchentisch auspackte. »Danke.«

Das Kleid war von einem stumpfen Rosa mit länglichen roten Dreiecken, die vom Saum bis zur Schenkelmitte aufwärts zeigten. Natalia hatte es sich gekauft und dann gesagt, daß sie es nicht ausstehen könne, aber hin und wieder trug sie es dann doch.

»Sag mir doch mal, was dir an dem Kleid eigentlich so gefällt«, meinte sie jetzt, wieder an der Bar.

»Es ist so anders. Wie du ... Ach, lassen wir das.«

Sie gab ihm sein Glas. Dann kam Amelia ins Wohnzimmer; sie hatte irgend etwas in Wasserfarben gemalt, was ihre Eltern unbedingt sehen sollten – eine rote Häuserfront mit ein paar gelben Fenstern und einer im Vordergrund horizontal verlaufenden grünen Straße. Amelia hatte das noch nasse Bild flach auf den Händen liegen und legte Wert darauf, ihrem Vater zu zeigen, daß die gelben Flächen der Fenster das Rot der Häuser nicht berührten, so daß die Farben nicht ineinanderlaufen konnten.

»Das habe ich schon gesehen«, sagte Jack.

»Es war viel Arbeit«, erklärte Amelia.

»Aber gut gemacht. Kein einziger Fehler.« Jack strich ihr über den Hinterkopf, und Amelia lief glücklich davon.

Jack ging zu Natalia in die Küche. »Susanne hat Amelia heute nachmittag nach Hause gebracht. Sie sagt, sie ist dieses Wochenende zu Hause, falls wir sie brauchen. Und sie hat sich nach Louis erkundigt. Das Wort Krebs hat sie nicht ausgesprochen. Ich habe ihr gesagt, es gehe ihm gut. Das stimmt doch, oder?«

Natalia sah stirnrunzelnd zur Küchentür, als ob dort Amelia stünde, aber Amelia war schon wieder in ihrem Zimmer. »Es geht ihm *nicht* gut«, sagte sie leise zu Jack. »Wenn du schon fragst. Er hat Bauchspeicheldrüsenkrebs. Das hat er mir vor ein paar Monaten gesagt, etwa im November. Aber er möchte – du verstehst schon – lieber nicht darüber reden. Ich weiß nicht, wie Susanne davon erfahren hat.«

»Ist das tödlich, wovon du da sprichst? Kann man nicht einfach ein Stück Bauchspeicheldrüse entfernen?«

»Hm – doch ... davon hat schon alle Welt gehört, aber sein

Arzt meint, das könnte alles verschlimmern. Es könnte die Ausbreitung fördern oder so.«

Jack sah Louis plötzlich in einem anderen Licht. Tapferer, oder zumindest würdevoller. Auf seiner Vorweihnachtsparty hatte man Louis nichts angemerkt.

19

Mitte Februar verlor Ralph Linderman seine Arbeit im Midtown-Parkhaus. Für Joey, den netten, menschlichen Joey Fischer, der eine Stelle irgendwo weiter im Norden Manhattans angenommen hatte, die näher bei seiner Wohnung lag, war ein neuer Mechaniker und Manager gekommen, und unverzüglich hatte Frank Conlan, der gewöhnlich Ralph abzulösen hatte und ihn so oft warten ließ, Ralph beim neuen Chef angeschwärzt, und zwar aus dem einzigen Grund, dachte Ralph, daß Conlan sich seiner eigenen Arbeit schämte und wußte, daß Ralph ihn nicht leiden konnte. Anscheinend hatte Conlan von Ralphs angeblicher Unkollegialität, seiner Verdrießlichkeit geredet und auch noch Fehler erfunden, und der neue Chef, ein dummer Mensch von etwa vierzig Jahren und mit ewig gelangweiltem Gesicht, hatte zugehört. Conlan hatte das alles natürlich nicht offen geäußert, o nein, sondern hinter Ralphs Rücken, als Ralph schon nach Hause gegangen war.

»Wie war das, Sie haben einen Kunden mit der Waffe bedroht?« fragte der neue Chef, der irgendwas mit Roland hieß.

»Niemals«, sagte Ralph.

»Frank sagt es aber. Frank sagt...«

Frank hatte dieses und jenes gesagt, und Roland sagte es Ralph mit hämischem, mißtrauischem Grinsen weiter, als rechne er schon damit, daß Ralph die Vorwürfe abstreiten würde, die er, Roland, dennoch glaubte.

»Conlan hätte mir das ins Gesicht sagen können«, hatte Ralph geantwortet. »Aber das tut er nicht, weil er weiß, daß es nicht wahr ist.«

»Es gibt genug Wachmännerstellen in New York«, hatte Roland abwinkend gesagt und war gegangen.

An seinem letzten Arbeitstag war Ralph noch dageblieben, um Conlan – der sogar an diesem Tag zu spät kam – die Meinung zu sagen: »Du bist ein Miststück, Conlan. Hinterhältig und gemein wie ein Weib!« Mit diesen Worten war Ralph fortgegangen, hinaus in den trüben Tag, mit hocherhobenem Kopf und die Ohren geschlossen für den Unflat, den Conlan ihm nachschrie. Es war ihm gelungen, nichts davon zu hören.

Solche schmierigen Typen wie Frank Conlan tilgte man am besten aus seinem Gedächtnis, dachte Ralph. Die Welt war voll von ihnen, aber wozu sich daran aufhalten? Die Welt war auch voll von schönen Dingen, wenn auch dünner gesät. Ralph ging zur Arbeitsvermittlung, um zu melden, daß er ohne bestimmten Grund gekündigt worden sei, oder falls es einen solchen Grund gebe, möchte er ihn selbst gern wissen. Bei der Arbeitsvermittlung stellte man keine Fragen. Ralph bekam eine andere Stelle angeboten, die er wegen ihrer Lage – weit oben auf der East Side – jedoch ablehnte. Er werde in ein paar Tagen wiederkommen, sagte er.

Inzwischen bekam er Arbeitslosenunterstützung und nahm sich vor, ein paar Wochen Müßiggang zu genießen, obwohl es mitten im Winter war und überall in der Stadt schmutziger Schnee auf den Straßen lag und tückische Eisflecken in den Rinnsteinen verdeckte.

Komisch, daß er gerade in diesen Tagen, da er Zeit genug gehabt hätte, Elsie auf der Straße zu begegnen – sie aus der Ferne zu beobachten, ihr zu jeder Tages- und Nachtzeit nachzugehen –, das Mädchen aus den Augen verlor. Es war unbegreiflich. An drei oder vier Tagen oder Abenden ging er in die Kaffeebar, doch sie war nie da, und beinahe hätte er eine der anderen Bedienungen – von denen jetzt immer drei oder vier da waren, als ob man für Elsie schon Ersatz gefunden hätte – gefragt, ob Elsie krank sei oder gekündigt habe, aber zwei von diesen Mädchen kannte er flüchtig und wußte, daß sie ihn nicht leiden konnten. Darum fragte er auch die neuen Mädchen nicht.

Ob er mittags um eins, abends um sechs oder manchmal auch nachts um zwei durch die Minetta Street ging, nie sah er Elsie, obwohl die Fenster im zweiten Stock, wo er ihre Wohnung wußte, hinter den zugezogenen Vorhängen oft erleuchtet waren, und einmal hatte er die Frau mit den langen dunkelroten Haaren, mit der Elsie seines Wissens die Wohnung teilte, allein aus dem Haus kommen sehen. Zweimal ging er sogar nach Mitternacht in die Straße mit der ›Star-Walkers‹-Bar und spazierte dort vielleicht eine halbe Stunde auf und ab, aber Elsie sah er nicht.

War sie aus der Minetta Street ausgezogen? Mrs. Sutherland wußte es bestimmt, dachte Ralph, aber sie konnte er ja nicht gut fragen. Er sah sie gelegentlich in der Gegend, aber sie sah ihn anscheinend nie und machte überhaupt den Eindruck, als ob sie am hellen Tag träumte oder mit den Gedanken nur bei dem Taxi oder der U-Bahn-Station an der Christopher Street wäre, je nachdem, wohin sie gerade ging. »Entschuldigen Sie, Mrs. Sutherland, darf ich fragen, ob Elsie wohlauf ist, oder ist sie vielleicht krank?« So hätte er fragen können, aber er wollte es nicht darauf ankommen lassen, von Mrs. Sutherland die kalte Schulter gezeigt zu bekommen.

Einmal hatte er Elsie in der 7th Avenue gesehen, da lief sie auf der Ostseite stadtaufwärts und traf Mrs. Sutherland auf der Straße. Sie waren zum Sheridan Square gegangen, dem spitzen Teil, der zum Waverley Place führte, unentwegt plaudernd. Warum konnte Elsie mit ihm nicht so unbeschwert, so fröhlich sein? Ralph hätte ihnen nachgehen können, hatte es aber nicht getan, weil er, wie er sich eingestand, von keiner von beiden gesehen werden wollte, denn sie wären womöglich auf ihn losgegangen und hätten in aller Öffentlichkeit ein großes Theater gemacht. Wann war das gewesen? Im Januar, glaubte Ralph – als Elsie noch in der Kaffeebar arbeitete.

Am fünften Tag seiner Untätigkeit, seiner Freiheit, mußte Ralph nun feststellen, daß er unglücklich und völlig durcheinander war und irgendwie Angst hatte. Wie oft war er schon durch die vertrauten Straßen gegangen, hatte das Einkaufen oder Gassigehen mit God immer mehr in die Länge gezogen! Er hatte Straßenecken angestarrt, wo er sie irgendwann einmal gesehen hatte, war vor dem Buchladen am Sheridan Square herumgelungert, den Ramschläden in der Christopher Street und natürlich in der unteren 7th Avenue, auf dem Stück zwischen Kaffeebar, Downing und Carmine Street, den Straßen, durch die Elsie auf dem Weg zur Minetta Street wahrscheinlich gehen würde.

Er überlegte auch schon, ob sie vielleicht nach Hause zurückgekehrt sei, in dieses Städtchen im Norden von New York State, aber das hielt er für unwahrscheinlich, denn Elsie liebte doch New York City so sehr. War sie entführt worden, lag sie irgendwo mit einem Knebel im Mund und wurde von der Bande vergewaltigt? Bei dieser Vorstellung überlief es ihn, zitterten ihm die Hände. Aber man konnte nie wissen! In New York war auch das Undenkbarste möglich.

»Möglich«, sagte Ralph beim Gedanken an die Vergewaltigung laut und stand auf, um aus dem Fenster zu sehen. Draußen war es schon dämmrig, denn es ging auf fünf Uhr nachmittags zu. Eine trostlose Stunde! Er sah gelbliche Lichter in Rückfenstern von Häusern. Ralph fühlte sich sehr allein, verlassen, verloren. Er konnte seine Gefühle nicht analysieren. Elsie war ja nicht seine Freundin oder Gefährtin gewesen, bei weitem nicht. Sie war ihm teuer gewesen, ein liebes kleines Ding, wie ein Patenkind oder eine Tochter, eine wunderhübsche kleine Elfe, die er hin und wieder sah – gar nicht einmal oft, aber auf die freudigen kleinen Momente, wenn er sie sah, hatte er schon fest gezählt – und nun war sie verschwunden.

Ein paar Tage später nahm Ralph seinen ganzen Mut zusammen, zog den schönen neuen Mantel an, dazu die schwarze Kaninchenfellmütze, setzte eine freundliche Miene auf und machte sich ohne God auf den Weg zur Kaffeebar. Es war gegen fünf Uhr nachmittags, und der Laden war halb voll, vorwiegend von jungen Leuten, die ihre Hamburgers verschlangen. Ralph bestellte bei einem ernsten Mädchen mit braunem Haar einen Kaffee. Als sie ihn brachte, sagte Ralph:

»Entschuldigen Sie, Miss. Wissen Sie zufällig, wo Elsie jetzt arbeitet?«

»Elsie?« Es war eines von den neuen Mädchen, da war Ralph sich ganz sicher.

»Sie hat einmal hier gearbeitet. Blond. Könnten Sie vielleicht mal fragen?« Er deutete mit dem Kopf zu einer anderen Bedienung, die gerade in der Nähe war.

Das Mädchen ging fort und sprach mit der Kollegin, die Ralph als eine vom Stammpersonal erkannte. Sie schaute zu Ralph, schüttelte den Kopf und flüsterte der anderen etwas zu, was heißen konnte: »Sag ihm bloß nichts.«

»Wir wissen es nicht, Sir. Tut mir leid«, sagte die Neue, als sie wiederkam, und wischte ein paar Ketchupkleckse von der Theke.

Ralph sah die zweite Bedienung in die Küche gehen. Ging sie melden, daß er da war und sich – *höflich* – nach Elsies Verbleib erkundigt hatte? Kurz darauf steckte eine ältere Frau, ebenfalls in weiß-blauer Tracht, von der Ralph aber wußte, daß sie die Geschäftsführerin oder Besitzerin war, den Kopf durch die Küchentür und sah zu ihm herüber. Aber sie kam nicht heraus, sondern zog sich mit einer verneinenden Gebärde wieder zurück, und die zweite Bedienung drehte sich um und ging ihrer Arbeit nach.

John Sutherland hatte gesagt, Elsie besuche seit neuestem eine Schule. Was für eine Schule? New York war voll von

Schulen. Kunst und Literatur. Kunstbetrachtung? Oder hatte Sutherland ihn angelogen, um ihn loszuwerden und Elsie gewissermaßen seinem Zugriff zu entziehen? Ralph gefiel der Gedanke nicht, daß Sutherland log. Es paßte nicht zu ihm. Sutherland war ein Mann, der einem offen in die Augen sah. Wenn Sutherland ihm in so bestimmtem Ton gesagt hatte, er solle sich von Elsie fernhalten, dann nur, weil Sutherland seine Haltung gegenüber Elsie mißverstand. Jammerschade!

Würde Elsie die Schule durchhalten? Nicht lange, wenn Ralph die Verlockungen, denen sie ausgesetzt war, richtig beurteilte. Eben deswegen brauchte das Mädchen doch jemanden, der auf sie aufpaßte! Aber irgendwie hatte Ralph das Gefühl, Mrs. Sutherland könne Elsie vielleicht zum Durchhalten bewegen, denn anscheinend war es ja Mrs. Sutherlands Idee gewesen. Elsie hatte Mrs. Sutherland offensichtlich sehr gern.

20

Jack näherte sich mit erwartungsvollem Lächeln dem Hotel ›Chelsea‹. Er kam zu Fuß von der Grove Street und war sehr schnell gegangen, wurde aber jetzt langsamer, als er nach Osten in die 23rd Street einbog. Draußen war noch nichts von Elsie oder einem Kameramann zu sehen. Es war Elsies erster großer Einsatz. Gestern abend hatte sie ganz aufgeregt und glücklich angerufen und gefragt, ob Natalia oder er, oder beide, gegen Mittag ins ›Chelsea‹ kommen könnten, denn da wolle Berkman vor dem Hotel Aufnahmen von ihr machen, so ab elf. Natalia hatte gesagt, sie könne nicht, weil sie zu tun habe und mit Isabel und irgendwelchen Kunden zum Lunch verabredet sei. Es war wieder so ein eklig kalter Tag, und der Wind wirbelte den Straßenstaub auf und fegte allen möglichen Unrat durch die 23rd Street. Jack hielt sich die behandschuhten Hände an die Ohren und trat ins Hotel.

Er sah Elsie sofort links hinten in der Lobby, wo sie neben einer der schwarzen Sitzbänke stand, umringt von ein paar Neugierigen, meist Männern, und der pummelige, dunkelhaarige Mann mit Stativ und Kamera war dann wohl Berkman, vermutete Jack. Elsie hatte ein schwarzes ärmelloses Kleid an, eine Hand in der Hüfte, einen breitkrempigen Hut auf dem Kopf und über der rechten Brust eine große weiße Blume, wie eine überdimensionale Chrysantheme.

»Zurück bitte!« sagte Berkman mit entsprechenden Gesten zu den Umstehenden, während er selbst mit seiner Kamera ein paar Schritte zurückging.

Elsie richtete den Blick zur Decke bei der Tür, aber sie hatte Jack gesehen, der zwischen ihr und der Tür stand, und ihm ganz rasch zugelächelt.

»Errrnst!« befahl Berkman. Er drückte schnell zwei- oder dreimal ab.

»Hoho!« rief ein junger Mann in Jeans und Pullover und klatschte.

Andere Männer klatschten auch und lächelten, und ein paar gingen fort, während andere, die gerade von draußen hereinkamen, stehenblieben und zuschauten.

»Wo ist ihre Jacke, Hester? Wir gehen raus«, sagte Berkman.

Jack ging näher zur Wand.

Berkman trug seine Kamera nach draußen, begleitet von Hester, einer langen, dünnen jungen Frau im langen Rock, und Elsie kam herüber zu Jack, die Polojacke über dem Arm. Jack sah, daß Elsie gut zurechtgemacht war; die dunkle Linie paßte genau zu ihren Augen. Ihre Lippen wirkten durch das Rot ein wenig verändert, aber zum Besseren, jedenfalls zum Schöneren.

»Du siehst – einfach toll aus«, sagte Jack.

»Danke fürs Kommen. Danke.« Elsie blickte nervös zur gläsernen Eingangstür. »Er wird noch ein paar Minuten brauchen, bis er den richtigen Hintergrund gefunden hat.

Puh! Wo ist denn Marion hin?« Elsie sah sich um, dann winkte sie zu einer Bank an der Seitenwand, wo ein paar Leute saßen.

Ein Mädchen mit ziemlich kurzem, dunkelbraunem Haar, das sich weich und wellig um ihren Kopf schmiegte, stand auf und kam schüchtern näher. Das war also die Gitarristin, von der Natalia ihm erzählt hatte. Sie war nicht geschminkt und trug Jeans, fellgefütterte Stiefel und eine mit Lammfell-imitation gefütterte Jeansjacke.

»Marion Gill«, sagte Elsie. »Jack Sutherland.«

»Aha!« Marion lächelte freundlich. »Tag, Jack. Von Ihnen habe ich schon gehört.«

»Tag«, sagte Jack.

Elsie hatte neuerdings an Sicherheit gewonnen, dachte Jack. Oder falls sie die Sicherheit heute nur vorspielte, spielte sie sehr gut. Ein paar junge Burschen strichen herum und begafften Elsie, für die sie aber gar nicht existierten. Das erinnerte Jack daran, wie gleichgültig sie ihre Verehrer in der Kaffeebar an der 7th Avenue behandelt hatte. Sie trug den Kopf hoch, und ihr Haar war länger, als Jack es zuletzt bei ihr gesehen hatte.

»Sie sind also die Sängerin. Mit der Gitarre«, sagte Jack zu Marion.

»Ja. Ich bin heute nur zu Elsies moralischer Unterstützung hier.« Marion trat langsam von einem gestiefelten Fuß auf den anderen. »Mußt du dich nicht umziehen, Elsie?«

»Er will mich draußen noch mal in diesem Kleid aufnehmen«, antwortete Elsie.

Berkmans Assistentin Hester rief Elsie jetzt heraus.

»Zieh die Jacke über, bis er soweit ist«, sagte Marion zu Elsie. »Draußen friert's.«

Elsie zog auf dem Weg zur Tür die Jacke über. Jack folgte ihr. Berkman hatte sein Stativ westlich vom Hoteleingang auf den Gehsteig gestellt. Elsie sollte zehn Schritte ebenfalls westlich der Markise stehen, und während Berkman wartete, bis der richtige Passant ihm durchs Bild lief, standen Marion und Hester bereit, Elsie die Jacke abzunehmen.

»Nicht *hinter* ihr, bitte!« rief Hester ein paar Neugierigen zu und winkte sie weiter.

»Gut so!« sagte Berkman hinter der Kamera.

Elsie zog die Jacke aus, und Marion nahm sie ihr ab und trat zur Seite.

»Arm hoch – hinter den Kopf! Rechtes Bein!« rief Berkman, und Elsie verlagerte ihr Gewicht auf das rechte Bein und legte die rechte Hand an die Hüfte, die linke hinter den Kopf.

»Ah!« rief jemand aus der Menge, halb im Spott.

Sie mußte noch weiter posieren. Da im Hintergrund niemand in winterlicher Vermummung zu sehen sein sollte, ging es langsam voran.

Jack suchte Marions Blick und zeigte zur Tür des ›Chelsea‹, um ihr zu sagen, er gehe hinein. Er wollte sich gern die Bilder an den Wänden ansehen. Da hing zum Beispiel eine riesige Nachbildung von *Le Déjeuner sur l'Herbe*, ausgeführt in monochromen Tupfern, wie ein zu stark vergrößertes Zeitungsfoto, was Jack recht amüsant fand. Außerdem gefiel ihm noch ein Trio von Köpfen und Schultern aus gebogenen Pinselstrichen in verschiedenen Farben: eine hübsche Komposition, vielleicht eine Kritik am menschlichen Stumpfsinn, denn das Trio wirkte völlig hirnlos. Jack hatte Elsie am Telefon gesagt, er möchte sie heute gern zum Lunch einladen, und wie es jetzt aussah, würde Marion wohl auch mitkommen. Jack störte das nicht. Laut Natalia war Marion jetzt Elsies neue Freundin.

Minute um Minute verging. Es wurde Viertel vor eins. Elsie kam mit Marion in die Lobby und sagte zu Jack:

»Ich muß mich jetzt auf der Toilette umziehen gehen. Wenn dir's langweilig wird –«

»Es wird mir nicht langweilig«, sagte Jack.

Auch die Gäste des ›Chelsea‹ waren nicht langweilig.

Junge, mittlere und ältere Leute kamen und gingen, Gesichter, denen Jack keine Namen zuordnen konnte, aber er sah in ihnen gern Schriftsteller, Maler, Dichter. Er wußte, daß so mancher Maler hier schon seine Rechnung mit einem Bild für die Lobby bezahlt hatte. Auf einem Tisch lagen Prospekte und Flugblätter von New Yorker Nachtlokalen sowie einem Kunsthandwerksbasar zugunsten bedürftiger Maler und Bildhauer. Elsie erschien im Handumdrehen wieder in der Lobby, diesmal in einem weißen Leinenkleid mit kurzen Ärmeln und schwarzem Lackledergürtel. Marion legte ihr die Polojacke um die Schultern.

Ein paar Minuten später ging Jack wieder zum Zuschauen hinaus. Diesmal sollte Elsie unter der Markise des ›Chelsea‹ aus einem Taxi steigen, und sie hatten Glück mit dem Chauffeur, einem rundlichen Burschen mit Mütze, der aussah, als ob Lächeln ihm ein Genuß sei. Elsie mußte die Szene dreimal wiederholen: Tür öffnen und mit natürlichen Bewegungen aus dem Taxi steigen. Den Zuschauern gefiel es, sie applaudierten.

Marion legte Elsie wieder die Jacke um, die sie vorhin die ganze Zeit über der Heizung in der Lobby gewärmt hatte. »Sie friert wie ein Schneider«, sagte Marion zu Jack.

Dann verschwand Elsie mit Marion und kam in Jeans, Polojacke und Turnschuhen zurück, Marion hinter ihr. Elsie war blaß, ihr Gesicht wie mit Mehl bestäubt.

»Wir sollten uns irgendwo was Heißes besorgen«, sagte Marion, hauptsächlich zu Elsie.

»Darf ich euch beide zum Lunch einladen?« fragte Jack. »Ich kenne ein Lokal hier in der Nähe –«

»Ich glaube, Elsie hat Schüttelfrost«, sagte Marion.

Sie gingen auf die Straße hinaus. Jack sah Elsies Kinn zittern.

»Zieh meine Handschuhe an«, sagte er, denn Elsie schien keine bei sich zu haben. »Doch, ich bestehe darauf! Gehen wir zu mir nach Hause. Kommt, ich besorge uns ein Taxi.« Er trat an den Straßenrand und hatte Glück, denn soeben kam ein Taxi und setzte jemanden ab.

Sekunden später rollten sie stadtabwärts.

Elsie saß ganz in sich zusammengesunken. »Das habe ich schon mal gehabt. Zu Hause, vom Schlittschuhlaufen.«

Jack wechselte einen Blick mit Marion. Marion sah sehr besorgt drein.

Zu Hause sagte Jack zu Marion, sie solle Elsie ins Bett stecken und gut zudecken. Er schlug das Bett zurück und holte eine zusätzliche Decke. Dann ging er ins Bad und füllte ein paar Wärmflaschen gleich aus der Leitung, weil das schneller ging als mit dem Boiler.

Elsies Lippen waren ganz farblos, und sie war beängstigend blaß. Sie lag auf der Seite und hielt sich eine der Wärmflaschen mit beiden Händen vor die Brust. Jack schob ihr die zweite Flasche unter der Decke zwischen die Füße.

»In ein paar Minuten ist das vorbei«, sagte er zu Marion. »Machen Sie sich keine Sorgen.«

Marion schien die Sprache verloren zu haben. Sie zog Elsie die Decken bis über die Ohren.

»Ein heißer Toddy wäre jetzt das Richtige.« Jack füllte einen gut bemessenen Glenfiddich mit heißem Wasser aus dem Hahn auf und reichte Marion das Glas ins Schlafzimmer.

Dann zündete er im Wohnzimmerkamin ein Feuer an. Als es brannte, ging er wieder ins Schlafzimmer. Marion saß auf einem Stuhl und hielt das zur Hälfte leergetrunkene Glas in der Hand.

»Es ist besser«, sagte Marion mit einem Blick zu Jack.

Jack sah, daß die Lippen wieder etwas Farbe hatten. Elsie hatte die Augen geschlossen und die Brauen in der Mitte zusammengezogen, was ihrem Gesicht einen verwunderten Ausdruck gab.

»Elsie?« Marion reichte ihr das Glas an, und Elsie nahm es und trank vorsichtig einen Schluck, den Blick auf Jack. »Danke«, sagte sie.

Jack lachte. »Schon gut. Und jetzt kümmere ich mich mal ums Essen.«

Er nahm die Lammkoteletts, die er heute morgen frisch eingekauft hatte, und ein paar Minuten später waren sie auf dem Grill über dem Feuer. Dann zündete er den Gasherd an und öffnete eine Tiefkühlpackung Pommes frites.

Marion kam in die Küche. »Ich glaube, sie hat's gepackt. Menschenskind, was haben Sie da für ein Festmahl aufgefahren! Und wie ordentlich hier alles aussieht!«

»Das nennen Sie ordentlich?«

»Wenn ich es mit meiner Wohnung vergleiche ... Elsie sagt, Sie sind Maler. Oder Illustrator.«

»Stimmt.« Jack legte Messer und Gabeln auf den Küchentisch.

»Nein, ins große Zimmer. Auf den weißen Tisch. Da sind die Servietten, die orangefarbenen.«

Marion deckte den Tisch. »Hmmm, riecht das gut!«

Jack sah nach den Lammkoteletts und nahm sie vom Feuer, weil sie zu schnell gar wurden. »Möchten Sie einen Drink, Marion? Ein Gläschen Wein?«

Marion entschied sich für Wein.

»Sie spielen in einem Lokal in SoHo?«

»In den ›Star-Walkers‹. Aber seit voriger Woche nicht mehr. Das Ding macht zu. Aber das heißt nur, daß die Geschäftsleitung wechselt.« Sie sah ihn mit einem offenen, unbeschwerten Lächeln an. »Ich spiele mal da, mal dort, jede Nacht woanders. Manchmal in einem Lokal in der West 13th Street.«

»Was für Songs? Ich war noch nie in den ›Star-Walkers‹.«

»Manchmal eigene, manchmal ein bißchen Folk. Alles mögliche ... Ich weiß, Ihre Frau war ein paarmal da. Ich mag sie. Elsie auch.«

Jack sah nach den Pommes frites und drehte das Gas ab. »Wir können in ein paar Minuten essen. Hoffentlich kriegt Elsie schon was runter.«

Marion ging ins Schlafzimmer, Jack folgte ihr.

Elsie richtete sich auf. »Ich glaube, es ist überstanden. Mensch, hatte ich *Angst*!« Sie lächelte Marion und Jack fröhlich an und griff nach einem der Turnschuhe auf dem Boden.

Beim Essen bekamen Elsies Wangen wieder Farbe. »So ein verrückter Tag! Wie ein Traum. Auch daß ich hier sitze.«

Marion sah Jack an und flüsterte: »Das sagt sie fast jeden Tag.«

Es war auch für Jack ein sonderbarer Tag, im schönen Sinne. Er wollte die Atmosphäre nicht zerstören, indem er sich erkundigte, ob Linderman sie jetzt in Ruhe lasse, auch wenn die Antwort heißen mochte, daß Elsie ihn seit Wochen nicht mehr gesehen hatte. Elsie zuzusehen, wie sie zwei Lammkoteletts verdrückte und ihre Pommes frites mit Ketchup bekleckste, war ihm genug. Sie redete unentwegt mit Marion. Ob Marion glaube, die Taxibilder würden besser als die in der Lobby? Elsie selbst glaubte es, denn sie fand, sie sei in Bewegung besser.

»Geh heute nachmittag nicht zur Schule«, sagte Marion, die Nase krausgezogen. »Einmal Schwänzen kannst du dir leisten. Wir gehen einfach nach Hause, ja?«

Während Jack Kaffee machte, fragte Elsie, wo das Bad sei, und Jack zeigte es ihr. Dann brachte Jack den Kaffee ins Wohnzimmer und schürte das Feuer.

»Sind Sie aus New York, Marion?« An ihrem Akzent konnte Jack es nicht erkennen. Sie sprach ziemlich langsam und deutlich, als übte sie für ihren Gesang eine gute Aussprache.

»Ich?« Marion lächelte. »Woher ich bin, kann ich gar nicht sagen. Von überall aus Pennsylvania, allerlei Städte. Ich bin mehr oder weniger eine Waise. Mein Vater ist – abgehauen, und meine Mutter hat mich irgendwo abgeladen. In einem Waisenhaus, als ich ungefähr fünf war. Viel habe ich davon nicht in Erinnerung.«

Für Jack klang das traurig. »Aber Sie kommen jetzt anscheinend gut zurecht?«

»Etlichen ist es schon schlechter ergangen. Das klingt abgedroschen, stimmt aber, und hilft. Ich habe kein Selbstmitleid. Ich arbeite, seit ich siebzehn bin«, sagte sie, wobei sie ihre hellbraunen runden Augen rollte, »und war nie auf dem Strich. Ich kann Klaviere stimmen. Hab's gelernt. Ich könnte auch als Bibliothekarin arbeiten, wenn ich was brauchte, denn dafür habe ich Kurse gemacht und ein Diplom – Moment mal, wo bleibt denn Elsie?« Marion stand auf. »Ich will nicht hoffen, daß sie uns irgendwo in Ohnmacht gefallen ist. Das Bad ist da hinten, ja?«

Das Bad war leer.

»Elsie?« rief Jack ins Schlafzimmer hinüber.

»Sie ist weg«, sagte Marion resigniert. »Ihr Mantel ist fort. Sie ist also doch um vier zur Schule gegangen.«

Jack war richtig erschüttert. Die Wohnung erschien ihm plötzlich leer, obwohl doch Marion Gill noch da war. »Was hat sie denn heute für Fächer?«

»Englisch, glaube ich. Literatur – Grammatik. Typisch Elsie. Ich hätte sie keine Sekunde aus den Augen lassen dürfen.«

»Ob Sie das geschafft hätten?« Jack lachte. »Kommen Sie, trinken Sie weiter Kaffee.«

»Wollen Sie nicht arbeiten?«

Jack schüttelte den Kopf. »Nein... Erzählen Sie mir von Elsie. Wie haben Sie sie kennengelernt?«

»In einer Bar. Wie lernt man schon jemanden kennen? Nicht in den ›Star-Walkers‹, sondern woanders, wo ich mal gespielt habe. Elsie ist noch ein Kind. Aber sie hat so was an sich, Mumm, glaube ich. Hoffe ich.«

Jack dachte wieder an Linderman, und nun entschloß er sich doch, zu fragen. »Ich hoffe, Sie und Elsie – besonders Elsie – werden jetzt nicht mehr von diesem Kerl mit dem Hund belästigt?«

»Ach, Ralph? Nein, dem haben wir mal einen ordentlichen Schrecken eingejagt. In der Minetta Street. Vielleicht möchte er gern noch, aber anscheinend weiß er nicht, wo wir wohnen.«

»Wo wohnen Sie denn?«

»In der Greene Street. SoHo. Ein Freund von mir ist in Europa und hat mir sein Studio billig überlassen. Es ist nicht so ein großes Atelier, aber doch ein richtiges Studio und groß genug für zwei, und ich wohnte da allein, bis ich Elsie kennenlernte, da – habe ich sie eingeladen, bei mir einzuziehen.« Marion sah von ihrer Kaffeetasse auf.

Jack dachte, Elsie und Marion müßten zur Zeit sehr glücklich sein. Wie würde Ralph Linderman was über sich kriegen! »Diese Schule –«

»Ach ja! Natalia hat sie empfohlen. Elsie geht gern hin, und mit dem Geld, das sie jetzt als Modell verdient, kann sie es sich auch leisten. Es sind zehn Stunden die Woche und jede Menge Hausaufgaben, vor allem Lesen.«

»Meinen Sie, daß sie bei der Stange bleibt?«

Marion zögerte, dann lächelten ihre ruhigen Lippen. »Ganz sicher bin ich nicht. Aber sie profitiert davon. Es wird ihr jedenfalls helfen, etwas von ihrem Minderwertigkeitskomplex abzuschütteln – etwas von ihrer Schüchternheit. Sie ist bei näherem Hinsehen eigentlich gar nicht schüchtern. Zäh wie Leder und weiß genau, was sie will.«

Jack ließ sich in den Sessel sinken und legte einen Fuß aufs Knie. »Und was will sie?«

»Mit allem experimentieren. Manchmal spricht sie davon, Schauspielerin zu werden, aber daran glaube ich nicht. Es ist nur so, daß eine Schauspielerin eine Zeitlang viele Rollen spielt... Elsie könnte auch Tänzerin sein, solange sie jung ist.«

»Das kann man wohl sagen!«

»Tja –« Marion stand auf. »Ich sollte mich jetzt mal verziehen. Danke für die Einladung. Und auch, daß Sie so nett zu Elsie sind.«

Jack stand auf und sagte nichts.

»Ihre Wohnung gefällt mir. Und die Bilder.« Marion betrachtete den de Kooning, und nicht zum erstenmal. »Arbeiten Sie auch hier?«

»Ja. Möchten Sie's sehen?« fragte Jack spontan, vielleicht weil Marion Elsie jetzt so nah stand. Er ging ihr durch die Diele voran. »Hier ist es«, sagte er, indem er den Vorhang wegschob. »Meine Tretmühle.«

»Das sieht ja ganz schön nach Arbeit aus!«

Sie ging nicht hinein, wie damals Elsie, sondern schaute nur auf den Arbeitstisch, auf dem wie immer alles mögliche herumlag, und die Zeichenblöcke, die an den Wänden lehnten und auf Ständern lagen. »Ist das Elsie? Das ist sie doch, oder?« Ihr Lächeln wurde breiter, als sie die gelbe Zeichnung auf rotem Papier betrachtete. »Ist das von Ihnen? – Toll!« Sie holte Luft, als wollte sie gleich fragen, ob sie es haben könne, oder vielleicht eine Fotokopie davon, aber sie sagte nichts weiter.

Jack merkte, daß er von dieser Zeichnung nicht gern eine Kopie gemacht hätte. Er begleitete Marion zur Wohnungstür. »Was ist aus Genevieve geworden? Sie kennen sie doch?«

»Ach, Genevieve. Ich bin ihr mal begegnet. Vielleicht auch zweimal. Sie?«

»Elsie hat sie vor Weihnachten mal zu einer Party mitgebracht.«

»Ach so, bei Ihrem Freund Louis. Sie wollten wissen, was aus ihr geworden ist? Ich weiß es nicht, aber ich hoffe, sie kommt wieder mit ihrer früheren Freundin zusammen. Fran heißt sie, soviel ich weiß. Fran soll sich ja sehr über Elsie geärgert haben. Ich meine, über Elsies Erscheinen auf der Bildfläche.« An der Wohnungstür drehte Marion sich um. »Genevieve ist der mütterliche Typ, und ich glaube, das hat Elsie eine Zeitlang gefallen ... Fran sieht brutal aus, aber wie ich gehört habe, war sie zwei oder drei Jahre mit Genevieve zusammen, bevor Genevieve Elsie kennenlernte.« Marion lachte kurz auf und öffnete die Tür. »Was soll's? Nochmal vielen Dank, Jack. Bis demnächst, hoffe ich.«

»Ich auch. Danke fürs Kommen.«

Jack fand Marion Gill sympathisch. Sie sah ehrlich aus, nahm ihr Gitarrespiel nicht allzu ernst und war vielleicht überhaupt das beste Mädchen, dem Elsie begegnen konnte.

Gegen sechs klingelte das Telefon, und es war Natalia. Louis wolle gern noch einen mit ihr trinken, und ob Jack etwas dagegen habe, wenn sie erst gegen acht nach Hause komme?

»Natürlich nicht, Darling. – Nur rasch einen trinken?«

»Na ja – glaube ich. Wenn nicht, rufe ich in einer Stunde oder so noch mal an. Gibt's was Neues?«

»Nein. – Elsie und ihre Freundin waren zum Lunch hier.«

»Marion auch? Das ist nett. – Bis später, Jack.«

Jack nahm sich wieder sein Buch vor, das von Brandstiftung handelte, aber er las nicht mehr mit dem gleichen Genuß wie vor Natalias Anruf. Er hatte keine Ahnung, wann Natalia nach Hause kommen würde, vielleicht erst um zehn, vielleicht noch später. Aber sie hatte ihn wenigstens angerufen, das war auch schon etwas. Anders als so manches Mal vor ihrer Heirat, wenn Natalia ihn einfach versetzt hatte, weil ihr die Verabredung mit ihm schlicht entfallen war, oder wenn sie so unglaublich spät kam, daß man es schon nicht mehr Verspätung nennen konnte. Mit zweiundzwanzig hatte Natalia nicht zwischen Tag und Nacht unterscheiden können. Er war nie böse gewesen, hatte sich nur Sorgen gemacht oder gewundert und war auf und ab gegangen oder hatte, wenn sie in einem Lokal verabredet waren, dort herumgesessen. Zuerst hatte er den Verdacht gehabt, sie wolle ihn reizen, aber dem war nicht so. Natalia war kein bißchen berechnend. Sie war nur sie selbst gewesen. Das war sie immer noch, aber ein wenig hatte sie sich gebessert, wahrscheinlich wegen des erforderlichen Teamworks beim Aufziehen eines Kindes, mutmaßte Jack. »Ich kann nicht glauben, daß *ich* sie gekriegt habe«, hatte Natalia ein paarmal gesagt, wenn sie mit halbverzogenem Gesicht Amelia betrachtete. Jack erinnerte sich, welche Angst Natalia in den letzten Wochen vor der Geburt gehabt hatte. Daran erinnerte er sich nicht gern. Er hatte sich schuldig gefühlt und gefürchtet, sie könne sich gegen ihn wenden; und dann bei der Geburt, bei der Jack dageblieben war, bis Natalia ihn angeschrien hatte, er solle hinausgehen, war sie doch sehr tapfer gewesen, fand er.

»Menschenskinder!« seufzte Jack und warf das Buch aufs Sofa. Er legte den Kopf zurück und schloß die Augen. Er würde für Amelia etwas zu essen zusammenbrutzeln, und vielleicht gab es etwas im Fernsehen, womit sie sich beide unterhalten konnten, bis er sie gegen neun hoffentlich ins Bett bekäme. Er hätte auch bei den Armstrongs anrufen und mit Amelia in die West 11th Street gehen und dort wahrscheinlich zum Essen bleiben können, aber er mochte nicht zu den Armstrongs gehen.

Kurz vor acht rief Natalia an und sagte, Louis möchte gern noch etwas mit ihr zusammen sein.

»Wo seid ihr denn?«

»In einer Bar an der East Fifty-fourth. Zugleich Restaurant. Louis ist etwas deprimiert – verstehst du? Er möchte gern ein bißchen reden.«

Jack verstand. Manchmal fand er Louis ziemlich rücksichtslos und unverschämt ihm gegenüber. Aber nun war Louis todkrank. Jedenfalls war das der neueste Stand, und Jack mußte es wohl glauben oder so tun, als glaubte er es. »Ja, ich verstehe. Iß was. Und laß es nicht zu spät werden, Schatz. Morgen ist nicht Sonntag. Schönen Gruß an Louis.«

»Werde ich ausrichten. Danke, Jack. Bis später.«

Jack war im ersten Moment verstimmt. Einmal war er ärgerlich geworden, sogar ein bißchen böse, als Natalia in einer Woche zweimal abends lange fortgeblieben war. Hatte sie sich da mit Sylvia oder mit Louis getroffen? Jack wußte es nicht mehr, er wußte nur noch, daß Amelia noch sehr klein gewesen war, noch nicht richtig laufen konnte. Er hatte Natalia etwas gesagt, worauf sie geantwortet hatte: »Wir können uns einen Babysitter leisten, wenn du auch ausgehen willst – oder zusammen mit mir und ...« (wer es gerade war). »Jedenfalls lasse ich mich nicht von Haushalt und Familie einzwängen, Jack.« An diese letzten Worte erinnerte er sich genau, denn Natalias Augen hatten geblitzt, was nicht oft vorkam, und Jack hatte dabei eine neue Seite an ihr entdeckt, die er bis dahin nicht kannte. *Eingezwängt* und *Haushalt und Familie* – hm, ja! Jack mußte ihr recht geben. Sie lebten nicht in so einer primitiven Gesellschaft, in der die Frau auf jeden Fall, der Mann meist auch, zu einem Leben im engen Gehege verdammt war. Wenn Jack sich damals stur gestellt hätte, wäre Natalia auf und davon gewesen, daran glaubte er fest. Und so wäre es auch heute noch.

Gegen Mitternacht ging Jack zu Bett und wollte noch lesen, aber das Brandstifterbuch hatte seinen Reiz verloren. Er suchte in den Bücherregalen auf Natalias Bettseite. Eine Reihe Feministisches. Galbraith – nicht heute abend. Kafka, nein. *The Unquiet Grave* war schon eher was. Jack zog das dünne Taschenbuch heraus. In ihrer älteren – und gestohlenen – Ausgabe hatte Natalia ein paar Stellen mit kleinen Häkchen am Anfang und Ende des jeweiligen Satzes oder Absatzes markiert, erinnerte sich Jack. Sie hatte über das Buch gesprochen, bevor sie heirateten. Auch in dem neuen Taschenbuch hatte Natalia wieder ein paar Häkchen.

»Der Lohn der Kunst ist nicht Ruhm oder Erfolg, sondern Rausch: darum können so viele schlechte Künstler nicht davon lassen.«

Cyril Connollys zwei Seiten unter der Überschrift *Frauen* hatte Jack schon einmal gelesen. Wieder hatte Natalia angestrichen:

»Im Krieg der Geschlechter ist Rücksichtslosigkeit die Waffe des Mannes, Rachsucht die der Frau. Beide erzeugen sich wechselseitig, doch das Rachegelüst einer Frau überdauert alle andern Gefühle.«

Jack dachte darüber nach. Natalia konnte man sich schwer als rachsüchtig gegenüber ehemaligen Freunden oder auch ihm vorstellen, falls sie je auseinandergehen sollten. Aber Natalia war ja auch nicht wie die meisten Frauen; sie hatte mehr Humor als die meisten, war logischer und einsichtiger, fand er, und darum vielleicht auch objektiver. Jedenfalls war sie nicht primitiv. Er konnte sich an ihren Kommentar zum Feminismus erinnern: »Viele Frauen sind gern Sexobjekte, solange sie jung und hübsch sind, eine Arbeit haben und so weiter, und dann sind sie nicht darauf vorbereitet, fallengelassen zu werden, wenn sie um die Fünfunddreißig sind, ob verheiratet oder nicht.« So ähnlich hatte sie sich ausgedrückt. Natalia wollte sagen, daß sie dann oft von ihren Freunden fallengelassen oder von ihren Ehemännern verlassen würden, die sich vielfach eine Frau gleichen Typs nähmen, nur jünger. Sie konnte mit den »zornigen Frauen« von fündunddreißig oder vierzig nichts anfangen, die meinten, daß die Männer ihre Feinde wären.

Jack war jetzt schläfrig und machte das Licht aus.

Das leise Klicken der zugehenden Wohnungstür weckte ihn auf. Er hörte Natalia auf Zehenspitzen hereinkommen und ihren Mantel neben der Dielenlampe aufhängen.

»Du«, rief Jack so laut, wie er es wagen konnte, ohne Amelia damit aufzuwecken. »Du brauchst nicht so zu schleichen.«

»Hallo, Jack. Habe ich dich geweckt? Entschuldige«, flüsterte sie, die Hände am Türrahmen.

Sie wirkte ein bißchen beschwipst und müde, und so liebte Jack sie ganz besonders, denn dann war sie meist so stillvergnügt und gab mitunter Aufschlußreiches von sich. Er sah auf die Uhr. Fünf nach drei. »Macht nichts«, sagte er.

Jack hörte die Zahnpastatube ins Waschbecken fallen und lächelte. Die Dusche rauschte, aber nicht lange.

Natalia kam nackt ins Zimmer und tastete nach ihrem Pyjama oder Nachthemd – sie trug mal das eine, mal das andere, ohne System – dann knipste sie das Licht im Bad aus und fiel ins Bett. »Himmel, war das eine Nacht!«

Jack wartete. »Er spricht doch nicht etwa – von Sterben und so?«

»N-nein. Das heißt, nicht direkt.« Sie nahm die letzte, vielleicht letzte Zigarette aus dem Päckchen, das fast immer auf ihrer Bettseite lag, nebst Feuerzeug und Aschenbecher.

Im Schein des Feuerzeugs sah Jack kurz ihr Profil, ihre kräftige, ziemlich dicke Nase, die blonden Haare feucht ums Gesicht.

»Du bist doch nicht böse, daß ich so lange mit ihm fort war? Er ist schließlich nicht mehr lange da.« Ihr Ton klang abbittend, die Betonung lag auf *lange*.

»Natürlich bin ich nicht böse, Schatz.«

Stille. Dann lachte sie fast, als sie sagte: »In der Bar war ein Mann mit einem Äffchen. Einem kleinen grauen Äffchen, sehr lebendig. Der –«

»Ein *richtiger* Affe?«

»Ja!« sagte sie und konnte ihr Lachen jetzt gar nicht mehr unterdrücken. »Der Mann brachte ihm bei, den Leuten Sachen aus den Taschen zu holen. Und was er den Männern alles aus den Jackentaschen gezogen hat – !«

»Das müßte Louis aufgemuntert haben.«

»Er war ja auch ganz fröhlich. Hat mir ein paar gute Witze erzählt. Jetzt fällt mir nur keiner ein, aber morgen bestimmt.« Sie schwiegen lange, lange genug, daß Natalia ihre Zigarette ausdrücken konnte. »Louis leidet unter Weltschmerz. Er kommt sich vor, als ob er irgendwo hoch oben stände und aufs Leben hinunterschaute – auf die Welt, und dort bestimmte Dinge sähe. Windmühlen – weiße Pferde –, rennende Jungen irgendwo an einem Strand.«

»Du hast dich noch gar nicht nach Elsie erkundigt.«

»Ach ja, Elsie«, meinte sie gedehnt und glücklich. »Sie hat in der Galerie angerufen, kurz bevor ich wegging. Klang selig wie ein Kind! Louis hat auch mit ihr gesprochen. Er mag sie nämlich sehr, weißt du das?«

»Ja, ich weiß«, sagte Jack. Er hatte die Augen geschlossen und genoß Natalias Körperwärme, obwohl sie sich gar nicht berührten, und am meisten genoß er ihre leise, schläfrige Stimme.

»Elsie möchte wissen, ob ihre neue Freundin dir gefällt.«

»O ja, sogar sehr.«

Natalia seufzte tief. »Oh-ha! Weck mich morgen bitte rechtzeitig auf, Jack.«

Das würde wahrscheinlich ein Morgen mit Fernet-Branca, Natalias bevorzugtem Katermittel, dachte Jack, aber er hatte sie schon viel betrunkener und müder gesehen, und immer hatte sie es geschafft, wenn sie wollte.

21

Anfang März nahm Ralph Linderman eine Stelle in der ›Hot Arch Arcade‹ an der 8th Avenue an, hoch oben in den Achtzigern. Er haßte diesen Arbeitsplatz, aber sein Wochenlohn belief sich auf dreizehn Dollar mehr, als er vorher verdient hatte. Seine Arbeitszeit war von abends acht bis morgens vier, wenn am meisten los war in der ›Arcade‹, die 24 STUNDEN TAG & NACHT geöffnet war, wie es in gelber Glühbirnenschrift unter dem ebenfalls aus gelben Glühbirnen zusammengesetzten, bogenförmigen Namen über dem Eingang hieß. Die ›Hot Arch Arcade‹ – Videospiele, Glücksspielautomaten, Schießbuden und Musikboxen – war lang und schmal, und da sie immer voll war, drängten die Leute sich meist auf Tuchfühlung hindurch. Unglaublich, diese vielen Müßiggänger, junge Männer und Frauen, um zwei Uhr morgens! Und wie sie aussahen, hatten sie auch den ganzen Tag nichts getan. Abschaum der Menschheit, dachte Ralph. Ein paar Tage lang hielt er es für einen Fehler, daß er sich für diese Stelle entschieden hatte, aber mit der Zeit – schon nach der ersten Woche – merkte er, daß er die Atmosphäre hier auf sonderbare Weise genoß. Er sagte sich, daß er die Menschen immer besser kennenlernte. Und wenn das Gelernte auch bedrückend war, konnte es doch nur nützlich sein und seine Erfahrung mehren, die ihn künftig schützen würde. Am schwersten erträglich war für Ralph die unablässige Musik, nicht nur Geräuschkulisse, nicht nur eintöniges Schlagergebrüll, sondern immer zwei oder drei banale Songs zugleich. Aber sogar das hatte sein Gutes, er mußte es nur richtig sehen: das Durcheinander machte es zur Kakophonie, nahm ihm das Etikett Musik, das Muzak noch hatte, denn da gab es Anfang und Ende. Hier aber inszenierte eine irrsinnige Menschheit Chaos über Chaos. Wenn es Menschen taub machte und tötete, wurden doch alle Tage neue Menschen geboren. Die Kakophonie brauchte nie zu enden, weil Maschinen sie zeugten.

Und die Nutten! Eine noch buntere Mischung als an der 8th Street. Grellrote Lippen, meist hohe Absätze, manche aber auch in viel zu großen Jeans, Kampfanzügen oder Zirkuskostümen mit schwarzen Strumpfhosen, weißen Stiefeln und kurzen Jäckchen, die sich über fußballgroße Brüste spannten. Und die Frisuren! Perücken oder aufgeplusterte gelbe und weiße Gebirge, die aussahen wie aus Glaswolle, oder schwarz lackiert, daß es aussah wie frisch geteert. Unter diesen Nutten waren auch ein paar Skinheads, die sich die nackte Kopfhaut rot und blau bemalt hatten. Das spindeldürre Mädchen im Kampfanzug war so ein Skinhead; auf den ersten Blick hielt man es für einen Jungen aus der Jugendstrafanstalt, es machte auch so ein trauriges Gesicht. Am Eingang der ›Hot Arch Arcade‹ stand ein Rausschmeißer, ein kräftiger Bursche mit zerknittertem weißem Hemd, Fliege und dunklem Anzug, aber der lachte meist nur, wenn er die Nutten sah, grüßte sie sogar und ließ sie einfach hier herumlaufen. Warum nicht? Sie lockten Kunden an. Ralph saß gleich rechts hinter der Eingangstür. Die Kasse befand sich ihm gegenüber, etwa sechs Meter entfernt, auf der linken Seite des Eingangs. Viele Artikel wie T-Shirts, Postkarten, Stofftiere und Puppen mußten an der Kasse bezahlt werden. Manchmal protestierten Betrunkene oder unter Drogen Stehende wegen eines »Irrtums« an der Kasse, aber wenn es dabei handgreiflich wurde, war das Sache des Rausschmeißers. Ralphs Aufgabe war es, Überfälle zu verhindern, und dazu hatte er eine Klingel hinter sich, die lauten Alarm schlug und zugleich die Polizei rief. An der Wand hinter ihm hingen auch sechs bis acht Fotos von Gesuchten, bekannten Taschendieben und Räubern. Nach ihnen mußte er die Augen offen halten.

»... und wenn wir's machen, machen, machen ...
machst du mich ... yea-aaah ...«

Acht Stunden täglich mußte Ralph solche »Musik« über sich ergehen lassen. Die Texte drehten sich immer um Geschlechtsverkehr, die Musik war immer die gleiche, ein monotones, elektronisch erzeugtes *Boing-boing-boing-boing,* Urwaldaffenlärm, der an das Primitive appellierte. Die Affen sah Ralph als Schwarze, sexbesessen, in Bäumen hockend und vielleicht onanierend oder miteinander liebäugelnd, um auf ihre Geschlechtsteile aufmerksam zu machen. An der Kasse saß in den meisten Nächten, in denen Ralph Dienst hatte, eine gebleichte Blondine, schwergewichtig und stur, die nichts als das Einstreichen im Sinn hatte.

An einem bewölkten Nachmittag machte Ralph mit God einen weiten Spaziergang, der ihn wieder einmal durch die Minetta Street zur Macdougal und dann zur West 3rd Street führte, und da sah er plötzlich Elsie mit einem Koffer ihm entgegenkommen.

Die Überraschung durchzuckte ihn wie ein lähmender Schrecken, und er blieb auf der Stelle stehen. Fünfzehn bis zwanzig Schritte vor ihm bog sie ab und hüpfte die Treppe zu dem Haus hinauf, in dem sie früher gewohnt hatte, aber jetzt doch nicht mehr, dachte Ralph. Kam sie zurück? Er überquerte die Minetta Street und ging weiter, bis er dem Haus gegenüber war. Dritter Stock, das wußte er noch, und da war auch Licht hinter dem Fenster, denn es war so ein trüber Tag. Nach ein bis zwei Minuten sah er zwei Gestalten, und Elsie, etwas kleiner, zog sich zurück, drehte sich um und verschwand nach links. Ralph ging ein Stückchen weiter auf den Minetta Lane zu und blieb wieder stehen. Nichts hätte ihn von hier weggebracht. Er wußte, wo Elsie in diesem Moment war, keine dreißig Meter von ihm!

Ralph wartete.

Dann der nächste Schock, nicht mehr so stark wie der erste, als Elsie die Haustür öffnete und mit dem Koffer wieder herauskam, über dem andern Arm einen Mantel. Sie stellte den Koffer ab, um die Haustür zu schließen, zweimal, als ob sie nicht richtig zuging, dann hob sie den Koffer wieder auf und ging. Ralph drückte sich an eine Hauswand und sah in Richtung Minetta Lane und Macdougal Street, weil er nicht wollte, daß sie ihn jetzt sah, denn am Ende hätte sie bei seinem Anblick merklich ihre Schritte beschleunigt, vor ihm die Flucht ergriffen. Sie wandte sich im Minetta Lane zur Macdougal Street, und Ralph wartete auf der andern Straßenseite, nicht sicher, ob sie ihn gesehen hatte oder nicht, dann folgte er ihr.

Auf der Macdougal Street wandte Elsie sich nach rechts und schien sich nach einem Taxi umzusehen. Dabei ging sie weiter stadtabwärts und erreichte die Kreuzung Bleecker Street, wo ein Taxi für sie anhielt. Wenn Ralph ein zweites Taxi gesehen hätte, wäre er eingestiegen und hätte gern den Aufpreis für God bezahlt, aber es war keines in Sicht. Elsies Taxi fuhr auf der Macdougal Street stadtabwärts, Ralph rannte über die Bleecker und folgte ihm noch einen halben Häuserblock weit, bis es verschwunden war. Demnach mußte sie in dieser Richtung wohnen und war nur in die Minetta Street zurückgekommen, um ein paar vergessene Sachen zu holen. Ralph nahm sich vor, sich von jetzt an nicht mehr um die Minetta Street zu kümmern, sondern sich weiter stadtabwärts umzutun.

Ralph Lindermans Besorgnis um Elsie – er gab seinen Gefühlen nie einen Namen – war durch die Begegnung in der Minetta Street gesteigert worden, doch in den Tagen danach wurde sein Gefühl des Verlusts, des Getrenntseins von ihr immer schmerzlicher. Wo sollte er im Gewimmel SoHos, vielleicht sogar des East Village, die Suche nach ihr beginnen? Wenn sie ihre letzten Sachen aus der Minetta Street geholt hatte, würde sie nie mehr wiederkommen. Gewiß, vielleicht sah er sie noch einmal, wenn sie zu den Sutherlands in die Grove Street ging oder von dort kam, aber dann würde er ihr den ganzen Weg nach Hause folgen müssen, um herauszubekommen, wo sie jetzt wohnte, vor allem mit wem, denn das interessierte ihn am meisten. Einmal hatte er geglaubt, Elsie bei den Sutherlands aus dem Haus kommen zu sehen, mit einem Hut auf dem Kopf, darum war er nicht sicher gewesen, und Stöckelschuhen, die sie manchmal trug, sowie einem hübschen neuen Mantel. Ralph war da der Gedanke gekommen, daß sie sexuelle Beziehungen zu Sutherland unterhielt und er sie dafür bezahlte. An dem Tag war die fragliche Person, ob es nun Elsie war oder nicht, auf der Grove Street schnell nach Westen gegangen. Ralph war auf der Bleecker Street gewesen, mit Einkäufen auf dem Arm und God an der Leine. Er war ihr nicht gefolgt.

Zwei Tage lang wälzte Ralph eine gefährliche Verzweiflungsidee in seinem Hirn und faßte zuletzt einen Entschluß: Er wollte John Sutherland anrufen und sich nach Elsie erkundigen, vielleicht sogar fragen, wo sie wohnte, sich auf jeden Fall aber nach ihrer Gesundheit erkundigen. Niemand konnte bei aller Anstrengung und Phantasie glauben, er wolle Elsie Böses, oder falls irgendein Irregeleiteter es doch glaubte, würden Zeit und Tatsachen ihn widerlegen. Als er eines Morgens um elf anrief, war Ralph auf Sutherland wie auch auf seine Frau gefaßt.

Es meldete sich John Sutherland.

»Hier Ralph Linderman. Wie geht's Ihnen, Mr. Sutherland?«

»Gut, danke, und Ihnen?«

»Danke, auch. Ich rufe wegen Elsie an. Wissen Sie vielleicht, wie es ihr geht?«

»Gut, soviel ich weiß«, antwortete Sutherland.

»Ich habe sie nämlich in letzter Zeit nicht mehr hier gesehen... Sie haben sie vor kurzem noch gesehen?«

»Hm – vor ein paar Wochen, glaube ich. Es geht ihr gut.«

»Wo wohnt sie denn jetzt?«

»Sie ist umgezogen – ich kann Ihnen nicht sagen, wohin, weil ich es einfach nicht weiß, Sir.«

»Sie brauchen mich doch nicht ›Sir‹ zu nennen«, sagte Ralph mit leisem Lachen. »Irgendwo südlich vom Village?«

»Ich weiß es wirklich nicht.«

»Ich habe sie schon bei Ihnen hineingehen und herauskommen sehen. Sie wissen nicht, ob sie zum Beispiel südlich von hier wohnt?«

»Nein, ich weiß es nicht. Sie ist mehrmals umgezogen.«

Ralph glaubte ihm nicht. »Hat sie eine Arbeit?«

»Ja, als Modell. Sie kommt zurecht.«

»Modell – für Maler? Bildhauer?« Ralph sah sie schon nackt. »In Malerateliers?« fragte er stirnrunzelnd.

»Nein, nein. Foto. Mode. Teure Kleider. Jetzt muß ich aber auflegen. Ich habe heute Besuch.«

Das war's. Aha! Modefotografen. Knipsten Elsie in schönen Kleidern. *Vielleicht* in Kleidern. Waren sie besser als Maler, vor denen sie nackt posieren würde? So oder so war es ihr Gesicht, ihr Körper, wofür sie sich interessierten, oder? Natürlich brachte das Geld. Sittenlosigkeit brachte immer Geld.

22

Jack war gerade wieder an seinen Arbeitstisch zurückgegangen, als das Telefon erneut klingelte. Linderman war wohl noch etwas eingefallen.

»Hallo?«

»Hallo, Jack. Hier Louis.«

»Oh, Louis! Du hast Nat gerade um zehn Minuten verpaßt«, sagte Jack. Louis und sonst niemand nannte Natalia gelegentlich Nat.

»Ja, das denke ich mir. Nur rufe ich eigentlich dich an. Kann ich wohl mal bei dir vorbeikommen?«

Das überraschte Jack. »Jetzt?«

»Ja. Ich bin bei Saks. Nehme ein Taxi. Ich wollte gern mal mit dir reden. Oder bist du zu sehr beschäftigt?«

»So beschäftigt bin ich nicht. Klar, Louis.«

»Bis gleich. Ich beeile mich.« Er legte auf.

Ausgesprochen merkwürdig, dachte Jack. Er warf einen prüfenden Blick ins Wohnzimmer, als wäre Ordnung wichtig, was sie nicht war. Dann ging er zurück in seinen Arbeitsraum. Heute nachmittag um vier sollte er Trews in seinem Büro bei Dartmoor, Aegis seine letzten zwanzig Bilder vorlegen, von denen Trews fünf noch gar nicht kannte. Heute, am dreizehnten März, sollte reiner Tisch gemacht, die Sache erledigt werden, hoffte Jack.

Es klingelte. Jack drückte auf den Türöffner und ließ Louis ein.

»Das habe ich dir mitgebracht«, sagte Louis beim Eintreten und übergab Jack eine Einkaufstüte von Saks.

Es sei eine »weiße Schachtel«, erklärte er, die berühmte Pralinenmischung von Saks, die alle Welt so liebe.

»Danke sehr, Louis.« Jack öffnete die Schachtel und hielt sie Louis hin, der aber ablehnte.

»Ich will dich nicht lange aufhalten, Jack«, sagte Louis ganz ernst. Er hatte den Mantel ausgezogen und stand mitten im Wohnzimmer. Sein kahler Schädel glänzte, seine großen braunen Augen zwinkerten. »Es ist nur – na ja – ich wollte dich nur so gern mal ein paar Minuten allein sprechen. Verstehst du? Ich glaube, wir haben uns überhaupt noch nie allein unterhalten.« Louis lachte plötzlich.

»Schon möglich... Kann ich dir einen Kaffee oder sonst etwas anbieten?«

»Nein, danke, Jack. Darf ich mich setzen?« Er setzte sich aufs Sofa.

Jack setzte sich wie immer in den grünen Sessel.

»Ich möchte dir sagen – wie sehr ich deine Frau schätze. Sie ist – etwas Besonderes. Einmalig!« Louis sprach langsam. »Wenn ich dazu in der Lage gewesen wäre, hätte ich sie geheiratet.«

Jack ließ sich in den Sessel zurücksinken und verschränkte die Finger über der Brust. »Wahrscheinlich hätte sie dir einen Korb gegeben, weil es ihr zu perfekt gewesen wäre.«

»Stimmt genau! Haha! Das ist echt Natalia!... Sag ihr übrigens nicht, daß ich heute vormittag bei dir war, bitte. Das würde sie komisch finden. Ist es ja auch.« Louis lachte kurz auf und zeigte die großen, breiten Zähne in seinem schmalen Gesicht. »Keiner weiß etwas davon. Sag's bitte auch keinem. Es ist unser Geheimnis«, nuschelte Louis scheinbar gelangweilt. »Dir brauche ich nicht zu sagen, daß Natalia mir das Teuerste im Leben ist. Teurer als Bob, glaube ich. Natürlich anders, aber trotzdem.« Louis lachte leise, genau wie Natalia manchmal lachte. »Du hast keinen Grund, eifersüchtig zu sein, und warst es ja auch nie, oder hast es jedenfalls nie gezeigt.«

»Ich war nie eifersüchtig. Hand aufs Herz.« Er sah, wie Louis ihn unverwandt anstarrte, die schlanken Hände aufeinander auf den übereinandergeschlagenen Knien. »Nur – daß du Natalia vielleicht besser verstehst als ich.«

Louis tat dies mit einer lässigen Handbewegung ab und sah ein paar Sekunden zum Fenster. »Es ist mir auch noch wichtig, dir heute zu sagen, wie froh ich bin, daß Natalia dich geheiratet hat. Jemanden wie dich. Überhaupt, *dich*. Ich wüßte keinen anderen und kann mir auch keinen anderen vorstellen, den sie ertragen könnte.«

»Danke – soll heißen, das höre ich gern.«

»Sie findet dich außerdem sexy«, sagte Louis feierlich. »Aber nicht auf die plumpe Art, wenn du verstehst. Du bist ihr Sexobjekt, und das ist wichtig, aber sie würde es natürlich nie so direkt aussprechen.«

Jack schlug einen Moment die Hände vors Gesicht. »Na, na.«

»Ich würde gern rauchen, wenn es dich nicht stört – danke. Eigentlich dürfte ich nicht, aber ich tu's doch. Hol's der Teufel.« Louis nahm Natalias Jadefeuerzug vom Kaffeetischchen, das goldgeränderte, das sie selten mit aus dem Haus nahm, weil sie Angst hatte, es irgendwo zu vergessen, und zündete sich eine Zigarette an. Er drehte das Feuerzeug in den Händen und betrachtete es wie etwas sehr Vertrautes. »Und was gibt's Neues von unserer kleinen Freundin Elsie?«

»Elsie? Die macht das Rennen. Sie hat uns gestern abend angerufen. Ich glaube, sie verdient sich dumm und dämlich.«

»Ist das nicht prima? Und ist sie nicht ein *Engel* – wie vom Himmel gefallen! Ich würde sie so gern heute in fünf Jahren sehen, wenn sie das reife Alter von fünfundzwanzig erreicht hat. Ha-ha-ha-haaa!« lachte Louis aus vollem Hals.

Jack hatte es gleich vermutet, und jetzt wußte er, daß dies Louis' Abschiedsbesuch war. Jack räusperte sich und sagte: »Elsie hat sich ein paar Bücher von uns geliehen. Die braucht sie dann schon nicht mehr zu kaufen, für die Schule.«

»Ach ja, die Schule. Was für Bücher?«

»Einen Scott Fitzgerald und einen Saul Bellow.«

»Hoffentlich *Das Opfer.* Oder *Mr. Sammlers Planet.* Aber *Das Opfer* – das ist die Quintessenz Saul Bellows mit seiner Paranoia, nicht? Ein Meisterwerk. Findest du nicht?«

Louis redete weiter über Saul Bellow und wie gut er sei, und Jack ließ seine Gedanken ein wenig abschweifen, während seine Ohren Worte wie »gut und anständig« oder »liederlich« (auf Elsie bezogen) hörten, die ihn sehr an Natalias Redeweise erinnerten, ihn erinnerten, daß Natalia und Louis sich schon soviel länger kannten als Natalia und er. Louis hatte große Füße, die in blitzblanken schwarzen Schuhen steckten, und der eine baumelte jetzt an einer schlanken Fessel hinunter. Louis hatte einen eigenartigen Beruf, fand Jack – verkaufte Häuser und Wohnungen, sanierte heruntergekommene Gebäude, saß – so stellte Jack es sich vor – in aller Ruhe zu Hause und wartete, bis das Telefon klingelte, und im Nu hatte er dann ein hübsches Sümmchen verdient.

»Inwiefern könnte Elsie gefährdet sein?« fragte Jack auf eine Bemerkung hin, die Louis gerade gemacht hatte. »Ihre neue Freundin gefällt mir eigentlich recht gut.«

»Marion? O ja, mir auch. Die beiden waren ein paarmal bei uns. Nein, wenn ich von Gefährdung rede, dann meine ich den plötzlichen Erfolg. Der kann – einen Charakter verändern, zumal Elsie noch so jung ist. Aber vielleicht geht's bei ihr gut. Sie ist ja so unglaublich direkt – fast schon einfältig, grob. Findest du nicht?« Louis sah Jack an. »Sie würde Marion von einer Minute auf die andere Lebwohl sagen, wenn sie ihrer auch nur ein bißchen überdrüssig würde – hoffentlich tut sie's nicht zu bald. Elsie steckt voller Ehrgeiz. Zur Zeit ist sie eben Fotomodell, schön, dafür braucht sie nicht Literatur und englische Grammatik zu lernen, aber sie bereitet schon den nächsten Schritt vor.«

»Und was ist das deiner Meinung nach?«

Louis sah an die Decke. »Theater? Fernsehen? Film? Überraschen würde mich nichts... Übrigens, Jack! Gibt's was Neues von dem Kerl, der ihr immer nachgelaufen ist?«

»Nein. Er hat Gott sei Dank ihre Spur verloren, seit sie in die Greene Street gezogen ist. Heute hat er mich erst angerufen, kurz vor dir.«

»Wie? Dich *hier* angerufen? Was wollte er denn?«

»Elsies Adresse.« Jack lachte. »Ich habe ihm gesagt, ich kenne sie nicht, weil sie umgezogen ist. Das Dumme ist, er hat Elsie ein paarmal hier rauskommen sehen. Oder er weiß, daß Natalia sie kennt. Er spioniert nämlich.«

Louis machte ein nachdenkliches Gesicht. »Er ist doch unverheiratet, ja? Lebt für sich allein?«

»Ja. Er war mal verheiratet, wie er mir erzählt hat. Seine Frau hat ihn vor Jahren verlassen.«

»Ich weiß nicht, was schlimmer ist, ein verheirateter oder ein unverheirateter Schleimer. Weißt du, diese Sexualmörder, die man so lange nicht kriegt, entpuppen sich meist als Familienväter mit solidem Beruf. Dann gibt's noch den Schleimer an sich, den keine Frau heiraten würde; der haßt Frauen sowieso.«

»Du hast ihn nie gesehen, nicht wahr, Louis?«

»Nein, aber Natalia hat ihn mir beschrieben. Sie hat ihn auf der Straße gesehen. Der gibt nicht auf. Wahrscheinlich würde er Elsie für sein Leben gern vergewaltigen, aber das kann er nicht. Also wird er irgendwann mal auf sie losgehen.«

Jack lächelte betreten. »Das kann ich mir wirklich nicht vorstellen«, sagte er, aber er merkte selbst, daß er sich da gar nicht so sicher war, denn ganz durchschaute er Linderman ja nicht. »Er meint – das weiß ich jedenfalls – er hält Frauen für die geborenen Verführerinnen, und Make-up und hohe Absätze sind dazu gedacht, Männer auf Abwege zu bringen. Versucherinnen nennt er die Frauen.«

»Ein alter Hut«, meinte Louis unwirsch und bekümmert.

»Na ja – nachdem er Elsie aus den Augen verloren hat, hoffe ich, er sucht sich demnächst ein anderes Opfer.«

»Hm.« Louis stand auf. »So, mein Lieber, ich muß wieder los. Danke, daß du dich einfach so hast überfallen lassen. Und ich hab noch nicht mal gefragt, was das Yak-Buch macht.«

»Das wird, danke. Für heute nachmittag ist die letzte – Vorführung angesetzt. Das heißt, ich bringe die letzten Zeichnungen zum Lektor.«

»Dann wünsche ich dir dafür alles Gute.«

»Wie wär's mit einem Schnellen, Louis?« Natalia hätte das auch so fragen können. »Zur Anregung?«

»Einen Fernet-Branca«, sagte Louis mit breitem Grinsen. »Daran hätte Natalia ihren Spaß. Aber nur einen Fingerhut voll, Jack.«

Jack schenkte ein.

»Du nicht?«

Jack goß für sich selbst einen kleinen Jack Daniels ein, um mit Louis anstoßen zu können. »Zum Wohl.«

»Zum Wohl!«

Als Louis den Mantel anzog, sah er Jacks Ringe von der Dielendecke hängen. »Turnst du noch fleißig?«

»Nur wenn mir danach ist.«

Louis lächelte wieder. »Kannst du mir mal was vorturnen?«

Jack war gar nicht danach, aber er holte einmal tief Luft, packte die Ringe und stieß die Füße hoch in die Luft, schwang einmal rückwärts und wieder vorwärts durch und stemmte sich auf den Armen hoch, so daß sein Kopf nah unter der Decke war, aber nicht so nah wie vorher die Füße.

»Großartig. Wunderbar«, sagte Louis in sanft bewunderndem Ton. »Alles Gute, Jack. Leb wohl, und danke nochmals.«

Die Tür ging zu.

23

Jack erzählte Natalia doch von Louis Wannfelds Überraschungsbesuch, weil er es gern wollte und keinen vernünftigen Grund dagegen sah, aber Natalia wurde auf einmal so nervös, daß er wünschte, er hätte lieber geschwiegen. Es war Freitag abend, und Natalia sagte, sie sei froh, daß morgen Samstag sei und sie sich bei Isabel entschuldigen könne, denn samstags komme zwar Publikum, aber keine Kundschaft, und da mache es Isabel nicht so viel aus.

»Das heißt, daß er bald sterben wird. Zumindest glaubt er es«, sagte Natalia zu Jack.

»Weiß er denn – wie lange noch ungefähr?«

»Nein. Es ist bestimmt kein Jahr mehr. Vielleicht viel weniger. Zur Zeit hält er strenge Diät und darf keinen Tropfen trinken.«

Jack war aufgefallen, daß Louis dünner war.

»Weißt du was, wir setzen uns morgen ins Auto und fahren irgendwohin«, sagte Natalia. »Ich glaube, wenn ich hierbleibe, werde ich verrückt.«

Jack war ein bißchen enttäuscht, denn er hatte sich auf ein Wochenende zu Hause gefreut. Trews hatte seine Zeichnungen gut gefunden. Jack hatte zu Hause faulenzen und vielleicht ein paar Zeichnungen von Amelia beim Spielen, Schlafen oder Erzählen machen wollen. Er hatte ein dickes Heft, das schon halb voll mit Zeichnungen von Amelia war, vom Babyalter an. Wie er feststellen konnte, amüsierten die Leute sich über seine Zeichnungen mehr und interessierten sich auf jeden Fall mehr dafür, als wenn er ihnen Fotos gezeigt hätte.

Am nächsten Morgen um elf saßen sie in ihrem Toyota, Amelia auf dem Rücksitz, und Schlafanzüge und Zahnbürsten für alle in einer Reisetasche, falls sie irgendwo über Nacht blieben. Natalia fuhr. Sie war eine gute, reaktionsschnelle Fahrerin, fuhr aber nach eigenem Eingeständnis nicht gern. Jack wußte, daß sie in ihrer derzeitigen Stimmung beim Fahren ihre nervösen Energien verschleißen würde, und das war ja nur gut.

»Was macht Elsie?« Jack wußte, daß Natalia sie heute morgen angerufen und eine ganze Weile mit ihr gesprochen hatte.

Plötzlich lächelte Natalia, die Lippen geschlossen, den Blick geradeaus durch die Windschutzscheibe. »Sie macht sich schon Sorgen wegen der Einkommensteuer! ›Wenn du keine größeren Sorgen hast!‹ konnte ich darauf nur sagen.«

Elsie wisse nicht, wie man das Formular ausfülle, da sie noch nie Steuern bezahlt habe, sagte Natalia, aber Marion werde ihr helfen.

Sie fuhren den Garden State Parkway hinauf in den kalten Frühlingsnachmittag. Irgendwo kauften sie Kuchen, riefen bei einer Kusine von Natalias Mutter an, die in Saddle River wohnte, und luden sich zum Tee ein. Jack hatte sie schon einmal kennengelernt. Dieser Tapetenwechsel, verbunden mit einer Pflichterfüllung – wenn auch ungebeten –, hob Natalias Stimmung wieder ein wenig. Danach fuhr Jack, und Amelia durfte das Motel für die Nacht aussuchen. Das Zimmer war geschmacklos eingerichtet, hatte aber dadurch einen gewissen Unterhaltungswert. Natalia hatte ihre Flasche Glenfiddich mitgebracht. Das Motelpersonal stellte eine Liege für Amelia ins Zimmer.

Als sie am Sonntagnachmittag zu Hause ankamen, klingelte schon das Telefon. Jack war am nächsten dran.

»Wo wart ihr denn?« fragte Louis' Stimme.

Natalia nahm den Hörer, redete eine Ewigkeit und berichtete Jack schließlich, daß Louis sie für nächsten Samstag abend zu einer Party eingeladen habe. Eine »Jeder-was-er-ist«-Party, sagte Natalia, und sie habe Louis gefragt, ob das Frauen im Frack und Männer im Abendkleid bedeute, aber Louis habe gesagt, nein, jeder einfach so, wie er will. Es kämen anscheinend viele Leute.

Am Samstag abend öffnete ihnen Louis Wannfeld in einem langen schwarzen Gewand, an dem winzige goldene Pünktchen wie Sterne am Nachthimmel glitzerten. An den Füßen trug er Sandalen. »Ich bin heute abend ein Mandarin«, sagte er. »Und du?«

»Ich? Gar nix«, sagte Natalia.

Jack sah, daß Louis ihr einen Kuß auf die Wange geben wollte, aber Natalia wich ihm aus. Sie hielt nichts von Wangenküssen.

»Willkommen, Jack! Kommt rein – und verlauft euch«, sagte Louis.

Die Wohnung von Louis und Bob war so überfüllt wie bei der Weihnachtsparty, und die Leute waren lauter und weniger steif. Das »Jeder-was-er-ist« hatte zu ein paar urkomischen Kostümierungen angeregt. Jacks Blick fiel auf eine Teufelsgestalt, einen Mann in schwarzen Strumpfhosen, mit roten Hörnern auf der Mütze und einer Peitsche in der Hand. Eine Frau und ein Mann, die offenbar zusammengehörten, wollten Schmetterlinge sein und trugen durchsichtige Gewänder über Artistentrikots und buntgetüpfelte, auf dünne Drähte gespannte Flügel. Jack sah Elsie, ganz in Schwarz: schwarzem Faltenrock, nicht lang und nicht kurz, breitem weißem Gürtel und schwarzen Stöckelschuhen. Sie hatte das blonde Haar zurückgekämmt und hinten mit irgend etwas zusammengebunden, und es reichte ihr bis zwischen die Schultern. Er ertappte sich, daß sein Blick auf ihr ruhen blieb und immer wieder zu ihr zurückkehrte wie zu einer Energiequelle inmitten der meist älteren Gäste, doch im Moment war Elsie gar nicht in Aktion. Sie unterhielt sich mit einer langhaarigen jungen Frau, die Jack als ihre frühere Freundin Genevieve erkannte.

Man trank und begrüßte sich. Isabel Katz trug eine uralte Reithose zum rosa Hemd. Jack sah jetzt im helleren Licht, daß Louis' Gewand ein chinesischer Morgenmantel war, unter dem er ein elegantes weißes Hemd mit schwarzer Fliege, eine Frackhose und Lacklederslipper trug. Jack kannte die Hälfte der Anwesenden nicht, oder sie waren so gut verkleidet, daß er sie nicht erkannte. Manche trugen Masken.

»Wie mich das an früher erinnert! Und du paßt da noch immer hinein!« sagte Louis zu Natalia. »Es steht dir noch wie früher. Das bist einfach *du*!« Trotz ärztlichen Verbots war Louis heute abend ein bißchen beschwipst.

Louis' Loblied hatte Natalias Kleidung gegolten, einem alten Kostüm, nichts weiter als einem schwarzen Rock mit feinen orangefarbenen Längsstreifen und einem langärmeligen schwarzen Jackett, das eng am Körper anlag und bei der Taille endete. Natalia hatte es tagsüber aus einem Kleiderschrank hervorgewühlt und, obwohl es gar nicht allzusehr zerknittert war, rasch ein bißchen aufgebügelt. Sie sagte, sie habe es, bevor sie Jack kennenlernte, oft getragen und sei immer zu sentimental gewesen, um es wegzuwerfen. Jack fand nichts so besonders Zauberhaftes daran, aber Louis schwärmte davon wie ein Liebhaber, der noch einmal die Abende mit seiner Angebeteten durchlebte.

»Ardmore ... 52nd Street ...«

Jack mußte lächeln. Er schlenderte zu Elsie hinüber und sagte ihr und Genevieve guten Abend. Eine Platte oder Kassette lief, aber nicht zu laut. Es waren die Beatles mit *Sergeant Pepper.*

»Oh, hallo, Jack«, sagte Elsie mit ihrer sanften Stimme. »*Schön,* daß ich dich sehe!« Sie drehte nur Kopf und Schultern ein wenig, und dennoch wandte sie sich damit völlig von der stumpfen Genevieve ab und Jack zu.

Jack lächelte erfreut. »Meinst du? Darf ich dir sagen, daß du heute abend umwerfend aussiehst?«

»Aber ich bin doch so müde. Du glaubst es nicht.«

Nein, Jack glaubte es nicht. Elsie erzählte, sie sei bis in die Puppen auf gewesen – weswegen? Egal. Hier war sowieso kaum ein Wort zu verstehen.

»Fran!« rief Genevieve, die Hand nach irgendwem ausgestreckt. »Ich möchte dir Mr. Sutherland vorstellen.«

Jack sah vor sich eine stämmige junge Frau mit kurzem, hellbraunem Haar, dünnen Lippen und leicht kummervollem oder schüchternem Blick. »Angenehm.«

»Fran Bowman«, sagte Genevieve, oder es klang so.

Fran war in Hose und dunkelblauem Hemd; eine Kette aus hellblauen Perlen hing ihr fast bis zur Taille. Sie hatte einen runden Kopf, und Jack fand sie einmalig häßlich. Er erinnerte sich, daß Marion gesagt hatte, Genevieves frühere Freundin sei »brutal« oder so ähnlich. Elsie beobachtete ihn mit einem Lächeln, das nichts weiter als belustigt war, wie ein Kinderlächeln. Ihr Blick sagte: »Komm, wir gehen weiter.«

Jack nickte Genevieve zu und schob sich mit Elsie weiter, nur ein kleines Stückchen, aber dadurch waren jetzt immerhin Leute zwischen ihnen und Genevieve mit Freundin. »Wo ist Marion denn heute abend?«

»Sie kommt später. Hat noch eine Probe heute abend.«

»Und wie kommst du mit der Einkommensteuer zurecht?«

Elsie lachte. »Schon erledigt. Das meiste hat Marion gemacht. Es ist ja nur, weil ich kein festes Gehalt habe. Das läßt sich so schwer beziffern.«

»Ich weiß.« Jack wußte es nur zu gut. Aber jetzt wußte er nicht mehr, was er mit Elsie reden sollte, und weggehen wollte er auch nicht. »Möchtest du tanzen?« Er reichte ihr die Hand.

Sie nahm die Hand nicht, aber sie fingen an zu tanzen. Die Musik, nicht mehr *Sergeant Pepper,* klang besonders gut geeignet zum Tanzen. Männerstimmen sangen etwas von *good vibrations.*

»Das sind die Beach Boys«, erklärte Elsie. Sie tanzte graziös, und wenn sie herumwirbelte, flogen die schwarzen Falten.

Wer führte eigentlich? Egal. Die Leute beobachteten Elsie. Sie tanzte mühelos, als schwebte sie in einem anderen Element. Die Musik wechselte, der Beat wurde schneller. Jack tanzte seinen eigenen Stil, und Elsie ging darauf ein, als hätten sie es geübt. Glücklich lächelnd fing Jack jetzt an, bei jedem vierten Beat in die Höhe zu hüpfen, und Elsie tat es ihm nach. Man machte ihnen Platz. Jack sah außer dem hellen Schimmer von Elsies Kopf nur noch alles verschwommen. Er fühlte sich genauso wohl, wie wenn er sich an seinen Ringen austobte, und glaubte die ganze Nacht oder gleich ewig so weitermachen zu können. Er trug Turnschuhe, bequeme Hosen und ein T-Shirt. Er war in seinem Element. In dem Kreis, der sich um sie gebildet hatte, klatschten jetzt ein paar im Rhythmus mit. Jack sah Natalia bei Louis stehen und beide fasziniert auf Elsie blicken, während nicht weit von ihnen Fran mit zusammengekniffenen Lippen zu Elsie herüberstarrte und dann Genevieve etwas zuflüsterte. Jack und Elsie umkreisten einander auf Abstand, und Jack hatte das Gefühl, in der Luft zu schweben. Dann verklang die Musik, der Beat verstummte, und Jack merkte, daß er Elsie in den Armen hielt und ihre Hände leicht auf seinen Schultern lagen. Er küßte sie auf die Wange, wobei er kräftig einatmete, wie um sie zu verschlingen, und fühlte ihren Atem, als sie lachte.

»Zugabe!« ertönte es.

Jack fand nur langsam in die Wirklichkeit und die Schwerkraft zurück. Er stand wieder auf beiden Füßen und sah Elsie an. Sie mischte sich wieder unter die Leute, die so sonderbar still geworden waren, fast wie im Theater, nachdem der Vorhang gefallen ist und kurz bevor der Applaus losbricht. Applaus kam dann auch, ein Lachen und Murmeln und da und dort auch ein »Bravo!« *Elsies Zaubermacht,* dachte Jack. Er ging auf die Suche nach einem Drink.

Bob Campbell trat ihm in den Weg. Er trug einen schwarzen Umhang mit Priesterkragen, der aussah wie ein Hundehalsband und Jack an God erinnerte. »Jack, ich habe beschlossen, daß du ins Himmelreich eingehen darfst. Elsie ist schon drin. Wir lieben sie, lieben sie so sehr!« sagte Bob voll Inbrunst. »Bist du etwa auf der Suche nach etwas Trinkbarem, lieber Jack?« Bob führte ihn zur Bar, erinnerte sich an Jacks Lieblingsgetränk und schenkte ihm großzügig ein. »Meinst du nicht auch, daß Louis heute abend gut aussieht?«

Nein, das meinte Jack nicht. Er fand, daß Louis ein

bißchen gelblich aussah, antwortete aber höflich: »Ja, wahrhaftig.«

»Er hat den chinesischen Morgenmantel an, den wir ihm auf unserer Weltreise vor fünf Jahren gekauft haben. Louis trägt ihn selten, aber heute wollte er es unbedingt – an diesem besonderen Abend. Fällt dir auf, daß alle unsere alten Freunde hier sind? Und kein Koks, jedenfalls nicht von uns. Heute abend machen wir mal nur wieder richtig einen drauf, und morgen haben wir dann vielleicht alle einen kleinen Kater, den man an einem gemütlichen Sonntag daheim so schön mit Bloody Mary und Eiern im Glas pflegen kann. Hm-mm.« Bob war überschäumend guter Laune.

Jack machte sich wieder auf die Suche nach Elsie und sah sie mit Marion bei der Dielentür stehen.

»Hallo, Jack!« sagte Marion erfreut. Sie schob einen Daumen unter den Schulterriemen ihres blauen Overalls, unter dem sie ein kariertes Hemd trug. »Ich bin heute abend nicht was ich bin. Das ist mein Probenkostüm.«

»Oh, und was proben Sie?«

»Ein paar Sketche mit Musik. Für eine Bar in der Chelsea-Gegend.«

Sie gingen zur Bar, um etwas für Marion zu holen. Marion fragte, was er zu »Elsies großem Job« meine, einer ganzseitigen Reklame in ›Vogue‹ für einen Diamantring, und war ganz erstaunt, daß Elsie nichts davon erwähnt hatte. Jack schenkte für Marion ein Glas Tomatensaft ein. Elsie war plötzlich verschwunden.

»Meine Güte, da ist ja Genevieve«, sagte Marion ruhig und sah zur andern Seite hinüber.

»Ja, mit ihrer früheren Freundin, glaube ich. Elsie hat uns vorgestellt.«

»Meinen Sie etwa diese gräßliche Fran?«

»Ich glaube, so heißt sie. Demnach sind sie wieder zusammen?« fragte Jack mit spöttischer Neugier in der Stimme.

»Nein.« Marion schüttelte den Kopf. »Fran möchte zwar, habe ich munkeln hören, aber Genevieve nicht. Vielleicht trauert Genevieve noch immer Elsie nach. Läßt mich völlig kalt... Fran sollte zur Mafia gehen. Irgendwer hat mir sogar gesagt, daß sie dealt – harte Sachen, wohlgemerkt. Fran kann keiner leiden, deswegen gehen so schlimme Geschichten über sie um.«

Deprimierend, dachte Jack. Er warf einen Blick zu der breiten Tür zwischen Wohnzimmer und Diele und sah in der Diele Elsie und Natalia miteinander reden, dann faßte Natalia nach Elsies Hand, und sie küßten sich, sogar gleich noch ein zweitesmal, ganz rasch auf den Mund, bevor sie wieder ins Zimmer kamen, Natalia ein Stückchen voran. Jack sah, daß Marion ihn lächelnd beobachtete.

»Mich stört es nicht«, sagte Marion. »Sie?«

Jack schluckte den Whisky hinunter, den er noch im Mund hatte. »Kein bißchen.«

»Elsie schwärmt für Natalia.«

»Oh! Mehr als für Sie?«

»Weiß ich nicht«, meinte Marion achselzuckend. »Was könnte ich schon dagegen tun?«

»Zu Natalia fühlen sich viele hingezogen«, sagte Jack, »zum Beispiel Louis.« Und Jack erinnerte sich auch an die erste Zeit, nachdem sie die Armstrongs kennengelernt hatten, da war Max wochenlang bis über die Ohren in Natalia verliebt gewesen, aber er hatte soviel Verstand gehabt, nicht zu weit zu gehen.

»In Elsie verlieben sich auch viele«, antwortete Marion und fügte lachend hinzu: »Diese Mädchen in den Bars – ein ganz schönes Problem, was? Die kommen und machen ihr ganz unverblümt ihre Anträge.«

Jack konnte es sich vorstellen.

Auf einmal war Elsie wieder neben ihnen, und Natalia saß mit Louis auf dem Sofa. Jack stellte bei einem Blick auf die Uhr überrascht fest, daß es schon eins vorbei war.

»Ich werde jetzt richtig müde«, sagte Elsie, mehr zu sich selbst als zu Jack. »Und Hunger kriege ich auch.«

Von den Häppchen auf der Bar war fast nichts mehr da, und falls Louis und Bob noch etwas Handfesteres anbieten wollten, war davon nichts zu sehen. »Gehen wir doch zu mir nach Hause«, sagte Jack. »Wie gehabt. Wie wär's?«

»Mit Natalia?« fragte Elsie.

Jack schüttelte den Kopf. »Die kriegst du in den nächsten Stunden nicht von Louis weg. Wollen wir wetten? Du kannst es ja versuchen.« Er lächelte.

Elsie versuchte es nicht, und Jack ging zu Natalia und sagte, er gehe mit den beiden Mädchen auf eine Portion Speck und Ei nach Hause. Ob sie mitkommen wolle?

»Nein, ich bleibe noch ein bißchen«, antwortete Natalia.

»Du kriegst sie noch nicht, Jack«, sagte Louis, als hätte er einen selbstverständlichen Anspruch auf Natalia.

»Gut. Dann bis später, Darling. Viel Spaß noch, Louis. Und danke!«

Die drei holten ihre Mäntel und gingen. Jack war glücklich. Er spielte gern den Gastgeber für Elsie und Marion. Zu Hause in der Grove Street war alles still, Amelia schlief, und Jack wußte, daß Susanne im Gästezimmer hinter seinem Arbeitsraum ebenfalls schlief. Susanne hatte im Wohnzimmer das Licht angelassen. Jack sagte den Mädchen, daß Susanne da sei, und bat sie, ein bißchen leise zu sein.

»Darf ich nicht *eine* Kassette einlegen, wenn ich sie ganz leise stelle?« fragte Elsie.

Jack konnte Elsie unmöglich etwas abschlagen. »Aber wirklich ganz leise«, flüsterte er.

Jack machte sich in der Küche daran, ihnen ein Menü aus kanadischem Speck, englischen Muffins und Rührei zu brutzeln. Marion half. Jack wickelte zur Geräuschdämpfung ein paar Geschirrtücher um die Mühle und mahlte Kaffee. Er hörte leise Musik und erkannte zu seiner Überraschung Vivaldis *Vier Jahreszeiten.*

»Kannst du mir mal sagen, Elsie«, fragte Marion beim Essen, »wieso diese dämliche Genevieve heute abend auch da war? Und warum sie diese Schlampe bei sich hatte?«

»*Ich* war's nicht. Vielleicht wollte Bob alle einladen, die auch auf der letzten großen Party waren. Der vor Weihnachten.«

Marion wechselte einen Blick mit Jack. »Es ist einem ja schon peinlich, solche Leute mit Namen zu kennen.«

»Du brauchst nicht so reinzureiben«, sagte Elsie. »Ich weiß ja selbst, daß ich Genevieve zu dieser Vorweihnachtsparty mitgenommen habe. Aber Bob hat mir gesagt, sie führen eine Liste von Leuten, die schon mal da waren, um sie wieder einladen zu können, wenn –«

»Oder hoffentlich auch nicht«, sagte Marion dazwischen.

»Jedenfalls war es sicher so; Louis oder Bob, einer von beiden hat Genevieve eingeladen, und Genevieve hat diese Fran angeschleppt – nur um nett zu Fran zu sein.« Elsie sprach in dem ernsten Ton, den sie manchmal annahm, wenn die Umstände den Ernst eigentlich nicht rechtfertigten.

Wahrscheinlich schämte sich Elsie, daß sie mit Genevieve einmal so eng befreundet gewesen war, dachte Jack, aber heute abend war ihm aufgefallen, daß Elsie das Wiedersehen mit Genevieve ganz ruhig und gelassen hingenommen und sich sogar ein paar Minuten mit ihr unterhalten hatte. Jack schenkte Kaffee nach. »Stimmt. Bob führt so eine Liste. Aber laßt doch, es ist ja nicht wichtig.«

Sie schafften das Essen, ohne Amelia oder Susanne zu wecken. Marion half auch beim Abräumen wieder, und Jack sagte, sie solle das Geschirr einfach stehen lassen.

»Morgen ist Sonntag«, sagte er. »Oder heute vielmehr.«

In den Fenstern dämmerte der Morgen. Jack knipste eine Lampe aus.

»Elsie?« sagte Marion nach einem Blick ins Wohnzimmer. »Sie ist weg. Ob sie uns irgendwo umgekippt ist?«

Jack lächelte. »Ich finde sie schon.« Er ging ins Schlafzimmer.

Elsie lag auf dem Bauch, den Kopf auf seinem Kissen. Sie hatte die Tagesdecke halb weggezogen. Im Dämmerlicht sah sie aus, als flöge sie mit nachwehendem schwarzem Rock im leeren Raum dahin, die Arme vor den Kopf gestreckt und das Kissen umfassend. Jack fühlte sich angenehm beschwipst oder müde, oder beides. Er kniete sich neben das Bett und hätte die größte Lust gehabt, sie mit einem Kuß auf die Wange zu wecken, aber etwas hielt oder schreckte ihn davon ab. Jetzt zuckten ihre Lider, und sie sah ihn.

»Ich liebe dich«, sagte er.

Da lächelte Elsie plötzlich, wie ein Kind, das aus süßem Schlaf erwachte. »Liege ich schon lange hier?«

»Eine halbe Stunde vielleicht.«

Jack ging mit ihnen hinaus, um ein Taxi zu suchen. Sie hatten trotz der verrückten Uhrzeit nicht gewollt, daß er ihnen telefonisch eines bestellte; es war Viertel vor sechs. Sie gingen zur 7th Avenue.

»Da ist er!« sagte Jack, fast im Flüsterton.

Im dunstigen morgendlichen Grau der Bleecker Street, etwa zehn Meter von ihnen, stand Linderman in seinem alten Mantel, einen Hut auf dem Kopf und God an der Leine. Er glotzte zu ihnen herüber, als sie die Bleecker überquerten. Offenbar war er bei ihrem Anblick mitten im Schritt erstarrt.

»Ist *das* der Kerl?« fragte Marion.

»Ja!« sagte Elsie. »Komm schneller und sieh dich nicht nach ihm um.«

Plötzlich wurde Jack die Komik der Situation bewußt. Er warf den Kopf zurück und lachte. Jetzt dachte dieser Linderman doch sicher, er habe die Nacht mit den zwei Mädchen verbracht, mit Elsie und der zweiten als Luxuszugabe.

Elsie krümmte sich und konnte ihr Kichern bei aller Mühe nicht unterdrücken. »Jack! … Ich kann mir so gut vorstellen, was er jetzt denkt! Haha!«

Mitten auf der fast leeren 7th Avenue winkte Jack nach einem Taxi. Er mußte einem Lastwagen ausweichen. Schon nach einer halben Minute hatten sie eins. Jack drängte ihnen fünf Dollar für die Taxifahrt auf. »Nun nehmt schon! Keine Widerrede!« sagte er und schlug die Tür zu.

Dann blieb er noch kurz stehen und sah in die Grove Street, wo er jeden Augenblick erwartete, Linderman auftauchen zu sehen, aber Linderman kam nicht. Jack ging weiter nach Hause, und als er die Bleecker Street überquerte, sah er nicht einmal hinein, denn er hatte kein Verlangen, Linderman und seinen Hund auch nur von hinten zu sehen. Leise ging er in die Wohnung, legte einen Zettel für Susanne auf den Tisch:

Spät geworden. Natalia ist noch aus.

Er zog seinen Schlafanzug an und putzte sich die Zähne. Zuerst wollte er noch einmal in seinen Arbeitsraum gehen, einen Moment das Licht anmachen und sich die drei ganzseitigen Fotos von Elsie ansehen, die er aus Illustrierten ausgeschnitten hatte. Aber das Bild, das er vor Augen hatte, war besser: Elsies Kopf auf seinem Kissen, das Gesicht zu ihm gewandt, die Augen im Schlaf geschlossen. *Ich liebe dich*, hatte er in diesem trunkenen, glücklichen Moment gesagt. Ob Elsie sich auch nur daran erinnerte? Spielte es eine Rolle, ob sie sich erinnerte? Nein. Wie oft mochte sie das in einer Woche zu hören bekommen, von Männern wie Frauen? Gewiß, er war ein bißchen in Elsie verliebt. Aber nicht nur sie wollte ja zur Zeit von Männern nichts wissen, auch er war gar nicht darauf aus, mit ihr ins Bett zu gehen. Ihn machte es schon glücklich, daß es sie gab.

Und Elsie und Natalia? Das war ja eine Überraschung! Was hatten die beiden vor? Natalia war in letzter Zeit ein paarmal abends spät ausgeblieben. War sie da wirklich mit Isabel Katz oder einem ihrer Kunden fort gewesen?

Jack ging selig zu Bett und schlief sofort ein.

24

Wenn Ralph Linderman an diesem Sonntag morgen in der Grove Street oder 7th Avenue ein Taxi gefunden hätte, er hätte es genommen.

Er hatte gesehen, wie John Sutherland Elsie oder der andern Geld gab. Natürlich hatte er sie nach Art des Gentleman bezahlt, unter dem Vorwand, es sei für das Taxi. Gleich zwei! Ralph glaubte nicht, daß er die andere schon einmal gesehen hatte; sie war etwas größer als Elsie, hatte Hosen an und dunkles, ziemlich kurzes dichtes Haar um den Kopf.

Ralph hatte die Grove Street überquert und sich in einem Torweg versteckt, God hinter sich an die Tür gedrückt, aber Sutherland hatte gar nicht herübergesehen, sondern war mit selbstzufriedenem Lächeln gleich weiter nach Hause gegangen.

Ralph brauchte an diesem Sonntag erst abends um sechs zum Dienst. Seine Schichten in der ›Hot Arch Arcade‹ änderten sich dauernd. Neuerdings sollte er jede halbe Stunde einmal durch die ganze ›Arcade‹ hin und zurück gehen. Schlimm genug, den Abschaum aller Rassen durch den Eingang quellen zu sehen, aber noch schlimmer, ihn drinnen in Aktion erleben zu müssen, einander herumschubsend, und nicht nur im Spaß; schlafend oder besinnungslos an den Wänden lehnend, einander begrapschend und Schlimmeres. Einmal war er dazwischengegangen, als er meinte, da werde eine Frau von einer Bande vergewaltigt, und der Rausschmeißer hatte ihn ausgelacht. Klar, Huren und ihre Freier benötigten heutzutage kein stilles Kämmerlein mehr. So etwas, sogar schon das Bedürfnis danach, war von gestern. Die wechselnden Dienstzeiten brachten Ralphs Schlafrhythmus durcheinander, und er war reizbarer als früher, als er noch im ›Midtown‹-Parkhaus arbeitete. Am besten schlief er immer von morgens sieben bis nachmittags, wenn seine

Schicht gerade so lag, aber sonst wachte er alle zwei Stunden auf.

Am heutigen Sonntag morgen schlief er trotz des Schocks, daß er Elsie Tyler frisch von Sutherlands Lotterlager hatte kommen sehen. Jetzt hatte Ralph den Verdacht, daß Sutherland ihn auch wegen Elsies Arbeit als Fotomodell belogen hatte. Fotomodelle verdienten gutes Geld, und warum sollte sie sich noch prostituieren, wenn sie genug verdiente? Welch ein Elend! Wie traurig! Wenn er nur wüßte, wo er Elsie erreichen könnte, würde er ihr ganz bestimmt ins Gewissen reden können, daß sie diese Geschichte mit Sutherland beendete. Er würde sie dafür bezahlen, wenn sie damit aufhörte, würde ihr seinen halben Arbeitslohn abgeben, nur damit sie so blieb, wie sie war. Und von da an würde Elsie wissen, daß er sie anbetete, daß er nichts von ihr wollte, anders als Sutherland.

Ralph erwachte an diesem trübsinnigen, regnerischen Tag um Viertel vor zwölf, ausgeruht, aber hungrig und mit Appetit auf frisch geschnittene Salami von Rossi. Er zog sich an und machte sich ohne God auf den Weg. Er kaufte auch noch etwas Ziegenkäse und einen Laib italienisches Brot und war auf dem Weg nach Hause, als ein Taxi auf der Bleecker Street vorbeifuhr – Ralph mußte deswegen warten, bevor er über die Straße konnte –, und darin sah er Mrs. Sutherland im Profil, wie sie sich gerade nach vorn beugte und ihre Handtasche öffnete. Tatsächlich hielt das Taxi an der Ecke Grove Street, und Ralph ging darauf zu.

Ralph hatte sich nicht auf die Situation vorbereitet. »Guten Morgen«, konnte er sagen, wenn er nah genug war. Er wußte nur, wie sehr er darauf brannte, ihr zu sagen, daß Elsie und noch eine andere offenbar die Nacht mit ihrem Mann verbracht hatten und um sechs Uhr morgens fortgegangen waren, aber mit so etwas konnte man schlecht auf der Straße herausplatzen, womöglich noch in Hörweite eines Passanten. Und war Mrs. Sutherland am Ende selbst die ganze Nacht fort gewesen? Ihre Frisur war unordentlicher als sonst, und sie strich sich unwirsch die Haare aus dem Gesicht, bevor sie die Taxitür zuschlug. Da die Grove Street eine Einbahnstraße war, hatte sie bis nach Hause noch etwa hundert Meter weit zu Fuß zu gehen. Linderman folgte ihr.

Sie wandte sich schnell nach links auf ihre Haustür zu, und Ralph sah ihr ziemlich blasses, müde aussehendes Gesicht mit dem auffallend roten Lippenstift.

»Oh, Mrs. Sutherland!«

Sie drehte sich um und sah ihn.

»Guten Morgen, Madam.« Ralph ging weiter auf sie zu. Auf einmal sah er sie die Stirn runzeln, die Lippen geöffnet und die Mundwinkel ärgerlich oder fast sogar entsetzt heruntergezogen, während sie gleichzeitig auf die Klingel drückte. Dabei hatte sie ihm den Rücken zugekehrt.

»Einen Moment, Mrs. Sutherland!«

Der Türöffner summte, und sie ging ins Haus.

Ralph machte kehrt und ging in Richtung Bleecker zurück. Vielleicht hatte er da einen Fehler gemacht, aber was war denn so Schlimmes daran? Ja, Mrs. Sutherland sah aus, als ob sie die ganze Nacht auf gewesen wäre. Bestimmt wußte sie von der Untreue ihres Mannes, und das machte sie zweifellos unglücklich. Sutherlands Worte fielen ihm wieder ein: »Ich bin sehr glücklich verheiratet«, oder so ähnlich. Alles Trug, eine schamlose Lüge!

Aber schlimmer war Elsies Verstrickung! Von all den Mädchen in New York, den vielen leichten und willigen Mädchen und Frauen, mußte Sutherland es ausgerechnet auf Elsie abgesehen haben!

Ralphs Gedanken waren in Aufruhr, bis er in seine Wohnung zurückkam. Er könnte Sutherland einfach bitten, abzulassen. Oder ihm einen Brief schreiben, und wenn Mrs. Sutherland ihn fände, um so besser! Einen höflichen Brief wie zuvor, in dem stehen würde, daß er wisse, was zwischen ihm und Elsie los sei, daß sein schon länger bestehender Verdacht nunmehr durch eigene Beobachtung der Tageszeiten, zu denen Elsie komme und gehe, bestätigt worden sei, und ob Sutherland nicht glaube, daß er aus Achtung vor seiner Frau und seinem Töchterchen Abstand nehmen, von Elsie lassen solle? Ralph wünschte, er hätte die Adresse von Elsies Eltern, damit er ihnen mitteilen könnte, was sich hier abspielte, und ihnen Sutherlands Namen und Adresse nennen. Sutherland, ein verheirateter Mann! Und ein Künstler, der sie wahrscheinlich erst nackt Modell stehen ließ, bevor er seine Orgien feierte! Wie würden Elsies Eltern seiner Sache zu Hilfe geeilt kommen! Wie schnell würden sie da sein und Elsie ausfindig machen und sie mit nach Hause nehmen! Nach allem, was Elsie ihm von ihren Eltern erzählt hatte, konnte er da ganz sicher sein. Ralph mußte wieder daran denken, wie er Sutherland die Geldbörse zurückgebracht hatte, daran denken, wie stolz er gewesen war, als er feststellen konnte, daß Sutherland ein Gentleman war, der sich bedankte und ihm freundlich eine Belohnung anbot. Jedenfalls würde Ralph wieder so handeln, wenn er Sutherlands Geldbörse noch einmal fände. Das war eine Frage des Prinzips. Und der erste Schritt vom Pfad war der Anfang vom Ende. Denn Unmoral war Unmoral.

Ralph begann den Brief an John Sutherland nach dem Lunch. Er sagte sich, daß er ihn ja noch nicht abschicken mußte, daß er noch darüber nachdenken konnte, wenn er ihn erst geschrieben hatte, aber ihn zu schreiben, es sich von der Seele zu schreiben, tat erst einmal gut. Er schrieb eine dritte und vierte Seite. Von allem würde er sich später das Beste heraussuchen können, das Ganze noch einmal abschreiben und über das Abschicken erneut nachdenken.

25

Es war ein merkwürdiger Sonntag bei den Sutherlands. Ehe Natalia gegen Mittag nach Hause kam, war Susanne schon mit Amelia ins Indianermuseum gegangen und hatte auch bereits die Küche aufgeräumt. Natalia duschte, zog Pyjama und Morgenmantel an und wünschte sich »ein kleines Frühstück« und einen Fernet-Branca, bevor sie zu Bett ging. Jack, von Natalias Ankunft aufgeweckt, hatte geduscht und sich rasiert und fühlte sich recht wohl. Susanne war wieder da, aber mit Amelia beschäftigt, also machte Jack für Natalia zum Frühstück frischen Kaffee, der sie nie am Schlafen hinderte, wenn sie schlafen wollte. Sie wirkte verstört oder verärgert, und solange Susanne da war, konnte man sich nicht unterhalten.

Das Wetter hatte sich aufgehellt, und zu den vorderen Fenstern kam Licht herein, zu den hinteren sogar Sonne.

»Ich glaube, ich habe letzte nacht alle Rekorde gebrochen«, sagte Natalia. Sie aß einen Muffin mit Orangenmarmelade. »Im Durchhalten.«

Susanne spielte jetzt in der hinteren Wohnzimmerecke mit Amelia Karten.

»Hast du überhaupt nicht geschlafen?« fragte Jack.

»Doch, so gegen sechs, im Wohnzimmer«, antwortete Natalia. »Bob hat eine wunderbare Muschelsuppe aufgetischt, nachdem du fort warst.«

Susanne kam in die Eßecke und fragte, ob Natalia möchte, daß sie dablieb. Für sie sei es gleich, ob sie gehe oder dableibe, denn sie habe sich Arbeit mitgebracht. Natalia sagte, das könne sie halten, wie sie wolle, denn sie gehe sich jetzt ein bißchen hinlegen.

»Wie geht's denn nun Louis?« fragte Susanne.

Natalia schien sich in ein Schneckenhaus zurückzuziehen, obwohl sie Susanne dabei ansah und antwortete, er sehe ganz gut aus und habe sich nach ihr erkundigt.

Natalia ging mit einem zweiten Fernet-Branca zu Bett.

Susanne meinte, dann wolle sie sich mal still davonstehlen. »Natalia ist wegen irgend etwas aus dem Lot, das sehe ich«, sagte sie zu Jack.

»Meinst du? Ich glaube, sie ist nur müde.«

Susanne zog ihren Regenmantel an und verabschiedete sich, die alte braune Aktentasche in der Hand, und warf, bevor sie die Tür schloß, Jack eine Kußhand zu.

Jack bedauerte ein bißchen, daß sie ging.

»Daddy?«

»Pst, mein Schatz«, sagte Jack und ging zu Amelia, die mit abgespreizten Beinen auf dem Boden saß, das blonde Haar bis weit über die Schultern, zwischen den Beinen irgendein Spielzeug. »Deine Mama möchte ein bißchen schlafen, sei also leise.«

»Warst du auf der Party?«

»Natürlich war ich auf der Party. Ich bin nur früher nach Hause gekommen als Mama.«

Amelia schien darüber nachzusinnen. »Was ist früher?«

»Früher! – Zehn Uhr ist zum Beispiel früher als elf Uhr. Etwas Früheres kommt vor dem Späteren.« Er zog sich wieder zurück und hoffte, Amelia werde ihn nicht wieder rufen, was sie dann auch nicht tat.

In seinem Arbeitsraum besah Jack sich die drei Fotos von Elsie, die an den Zeichenbrettern auf seinem Schreibtisch lehnten – ein viertes und letztes war noch im Wohnzimmer in einer Zeitung –, und hörte sich selbst wieder sagen: »Ich liebe dich.« Es war verrückt, versponnen und unwirklich, die Worte ebenso wie seine Gefühle, so unwirklich wie die Elsie da auf diesem Foto, das ihr Gesicht am größten zeigte; sie trug ein schwarzes Abendkleid mit nur einem Träger und saß halb seitlich zurückgelehnt in einem vornehmen Sessel, ein Glas Champagner unmittelbar vor den Lippen, und sah zu jemandem auf, der nicht mit auf dem Bild war. An der Hand, die das Champagnerglas hielt, steckte ein teurer Diamantring am Mittelfinger. Elsies Hände konnten manchmal lang und schmal, dann wieder stark und muskulös aussehen, fürs Auge sowohl wie für die Kamera. Am meisten aber faszinierte Jack der Ausdruck von Elsies Augen auf diesem Foto: Sie wirkte da fast wie eine Dreißigjährige, und in dem nach oben gerichteten Blick lag die Weltklugheit von hundert Affären sowie das Wissen, wie sie mit dem Mann, der ihr den Diamantring geschenkt hatte, umgehen mußte. Die Anzeige war von einem Juwelierhaus, und unter dem Bild stand in dezent kleiner Schrift: *Weil sie einfach* alles *hat*... und darüber mußte Jack jetzt lächeln.

Ein anderes Bild war das Titelblatt einer Illustrierten, deren Name oben quer darüber stand, und Elsie lächelte darauf mit geschlossenen Lippen, das Lächeln vor allem in den blauen Augen. Auf diesem Bild hätte sie eine naive Sechzehnjährige sein können. Das dritte war das, auf dem sie vor dem Hotel Chelsea aus dem Taxi stieg und aussah, als lachte sie laut, den Blick zum Betrachter gewandt, während ihr weißes Kleid im Wind flatterte. Jack erinnerte sich gut an diesen bitterkalten Tag.

Er hatte ein sonderbares Gefühl, so anders, wie still verliebt. Er zog sich einen großen Block billiges Papier heran. Im Moment arbeitete er am Entwurf zu einem Ölbild und wollte mit der Komposition gleich richtig beginnen, wenn auch das Bild später anders aussehen würde. Er arbeitete noch immer gern mit dünnen schwarzen Umrissen für menschliche Figuren und auch Gegenstände. So hatte er schon mit einem weichen schwarzen Stift den Teilumriß eines Mannes gezeichnet, der in einem bequemen Sessel saß, ohne daß der Sessel jedoch dick und wuchtig wirken sollte. *Ratloser Mann* hatte Jack das Bild im stillen betitelt. Der Mann war schlank, seine Füße standen eng zusammen, die Knie waren etwas auseinandergespreizt, eine Hand lag am Kinn. Vor ein paar Tagen hatte Jack eine Karikatur verkauft, auf der ein unschlüssiger Kunde einen weichen Plaidhut musterte, den der Verkäufer ihm mit den Worten zeigte: »Keine Sorge, Sir, die Persönlichkeit hat der *Hut*.«

Jack fuhr zusammen, und seine linke Hand zuckte vom Zeichenblock hoch, als er eine Stimme hinter sich hörte.

»Ich gehe ein bißchen spazieren, Jack. Entschuldige, wenn ich dich erschreckt habe.« Natalia mußte über sein verdutztes Gesicht lächeln. Sie sah nach dem Schlaf erholter aus.

»Schon gut, Darling. Regnet's?« Er sah, daß sie Stiefel und ihren Regenmantel anhatte.

»Ein bißchen – ich bleibe nicht lange.«

Dann hörte er die Wohnungstür zugehen. Ehe er wieder an die Arbeit gehen konnte, klingelte das Telefon. Er nahm im Wohnzimmer ab.

»Hallo, Jack. Elaine. Wie geht's euch?«

»Oooch – gar nicht so schlecht. Ich habe schon gehört, daß es Muschelsuppe gab, nachdem ich weg war.«

»Ja, und alles mögliche andere. Das war eine Party, was? Das sah ja nach vierzig oder fünfzig Leuten aus, was meinst du? Und das Mädchen – das, mit dem du getanzt hast –«

»Elsie.«

»Ja, Elsie. Ich kann mir nie den Namen merken, weil er irgendwie nicht zu ihr paßt. Ein wunderschöner Anblick – wenn sie tanzt! ... Du sagst, sie ist als Fotomodell jetzt so gut im Geschäft?«

»Und wie!«

»Ich erinnere mich, daß ich sie mal auf einem Titelblatt gesehen habe. Na ja ... Ich habe eben versucht, bei Louis und Bob anzurufen, um mich zu bedanken, aber es nimmt keiner ab. Vielleicht schlafen sie ja noch. Da hab ich mir gedacht, ich melde mich mal bei euch.« Elaine lachte. »Wir sind erst um vier nach Hause gekommen. Was macht Natalia?«

»Sie ist gerade spazieren gegangen, sonst hätte ich sie schon gerufen.«

»Wir müssen bald mal wieder zusammenkommen, Jack. Grüß Natalia.«

Nachdem Jack aufgelegt hatte, fiel sein Blick auf die Kassette, die Marion ihm letzte nacht gegeben hatte. Geschenkt oder geliehen? Jack wußte es nicht mehr. Er würde sie fragen und ihr die Kassette zurückgeben, wenn sie wollte. MARION GILL stand darauf. NACHTGEDANKEN. SOLO-GITARRE. Jack schob sie in den Rekorder.

Die Gitarre begann verträumt, als ob die Spielerin allein wäre und zur eigenen Freude ein paar Akkorde zupfte. Kein Text. Die Tonart wechselte. Ein langsames, wehmütiges Aufsteigen in den Diskant, dann ein Tönegeprassel, als wollte die Gitarristin ausradieren, was sie bisher gespielt hatte. Jack setzte sich aufs Sofa, lehnte sich zurück und schloß die Augen. Amelia war in ihrem Zimmer und zur Abwechslung einmal leise, wofür Jack dankbar war. Das war kein Song, fand er, wohl auch keine eigentliche Komposition, nur ein Schwelgen in musikalischen Phrasen. Die Musik war schlicht, aber sie konnte Stimmung erzeugen, wenn man zuhörte.

Das Telefon klingelte wieder. Jack bleckte ärgerlich die Zähne und stand auf. Er schaltete den Rekorder ab.

»Hallo, Jack. Hier ist Bob. Störe ich?«

»Nein, Bob. Wir –«

»Ich würde eigentlich gern mit Natalia sprechen.«

»Sie ist gerade spazieren gegangen. Bist du zu Hause?«

»Ja.« Bobs Stimme klang angespannt.

»Sie müßte in ein paar Minuten wieder da sein. Ich sage ihr, daß sie zurückrufen soll. Nein, warte mal! Eben kommt sie.« Jack legte den Hörer hin. »Es ist Bob.«

Natalia zog ihren Regenmantel aus, und Jack nahm ihn ihr ab. »Hallo, Bob.«

Jack sah sie das Telefon zum Kaffeetischchen tragen und sich aufs Sofa setzen.

»Oh – ! Also, ich dachte – verstehst du? Ich wußte es.«

Jack brachte den Regenmantel ins Bad und hängte ihn mit einem Bügel an die Dusche. Dann ging er langsam durch den hinteren Teil des Wohnzimmers zu seinem Arbeitsraum.

»... wenn du möchtest, daß ich komme. Wäre es nicht am besten?« Ihre Stimme klang gequält.

Jack zog den Vorhang zu, und nun suchten seine Augen nicht Elsie oder irgend etwas sonst. Louis war tot, Jack war ganz sicher. Entweder Herzinfarkt nach den Sünden von gestern abend, oder Selbstmord auf irgendeine Art. Jack schob die Hände in die Gesäßtaschen und ging ins Wohnzimmer zurück. Natalia telefonierte noch, und er wollte nicht zuhören, aber er ging langsam um sie herum hinters Sofa, wo das Barschränkchen stand, und schenkte einen Glenfiddich ein, den er dann in die Küche trug, um ihn mit Eis und Wasser aufzufüllen. Er brachte ihr das Glas und zog sich wieder in seinen Arbeitsraum zurück. Nach ein paar Minuten ging er noch einmal hinaus, und jetzt war es im Wohnzimmer still.

Natalia stand mit dem Glas in der Hand da und sah ihn an.

»Etwas mit Louis?«

Sie nickte, wie mit den Gedanken woanders. »Ja. Schlaftabletten. Er...« Sie drehte sich zum Fenster senkte den Kopf.

In dem Moment kam Amelia mit einem lauten »Mami!« hereingestürmt. Sie wolle ihrer Mutter etwas zeigen, in ihrem Zimmer, »ein Wasserfarbenbild«, und das sei noch naß, und sie könne es nicht herbringen.

»*Ich* will dein erster Bewunderer sein. *Ich* schaue es mir an«, sagte Jack und folgte seiner Tochter in ihr Zimmer.

Diesmal war es ein großer gelb-schwarzer Schmetterling mit grünen, proportional stark verkleinerten Bäumen im Hintergrund. Wieder hatte Amelia zwischen dem gelben Rand der schwarzen Flügel und den gelben Flecken darauf etwas Platz gelassen.

»Vortrefflich«, sagte Jack. »Wirklich sehr hübsch. Einfach und dekorativ.« Das Bild lag auf ihrem niedrigen Tischchen.

»Wenn es trocken ist, zeig ich es Mami.«

»Wenn es trocken ist«, sagte Jack und verließ das Zimmer.

Natalia schenkte sich einen neuen Whisky ein. »Bob will im Moment keine Hilfe – er ist allein.«

»Was ist denn *passiert?*« flüsterte Jack.

»Gestern nacht – heute morgen hat Louis gesagt, er will in sein Zimmer und sich schlafen legen. Das war heute gegen neun. Du weißt, sie hatten getrennte Schlafzimmer, *comme il faut,* wie Louis immer sagte. Bob sagt, er ist heute nachmittag gegen drei in Louis' Zimmer gegangen, und da lag Louis auf der Bettdecke, die Hände über der Brust gekreuzt, noch immer in diesem chinesischen Morgenmantel, und Bob fand, er sah – also, Bob bekam ihn nicht wach«, flüsterte Natalia mit gerunzelter Stirn. »Und er war auch schon kalt. Eine hohe Überdosis – Bob hat das Fläschchen gesehen – leer. Zusammen mit dem Alkohol, weißt du?« Sie nippte an ihrem Scotch. »Bob«, fuhr sie mit nervösem Lachen fort, »hat sich die letzten Stunden damit beschäftigt, die Spülmaschine vollzuräumen und die *Wohnung* in Ordnung zu bringen! Er sagt, anders hätte er es nicht überstanden. Er ist nicht ans Telefon gegangen und hat es außer mir auch noch niemandem gesagt.«

Jack war wie vor den Kopf geschlagen, und dabei hatte er es doch gewußt. »Muß man nicht die Polizei anrufen? Oder ein Krankenhaus? Du meinst, Louis liegt noch immer einfach so in seinem Schlafzimmer?«

»*Ja!* – Ich habe zu Bob gesagt, ich rufe die Polizei an, aber er will nicht, daß ich es tue.« Natalia drehte den Körper leicht hin und her, eine Bewegung, die Jack schon so manches Mal beobachtet hatte, wenn sie in einer Situation war, mit der sie nicht fertig wurde. Nervös und gereizt strich sie ihr Haar zurück. »Er wird's wohl in der nächsten Stunde selbst tun.«

Aber sogar Jack kannte Bob gut genug, um sich ausmalen zu können, daß er noch ein paar Stunden wie in einem Nebel im Haus herumwerkeln, womöglich die Bücher abstauben würde. »Er kann doch nicht einfach da die *Nacht* verbringen, mit Louis nebenan, Darling. Es ist jetzt fünf.«

»Ich weiß, du hast recht.« Sie sah stirnrunzelnd zum Telefon.

Wenn sie Bob jetzt anrief, würde er wahrscheinlich nicht abnehmen, dachte Jack, weil er dächte, es sei jemand anders.

Amelia kam mit ihrem Aquarell hereingelaufen. »Mami!«

Natalia starrte blind auf das Bild, und erst nach einer Weile sahen ihre Augen es. »Schön, mein Schatz. Ja... kann ich es haben? Für mein Zimmer?«

Amelia machte ein hocherfreutes Gesicht. *»Ja,* Mami.«

Der gelb-schwarze Schmetterling erinnerte Jack an Louis' chinesischen Morgenmantel. Natalia und Amelia gingen ins Schlafzimmer, um das Bild irgendwo aufzustellen; Jack wartete ab, denn er wußte, daß Natalia einen Beschluß gefaßt hatte. Als sie wiederkam, ging sie ans Telefon und wählte. Nach ein paar Sekunden legte sie den Hörer hin und sagte zu Jack:

»Er geht nicht ran. Ich glaube, ich sollte mal hinfahren.«

»Finde ich auch. Ich komme mit. Das heißt – wenn du möchtest.«

»Du *mußt* nicht«, sagte Natalia mit gequältem Blick.

»Ich will aber«, sagte Jack ruhig. Er ging auf sie zu, rührte sie aber nicht an. »Es ist hart, Darling. So was ist sehr hart... Wir sehen zu, ob wir Amelia bei den Armstrongs abliefern können, ja?«

Sie riefen bei den Armstrongs an. Elaine sagte, das sei völlig in Ordnung, sie seien den ganzen Abend zu Hause, und Jack sagte, sie würden in ungefähr zehn Minuten da sein. Auf dem Weg zur West 11th Street fanden sie ein Taxi und ließen es warten, während Jack Amelia an der Tür ablieferte. Amelia schien sich zu freuen, daß sie den Abend bei den Armstrongs und ihrem Söhnchen Jason verbringen durfte. Jack sagte, sie würden sie wahrscheinlich bis spätestens um zehn abholen, wenn nicht, werde er noch einmal anrufen. Er hatte vorgehabt, zu sagen: »Wir sind plötzlich irgendwo eingeladen worden«, aber er gab dann gar keine Erklärung ab, sondern drehte sich nur um und lief zum Taxi zurück.

Natalia mußte mit dem Pförtner reden, der sie kannte, denn Bob reagierte auf seinen Anruf von unten nicht.

»Er weiß nicht, daß ich es bin«, sagte Natalia. »Er wird uns schon reinlassen. Sie können ja mit raufkommen, wenn Sie wollen, George.«

Der Pförtner ging mit ihnen nach oben, wo Natalia durch die geschlossene Tür nach Bob rief. Bob öffnete einen Spaltbreit.

Er war in Hemdsärmeln und Hausschuhen und hatte ein Geschirrtuch in der Hand. Jack überließ das Reden Natalia. Sie müßten die Polizei verständigen, das sei das Richtige. Und Bob willigte ein. Jack bot an, mit der Polizei zu reden, aber Natalia wollte das lieber selbst tun und tat es auch. Zu Jacks Erleichterung fragte sie nicht, ob sie Louis sehen dürfe, und Bob fragte auch nicht, ob sie ihn sehen wolle. Jack wußte, wo die Schlafzimmer waren, irgendwo rechts von der Eingangsdiele, durch einen Flur. Natalia wußte es sicher ganz genau. Bob zitterte leicht und sah ganz blaß aus. Natalia machte mehr Licht. In einer Viertelstunde war die Polizei da, gefolgt von ein paar Krankenträgern. Jack warf kaum einen Blick in die Diele, als sie die zugedeckte Leiche auf einer Bahre wegtrugen. Natalia und Jack hatten Bob inzwischen überredet, die Nacht bei ihnen zu verbringen. Bob packte ein paar Sachen in eine Reisetasche.

Der Pförtner George, den Natalia kannte, war oben im Foyer und gab den Trägern Anweisungen, damit sie einen andern Aufzug benutzten, so daß Jack und Natalia und Bob gerade rechtzeitig auf die Straße hinaustraten, als man den zugedeckten Toten zum Lieferanteneingang hinaus und zum Krankenwagen trug, und Jack empfand das als schrecklich, so als ob ein Toter etwas wäre, was die glücklichen Lebenden, die durch den Haupteingang ein und aus gingen, nicht sehen dürften. Jack mußte plötzlich an alle die kleinen Gegenstände denken, die er vorhin oben gesehen hatte, einen goldenen Füllfederhalter, von dem er wußte, daß er Louis gehörte, ein Buch mit Lesezeichen auf dem Sekretär, ein Foto von Louis auf einer Jacht, als er noch Haare auf dem Kopf hatte, in weißer Hose und gestreifter französischer Seglerjacke, ein Bild, auf das Louis, wie Jack wußte, sehr stolz gewesen war. Natalia hatte die Augen fest zugekniffen und das Gesicht von der Bahre abgewandt.

Jack stieg an der West 11th Street aus dem Taxi und sagte, er wolle mit Amelia zu Fuß nach Hause kommen. Er gab Natalia seinen Schlüssel, denn sie hatte den ihren nicht mitgenommen. Als Jack kurz vor zehn mit Amelia in der Grove Street ankam, war Natalia in der Küche und kochte gerade etwas. Bob sei unter die Dusche gegangen, sagte sie. Das Gästezimmer hatte Dusche und Toilette.

»Danke, Natalia«, sagte Bob, als er in Pyjama und baumwollenem Morgenmantel wiederkam.

Sie nahmen einen leichten Imbiß zu sich. Etwas zu trinken lehnte Bob ab.

»Gott sei Dank ist morgen ein Werktag«, sagte Bob schon zum zweitenmal. Sein Gesicht war noch immer blaß, und die braunen Augen blickten verloren durch die runde Brille.

Jack brachte Amelia ins Bett und lullte sie in Schlaf, indem er ihr mit seiner müden Stimme noch einmal erklärte, was für einen langen, langen Tag sie gehabt habe, beginnend mit dem Museumsbesuch vor langer, langer Zeit, heute vormittag. Bob hatte sich zurückgezogen. Natalia räumte in der Küche auf.

»Bob sagt, Louis habe keinerlei Feierlichkeiten gewünscht, nur eine schlichte Einäscherung«, sagte Natalia. »Steht alles in seinem Testament. Und Bob möchte nicht, daß wir Leuten etwas sagen – vorerst. Er wird dafür sorgen, daß eine kleine Anzeige in der ›Times‹ erscheint.«

Komisch, dachte Jack, aber er sagte nichts. Und peinlich auch. Er nahm an, so werde die Nachricht von Louis' Tod sich schleichend im Freundeskreis verbreiten, bis alle es wußten, denen es naheging.

»Ich denke, ich versuche mal, ob ich zu Elsie kann«, sagte Natalia.

»Jetzt noch?« fragte Jack überrascht.

»Sie ist eine andere Welt für mich. Aus dieser hier muß ich mal raus.« Natalia ging zum Telefon. Am andern Ende meldete sich jemand.

Jack ging in seinen Arbeitsraum.

Ein paar Minuten später sprach sie ihn an und schob den Vorhang ein Stückchen zurück. »Ich bin mal für ein Stündchen weg. Das hier nehme ich Elsie mit.« Sie zeigte ihm einen großen Kunstband. »De Kooning. Den möchte sie sich ausleihen. Sie ist ganz verrückt auf de Kooning. Komisch, nicht?« Natalias Lächeln verriet wieder ein bißchen Humor, und dafür war Jack dankbar.

Er nickte. »Grüß sie von mir.«

26

Der nächste Tag, ein Montag, war auf seine Art genauso sonderbar wie der voraufgegangene Sonntag.

Jack war vor sieben aufgewacht, und als er das Bett neben sich leer fand, glaubte er, Natalia sei schon ins Bad gegangen, aber ihre Betthälfte sah so unbenutzt aus.

Dann fiel ihm ein, daß Bob Campbell im Haus war. Und Bob mußte zur Arbeit, falls er nicht früh aufgewacht und schon gegangen war.

Jack stand auf und fand die Wohnung still. Amelia schlief wohl noch. Jack hatte die größte Lust, in seinen Trainingsanzug zu steigen und eine Zwanzigminutenrunde durch die Bedford und Hudson Street zu drehen, aber wenn nun Bob aufwachte und die Wohnung bis auf Amelia leer fand? Jack mußte lachen, während er sich die Zähne putzte.

Also zog er seinen Morgenmantel über und machte Kaffee, deckte den Tisch für vier, falls Amelia und Natalia dazukämen, und schnitt Brot zum Toasten, obwohl Bob ja immer so tat, als wäre er gerade wieder beim Abnehmen und wollte zum Frühstück nur schwarzen Kaffee. Es war ein schöner

Morgen, und draußen vor den Fenstern sah es nach einem Sonnentag aus.

Und was machte Natalia jetzt? Was hatte sie die ganze Zeit gemacht? Hatte sie bei Elsie und Marion zuviel getrunken und war über Nacht geblieben, weil sie so erschöpft war? War sie dageblieben, weil sie Lust dazu hatte? Hatte sie in einem Bett mit Elsie geschlafen? Und wo blieb bei alledem Marion? Jack konnte verstehen, daß Natalia einen Tapetenwechsel gebraucht hatte, daß es immer noch besser war, selbst nach einer unbequemen Nacht auf dem Sofa in einer fremden Wohnung aufzuwachen als hier, wo sie sich am frühen Morgen schon Bob am Frühstückstisch gegenüber gesehen hätte. Aber warum hatte sie gestern abend nicht noch angerufen, auch wenn es schon spät war?

Bob Campbell kam aus der Diele, geduscht und rasiert und jeder Zoll Geschäftsmann, seine Reisetasche in der Hand. »Guten Morgen, Jack. Gut geschlafen?«

»O ja. Und du?«

»Es geht, danke. Natalia hatte mir eine Schlaftablette gegeben, aber die habe ich nicht mal genommen. Kann ich dir bei irgend etwas helfen, Jack?«

Jack lächelte. »Setz dich und sag mir, was du gern zum Frühstück hättest.«

»Kaffee und eine Scheibe Toast. Einen Fruchtsaft, wenn du hast.«

Jack schenkte ihm den Kaffee ein und kümmerte sich um den Rest.

»Wo ist Natalia? Schläft wohl noch. Ich sollte nicht so laut reden.«

»J-aaa – schläft – wahrscheinlich, aber sie ist gar nicht hier. Sie ist gestern nacht noch zu Elsie gegangen, zu Elsie und ihrer Freundin Marion in der Greene Street, du weißt ja.«

»Wahrhaftig?« Bob saß dicklich und munter auf seinem Stuhl und lachte einmal kurz in sich hinein, als ob Louis gar nicht tot wäre, als wäre es ein Morgen wie jeder andere.

»Ja«, sagte Jack und sah Bob an. Er war neugierig auf Bobs Reaktion, und er selbst, dachte er, spielte richtig, hatte in sein »Ja« genau den richtigen Grad Verwunderung gelegt, der Bob vielleicht zu weiteren Kommentaren veranlassen könnte.

Bob trank seinen schwarzen Kaffee, ohne einen Blick von der Zuckerschale zu wenden. »Vermutlich habe ich Natalia fürchterlich niedergedrückt. Das Ganze – gestern. Louis – ist ja klar, daß sie von dem allen mal weg mußte.« Er sah Jack, der sich jetzt hinsetzte, zerknirscht an. »Ich möchte euch beiden noch einmal danken. Gestern war ich völlig am Boden. Erledigt. Natalia – sie ist der einzige Mensch auf der Welt, den ich hätte anrufen können – hab ich ja dann auch. Euch beiden vielen Dank. Auch fürs Unterbringen hier«, endete er leise, als hätte er ein Gebet aufgesagt.

»Keine Ursache«, sagte Jack. »Dafür sind Freunde da.«

Bob kaute seinen Toast, pflichtgemäß, ohne Appetit.

»Warst du schon mal in Elsies Wohnung?«

»O ja. Wir waren da – zweimal, glaube ich. Louis und ich.«

»Hübsche Wohnung?«

»Ja.« Bob lächelte. Er hatte eine kleine Goldklammer um den ersten Zahn hinter einem Eckzahn. »Hohe Decke, alles weiß, niedrige Sofas. Marion hat eine geschickte Hand. Nicht allzu viele Gitarren, vielleicht sechs.« Bob versuchte erneut zu lachen. »Marion tut Elsie gut, sie hält sie – nun, Elsie ist wie ein aufsteigender Drache, denke ich manchmal; schießt dahin und dorthin. Marion ist gewissermaßen – «

Jack wartete. Redete Bob so drauflos, um nicht von Natalia und Elsie sprechen zu müssen? Oder um mit dem eigenen Kummer fertig zu werden? » – ihr Halt«, ergänzte Jack.

»Ja. So ähnlich. So, ich muß fort, Jack«, sagte Bob im Aufstehen.

Auch Jack stand auf. »Bob, wenn du uns für irgend etwas brauchst – die ›Galerie Katz‹ hat heute zu, Natalia ist hier. Das heißt, sie wird wohl gleich hier sein«, fügte er lächelnd hinzu. »Ich bin ohnehin da.«

Bob dankte ihm und sagte, das Krematorium, oder wohin sie Louis gebracht hätten, könne ihn in seinem Büro erreichen. »Ich habe ihnen gestern abend noch alle notwendigen Telefonnummern durchgegeben. Heute abend um sechs soll ich hin.« Bob wirkte jetzt plötzlich verhärmt und niedergeschlagen. »Ich muß mich zusammenreißen – im Büro einen guten Eindruck machen. Ich werde niemandem etwas sagen. So würde Louis es gewünscht haben. Wiedersehen, Jack.« Er verließ die Wohnung.

Jack stand eine Weile reglos in der Diele. Er hatte keine Lust mehr zum Joggen, denn jetzt würde er dauernd gegen Leute auf dem Weg zur U-Bahn oder Bushaltestelle rennen. Er zog seine Jeans und ein schon angeschmutztes Hemd an, das er über der Hose ließ, und räumte gerade die Reste vom Frühstück weg, als Amelia barfuß in ihrem fast bis zum Boden reichenden rosa Nachthemdchen hereinkam. Sie sah aus wie ein Cherub, aus einem Bild herabgestiegen, um rasch mal Luft zu schnappen und einen Imbiß zu sich zu nehmen, in ihrem Fall Weizenflocken, die sie derzeit zum Frühstück bevorzugte. Jack stellte ihr ein Schälchen Flocken und ein Glas Organgensaft hin.

»Wirst du heute abgeholt?« fragte Jack.

»Ja.«

»Weißt du das genau?«

»Ja, Daddy.« Sie hatte die ganze Unterlippe voll Orangensaft, und ihre Zunge fuhr heraus, um ihn abzulecken, während sie ihn ansah.

Vielleicht wußte Natalia Bescheid, aber Jack war nicht sicher und rief die Schule an. Ja, Amelia werde abgeholt, da die Sutherlands keine gegenteilige Anweisung gegeben hätten, und Miss Robles sei gerade losgefahren, müsse aber zuerst noch zwei andere Kinder holen.

Bis es klingelte, hatte Jack Amelia schon angezogen und ging mit ihr nach unten. Amelia hatte gar nicht nach Natalia gefragt, denn Natalia schlief oft noch um diese Zeit.

»Guten Morgen, Mrs. Farley«, sagte Jack. »Kann ich Ihnen helfen?« Er hielt die Haustür weiter auf.

»Oh, danke, ich werde schon damit fertig, Mr. Sutherland.« Mrs. Farley mühte sich wieder mit ihrem Einkaufswägelchen ab; es war nicht viel darin, aber es machte ihr immer Mühe, damit durch die Haustür und die Treppe hinaufzukommen.

»Ist das Amelia?« fragte Miss Robles.

»Höchstpersönlich. Ich kann sie um vier abholen«, sagte Jack spontan. Wenn es nicht ging, konnte er immer noch anrufen. »Sagen Sie in der Schule Bescheid?«

»Klar.«

Jack hatte die Schlüssel bei sich und öffnete den Briefkasten, nahm zwei Briefe heraus und half dann rasch noch Mrs. Farley, die schon im Treppenhaus war. Jack packte das Einkaufswägelchen mit beiden Händen und rief fröhlich: »Auf geht's!«

Wenigstens brachte er Mrs. Farley zum Lächeln. »Vielen, vielen Dank, Mr. Sutherland«, sagte sie ein bißchen atemlos an der Wohnungstür. »Sie sind ja so nett.«

Jack ging nach oben. Der eine Brief war nicht frankiert und in der durchgezogenen Handschrift adressiert, die Jack als Lindermans erkannte und bereits fürchtete. Der andere war von Trews und trug auf der Rückseite des Umschlags über dem Firmenzeichen von Dartmoor, Aegis die Initialen T. E. W. Jack öffnete zuerst Trews' Brief, denn mochte er Gutes oder Schlechtes enthalten, er würde jedenfalls vernünftig und darum nicht irritierend sein.

Lieber Jack,
ich will Ihnen nur rasch mitteilen, daß Halbverstandene Träume *sich 30% besser verkauft als vorausgeschätzt und auf der ›Time‹-Liste an sechster Stelle steht.*

Ich gebe auch Joel Nachricht.

Alles Gute
Trews
Trelawney E. Wilson

P. S. Haben Sie mal an ein eigenes Buch gedacht, vielleicht mit Thema, aber ohne Text?

Nein, Jack hatte daran noch nicht gedacht, aber Trews hatte schon zweimal davon gesprochen. Jack nahm sich den zweiten Brief vor und öffnete ihn. Es waren zwei doppelseitig beschriebene Blätter. Jack las rasch und wurde immer ärgerlicher.

Im wesentlichen stand darin, daß seine »fortgesetzte Beziehung« zu Elsie seiner Frau viel Schmerz und Kummer bereiten müsse. Ralph Linderman äußerte seine Enttäuschung darüber, daß ein Mann, den er für kultiviert und wohlerzogen gehalten habe, sich nicht zu schade sei, mit einem unschuldigen jungen Mädchen zu tändeln (sic) und sie zu seinem persönlichen Vergnügen zu verderben. »Elsie und andere« hieß es in einem Satz, womit wohl Marion gemeint war, dachte Jack in Erinnerung an den frühen Morgen – erst gestern –, als Linderman ihn mit Elsie und Marion auf dem Weg zur 7th Avenue und einem Taxi aus der Grove Street hatte kommen sehen. Aber ebensoviel Raum widmete Linderman der »Not« Natalias und den möglichen Einflüssen seines Verhaltens auf sein Töchterchen. Er habe, schrieb Linderman, seine Frau auf der Straße gesehen, und Unglück und Trauer hätten ihr im Gesicht gestanden.

Ach, Linderman! Was wußte er schon! Bestimmt ließ er sich nicht träumen, daß Natalia und Elsie einander letzte Nacht – vielleicht – in den Armen gelegen hatten! Der Brief war auf eine Art komisch, doch auf eine andere, die alte Art widerwärtig, weil Linderman nach wie vor davon ausging, daß er mit Elsie schlief. Im ersten Moment wollte Jack den Brief im Kamin verbrennen, aber dann kam ihm das doch altmodisch und übertrieben vor, und außerdem wollte er hinterher nicht gern die schwarze Papierasche auf der grauen Holzasche im Kamin liegen haben. Er riß also den Brief in kleine Stückchen, den Umschlag auch, stopfte die Schnipsel zwischen die nassen Orangenschalen im Müllbeutel und schüttelte diesen kräftig durch, damit sie nach unten fielen.

Linderman hatte geschrieben, sein Betragen »gehöre gemeldet«, und Jack erinnerte sich, daß da ein Wort sorgsam durchgestrichen war, wie wenn Linderman vielleicht die Polizei im Sinn gehabt hätte. Auch eine amüsante Vorstellung. Linderman und Elsie vor der Polizei, wo Elsie unmißverständlich erklären würde, daß sie lesbisch sei, und was phantasiere Linderman sich da in drei Teufels Namen zusammen?

Jack sah sehr wohl, daß Linderman nicht wirklich mit Maßnahmen gedroht hatte. Er spürte nur, wie der Mann immer frustrierter wurde, da er nicht einmal wußte, wo Elsie zur Zeit wohnte – hoffentlich, dachte Jack.

Er machte in seinem Arbeitsraum das Radio an, schaltete von einer Popmusiksendung auf ein klassisches Konzert um und hörte ein beruhigendes Streichquartett. Er drehte es leiser.

Nach ungefähr einer Stunde klingelte das Telefon, und es war Natalia. Sie sei noch bei Elsie, sagte sie.

»Ist Bob heute morgen arbeiten gegangen?«

»Ja. Er scheint sich ganz gut zu halten.«

»Schön ... Ich komme bald.«

Sie kam gegen Mittag, die Arme voll Einkaufstüten aus einem Feinkostgeschäft und einem Narzissenstrauß. Sie stellte die Blumen in eine weiße Vase. »Mir war gestern abend so richtig nach Zusammenklappen, und das bin ich dann auch.«

Jack packte in der Küche die Tüten aus. »Kann ich mir vorstellen – hast du gut geschlafen?«

»Ich war sofort weg. Ehrlich gesagt, ich wollte nicht zurückkommen und Bob sehen – und mit ihm reden, weißt du?«

»Ich weiß. Kann ich gut verstehen, Schatz.«

Sie richtete sich auf und sah ihn mit leicht gerunzelter Stirn an. »Danke, Jack«, sagte sie in einem Ton, als meinte sie es so. »Ich mache uns was zum Lunch. War heute was Interessantes in der Post?«

»N-nein. Doch, ein netter Brief von Trews, wegen *Träume*. Ich zeige ihn dir.« Jack holte ihn vom Kaffeetisch. »Lies ihn am besten selbst.«

Natalia las ihn und lächelte. »Ist das nicht toll? Fast ein Kassenschlager. Dreißig Prozent besser! Nicht übel.«

Beim Essen erwähnte Natalia weder Louis noch Bob, und Jack war darüber sehr erleichtert. Sie sprach von Elsies Freude über das geliehene de Kooning-Buch und daß sie, Natalia, ihr Lieblingsbild in dem Band erwähnt und Elsie es gekannt und auch gleich gefunden habe. Elsie habe von sich aus versprochen, das Buch nicht mit aus dem Haus zu nehmen. Natalia sprach in einem Ton, als ob sie die Wohnung in der Greene Street recht gut kenne, und Jack ging der Gedanke durch den Kopf, daß Linderman ihr einmal dorthin folgen könnte.

Darum sagte er beim Kaffee: »Ich sage dir am besten gleich, daß ich auch noch einen unerfreulichen Brief von Linderman bekommen habe. Am liebsten würde ich ja nicht mal davon reden.«

»Lin-... Ach, der! Was denn nun schon wieder?«

»Dasselbe. Außer –« Jack mußte lachen. »Jetzt denkt er anscheinend, ich hätte mit Elsie eine Affäre, hier in der Wohnung, und du wärst darüber sehr unglücklich.«

»*Was*?« Natalia lächelte, und in ihren Augen blitzte Belustigung. »Das ist nicht dein Ernst!«

»Doch. Ich hab den Brief weggeworfen. Zerrissen.«

»Schade.«

»Na ja – ich fand ihn komisch und auch wieder gar nicht komisch. Er weiß ja jetzt nicht, wo Elsie wohnt, und ich hoffe, er kriegt es auch nicht heraus. Paß nur auf, daß er dir nicht irgendwann mal zur Greene Street folgt.«

Das schien Natalia ernst zu nehmen. »Ich werde achtgeben. Übrigens habe ich dir noch gar nicht erzählt, daß er gestern, als ich von Louis kam, zufällig an der Ecke Grove und Bleecker Street war. Man soll's nicht glauben. Am hellichten Mittag. Er kam und sagte: »Oh, Mrs. Sutherland«, und hätte mich sicher gern in ein Gespräch verwickelt, aber ich habe geklingelt, und du hast mich reingelassen... Der Kerl hat ja Nerven, so etwas schriftlich von sich zu geben! Du hättest den Brief nicht zerreißen sollen, Jack.« Ihr Ton blieb gelassen, aber sie klopfte dabei mit den Fingern auf die Tischkante.

»Warum nicht?« Aber Jack wußte es sofort.

»Wenn wir zur Polizei gehen müssen, um ihn von der Pelle zu kriegen, wie Elsie sagen würde –«

Jack schwieg und dachte, er habe da wohl einen Fehler gemacht, obwohl er den Brief ja jederzeit wieder zusammenstückeln konnte. »Nur die Ruhe, wahrscheinlich war's ja leider nicht sein letzter Brief. Er hat mich gestern morgen mit den beiden Mädchen weggehen sehen. Um sechs Uhr früh, wohlgemerkt.« Jack lächelte verdrossen. »Darum denkt er jetzt, ich treib's mit beiden. Und wahrscheinlich denkt er auch noch, ich bezahle sie dafür, denn er hat gesehen, wie ich Elsie einen Fünfer fürs Taxi gegeben habe!« Jack mußte jetzt lachen.

Natalia schüttelte den Kopf. »Das ist einfach zuviel.«

»Warum hast du mir nicht erzählt, daß du ihn am Sonntag gesehen hast?«

Sie zuckte die Achseln. »Weil ich einfach nicht gern von ihm spreche. Da geht's mir genau wie Elsie.«

Jack sah in Natalias Gesicht den gleichen Zorn wie bei Elsie, nur wirkte er im Moment bei Natalia etwas gelassener. »Solange er nur nicht rauskriegt, wo Elsie wohnt. Ich glaube zwar, daß er momentan noch nichts Näheres weiß, aber er hat mich gefragt: ›Ist es irgendwo südlich vom Village?‹ oder so ähnlich.«

»Oh. In seinem Brief hat er das gefragt?«

»Nein, er hat hier angerufen – einmal. Ich wollte es dir nicht sagen. Er fragte zuerst, wie es Elsie gehe, und dann, wo sie wohne, und ich habe gesagt, ich habe keine Ahnung, weil sie dauernd umzieht, und er meinte: ›Wohnt sie jetzt südlich vom Village?‹ oder so ähnlich.«

»Er ruft jetzt schon hier an?... Ich bedaure, daß du je deine Geldbörse verloren hast. Auch wenn du sie wiederbekommen hast.«

Jack zog die Stirn in Falten. »Sag mal, wenn wir alle zusammen zur Polizei gingen, du, ich und Elsie, und da erzählten, wie er uns belästigt – da würden wir doch gar keinen Brief von Linderman zum Beweis brauchen.« Aber im selben Moment sah Jack auch, wie wenig sie in der Hand hatten. »Das Dumme ist nur«, fuhr er fort, »daß er weder Obszönitäten noch Drohungen ausstößt. Würde die Polizei da überhaupt eingreifen – oder nur lachen? Letzten Endes ist er nichts weiter als lästig.«

Als Natalia nicht antwortete, stand Jack unruhig auf. »Noch einen Kaffee?«

»Ja, bitte.«

Natalia wechselte das Thema. Nächsten Donnerstag eröffne die ›Galerie Katz‹ eine Ausstellung mit einem jungen Österreicher namens Sylvester, dessen Bilder von Hundertwasser beeinflußt zu sein schienen, sagte Natalia, aber seine Themen seien interessanter. Elsie wolle hinkommen, und Marion auch. Und am Mittwoch habe Elsie einen Fototermin für eine doppelseitige Regenmantelreklame in ›Harper's Bazaar‹. Natalia sagte, Elsie habe ein Fünftausend-Dollar-Angebot von ›Playboy‹ für ein Halbnackt-Poster abgelehnt.

»Sie hat gemeint: ›Damit diese Schlappschwänze besser onanieren können, wenn sie mein Bild vor sich stehen haben? Nein, danke.‹« Natalia lachte.

Jack merkte, daß es ihm nichts ausmachte, wenn Natalia voller Neuigkeiten über Elsie steckte, denn er war ja selbst in

Elsie verliebt. Es machte ihn nicht einmal eifersüchtig, daß auch Natalia – vielleicht – in Elsie verliebt war, obwohl das logischerweise Natalias Liebe zu ihm schmälern müßte. Oder?

»Ich räume den Tisch ab«, sagte Natalia, »geh du nur an die Arbeit, wenn dir danach ist... Hast du etwas in die Reinigung zu geben? Da muß ich nämlich gleich hin.«

Jack holte eine graue Flanellhose.

Natalia sagte, sie werde auch Amelia um vier abholen.

Einige Zeit später klingelte wieder das Telefon. Jack arbeitete gerade an einem blauen Hintergrund und dachte abwesend, Natalia sei wieder da und werde das Gespräch annehmen. Er pinselte also weiter, denn wenn die Farbe einmal trocken wäre, könnte er nicht mehr weitermachen. Erst beim achten oder neunten Klingelton setzte er sich in Bewegung.

Die Wohnung schien leer zu sein. Er ging mit dem Telefon ins Wohnzimmer.

»Hallo, Jack. Hier ist Marion.«

»Hallo, Marion. Wenn du Natalia sprechen möchtest, die macht gerade ein paar Besorgungen.«

»Ich wollte nicht direkt mit ihr sprechen, sondern mehr mit dir«, sagte Marion mit ihrer sanften, präzisen Aussprache. »Es ist wegen Elsie.«

»Ja?« Jack ahnte eine versteckte Warnung, die er an Natalia weitergeben solle, etwa daß Natalia gut daran täte, auf Abstand zu bleiben.

»Du wirst seit Samstag abend ja wohl wissen, daß Natalia sehr von ihr angetan ist. Vielleicht beruht das im Moment auf Gegenseitigkeit.« Marion deutete ein leises Lachen an. »Ich hoffe, es macht dir nichts aus.«

»Nein – überhaupt nichts.«

»Gut. Mir macht es nämlich auch nichts. Niemand ist Elsies Eigentümer, ich nicht und auch sonst niemand. Das gehört zu ihrem Charme.«

Jack lächelte zum halboffenen Fenster hin. »Ich weiß. Ganz meine Meinung.«

»Elsie pickt Leute auf und läßt sie wieder fallen – ganz schnell. Deshalb –«

»Ja?«

»Deshalb muß man sie so nehmen. Darauf gefaßt sein, wieder fallengelassen zu werden, und es einfach genießen, solange es dauert. Da wir uns ja alle hin und wieder sehen, wollte ich das klarstellen. Ich bin nicht böse. Natalia weiß das.«

»Nett von dir – das zu sagen.«

Marion lachte leise, vielleicht über seine Höflichkeit.

Jack hoffte, Marion werde nicht so schnell fallengelassen. »Soll ich Natalia etwas ausrichten? Soll sie dich anrufen?«

»Nein. Oder doch! Freitag abend steigt in den ›Gay Nighties‹ eine Art Party. Ich spiele etwa eine Viertelstunde. Es treten auch noch jede Menge andere auf. Ihr seid beide eingeladen. Erinnere Natalia daran.«

»Wo ist das?«

»Unten in der Wooster Street. Ich habe Natalia schon die Adresse gegeben.«

Als Jack in seinen Arbeitsraum zurückging, war er einerseits ein bißchen erschüttert, andererseits fühlte er sich etwas besser. Zwischen Natalia und Elsie spielte sich also tatsächlich etwas ab, sonst hätte Marion nicht extra angerufen.

Was machten Frauen miteinander? Um Jacks Mund zuckte ein nervöses Lächeln. Natalia und Elsie hatten da beide schon ein bißchen Erfahrung, das durfte er nicht vergessen. Eine Affäre, dachte er. Affären waren bis auf wenige Ausnahmen kurz, das sagte schon ihr Name. Affären waren nicht wie Ehen. Nichts erwähnen, die Nerven behalten, sagte er sich. Das war nicht nur wohlerzogen und höflich, es war auch am sichersten. Er würde einfach nichts sehen, oder sollte er doch etwas sehen, weil es einfach nicht zu übersehen war, wollte er so tun, als ob es ihm wenig oder gar nichts ausmachte. Und die Gelassenheit wäre vielleicht sogar echt.

Ja, er wollte doch schließlich, daß Elsie ihr Leben genoß, daß sie glücklich war. Hatte er das nicht zu Linderman gesagt? Linderman war es, der das nicht verstehen konnte. Jack wollte Linderman nicht im entferntesten ähnlich sein.

Als Natalia ein paar Minuten später wiederkam, gab er Marions Einladung für Freitag an sie weiter. Er und Natalia wollten Freitag abend ins Theater gehen, daran brauchte er sie nicht erst zu erinnern. Natalia meinte, sie könnten ja vielleicht nach dem Theater noch hingehen, wenn ihnen danach sei, denn die ›Gay-Nighties‹-Show dauere lange, und Marion wolle sie nur zur Vergrößerung des Andrangs dahaben. Es sei der Eröffnungsabend der Gay Nighties.

»Ich versuche mal, Bob im Büro zu erreichen«, sagte Natalia. »Hätte ich schon längst tun sollen. Heute ins *Büro* zu gehen, man stelle sich bloß vor!«

Aber Jack wußte, oder beide wußten, daß Bob Campbell wenigstens heute, am Tag der Einäscherung, den ganz normalen Alltag spielen mußte, um nicht zu zerbrechen. Jack hatte Natalia gesagt, daß die Einäscherung heute um sechs irgendwo auf Long Island stattfand, und sie hatte gemeint, Bob wolle da sicher allein hingehen. Jack blieb da, während sie telefonierte, weil er fand, er solle vielleicht auch ein freundliches Wort zu Bob sagen.

»Aha, danke... Nein, keine Nachricht hinterlassen«, sagte Natalia zu Jack. »Bob ist schon fort. Dann werde ich ihn heute abend noch mal zu erreichen versuchen.« Natalia machte ein gepeinigtes Gesicht und schien sich, wie so häufig, irgendwie nicht wohl in ihrer Haut zu fühlen. »Ich rufe am besten mal meine Mutter an. Das schiebe ich schon so lange vor mir her.«

Jack wußte, daß sie ihrer Mutter über Louis Bescheid sagen wollte. Lily hatte Louis immer gern gehabt. »Dann gehe ich Amelia abholen – doch, ich möchte mich gern ein bißchen bewegen«, sagte er, als Natalia sich dafür anbot. Er ging.

27

Natalia nahm Kleid und Schuhe in einer Einkaufstasche mit, als sie am Donnerstag mittag in die ›Galerie Katz‹ ging. Die Galerie war heute bis zur Ausstellungseröffnung um sechs geschlossen, weil sie und Isabel und ein junger Mann namens Dan, der aushalf, noch die Bilder aufhängen mußten. Dazu ging sie in alten Arbeitsklamotten und Sandalen.

Gestern war sie mit Bob zum Lunch gegangen, und er hatte ihr von der Einäscherung erzählt. Bob hatte in einem grabmalartigen Gebäude irgendwo auf Long Island über eine Stunde lang auf einer Marmorbank warten müssen, bis man ihm Louis' Asche in einer Schachtel brachte. Dann hatte er die Staten-Island-Fähre genommen und die Schachtel über der Reling geöffnet, und ein Mann war zu ihm gekommen und hatte ihn gefragt, ob er die Gewässer der Stadt unbedingt noch mehr verschmutzen müsse, indem er die Abfälle seines Lunchpakets hineinkippe. Natalia hatte Jack gesagt, daß ein paar von Bobs und Louis' Freunden, darunter einer namens Stew, an den Jack sich dunkel erinnerte, inzwischen von Louis' Tod wüßten. Bobs Gedanke sei, daß Louis' Tod die Leute weniger schockieren werde, wenn sie erst zwei oder vier Wochen später davon erführen. Bob war nach Philadelphia gefahren und hatte sich um Louis' dortige Wohnung gekümmert, und irgendwie hatte der ›Inquirer‹ Wind bekommen und einen Artikel über Louis und seine Immobiliengeschäfte gebracht, seine Sanierungen alter Häuser, um sie vor dem Abbruch zu bewahren, und seine Bemühungen um die Erhaltung kleiner Tante-Emma-Läden. Natalia hatte eine Fotokopie von dem Artikel mitgebracht.

Jack traf vor sieben in der ›Galerie Katz‹ ein. In den großen, weißgetünchten Räumen war es schon recht voll, und das Gesumm der Unterhaltung ließ Jack an einen Bienenkorb in vollem Betrieb denken, wobei allerdings die Zigarettenrauchwölkchen die Idylle störten. Manche Anwesende hatten Gläser in den Händen. Jack suchte Natalia und sah sie nicht, dann schaute er sich nach Elsie um.

»Guten Abend. Sind Sie John Sutherland?« fragte ein lächelnder, etwa vierzigjähriger Mann mit runden, freundlichen Augen.

»Ja.« Jack nahm die Hand, die der Mann ihm entgegenstreckte.

»Ich wollte Ihnen nur mal sagen, wie sehr ich Ihre Bilder in – in dem *Träume*-Buch bewundere. So schön und ganz anders. Natalia sagt, Sie zeichnen nicht mit dem Bleistift vor.«

»Wenn es sich eben vermeiden läßt«, antwortete Jack. Der Mann hielt noch immer seine Hand fest.

»Ich bin von der Battersea Press. Harold Vinson. Bildredaktion. Natalia kennt mich.« Er ließ Jacks Hand los. »Darf ich Sie mal anrufen, wenn wir etwas für Sie zu tun hätten?«

Jack lächelte. »Natürlich. Immer.«

Der Mann verabschiedete sich und ging weiter, die wachen Augen immer noch auf Jack, bis er sehen mußte, wohin er trat.

Jack ging in den großen Raum, und da sah er ganz hinten links Natalia die freundliche Gastgeberin spielen; sie lachte, doch bei dem Gesumme war ihr Lachen nicht zu hören. Und die Bilder? Davon konnte Jack kaum etwas sehen. Von einigen sah er die oberen Ecken, und die waren voll verschiedenfarbiger dunkler Rechtecke, die an lieblose Mondrians erinnerten. Auf einem anderen waren Fragmente in Ocker zu sehen, spiralig wie Schneckenhäuser, und wahrscheinlich hatte Natalia deswegen an Hundertwasser gedacht. Sylvesters Arbeiten würden sich wohl verkaufen, dachte Jack, denn ein gewisser Geschmack war ihnen nicht abzusprechen.

Die Farben hatten Stil. Richtig beurteilen konnte er aber nicht ein einziges Bild, weil er keines vollständig zu sehen bekam.

Und Elsie? Er sah sich nach ihrem blonden Kopf um und konnte ihn nirgends entdecken.

Jack ging ins Foyer zurück, wo gerade die Fahrstuhltür aufging und zwischen einem halben Dutzend anderer Leute Elsie in einem ärmellosen weißen Kleid erschien, ein hellblaues Hütchen auf dem Kopf, das wie eine Pagenmütze aussah, und einen Regenmantel über dem Arm. Jacks Herz hüpfte. »Elsie!«

Auch sie hatte ihn sofort erblickt. »Hallo, Jack!« Sie drückte ihm fest die Hand, sah ihn kurz an und schaute dann in die Runde.

»Wo ist Marion?«

»Kommt nicht«, sagte Elsie. »Sie muß im Moment arbeiten.«

»Du siehst gut aus heute abend.« Andere Leute fanden das auch, wie Jack an den Köpfen sah, die sich nach Elsie umdrehten. »Ein Glas Wein, oder etwas anderes? Die Getränke stehen dort.« Er meinte den Tisch an der Rückseite des Foyers.

»Jetzt nicht, nein.«

»Möchtest du hineingehen? Natalia ist da drinnen – links.«

Sie gingen in den Hauptraum, der an der Gebäudeecke einen Knick nach rechts machte. Natalia war aber nicht mehr da, wo sie vorher gewesen war. Elsie hatte schwarze Lacklederpumps an den Füßen und eine schwarze Lacklederhandtasche umhängen. Vor allem aber bemerkte Jack, daß ihr Make-up besser geworden war, der Lippenstift hatte das richtige Rot, der Lidschatten genau den richtigen Ton, um das Blau ihrer Augen hervorzuheben. Und sie wirkte ausgesprochen selbstsicher, in ihrer ganzen Haltung zum Beispiel Jahre älter als auf der ersten Party bei Louis. Jack sah ihre Augen aufleuchten und ihre Lippen sich leicht öffnen, bevor sie sagte:

»Da ist ja Natalia.«

Sie gingen durch die Menge auf Natalia zu, Elsie voran. »Hast du heute gearbeitet, Elsie?«

»Ja. Und das Kleid hier gehört mir nicht!« antwortete Elsie über die Schulter zurück.

Natalia begrüßte Elsie leise mit »Hallo, Schatz«, was aber außer Elsie vielleicht niemand gehört hatte und auch Jack ihr nur von den Lippen las. War Natalias Herz in die Höhe gehüpft wie das seine? Aberwitzig in seinem Fall, sagte sich Jack. Er wußte nur noch von fünf oder sechs Mädchen, die einmal sein Herz hatten hüpfen lassen, und wo waren sie jetzt? Halb oder ganz vergessene Gesichter und Namen. Aber bei Natalia erging es ihm noch so, oft.

Elsie verließ Natalia und versuchte sich die Bilder anzusehen, wobei sie sich bückte und reckte. Jack vermied es, Sylvester vorgestellt zu werden, einem jungen Mann mit rötlichem Schnurrbart, kräftig gebaut und schüchtern. Er machte den Eindruck, als hätte er für diese Gelegenheit eigens seinen besten Sonntagsanzug angezogen.

Isabel kam. »Hallo, Jack! – Hast du Louis schon gesehen? Ich hatte beide eingeladen.«

»N-nein«, antwortete Jack und kam sich einen Moment entsetzlich vor, als ginge die Täuschung auf sein persönliches Konto. War Bob denn überhaupt hier? »Entschuldige, Isabel, ich frage mal Natalia.« Natalia fragen – das konnte alles mögliche heißen, zum Beispiel auch, ob sie Bob gesehen habe.

Natalia erklärte ihm, sie werde wohl noch eine halbe Stunde dableiben müssen. Es war gleich halb acht.

Jack brachte es nicht über sich, Natalia zu warnen, daß Isabel ihn nach Louis gefragt hatte. »Ich hab mir gedacht, Elsie würde vielleicht gern mit uns zu Abend essen – irgendwo«, sagte Jack. Elsie war in dem Moment zwar nur zwei Schritte weit weg, aber völlig außer Hörweite. »Oder möchtet ihr beide vielleicht allein miteinander ausgehen? Dann würde ich wohl jetzt abhauen.«

»Wir beide allein? Nein... Gut, Jack, ich frag sie mal«, sagte Natalia.

Aber Natalia war zu beschäftigt, und Jack fragte Elsie selbst. Sie schien nicht sehr erbaut und sagte nach einigem Überlegen: »Ja, aber es darf nicht zu spät werden. Ich habe morgen früh um neun etwas zu tun.«

Jack ging zu Natalia und sagte ihr, er gehe mit Elsie schon mal auf ein Gläschen in die Bar um die Ecke, die Natalia kannte, und da würden sie auf sie warten.

In der Bar war es still und düster und so voll, daß sie an der Theke stehen mußten. Jack bestellte für sich einen Jack Daniels, und Elsie schloß sich dem an. Ein Mann bot Elsie seinen Hocker an. Jack, der einen gewissen, wenn auch wegen der Enge nicht sehr großen Abstand von Elsie hielt, hob sein Glas, bevor er trank, aber Elsie sah es nicht. Überhaupt schien Elsie seinen Blick zu meiden und hätte ebensogut allein hier sitzen und ihren Whisky trinken können, dachte Jack. Das gelbliche Licht von hinter der Bar fiel auf den blütenweißen Träger über ihrer Schulter und auf den nackten Arm, der noch keine Sonnenbräune hatte – wurde Elsie überhaupt braun? Der Arm war wohlgerundet, aber keineswegs dick. Eine Frage schoß Jack durch den Kopf: *Hat es dich geärgert, daß ich gesagt habe, ich liebe dich?* Die Frage, die ein Pennäler stellen und dabei verzweifelt hoffen würde, daß seine Liebeserklärung sie geärgert, verwirrt, gefreut hatte. Elsie würde auf die Frage, wenn er sie ihr stellte, wahrscheinlich wegwerfend antworten: *Nein, wieso denn?* – und ihm dabei höchstens einen Blick von der Seite zuwerfen, vielleicht ganz kurz mit den perfekt getönten Lidern zwinkern.

Jack sah den Barkellner beim Gläserputzen verträumt auf Elsie blicken. Er räusperte sich und fragte: »Was hast du denn morgen früh um neun zu tun?«

Elsie sah ihn an, auf einmal wieder voll da. »Der Professor nennt es Zwischenprüfung in Literatur.«

»Oho!« Jack lachte. »Und ich dachte, du hättest einen Fototermin. Hast du Angst?«

»Ja, und wie!« Sie sah ihn immer noch an. »Klar, ich kann da ewig schreiben. Ich weiß ja, was *ich* über diese Bücher denke, aber stimmt das denn auch? Will der Professor das auch hören?... Ich will doch diesen Kurs bestehen.«

»Was für Bücher zum Beispiel?«

»Dostojewskij, *Der Idiot* zum Beispiel. Natalia hilft mir ja sehr. Sie hat die Sachen alle schon *gelesen*. Ich weiß, was ich sagen möchte, daß es sehr emotional und ehrlich ist, aber ein bißchen naiv. *Der Idiot,* meine ich. Und am Sonntag hat Natalia mich ja so zum Lachen gebracht –« Elsie setzte sich gerade, legte den blaubemützten Kopf zurück, sah Jack voll an und fuhr fort: »Sie hat letzten Sonntag gemeint, wir wären alle wie die Figuren in *Der Idiot,* wo sie auch alle nie ins Bett finden und Fürst Myschkin noch nach Mitternacht alle möglichen Leute besucht, und es ja fast noch hell ist, weil Sommer ist, und dann sitzen sie bei irgendwem im Garten und führen diese langen Gespräche! Haha!« Elsie bog sich vor Lachen.

Jack grinste. Er fühlte sich glücklich, in Ekstase, und wußte nicht warum. Auch er erinnerte sich an den unschuldigen, halbtrotteligen Myschkin, der in ein Mädchen verliebt war, das ihn nicht haben wollte, und immer redete und redete. »Ich liebe dich, wie ein Idiot – wie Myschkin, glaube ich«, sagte er, gerade laut genug, daß sie es hören konnte. »Kein Grund zur Sorge, und ich glaube, du machst dir auch keine.«

Darüber mußte sie wieder lachen, ein bißchen verschämt zwar, aber eigentlich ganz unbeschwert, und es machte ihr nichts, ihm frei in die Augen zu sehen, denn was er gesagt hatte, berührte sie im Grunde nicht.

Sonderbar, daß er sich in ihrer Gesellschaft immer so überschwenglich glücklich fühlte, fand Jack, wo doch absolut keine sexuellen Ströme von ihr zu ihm flossen. In sich selbst mochte er ja welche fühlen. Fühlte er sie? Von ihr kam jedenfalls nichts. Ihre Examensängste hätte sie im selben Ton einem alten Onkel, einer Freundin oder ihrem Bruder beichten können.

Elsie blieb auch beim Essen in dieser redseligen Stimmung, nur richtete sie sich jetzt an Natalia. Kaum war Natalia in die Bar gekommen, hatten sie und Elsie über allerlei zu reden gehabt – die Prüfung, dann einen Fotografen, dem Elsie heute Modell gestanden hatte. Natalia trug Sandalen zu ihrem schwarzen Kleid, denn die Stöckelschuhe, die sie heute morgen in die Tüte gepackt hatte, um sie in die Galerie mitzunehmen, waren von verschiedenen Paaren.

Sie waren in ein ungarisches Restaurant an der 2nd Avenue gegangen, wo das Essen gut und die Bedienung langsam war. Jack war es egal. Er hörte zu. Elsie saß neben ihm, Natalia ihnen gegenüber mit dem Rücken zum Lokal. Natalia saß Leuten, mit denen sie sich unterhielt, am liebsten gegenüber. Endlich kam ihr Gulasch mit Nudeln und einem kühlen Rosé. Elsie aß mit dem gewohnten Appetit, den Jack so anziehend fand, vielleicht weil er gesund war. Elsies morgiges Examen war wieder dran. Elsie mochte Hemingway nicht.

»Warum nicht?« fragte Jack.

»Er ist nicht so weitschweifig wie die andern«, antwortete Elsie und sah ihn kurz von der Seite an.

Jack wußte, was sie meinte. Hemingway war sparsam mit Details. Er sah Natalias amüsiertes Gesicht.

»Zum Beispiel?« fragteNatalia.

»Wenn er in *Wem die Stunde schlägt* erzählt, wie der Held die Hand auf den Bauch der Frau legt, weil sie schwanger ist – da sagt er etwas Dummes zu der Frau. Wie ein kleiner Junge. Und es soll ernst sein. Ich hab darüber nur gelacht.«

Natalia lehnte sich lächelnd zurück. »Dann schreib doch einfach, daß du Hemingway für minderbemittelt hältst, und warum.«

»Soll ich?« Elsie schien mit der Frage wieder Selbstvertrauen zu gewinnen. »Tu ich. Minderbemittelt. So sehe ich es nämlich.«

Natalia wechselte einen Blick mit Jack.

Jack mußte aufstehen und den Kellner suchen gehen, damit er die Rechnung brachte, und als er zurückkam – er hatte darauf bestanden, daß der Kellner mit ihm an den Tisch kam –, fand er Natalia und Elsie beide halb über den Tisch gebeugt und in ein lebhaftes Gespräch vertieft.

Sie nahmen ein Taxi und fuhren zuerst zu Elsie. Jack wollte Elsie bis zur Haustür bringen, und das sagte er auch. Daß er dabei sowohl an Linderman dachte, der ihr womöglich auflauern konnte, wie auch daran, daß Elsie heute nacht noch zum Schlafen kam, sagte er nicht. Elsies und Marions Wohnung lag in einem vier- oder fünfstöckigen, düsteren großen Haus auf der Ostseite der Greene Street. Elsie hatte ihren Schlüssel bei sich, und Jack wartete auf dem Gehsteig, bis sie die große, schwer aussehende Tür aufdrückte.

Als Jack wieder ins Taxi stieg, schwor er sich, Natalias Gefühle für Elsie in den nächsten Tagen oder Wochen mit keinem Wort zu erwähnen, Natalia aber ruhig darüber reden zu lassen, wenn sie wollte, und wenn nicht, war's auch gut. »Fahren Sie uns jetzt bitte zur Grove Street«, sagte er zum Fahrer. »Sie können die Bedford hinauffahren und an der Ecke anhalten, wenn Sie wollen.«

Das Taxi fuhr los und bog nach links in die West Houston Street.

»Macht sie nicht Fortschritte?« meinte Natalia.

Jack lächelte. »Wie mit Siebenmeilenstiefeln. Schon wie sie spricht. Sie verschluckt nicht mehr die halben Wörter. Vielleicht Marions Einfluß. Marion übt ja –«

»*Ich* habe Elsie beigebracht, ›anders‹ statt ›anners‹ zu sagen«, unterbrach ihn Natalia. »So schwer ist es ja nicht, in einem Wort noch ein ›d‹ unterzubringen.«

Sie kamen früh genug nach Hause, daß Susanne noch mit dem Bus zur Riverside fahren konnte. Susanne hatte an dem weißen Tisch gesessen und gelesen, eine leere Kaffeetasse neben dem Buch. Alles war in Ordnung.

Natalia ging zuerst unter die Dusche, Jack danach. Er würde so gern heute nacht mit ihr schlafen, zweifelte aber, ob sie nach einem Tag wie dem heutigen in Stimmung wäre. Er irrte sich. Als er ihr im Bett einen Gutenachtkuß gab, erst auf die Wange, dann auf den Mund, und sanft die Hand auf eine ihrer Brüste legte, wie er es oft tat, ging alles weiter wie von selbst. Und Jack war stolz auf sich, denn er brachte Natalia in einem Anlauf auf zwei Höhepunkte. Wirkte Elsie erregend auf sie beide? Jack glaubte das nicht, jedenfalls nicht, soweit es ihn betraf. Natalia war aus Fleisch und Blut, er kannte und liebte die etwas rauhe Haut an ihren Hüften. Sie hatten zusammen ein Kind gezeugt. Natalia war kein unerforschtes Land, keine junge Larve, die sich vielleicht zu einem schönen Schmetterling entwickelte, vielleicht aber auch nicht.

»Du bist mein Brot«, sagte er leise zu Natalia, während sie sich eine Zigarette anzündete.

»Wie meinst du denn das?« fragte sie lachend.

Jack lag auf dem Rücken, die Hände hinter dem Kopf. »So echt.« Er drehte den Kopf zu ihr, dann den Körper, berührte sie aber nicht. »Das Brot des Lebens, verstehst du?«

28

Die ›Gay Nighties‹ machten ihrem Namen Ehre: An der ganzen Fassade und über jeder Tür flatterte Nachtzeug aller Art, hauchdünne Nachthemden, gestreifte Schlafanzüge, Babydolls, einige erkennbar aus Ramschläden. Jack und Natalia kamen aus dem Theater, und es war schon nach elf. Leute standen draußen, manche mit Gläsern, alle ziemlich komisch angezogen.

Natalia drängte sich wie selbstverständlich durch die Tür.

Das Ganze war eine zusammengewürfelte Mischung aus

Bar und Kunstgalerie und hatte ein kleines Podest, auf dem Jack einen Mann sitzen sah, der verträumt auf einer Gitarre klimperte, obwohl kaum einer zuhörte. Jack sah sich nach Elsie oder Marion um und sah keine von ihnen. Natalia antwortete »Hi«, wenn Leute sie grüßten, die sie vielleicht schon einmal gesehen hatte, vielleicht auch nicht, dachte Jack. Einen Tisch zu bekommen, war aussichtslos, einen Drink an der Bar vielleicht schon weniger. Die Kunst an den Wänden war von der Art, die Jack verabscheute und zugleich bestaunte, Kindergekrakel in dicken Ölfarben mit groben schwarzen Umrissen, die Themen Autozusammenstöße, Explosionen oder sexuelle Handlungen. Dagegen waren Amelias Werke anmutig und ausgewogen, jedenfalls liebevoll. Das Komische war nur, daß es Leute gab, die diesen Schund auch noch kauften.

»Hi!« Marion war plötzlich neben ihnen aufgetaucht. »Wir sind da drüben!« Sie zeigte zu einer Wand an der Seite. »Soll ich euch was zu trinken besorgen?« Jack bot sich dazu an, aber Marion sagte, sie kenne den Barkellner.

»Jonathan!« brüllte sie.

Sie bekamen ihren Scotch, für Marion nichts, und Marion bahnte ihnen den Weg zu einem Tisch, an dem Elsie saß, wieder ganz in Weiß und im Gespräch mit einem jungen Mann, der mit dem Rücken zur Wand saß. Eine Kerze klebte auf dem Tisch und war schon bis auf eine Pfütze abgebrannt.

»Ludo«, sagte Marion und zeigte auf den jungen Mann, der nach Italiener oder Spanier aussah und kaum aufschaute.

Elsie sah gelassen zu ihnen auf und begrüßte sie mit kaum vernehmbarer Stimme. So war sie oft, zeigte sich überhaupt nicht erfreut, was man doch schon aus Höflichkeit tat, wenn man Leute wiedersah. Jack setzte sich möglichst weit weg von Elsie, um sie besser sehen zu können. Natalia blieb nichts anderes übrig, als den Eckplatz neben Elsie zu nehmen.

»Wie ist die Prüfung gelaufen heute morgen?« rief Jack zu Elsie hinüber.

Jetzt lächelte Elsie plötzlich, und ihre Augen begannen zu strahlen. »Ich dachte, die würde *lange* gehen. Kam mir aber ganz kurz vor. Anderthalb Stunden. Und ich kann schnell schreiben. Glaub nicht, daß ich da durchgefallen bin.«

Jack lächelte. »Gut.«

Marion sagte ihm, daß sie heute abend schon gespielt und ihre Gitarre hoffentlich sicher untergebracht habe. »In so einem Loch wie hier zu spielen, pulvert mich nicht hoch – heute abend«, meinte sie, wobei sie nervös und gelangweilt mit einem Feuerzeug auf den Tisch klopfte. »So viel Volk, daß einem keiner zuhört; niemand da, der für Ordnung sorgt.«

Natalia und Elsie brauchten sich, da sie nebeneinander saßen, nicht anzuschreien, um sich zu unterhalten.

»Ach so, was ich dir noch sagen wollte«, fuhr Marion fort und beugte sich zu ihm herüber. »Ich hab heute morgen diesen Kerl gesehen, weißt du, den mit dem Hund. Ich kam gerade vom Einkaufen und hatte einen Freund bei mir, deswegen hab ich vergessen, mich umzusehen, bis ich schon an der Tür war, und dann hab ich ihn auf der andern Straßenseite ganz langsam vorbeispazieren sehen. Ich bin gleich wieder die Treppe runtergekommen und hab zu dem Freund gesagt: ›Komm, wir gehen weiter, und frag nicht warum‹, und wir sind um die Ecke rum und für zehn Minuten zu ihm raufgegangen ... Ich hoffe, er hat mich nicht erkannt, aber ich weiß es nicht.«

Jack dachte an den Sonntagmorgen, als Elsie und Marion zusammen von seinem Haus weggegangen waren.

»Ich hab's Elsie gesagt, als sie heute mittag nach Hause kam, und sie war eine Weile ganz außer sich und hat sich aufgeregt, weil –« Marion warf einen Blick zu Elsie – »weil ich vergessen hatte, mich umzusehen. Elsie sieht sich immer um, bevor sie die Treppe zum Haus hinaufgeht, obwohl sie ihn noch nie bei uns in der Straße gesehen hat. – Mein Gott, man sollte denken, der Kerl hat nichts anderes zu tun, als Leuten nachzuschleichen!«

Vielleicht nur Elsie, dachte Jack. Eine tiefe Niedergeschlagenheit beschlich ihn. Das Haus in der Greene Street konnte entdeckt sein, mit Elsie in Verbindung gebracht.

»Elsie ist deswegen heute nachmittag allein weggegangen«, fuhr Marion fort, »in die Cloisters, um auf andere Gedanken zu kommen, sagt sie. Und ich kam mir vor wie ein Idiot!«

»Oh –« Jack zuckte die Achseln. Die Cloisters. Jack begriff jetzt, wieso Elsie und Natalia sich vorhin über Wandteppiche unterhalten hatten. Das Einhorn. Er trank einen Schluck und schaute sich um. Es waren vorwiegend junge Leute hier, Weiße und Schwarze. Ein paar Homosexuelle, ein paar Punker, nach Kleidung und Frisuren zu urteilen. Elsie lachte jetzt. Und aus irgendeinem Grund fühlte Jack sich weiter deprimiert. Elektronische Musik setzte ein, mit tiefen Bässen, ganz nach Elsies Geschmack.

Jack griff nach dem kleinen unlinierten Notizblock in seiner Tasche. Einen schwarzen Kugelschreiber hatte er auch bei sich. Er begann mit einem hohlwangigen Jüngling, der an einer Wand lehnte und so aussah, als ob er eine Weile stillhalten werde. Jack gefiel sein Werk nicht, er blätterte um und wandte sich Elsie zu, erfaßte mit einem Minimum an Strichen ihren Haaransatz, Wangen und Augen und wartete, bis ihr Mund einmal stillhielt, dann zeichnete er ihre Lippen mit zwei Strichen, zuletzt mit einem dritten Strich den weißen Kragen ihres Hemds. Er blätterte um. Der Zauber begann zu wirken. Er war schon nicht mehr so deprimiert.

Eine Fläche wurde zum Tanzen freigeräumt, wofür ein paar Leute mit ihren Tischen und Stühlen umziehen mußten. Schon begannen sich ein paar Figuren zu drehen. Der junge Mann namens Ludo, bisher stumm wie ein Fisch, stand auf und streckte Elsie einladend die Hand hin. Elsie erhob sich. Eine schwarze Schärpe trennte ihr weißes Hemd von der weiten weißen Hose darunter, so weit, daß ihre Hüften runder aussahen, als sie waren, und die Wirkung war berükkend.

Ich will nicht zusehen, dachte Jack, *weil Elsie stürzen wird.* Sie war noch nie gestürzt, wie kam er jetzt nur darauf? Er hielt sich einen Moment die Hände vors Gesicht.

»Fehlt dir was, Jack?« fragte Natalia. »Es ist heiß hier, nicht?«

»Ja. Aber mir fehlt nichts.«

Natalia wollte gern noch einen Scotch haben, und Marion stand auf und machte sich Jonathan bemerkbar. Der Whisky wurde in Rekordzeit von einem jungen Mädchen gebracht, und Jack nutzte die Gelegenheit, um für sich ein Bier zu bestellen. Natalia beobachtete Elsie auf der Tanzfläche. Der junge Mann schien ein Breakdancer zu sein, und was er in Bodennähe trieb, war die meiste Zeit nicht zu sehen. Elsie tanzte um ihn herum. Jack sah nie länger als höchstens eine Sekunde hin, und wenn er die Augen auf und zu machte, sah er die in Bewegung befindliche weiße Gestalt immer nur wie ein Foto. Er hörte Marion zu Natalia sagen:

»... mir erzählt, daß sie zu Hause immer in ihrem Zimmer getanzt hat, nackt bei gelöschtem Licht, bis sie von Schweiß glänzte. Und ich glaub's ihr.«

Jack sah gerade wieder hin, als der junge Mann Elsie bei der Taille packte und fast horizontal herumwirbelte. Er sah sehr schmächtig aus, und Jack sah den Schweiß auf seinem Gesicht.

Dann kam Elsie wieder an den Tisch, ganz gelassen, ohne jemanden anzusehen, die Lippen halb geöffnet. Sie nahm sich eine Zigarette und beugte sich über den Tisch zu dem jungen Mann hinüber, der ihr Feuer reichte. Auch ihn sah sie dabei nicht an und bedankte sich nicht einmal. Dafür schenkte sie Natalia ein strahlendes Lächeln.

Jack nahm wieder den Block aus der Tasche und begann ein an die Wand gelehntes Pärchen zu zeichnen, zwei Mädchen, die vor Befangenheit wie erstarrt wirkten, obwohl sie sich ganz gelassen gaben. Im nächsten Moment erkannte Jack, daß die eine von ihnen das angebliche Luder war – hieß sie nicht

Fran? Genevieves ehemalige Freundin, die mit dem runden Kopf. Das Mädchen bei ihr war aber nicht Genevieve, sondern eine kurzhaarige Brünette in einem zu großen Jackett und offenbar sonst nichts darunter. Jack zeichnete eine Karikatur von Fran, weil er sie so einmalig häßlich fand. Ihr kurzes, aber breites Kinn sah aus, als könnte es den Haken eines Schwergewichtlers einstecken, ihre Augen kamen auf der Zeichnung heraus wie die eines bösartigen Schweins, mit tiefschwarzen Punkten als Pupillen, der Mund als schmaler Schlitz. Ihre Augen erinnerten ihn an Lindermans Hund, aber God hatte wenigstens ein gutmütiges, abbittendes Lächeln im Gesicht, wenn er einen ansah. Jack lachte leise vor sich hin.

»Darf ich mal sehen?« fragte Marion lächelnd. »Oder magst du das nicht?«

Jack schüttelte den Kopf. »Im Moment nicht, Marion. Ein andermal. Bestimmt.« Er hatte sein Bier bekommen und trank. Wie brachte er Elsie zum Lachen? Jack leckte sich das Bier von der Oberlippe. »Elsie?«

Sie drehte sich zu ihm um. »Ja?«

»Liebst du mich noch?« fragte er schmachtend.

Elsie lachte, lachte noch einmal, als ob Lachen die Worte ersetzte. Waren ihre Wangen röter geworden, oder bildete er es sich nur ein?

Natalia hörte ihn und rang sich kaum ein müdes Lächeln ab.

Zu Hause erwähnte Jack nicht, daß Linderman in der Greene Street aufgekreuzt war. Wenn Elsie es Natalia gesagt hatte, konnte sie es ja ihm erzählen, aber sie sagte nichts, heute nacht jedenfalls nicht. Sie sagte, daß sie drei von Sylvesters Bildern verkauft hätten, eines davon für dreieinhalbtausend Dollar. Und Elsie wolle über Ostern zu Freunden fahren, die irgendwo in New Jersey ein Haus hätten. Marion sei auch eingeladen, fahre aber nicht mit.

»Eine Woche? Gute Idee«, sagte Jack.

Natalia zog sich aus. Sie wollte noch duschen. »Ja, und ich glaube, es ist Marions Idee. Elsie braucht mal eine Pause, und die Schule macht ja Osterferien.« Damit verschwand sie im Bad.

Susanne hatte sich für die Nacht im Gästezimmer einquartiert, das sahen sie an dem Bücherstapel auf dem weißen Tisch. Jack zog die Hose aus, schälte sich aus dem hellblauen T-Shirt und sah wieder Natalia und Elsie ihm gegenüber an dem Tisch in den ›Gay Nighties‹. Ihre Unterhaltung war ernst gewesen, aber von Händchenhalten hatte Jack nichts gesehen. Er dachte, genauso hätten sie sich auch benehmen können, wenn sie hier allein auf dem Sofa gesessen hätten. Wandteppiche und das Einhorn. Deutlicher standen ihm die Bilder von Elsie vor den Augen, wie sie beim Tanzen durch die Luft wirbelte, wie sie mit gesenktem Blick Natalia zuhörte, die roten Nägel an den Fingern, auf die sie den Kopf stützte. Wie immer jagten diese herrlichen Erinnerungen ihm Freudenschauer durch den Leib und waren zugleich doch ohne jeden sexuellen Reiz für ihn.

29

»Sauban-...!« Ralph hielt an sich und schüttelte die Faust in die Luft, mit der anderen Hand hielt er die Wohnungstür fest. Er war barfuß und im Schlafanzug.

«Ah-waah!« kam es zur Antwort von dem Dreikäsehoch, der soeben die oberste Treppenstufe erklommen hatte. Er hatte ein blaues Höschen über dicken Windeln und sonst gar nichts an und wohnte unten und hatte hier nichts verloren.

»Or-r-giiieh!« kreischte ein zweiter, noch kleinerer, auf allen vieren im Aufstieg begriffen.

»Ihr wohnt unten! Beide! *Runter* mit euch!« Ralph machte mit beiden Händen scheuchende Gebärden.

Jetzt rief von unten eine schrille Frauenstimme etwas auf italienisch.

Ralph faßte das Treppengeländer und rief nach unten:

»Madame! Könnten Sie so freundlich sein und Ihre Kinder hier wegholen? Die Treppe ist für sie gefährlich.«

»Ach, kümmern Sie sich um Ihre eigenen Sachen, Mr. Linkman. Mit dem Gebrüll machen Sie nur alles schlimmer!« Aber sie kam die Treppe herauf, um ihre Brut einzusammeln.

»Wenn das so weitergeht, rufe ich die Polizei«, sagte Ralph zu ihr. »Sie haben kein Recht, anderer Leute Ruhe so zu stören!«

»Wer ist hier laut? *Wer*?« Die kräftige junge Frau, die neu hier wohnte, warf sich das kleinere Kind über die Schulter und nahm das andere bei der Hand.

»Schließen Sie doch nur Ihre *Tür*! Mehr verlange ich ja nicht!« Ralph ging in seine Wohnung zurück und knallte die Tür zu. »Verdammtes Pack, verdammtes!« knurrte er.

So ging es Ralph nun schon die zweite Woche. Angefangen hatte der Ärger damit, daß die alte Frau, die unter ihm wohnte und ihre Wohnungstür in der Mitte des Flurs hatte, nach ein paar Tagen im Krankenhaus gestorben war und ihr Enkel mit Familie zur Beerdigung gekommen war und jetzt anscheinend dableiben wollte. Da schon eine Familie nebst alleinstehendem Bruder oder Onkel dort wohnte, lauter Erwachsene, war für eine weitere Familie mit zwei kleinen Kindern und wahrscheinlich einem dritten unterwegs einfach nicht Platz genug, und Ralph hatte schon daran gedacht, zum Wohnungsamt zu gehen und die Sache zu melden, denn es gab doch sicher ein Gesetz, wonach nicht mehr als eine bestimmte Personenzahl in einem Dreizimmerappartement wohnen durfte, aber er konnte sich schon denken, was die beim Wohnungsamt sagen würden: Wenn die Leute verwandt seien und so weiter, dürften sie das. Und die neue Familie mit den zwei Babys würde natürlich behaupten, sie bleibe ja nicht lange und sei nur nach der Beerdigung noch zu Besuch da.

Aber Ralph hatte in letzter Zeit an keinem Tag mehr vier Stunden ununterbrochen schlafen können, weil diese beiden

Krabbelmaxe, die im Gegensatz zu Ralph anscheinend ganz ohne Schlaf auskamen, den ganzen Tag unterwegs waren und von morgens sechs bis abends sechs herumbrüllten. In den letzten Tagen waren seine Nerven immer dünner geworden, und da hatte er nun angefangen, im Treppenhaus herumzuschreien und zu fluchen, und sich damit, das war ihm klar, noch unbeliebter gemacht. Er wußte, daß er als Sonderling galt, vielleicht sogar als unfreundlich, obwohl er immer, wenn er im Haus jemandem begegnete, und sei es nur ein ungezogener und verdrießlicher Halbwüchsiger, guten Morgen oder guten Abend sagte. Jetzt fürchtete Ralph, daß sich die übrigen Hausbewohner gegen ihn zusammentun könnten, weil er die Kinder anschrie. Das war das Unfaßbare, daß den andern dieser Krach nichts auszumachen schien – vielleicht war es für sie eine Art Zuhause, ein Stückchen Italien oder woher sie sonst kamen. Aber sie mußten ja auch nicht am Tag schlafen, brauchten sich ihren Lebensunterhalt nicht nachts zu verdienen. Die Hälfte von ihnen ging sowieso nicht zum Arbeiten aus dem Haus, arbeitete einfach überhaupt nicht.

Ralph legte sich in seinem kleinen Schlafzimmer wieder hin und versuchte sich zu beruhigen. Es war nachmittags halb fünf. Seit Mittag versuchte er zu schlafen. Um zehn nach sieben mußte er zur Arbeit fort, und sein Wecker war auf halb sieben gestellt.

»Ach ja, God«, sagte er zu seinem Hund, der mit der Schnauze auf den Pfoten dalag und ihn unverwandt ansah. »Entschuldige.«

Ralph schloß die Augen und zwang sich, ruhig zu atmen, um sich zu entspannen. Er sah das Haus vor sich, in dem Elsie wohnte, düster und unheimlich bei Nacht, vier Stock hoch, mit Türen, die so stark und undurchdringlich aussahen wie die Türen einer Bank, und dieses Bild bedrückte ihn zutiefst, löste in ihm sogar fast Angst oder Abwehr aus. In dieses Haus hatte er einmal um sechs Uhr abends Elsies zierliche blonde

Gestalt verschwinden sehen. Natürlich stand Elsie unter dieser Adresse nicht im Telefonbuch, auch nicht Marion Gill, deren Name mit Bleistift über einem andern Namen draußen an der Tür stand, und er hatte sich nicht die Mühe gemacht, unter diesem anderen Namen im Telefonbuch nachzuschlagen, und inzwischen hatte er ihn auch vergessen.

Seufzend drückte er die Wange ins Kissen.

Poch-poch-poch!

Das Klopfen kam von seiner Wohnungstür. »Wer ist da?« rief er.

»Sartori!«

Ralph warf sich den Bademantel über und zog der Schicklichkeit halber Pantoffeln an die Füße. Er öffnete seine Tür nur eine Handbreit.

»Sie! Ich sage Ihnen, wenn Sie hier nicht mit der Rumbrüllerei aufhören –«

»Ich habe ein Recht auf Ruhe und Frieden auf diesem Flur!« Ralph erkannte den schwarzhaarigen Burschen als den Vater dieser neuen Familie unten.

»Sie sagen, Sie haben ein Recht, und wir haben ein Recht, daß hier kein Irrer im Haus rumschreit, kapiert?«

»Dann lassen Sie gefälligst Ihre Tür zu!«

»Es ist heiß, und wir kochen. Man hat ja –«

»Eben, und das stinkt! Machen Sie doch mal Ihr Fenster auf!« Heute abend stank es nach Leber und der unvermeidlichen Tomatensoße, das konnte Ralph bis hierher riechen.

»Wenn ich mal sehe, daß Sie die Kinder anrühren –!« Sartori zog drohend die rechte Faust zurück. Er war in Hemdsärmeln und hatte die schwarzen Brauen finster zusammengezogen.

»Heilige Kühe!« höhnte Ralph. »Sie können ganz beruhigt sein, ich hab keine Lust, sie anzufassen! Abschaum der Menschheit. Kriechen überall herum wie die Kakerlaken!«

Sartoris Augen blitzten, und es schien einen Moment, als wollte er die Faust nach vorn schnellen lassen. »Mann, Sie sind ja irre!« Und was ist mit Ihrem dreckigen Köter, der pißt doch überall –«

»Was hat mein Hund getan?« Ralph hielt die Stellung. »Er bellt nicht einmal. Lassen Sie God aus dem Spiel!«

»Oh, Mann!« Sartori trat kopfschüttelnd zurück. »Sie gehören in die Klapsmühle.« Damit ging er.

Ralph schloß die Tür und legte zur Sicherheit auch noch die Kette vor. God stand auf seinen vier Beinen da und sah ihn fragend und gespannt an. »Schon gut, mein Freund. Sch-sch-t«, machte Ralph, um den Hund und auch sich selbst zu beruhigen. Und da predigte der Papst überall auf der Welt gegen die Geburtenkontrolle! Wahnsinn!

Sinnlos, sich für eine bloße Stunde jetzt noch schlafen zu legen. Ralph ging ins Bad, um sich über dem Waschbecken zu rasieren, und schnitt sich prompt. Er stillte das Blut mit einem Alaunstift. Dann öffnete er eine Dose Pilzsuppe, machte sie heiß und tat eine weitere Dose mit Wasser verdünnter Milch und ein paar Scheiben hartgewordenes Brot hinein. Als er die Suppe vom Herd nehmen wollte, stieß er mit der Hand an den Griff, und das Ganze landete auf dem Boden.

»Daaa-di-daaa!« sang Ralph vor sich hin, als er sich ans Aufwischen machte, und zwang sich zu einem Lächeln, woraus aber nur eine Grimasse wurde, das wußte er. Angesichts kleiner Mißgeschicke tat er das immer, um bei Verstand zu bleiben, wenn er so wütend war, daß er jemandem den Hals hätte umdrehen können, in diesem Fall Sartori, diesem eingebildeten, unverschämten Erzeuger der beiden heiligen Kälber. Ralph aß ein Stück Brot und versprach God sein Futter und sein Gassi.

Zehn Minuten später war er mit God unten auf der Straße, den Kopf hoch erhoben und fest entschlossen, Signor oder Signora Sartori, falls er ihnen begegnen sollte, keines Blickes zu würdigen, überhaupt auch den Rest der Familie nie mehr anzusehen, auch nicht den alten Bruder oder Onkel oder wer es sonst war, der noch mit in der Wohnung lebte. In seinem Magen bohrte der Hunger, aber das machte nichts; so blieb er in Form. In der ›Hot Arch Arcade‹ konnte er sich jederzeit ein heißes Würstchen holen. Widerliche acht Stunden, zu einem widerlichen Teil seines Lebens geworden, diese Jauchegrube namens ›Hot Arch Arcade‹, und nun war Elsie doch den Weg gegangen, den er gefürchtet hatte, und das mit John Sutherland! Er sah immer noch Mrs. Sutherlands Gesicht vor sich, bevor sie an jenem Sonntag ihr Haus betrat. Und wie er einmal – war es morgens oder nachmittags gewesen? – Elsie und Mrs. Sutherland Arm in Arm auf der 7th Avenue gesehen hatte und Mrs. Sutherland plötzlich Elsies Hand umfaßte und ängstlich auf sie einredete – da hatte sie Elsie wahrscheinlich gebeten, von ihrem Mann zu lassen. Welcher Wahnwitz, wieviel Unrecht auf der Welt! Und Elsie hatte nun wohl eine schönere Wohnung, finanziert von den Zahlungen John Sutherlands, vielleicht auch noch anderer. Elsie war Prostituierte geworden, wohnte mit einer Prostituierten zusammen, dieser jungen Frau mit dem kurzen braunen Haar, die er an jenem verhängnisvollen Sonntag morgens um sechs Uhr mit Elsie und Sutherland zusammen gesehen hatte. Sie sah älter aus als Elsie, die ja wirklich manchmal aussehen konnte wie ein Kind von fünfzehn Jahren. Diese Frau, die wahrscheinlich Marion Gill hieß, kassierte zweifellos einen Anteil von dem, was Elsie verdiente.

Und Sutherland hatte nicht einmal den Anstand oder den Mut besessen, auf seinen Brief zu antworten!

Ralph machte abrupt kehrt und zerrte God nach Hause. Mit finsterer Miene rief er sich die höflichen Untertreibungen ins Gedächtnis, mit denen er sich in seinem Brief zu Sutherlands neuestem Zeitvertreib geäußert hatte, um ihn so zurückhaltend wie möglich auf den irreparablen Schaden hinzuweisen, den er Elsie zufügte. Ralph hatte die Möglichkeit angedeutet, amtliche Stellen einzuschalten – gemeint war die Polizei –, aber auch das hatte er in ruhige Worte gefaßt. Elsie mochte mit ihren zwanzig Jahren zwar »sexualmündig«

sein, aber eine polizeiliche Ermittlung hätte sie wenigstens dazu gebracht, Namen und Adresse ihrer Eltern zu nennen, mit denen die Polizei sich dann in Verbindung gesetzt hätte, und genau das wollte Ralph, denn ihre Eltern würden ganz bestimmt –

Ralph stockte mitten in diesem Gedanken. Er traute sich nicht, zur Polizei zu gehen. Galten Mädchen nicht sogar schon mit fünfzehn oder sechzehn Jahren als sexualmündig? Konnte Elsie sich einfach weigern, die Adresse ihrer Eltern zu nennen?

»Alter Spinner!« rief ein etwa zwölfjähriger Junge, der vor dem Haus einen Tennisball hüpfen ließ, ihm nach.

Ralph beachtete ihn nicht.

Als er ein paar Minuten später von seiner Wohnung zur U-Bahn-Station an der Christopher Street ging, sah er unterwegs John Sutherland. Sutherland kam auf ihn zu und grüßte ihn mit breitem Lächeln.

»Guten Abend, Mr. Linderman, wie geht's?« fragte Sutherland, der in Jeans und einem Pullover mit V-Ausschnitt daherkam und muskulös und fit aussah. Er hatte eine braune Einkaufstüte mit etwas Flaschenförmigem darin.

»Danke, gut. Und selbst?«

»Gut. Übrigens, Elsie ist stadtaufwärts gezogen, an die West Side. Ich hatte zuerst gedacht, es sei die East Side. Aber es geht ihr gut, und demnächst verläßt sie die Stadt für einen Monat oder so. Urlaub – und ich glaube, es ist ein junger Mann im Spiel.«

Bei diesen Worten zwinkerte Sutherland ihm zu. Ralph sah ihn von einem Turnschuh auf den andern treten, wie wenn er es eilig hätte, wegzukommen. »Ein junger Mann?« fragte Ralph.

»Den hat sie in der Schule kennengelernt, in die sie geht. Netter Kerl, heißt es ... Bis demnächst, Mr. Linderman!« Er rannte los.

»Wo stadtaufwärts?« rief Ralph ihm nach, aber umsonst.

Sutherland hatte sich in Trab gesetzt und war schon fast nicht mehr zu sehen.

Ralph glaubte ihm kein Wort.

30

Jack lächelte immer noch, als er an seine Haustür kam. Wie hatte er so schön geschwindelt und dabei gestrahlt vor Freude! Die Idee, Linderman wegen Elsies Verbleib in den April zu schicken, wenn er ihm das nächstemal auf der Straße begegnete, und dazu auch noch einen jungen Mann zu erfinden, hatte er vor ein paar Tagen gehabt. Linderman sah ja schlimm aus – Ringe unter den Augen und schlecht rasiert, und dabei hatte er sich anscheinend auch noch geschnitten.

Die letzte Woche hatte für Jack einiges an Erfreulichem gebracht. Seine Zeichnungen für das Yak-Buch waren fertig und angenommen worden, und außerdem hatte er noch zwanzig bis dreißig neue Karikaturen verkauft. Und Charles, sein Vater, hatte ein wenig eingelenkt, was Jack nichts anderem als dem *Träume*-Buch zuschreiben konnte, das auf seinen Vater offenbar einen günstigen Eindruck gemacht hatte. Onkel Roger hatte Jack wissen lassen, daß sein Vater sich über den Erhalt eines Exemplars gefreut habe. Jack hatte es natürlich beiden Eltern gewidmet, und seine Mutter hatte ihm einen Brief geschrieben. Dann hatte sein Vater ihm auch einen – kürzeren – Brief geschrieben und darin gemeint, es freue ihn *aufrichtig* (unterstrichen), einmal eine schöne fertige Arbeit von Jack zu sehen, und die Zeichnungen machten auf ihn den Eindruck, daß Jack nun seinen Stil gefunden habe, oder so ähnlich. Das nächste Erfreuliche war, daß er und Natalia beschlossen hatten, Ende Juni nach Jugoslawien und Griechenland zu reisen. Natalia liebte beide Länder. Jack hoffte, in Jugoslawien diesmal Schöneres zu erleben als mit zweiundzwanzig Jahren im jugoslawischen Gefängnis.

Anfang März war Elsie schon über eine Woche in New Jersey, wo sie mit mindestens sechs weiteren Leuten in einem Haus zu wohnen schien. Sie hatte zwei Postkarten geschickt, adressiert an Natalia und ihn, und von Schwimmen und Reiten und »Grillen hinten auf dem Hof« berichtet. Dann war eine Pferdedecke gekommen, ein »Geschenk des Hauses«, wie Elsie schrieb, gelb-grün gewürfelt und ledergesäumt. Natalia gefiel sie, und Jack nannte sie »das Brett«, weil sie so dick war, daß sie sich kaum bog und beiderseits von ihrem Doppelbett abstand. Einmal fuhr Natalia samstags nachmittags nach New Jersey, um Elsie zu besuchen, und kam sonntags abends spät zurück. Jack fragte nicht, ob sie die Nacht in dem Haus verbracht habe, wo Elsie wohnte. Er hatte das Gefühl, daß sie sich in ein nahes Motel begeben hatten.

Jack freute sich sehr darüber, daß sein Vater ihm jetzt freundlicher gesinnt war. Er redete sich zwar gern ein, ohne die Nähe und den moralischen Halt der Familie leben zu können, aber die Haltung seines Vaters nach der jugoslawischen Gefängnisepisode hatte ihn doch verletzt. »Disziplinlosigkeit« hatte das Verdikt seines Vaters gelautet, Ausdruck seiner tiefsten Verachtung. Nie wieder hatte Jack Kokain geschnupft, auch nicht zum Spaß, auch nicht wenn sein Vater es nicht erfahren würde, oder sich betrunken, wie andere es hin und wieder taten, und er hatte sogar das Rauchen aufgegeben. Diese Reformen hatte er höchstens einmal gegenüber Onkel Roger erwähnt, aber nie gegenüber seinem Vater, dem er außer Weihnachtskarten in den letzten sieben, acht Jahren auch nie geschrieben hatte, bis vor kurzem, als er ihm das *Träume*-Buch schickte. Jack erinnerte sich an eine Theorie, die er sich nach Aufgabe des Rauchens zurechtgelegt hatte: Menschen benötigten gar keine Rauschmittel, man konnte sich durch Gedanken in einen anderen, glücklicheren Zustand versetzen, auch durch Musik oder das Anschauen von Bildern, manchmal sogar durch Arbeiten. Gewiß, es wirkte nicht auf die gleiche Weise wie Koks, aber daß an der Theorie etwas dran war, glaubte Jack immer noch. Er war überzeugt, daß er sich – selbst bei offenem Fenster – einfach hinstellen und sich in eine Ohnmacht hineindenken könne, indem er sich einen Verkehrsunfall vorstellte, einen zermalmten Schädel oder einen von der Lenksäule aufgespießten Körper. Er hatte nie die Lust verspürt, das Experiment weit zu treiben, um nicht am Ende wirklich in Ohnmacht zu fallen.

Ob Elsie mit ihrer Begeisterungsfähigkeit das auch konnte?

»... nicht nur New York, alles ist manchmal wie eine einzige große Überraschung. Musik, vor allem beim Aufwachen ... Gewiß denke ich auch an die Atombombe, allerdings nicht jeden Tag. Dann schaue ich nach oben und sehe, daß der Himmel noch klar ist. Aber vorstellen kann ich mir die Wolke da oben schon.«

Jack erinnerte sich, wie sie einmal etwas in dieser Art von sich gegeben hatte, erinnerte sich an ihre naive und ernste Stimme dabei.

Elsie rief ein paarmal aus New Jersey an, einmal als sie beide zu Hause waren, und einmal als Jack fort war, und Natalia hatte es ihm hinterher erzählt. Dann kam Elsie wieder, und Natalia besuchte sie noch am selben Abend in der Greene Street. Sie fragte Jack, ob er mitkommen wolle, aber er sagte, er habe zu tun. Natalia, Elsie und Marion wollten zum Essen in ein Restaurant in der näheren Umgebung gehen. Elsie sei ganz rosarot von der Sonne, berichtete Natalia und fügte hinzu, daß nach den Briefen, die Elsie bekommen habe, und den Mitteilungen, die ihre Agentin für sie angenommen habe, eine Menge Arbeit auf Elsie warte.

Nach allem, was Natalia von solchen Abenden erzählte, verstanden sie sich bestens zu dritt, einschließlich Marion. Versuchte Natalia ihr nun Elsie auszuspannen oder nicht? Hatte sie ihr Elsie schon ausgespannt, und teilte Elsie nur noch die Wohnung mit ihr? Letzteres glaubte Jack eigentlich nicht. Eher verhielt Elsie sich nur unbekümmert, so unbekümmert, daß sie leicht mit zwei Freundinnen gleichzeitig fertig wurde. Und Natalia war sich, wie immer, ihrer selbst so sicher, daß sie es sich leisten konnte, das Spiel gemächlich anzugehen, weil sie wußte, daß sie es am Ende gewinnen würde. Halb rechnete Jack schon damit, daß Natalia ihn fragte, ob er etwas dagegen habe, wenn Elsie mit nach Jugoslawien und Griechenland komme. Nein, Jack hätte wirklich nichts dagegen. Er konnte sich ohne weiteres vorstellen, hin und wieder in Elsies Hotel- oder Pensionszimmer zu schlafen, während Elsie die Nacht bei Natalia verbrachte. Er mußte bei dem Gedanken lächeln. Sie wollten sich auf einer griechischen Insel für drei Wochen ein Häuschen mieten. Aber wie es aussah, hatte Elsie diesen Sommer viel zuviel Arbeit und Verpflichtungen. Wie Natalia schon einmal gesagt hatte, war Elsie Tyler ehrgeizig.

Jack und Natalia sprachen über Amelias künftige Schule, denn Amelia wurde Ende Juni sechs, und Natalia wollte sie aus der, wie sie sagte, Kindergartenatmosphäre der ›Sterling Academie‹ an der West 12th Street herausholen. Sie berieten sich mit den Armstrongs, deren Söhnchen Jason ein Jahr älter war als Amelia, und hörten, daß die Armstrongs sich für eine Konfessionsschule entschieden hatten. »Wenn die Eltern wollen, daß ihr Kind zu Hause schläft und in einer kultivierten Umgebung aufwächst«, sagte Elaine, »sind Konfessionsschulen am besten. Wenn man den Religionsunterricht nicht will, ist das kein Problem, aber sie nehmen es mit ihren eigenen Ansprüchen sehr genau.« Also setzten Jack und Natalia eine Besichtigung von Konfessionsschulen auf die Tagesordnung. In ihrer näheren Umgebung gab es eine.

Bob Campbell hatte vielleicht doch recht damit gehabt, Louis' Ableben nicht sofort bekanntzugeben, dachte Jack. Zwar war es bei Freunden und Bekannten durchgesickert, aber erst Wochen später. Bob sagte, er habe Anrufe bekommen, aber nur wenige Beileidsbriefe, die er beantworten mußte. Jack erinnerte sich, daß Natalia es auch Elsie gesagt hatte, und offenbar hatte Elsie einen Brief an Bob geschrieben, einen so rührenden Brief, daß Bob, als er einmal abends zu ihnen zum Essen kam, ihn mitbrachte, um ihn Jack und Natalia zu zeigen. Natalia hatte den Brief überflogen, und Jack glaubte Tränen in ihren Augen gesehen zu haben, als sie ihn Bob zurückgab, war aber nicht sicher. »Doch, daran hätte Louis Gefallen gehabt«, hatte sie gesagt. Manchmal, an Sonntagen oder spätabends, fand Jack sie verändert, irgendwie geistesabwesend, und stellte sich vor, daß sie wahrscheinlich dachte, wenn Louis noch da wäre, könnte sie ihn anrufen und sich irgendwo mit ihm treffen und bis in den frühen Morgen mit ihm reden.

Elaine Armstrong rief an und fragte, ob sie am Samstag morgen mit zum Kunsthandwerksbasar in der Christopher Street gehen wollten. Jack und Natalia sagten zu, und sie trafen sich mit den Armstrongs wie verabredet an der Nordwestecke Bleecker und Christopher Street. Sie hatten ihre Sprößlinge mitgebracht, und Max schärfte Jason ein, ihnen nur ja nicht abhanden zu kommen, worauf Jason sagte, wenn er sich verlaufe, fände er schon den Weg nach Hause. Jack zog es vor, Amelia an der Hand zu behalten. Zuletzt nahm er sie huckepack. In der Christopher Street drängten sich die Leute, die herumschlenderten oder vor irgendwelchen Auslagen stehenblieben. Es gab Töpfereien, manche recht gut, andere scheußlich, und alles, was man aus Holz machen kann, von der Butterschale bis zur Sprechpuppe.

»Menschen-r-r-rechte! Hierher, Leute, laßt *Geld* sehen!« brüllte eine zigeunerartige Frau hinter einem Tisch mit Portemonnaies und Geldgürteln.

»Ich hab schon Durst auf ein Bier«, sagte Max zu Jack. »Bin gleich wieder da.« Er hatte einen Laden erspäht.

Natalia kaufte sich irgend etwas Eingetrocknetes am Strang, das schrecklich und nicht mal sauber aussah. »Man muß es in Wasser einweichen«, sagte sie und hängte es sich wie eine Girlande um den Hals.

»Und was ist es? Peperoni?« fragte Jack, bekam aber keine Antwort, denn Natalia hatte ihn nicht gehört.

Max kam mit zwei Dosen Bier zurück und gab Jack eine ab.

Elaine, die heute morgen einen blauweißen Hosenanzug trug, beugte sich über einer Auslage von Bettdecken und diskutierte mit Max über den Kauf einer rot-grünen, doppelbettgroßen Steppdecke für hundertzwanzig Dollar. Max gestand, daß er soviel nicht bei sich habe, aber Elaine meinte, er habe doch sicher seine Kreditkarte bei sich, oder?

Jack stieg eine einigermaßen leere Treppe hinauf, um für einen Moment aus dem Gedränge zu kommen. Unmittelbar zu seinen Füßen besah Natalia sich gerade ein paar Brieftaschen und Handtäschchen, doch er war sicher, daß sie keine kaufen würde, obwohl er selbst eine aus weißem Leder mit gelber Lederstickerei sah, bei der er gleich an Elsie dachte.

»Daddy, ich rieche – *Würstchen*!« brüllte Amelia ihm ins Ohr und stieß ihm beide Fersen in die Seiten wie einem Pferd.

»Ich rieche sechserlei Würstchen, und alle ganz schrecklich«, antwortete Jack. »Warte bis zum Lunch.« Plötzlich sah er Elsie auf der andern Straßenseite, etwa dreißig Meter von ihnen. »He, Natalia – da ist Elsie!« rief er und zeigte über die Straße. »Mit Marion – da drüben.«

»So?« Natalia kam die Treppe herauf und stellte sich neben ihn. »Hallo, *Elsie*! – *Marion*!«

Es sah aus, als ob Elsie sich zur Antwort umdrehte; sie drehte sich auch um, aber an der ruhigen Art, wie sie weiter mit Marion redete, sah man, daß sie den Ruf nicht gehört hatte, was bei dem allgemeinen Höllenlärm kein Wunder war. Zu den vielen Stimmen lieferten auch noch eine Drehorgel und eine Musikbox ihren Beitrag.

»El-sie« krähte Amelia und winkte.

»Die holen wir hier nie ein«, sagte Natalia, während Elsie und Marion sich weiter durch die Menschenmenge in Richtung Sheridan Square schlängelten, weg von ihnen. »Schade. Wir hätten sie zum Lunch einladen können.«

»Ja.« Sie wollten mit den Armstrongs zusammen irgendwohin zum Lunch.

»Ich möchte runter«, sagte Amelia. »Und ich hab schrecklichen Hunger!«

Jack ließ sie hinunter. »Aber ich habe Elsies Haut von hier aus gesehen«, sagte er lächelnd. »Sie ist wirklich ganz rosa.«

»Du hättest sie erst mal vor einer Woche sehen sollen!« Natalia ging die Treppe hinunter. »Vor ein paar Tagen mußte sie im Badeanzug posieren. Zum Glück ist sie ja zur Zeit am ganzen Körper so rot.«

Sie gingen zum Lunch in ein überfülltes Lokal namens ›The Front Porch‹ an der Ecke West 4th und 11th Street. Elaine trug in einer großen Plastiktüte ihre rot-grüne Steppdecke.

31

Jack malte mit stumpfroter Ölfarbe den Bogen einer Sessellehne, als das Telefon klingelte. Er ließ es ein halbes dutzendmal klingeln, bis fast alle Farbe aus dem Pinsel war. Natalia war an diesem Nachmittag mit Amelia in ein paar Galerien gegangen.

»Hallo?« meldete sich Jack.

»*Jack*!« rief Marion außer Atem. »Kannst du mal herkommen? Jetzt sofort. *Bitte*.«

»Was ist denn los?«

»Elsie ist verletzt, es sieht ganz schlimm aus!«

»Wo ist sie?«

»Hier! In der Greene Street!«

»Was ist denn passiert? – Hast du schon einen Arzt gerufen?«

»N-nein. Es ist –« Marions Stimme klang fast erstickt.

»Marion, ruf das St. Vincent's an! Oder soll ich es tun?«

»Komm nur her!«

»Gut. Aber ruf das Krankenhaus an, ja?«

Jack schnappte sich Schlüsselbund und Brieftasche und rannte aus dem Haus. War Elsie von einer Leiter gestürzt und ohnmächtig geworden? Oder hatte jemand sie in der Wohnung überfallen? Jack lief die Bleecker Street hinunter stadtabwärts, immer die Augen nach einem Taxi offenhaltend.

Wenn er irgendwo ein Taxi sähe, würde er hinterherrennen und es einholen, das schwor er sich. Aber wenn er das konnte, war er dann nicht überhaupt den ganzen Weg schneller als ein Taxi? Mit dieser Absicht schlug er jetzt ein gleichmäßiges Lauftempo an, versuchte kontrolliert zu atmen und plante seinen Slalom durch die Fußgänger immer weit genug voraus, wechselte notfalls auch mal vom Gehsteig auf die Straße hinunter.

An der Houston Street wandte er sich nach Osten und überquerte sie im Laufschritt, sowie der Verkehr es zuließ. Um ein Haar hätte er einen Kinderwagen umgerannt, weil die Frau, die ihn schob, ihm auszuweichen versuchte, doch der Kinderwagen wackelte nur ein bißchen. »Entschuldigung!« schrie Jack.

»Verrückt geworden, was?« kreischte die Frau.

Endlich drückte er auf den Klingelknopf, neben dem über einem anderen Namen »Gill« stand, wobei ihm wieder einfiel, daß Marion die Wohnung ja von irgendwem überlassen worden war.

Der Türöffner summte, und Jack trat in einen quadratischen kleinen Vorraum. Die nächste Tür dahinter, die ins Treppenhaus führte, war unverschlossen.

»Jack?« rief Marion von oben.

»Ja!« Jack rannte die Treppen hinauf, immer zwei Stufen auf einmal.

»Was ist denn hier los, zum Teufel?« Das kam von links unten, wo eine Tür aufgegangen war.

Jack sah nur ganz kurz das finstere Gesicht des etwa

Fünfzigjährigen, der in der Tür stand, die Hand auf der Klinke.

»Jack! Jack, komm *rein*!« rief Marion mit hängenden, bebenden Schultern.

Jack trat durch eine hohe Tür auf der rechten Seite.

Elsie lag auf dem Boden, ein Kissen im Nacken, Kopf und Gesicht voller Blut.

»Mein Gott!« sagte Jack. »Wie ist das passiert?«

»Sie ist unten überfallen worden! Ich hab sie schreien hören – da bin ich runtergelaufen, und irgendwer ist zur Tür hinausgerannt. Elsie fiel gerade um, aber sie schrie nicht mehr ... Wie ich sie die Treppe raufgezogen habe, da lebte sie aber ganz bestimmt noch! Sie hat noch was zu mir *gesagt*!«

Jack drückte den Daumen auf Elsies Handgelenk, das sich kalt anfühlte, aber er war ja schließlich ganz erhitzt. Die halboffenen Augen machten Jack angst. »Hast du das Krankenhaus angerufen? Das St. Vincent's?«

»Vince hat angerufen. Er wohnt unten. – Meinst du, sie ist tot, Jack?« Marion zitterte am ganzen Leib.

Jack konzentrierte sich auf den Puls. Er fand ihn nicht. Er legte seinen verschwitzten Zeigefinger an Elsies Oberlippe, fühlte aber keinen Atem. Er riß ihre weiße Jacke auf und sah zu seinem Entsetzen noch mehr Blut, links, von der Taille abwärts, unter der blauen Baumwollhose. »Mein Gott! – Hol eine Decke, Marion!«

Marion riß irgendwo eine Decke von einem Bett und schleifte sie her, und sie deckten Elsie bis zum Hals zu. »Meinst du, sie ist *tot*, Jack?«

»Weiß ich nicht. Herrgott, wer war das denn da unten? Hast du jemanden gesehen?«

Marion schüttelte den Kopf. »Ich hab nur noch die Tür zufallen sehen – eine weiße Hose, glaube ich. Elsie fiel gerade hin – sozusagen die Treppe *hinauf*. Vince – der da unten wohnt – ist rausgekommen und hat mir geholfen, sie raufzubringen. Da haben wir noch gedacht, sie ist nur ohnmächtig!

Wir dachten – nur ein kaltes Handtuch!... Ich habe Vince sogar noch weggeschickt, dann hab ich dich angerufen, und als Vince wiederkam, hab ich ihm gesagt, er soll im St. Vincent's anrufen. Er wartet jetzt wahrscheinlich unten auf der Straße, um den Krankenwagenleuten die Wohnung zu zeigen.«

»Mein *Gott*«, flüsterte Jack. Er sah gerade, daß Elsies Kopf von oben leicht eingedrückt aussah. Das Blut hatte sich zum Teil schon dunkel verfärbt, zum Teil war es noch hellrot.

»Das ist ja eine schreckliche Kopfwunde! Meinst du, es ist vielleicht nur ein Koma, Jack?«

Das meinte Jack nicht. Seiner Meinung nach war Elsie tot. Er hörte das Jaulen eines Krankenwagens, und irgendwie klang es unheilvoll und müde.

»Da sind sie«, sagte Marion.

»Aber wer in drei Teufels Namen...? Konntest du wirklich nicht sehen, wer da zur Tür hinausgerannt ist?«

»Ich konnte es bestimmt nicht sehen, Jack, das schwöre ich. Es war sicher diese verdammte Fran! Das könnte ich beschwören!« Marion sah ihn mit entsetzt aufgerissenen Augen an. »Wer denn *sonst*?«

Sekunden später waren die weißgekleideten Sanitäter da und beugten sich über Elsie, und ein Polizist und noch ein paar Männer drängten sich auf einmal in der Wohnung und stellten Fragen. Elsie war für tot erklärt, das hatte Jack zwar nicht direkt gehört, aber es war aus dem ganzen Verhalten der Leute zu schließen. Alle mußten beiseite treten, während einer fotografierte, zuerst mit Decke, dann ohne. Marion Gill wurde als Bewohnerin des Apartments nach ihrem Namen gefragt, ihrer Beziehung zu »dem Mädchen da«, nach Elsies nächsten Angehörigen. Die mußte Marion erst irgendwo heraussuchen.

»Sie sollte gegen vier nach Hause kommen«, sagte Marion. »Nein, ich weiß nur, daß unten jemand aus dem

Haus gerannt ist. Ich glaube, jemand mit weißer Hose. Ich habe die Tür noch zufallen sehen.«

Ein Mann wurde nach unten geschickt, um die Leute im Erdgeschoß zu befragen.

Aus dem Gewirr der durcheinander redenden Stimmen hörte Jack in den nächsten Sekunden heraus, daß unten im Treppenhaus ein Ziegelstein oder »ein Betonbrocken« gefunden worden sei.

Dann wurde Jack vernommen. Er konnte sich ausweisen, und Marion bestätigte, daß sie ihn kurz nach vier Uhr angerufen und gebeten habe, herzukommen. Jack und Marion wurden beide gefragt, ob sie eine Ahnung hätten, wer das Mädchen überfallen haben könnte, was Marion nach kurzem Zögern verneinte; Jack schüttelte nur den Kopf.

Schuhe scharrten auf dem Boden. Man trug Elsies Leiche auf einer Bahre fort.

Marion folgte der Bahre ins Treppenhaus, und Jack blieb an ihrer Seite. Er fürchtete, sie würde in Ohnmacht fallen, aber sie stand starr und steif. Unten fotografierte einer das Treppenhaus, und ein Polizist sprach mit vier oder fünf Männern und Frauen, von denen Jack annahm, daß sie im Haus wohnten.

»Der Dicke mit dem Schnurrbart«, sagte Marion zu Jack, »den sieht man nur, wenn er mal wieder den Kopf zur Tür rausstreckt, um irgendwem was nachzubrüllen. Er macht immerzu irgendwelche Tonbandaufnahmen und haßt darum jeden Lärm um sich herum. Warum ist er nicht rausgekommen, als Elsie –« Sie redete nicht weiter.

Jack sah, daß sie den etwa Fünfzigjährigen meinte, der ihm, als er hier ankam, nachgeschrien hatte, was denn zum Teufel los sei.

»Ich schwöre, Elsie hat noch was zu mir gesagt, als ich sie auffing«, fuhr Marion fort. »Ich könnte schwören, daß sie gesagt hat: ›Hilf mir auf‹ oder ›Mein Kopf –‹.«

Jack konnte das nicht glauben, nachdem er die Delle an

Elsies Kopf gesehen hatte. Er nahm Marion beim Arm und führte sie in die Wohnung zurück, die im Augenblick mal leer zu sein schien. Und plötzlich sackte Marion in sich zusammen, ihre Schultern fielen herab. »Setz dich einen Moment, Marion.« Jack tropfte der Schweiß von der Stirn, und sein T-Shirt war patschnaß. Er sah den großen dunklen Blutflecken auf dem türkisfarbenen Kissen, das unter Elsies Kopf gelegen hatte, und drehte es schnell um. Blut war auch in den bläulichen Betonfußboden eingesickert, aber da sah man es nicht so deutlich wie auf dem Kissen. Die Decke lag zerknüllt auf dem Boden. »Hast du was zu trinken im Haus, Marion? Oder vielleicht Tee? Ein heißer Tee täte dir gut.«

»Heißer Tee!« Marion lachte bitter. »Klar hab ich was zu trinken im Haus. Da oben, rechts. Gieß nur was ein, Jack.«

Sie meinte das Schränkchen über dem Spülbecken. Jack nahm die Flasche Cutty Sark, schenkte zwei Gläser ein und reichte eines Marion.

Marion nippte daran. »*Hier* war sie!« Marion setzte sich kerzengerade auf, dann erhob sie sich.

»Nein, setz dich wieder hin.« Aber Marion ging, und Jack hatte Mühe, sie zur nächstbesten Sitzgelegenheit zu führen, einem Doppelbett in der Ecke.

Marion setzte sich auf die Bettkante. »Die kommen noch mal zurück. Die sind noch nicht fertig.«

»Wer?«

»Die Polizei.«

»Natürlich kommen sie noch mal wieder. Und sie werden den, der's getan hat, auch kriegen... Marion, möchtest du irgendwen anrufen? Möchtest du mit zu mir nach Hause? Zu uns? Du kannst nicht so allein hierbleiben. – Trink mal.«

Sie nahm einen kräftigen Schluck und schloß die Augen, dann gingen die rötlichen Wimpern wieder hoch, und sie sah ihn ruhiger an. »Es geht schon wieder.«

Jack sah an die hohe weiße Decke. An zwei Wänden hingen Gitarren und ein paar Bilder von ein und demselben

Künstler, gar nicht so schlecht. »Wo war Elsie denn heute nachmittag?«

»Sie hatte um zwei einen Termin in einem Studio an der East 38th. Da sei sie lässig in einer Stunde fertig, hat sie gemeint, und könne um vier wieder zu Hause sein. War sie ja auch – sie ...« Marions Stimme zitterte.

»Komm mit zu mir nach Hause, Marion. Oder ruf eine Freundin an. Jedenfalls lasse ich dich hier nicht allein.«

Marion rieb sich die Stirn. »Ich rufe Myra an, okay?«

»Wohnt sie in der Gegend?«

»Ja.« Marion wollte aufstehen und fiel fast wieder zurück. Dann gab sie sich plötzlich einen Ruck und stand stramm wie ein Soldat, noch ehe Jack bei ihr war. »Es geht wirklich wieder, Jack. Und ich kriege den Schweinehund, der das gemacht hat, das schwöre ich!«

»Keine Bange. Den kriegen wir.«

Während Marion telefonierte, ging Jack ans Spülbecken in der Küche, wusch sich das Gesicht und schwappte eine Handvoll Wasser unter sein T-Shirt. Er hörte Marion sagen: »Gut, ich kann also zu dir, ja? ... In ein paar Minuten. Fünf.«

Sie schlossen ab und gingen nach unten. Im Treppenhaus unterhielten sich noch ein Mann und eine Frau.

»Ist Ihre Freundin *tot*?« fragte die Frau. »Ist das wahr?«

»Ja.« Marion machte einen Bogen um die ausgestreckte Hand der Frau.

»Ist die Polizei noch oben, Marion?« Die Frage kam von einem großen, blonden jungen Mann in Jeans und schwarzem T-Shirt. Sein Gesicht war ernst.

»Nein«, sagte Marion. »Danke fürs Anrufen, Vince.«

»Fürs Anrufen – was ist das schon! ... Mein Gott, *Elsie*!« flüsterte er. »Ich hab mich nicht getraut, raufzukommen, falls die Polizei noch mit dir redete. Kommst du heute abend wieder, Marion?«

»Weiß ich noch nicht. Ich bin bei Myra.«

»Okay, wir sind zu Hause. Halt uns auf dem laufenden.«

Sie gingen nach Süden. Myra wohne zwei Häuserblocks weiter, sagte Marion. Jack hielt sie am Arm, nur leicht, und es war vielleicht nicht nötig, aber ihm half es, sie am Arm zu halten, und vielleicht tröstete es sie auch ein bißchen.

»Wie kommst du darauf, daß es Fran gewesen sein könnte?« fragte Jack.

»Sie ist so ein widerliches Ungeziefer und hat Elsie so gehaßt. Ich *weiß* es nicht, Jack, aber ich *glaube* es.«

Etwas prallte gegen Jacks Oberschenkel, die Lenkstange eines Kinderfahrrads, und der kleine Junge schrie ihm etwas Gehässiges nach. »Das hast du der Polizei aber nicht gesagt.«

»Ich hole mir doch deswegen keinen Ärger an den Hals. Falsche Anschuldigung, was? Die würden mich für hysterisch erklären! Lesbische Rivalitäten und so. – Ich habe noch Zeit genug, von Fran zu reden. Warten wir erst mal ab, was die finden.«

Sie bogen um eine Ecke, nach links.

»An Linderman denkst du nicht?«

»Lin-... Der alte Schleimer? N-nöö, das seh ich nicht.« Marion sprach wieder in ihrem gewohnten vernünftigen Ton. Sie sah Jack von der Seite an. »Das sehe ich wirklich nicht... So, da sind wir. Das heißt, ich.« Sie wollte die vier oder fünf Stufen zu einem Haus hinaufgehen.

»Ich möchte dich noch mit eigenen Augen hineingehen sehen«, sagte Jack und sah Marion müde lächeln, bevor sie dann wirklich hinaufging und klingelte. »Wir sind heute abend zu Hause, Marion. Wir sind da. Ruf uns an, wenn du willst. Du mußt aber nicht.«

»Danke, Jack.« Marions Stimme war klar und fest. Ein Summer ertönte, und sie ging ins Haus.

Jack ging wieder stadtaufwärts, den Kopf gesenkt, ging schnell und atmete schnell und hob den Kopf immer nur so weit, daß er eventuellen Entgegenkommenden noch ausweichen konnte. Flüche gingen ihm durch den Kopf, Erstaunen, Ungläubigkeit, Wut, und seine Augen begannen zu brennen, was im Moment das einzige Normale, Verständliche zu sein schien. Tränen, ja, die ihm den Staub aus den Augen spülten, die seine Augen schmerzten, real und faßbar.

Was machte in dieser Minute Ralph Linderman? Jack war auf dem Weg zu Lindermans Höhle, die Absicht hatte er schon gehabt, als er in Marions Wohnung den Cutty Sark einschenkte. Linderman ein paar Fragen zu stellen. Vielleicht war er ja gar nicht da.

Jack sah auf seine Armbanduhr. 17.37 Uhr. Jetzt war er in der Bleecker Street und setzte sich in Trab, den er beibehielt, solange er konnte, ohne andere anzurempeln. Er wußte Lindermans Hausnummer nicht mehr so genau, aber den Hauseingang würde er bestimmt erkennen, die kleine Treppe zu der abgenutzten schwarzen Tür. Oben auf der Treppe saß jetzt ein Baby in Windeln, und auf dem Gehsteig spielten ein paar Jungen mit einem schmutzigen Tennisball und starrten Jack nach, als er zwischen ihnen hindurch die Treppe hinaufging und auf Lindermans Klingel drückte. Die Haustür war nicht abgeschlossen.

»Die Klingel tut's nicht«, gluckste einer der Jungen.

Jack wußte nicht, ob er ihm glauben sollte oder nicht.

»Willst du zu dem alten Blödmann? Geh doch rauf!«

Die andern brüllten vor Lachen.

Jack probierte die zweite Tür, die ebenfalls unverschlossen war, und ging nach oben. Stimmen und Kochgerüche, Alter und Staub. Wegen der Hitze schienen alle Wohnungstüren einen Spaltbreit offen zu sein. Ganz oben, und dann die Tür hinten links, erinnerte sich Jack. Er klopfte.

Näherkommende Schritte. »Wenn *Sie* das wieder sind, ich mache nicht auf.«

Jack klopfte lauter. »Ich bin's, Sutherland.«

Pause. »Sutherland?«

»Ganz recht, Mr. Linderman«, sagte Jack. Er stand breitbeinig vor der Tür und wischte sich mit dem Unterarm den Schweiß aus den Augen.

Linderman öffnete. Er war halb rasiert, hatte noch den Schaum auf der einen Gesichtshälfte und in der Hand einen Rasierapparat. »Was gibt's denn?«

»Darf ich reinkommen?«

Linderman trat steifbeinig zur Seite und ließ ihn ein.

Jemand schrie unten etwas auf italienisch, und man hörte es auch noch ein bißchen, als die Tür wieder zu war.

»Entschuldigen Sie mein Aussehen«, sagte Linderman, »aber hier war den ganzen Nachmittag solche Unruhe im Haus, und ich mache mich gerade fertig, um zur Arbeit zu gehen.«

Jack nickte. Linderman war in Hose und Unterhemd. Der schwarzweiße Hund schnupperte an Jacks Beinen und wedelte halbherzig mit dem Schwanz. Linderman ging in Hausschuhen fort und drehte irgendwo hinten in der Wohnung das Wasser ab.

»Also, was gibt's?« fragte Linderman, als er wiederkam. »Sie haben bei der Hitze Ihren Dauerlauf gemacht?«

»Nein.« Jack wandte keinen Blick von Linderman.

»Möchten Sie ein Glas Wasser? Was sehen Sie mich so an?... Sie haben sich wahrscheinlich über meinen Brief geärgert.«

Jack fühlte sich, wie wenn sein Gesicht, sein ganzer Körper glühte. Der Schweiß lief ihm nur so herunter. »Was haben Sie heute nachmittag getan?«

»Ich? Ha! – Hab zu schlafen versucht! Hier unter mir ist so eine neue Itakerfamilie eingezogen. Überall krabbeln Kinder herum, hier *oben*!« Linderman zeigte nach draußen. »Mein Dienst fängt um acht an. Ich brauche meinen Schlaf. Wenn das *Arbeits*geräusche wären, würd's mich nicht halb so verrückt machen, sage ich immer, aber das ist unnötiger Lärm! Schreiende Kinder, brüllende *Erwachsene*!«

Plötzlich rumste es ganz in der Nähe, und Jack fuhr herum wie eine nervöse Katze und sah zur Tür.

»Das ist hier üblich! Sie spielen Ball – gegen *meine* Tür!«

Linderman sprach voll höhnischer Verachtung. Er hatte noch immer den Rasierapparat in der Hand. »Das ist natürlich Absicht.«

Auf dem Flur kreischte ein Kind.

»Am liebsten würde ich God beibringen, sie hier runterzujagen, aber dann würden sie sich über den Hund beschweren, und *recht bekommen*! Ruhe und Ordnung gelten ja nichts mehr.«

»Wo waren Sie heute nachmittag um vier?« fragte Jack.

»Um vier?« Linderman war sichtlich erstaunt. »Hier war ich.«

»Wann haben Sie zuletzt Ihren Hund ausgeführt?«

»God? Heute vormittag, so um zwölf. Er muß noch mal raus, bevor ich zur Arbeit gehe.« Linderman drehte sich um, wollte sich an die eingeseifte Wange greifen, tat es aber nicht. »Was ist eigentlich los, Mr. Sutherland? Hat's einen Überfall bei Ihnen gegeben? Oder einen Einbruch?«

Auf dem Weg zu Linderman hatte Jack sich noch so leicht ausmalen können, wie Linderman Elsie nach Hause folgte, Elsie etwas Ungezogenes über die Schulter zu ihm sagte, Linderman nach dem ersten besten griff, was er fand, einem Stein von der Straße, und ihn ihr nach dieser letzten Demütigung über den Schädel schlug, gerade als Elsie die Haustür aufschloß, vielleicht noch zweimal zuschlug, während sie schrie, dann den Stein fallen ließ und flüchtete, als er Marion oben die Tür öffnen hörte. Und nun stand Linderman hier und beschwerte sich über seine Nachbarn, sagte, er sei den ganzen Nachmittag zu Hause gewesen, und es stimmte vielleicht auch. Sollte er Linderman glauben?

»Mr. Sutherland –?«

»Nein, kein Einbruch«, sagte Jack.

»Ist Ihrem Töchterchen etwas zugestoßen?«

»Nein.«

»*Elsie?*« Lindermans Miene wurde noch sorgenvoller.

»Nein, nein.«

»Gut. Dann – wenn Sie mich einen Augenblick entschuldigen – Sie dürfen sich auch setzen. Ich muß mir noch den Bart fertig abschaben und kurz den Hund ausführen.« Linderman wies auf seinen Sessel und zog sich ins Bad zurück, das sich irgendwo rechts von den beiden Fenstern befand.

Jack ging auf die offene Tür zu, durch die Linderman gegangen war. Er sah ein ungemachtes Bett in einem kleinen Zimmer, hörte wieder Wasser laufen. Das Bett sah aus, als ob Linderman gerade erst daraus aufgestanden wäre, aber konnte er nicht auch schon um drei aufgestanden sein? Jack drehte sich um und ging zur Wohnungstür, da sah er darüber eine braungeränderte rechteckige Karte mit der schwarzen Aufschrift: PREPARE TO MEET THY DOG. Das DOG hatte Linderman über ein anderes Wort geklebt, wahrscheinlich GOD. Solche Kärtchen bekam man in Souvenirläden.

»Haha!« lachte Linderman, der gerade wiederkam. »Meine neueste Erwerbung. ›Sei bereit, deinem –‹«

»Wo arbeiten Sie zur Zeit, Mr. Linderman?«

»Ach je. In einem Ding namens ›Hot Arch Arcade‹. Ecke Broadway und Einundachtzigste. Brot und Spiele für die Massen. Tag und Nacht geöffnet, und ich glaube nicht, daß Ihnen die Kundschaft dort gefallen würde ... Sie sind ja ganz blaß, Mr. Sutherland!«

»Blaß?«

»Vor einer Minute waren Sie noch rot wie eine Tomate, jetzt sind Sie ganz blaß! Wenn Sie mit mir sprechen wollen – über meinen Brief wegen Elsie ... Bitte –.« Linderman streckte die Hand aus, als wollte er Jack zum Sessel führen.

Jack wich einen Schritt zurück und ging zur Tür. »Danke, aber ich muß gehen. Entschuldigen Sie die Störung.« Er ging.

Dann war Jack wieder auf der Straße, in der Sonne. Er ging in normalem Tempo, und die Luft fühlte sich kühl an seinem Körper an. Er griff nach dem Hausschlüssel.

Natalia und Amelia waren zu Hause, Natalia in der Küche.

»Hallo, Jack! Rat mal, was wir ... Was ist los, Jack?«

»Nichts.«

»Du siehst fix und fertig aus! – Wo warst du?«

Jack fühlte ein leichtes Beben durch seinen Körper gehen. Schüttelfrost? Er erinnerte sich plötzlich wieder, wie Elsie hier einen Schüttelfrost bekommen hatte, im Februar oder wann? Er zog sich das T-Shirt über den Kopf. »Ich denke, ich gehe mal unter die Dusche.« Er ging und drehte das heiße Wasser auf.

Natalia kam ihm nach. »Was ist passiert, Jack? Bist du irgendwo in eine Schlägerei geraten?«

»Schlägerei? Nein!« Jack mußte fast lachen, während er unter die heiße Dusche trat. Das Wasser fühlte sich herrlich an. Er ließ es sich über den Kopf, das nach oben gekehrte Gesicht laufen, so heiß, wie er es eben noch ertrug. Seine Zähne hörten auf zu klappern.

»Heiße Dusche – und danach ein kalter Drink?«

»Am liebsten wäre mir ein heißer Tee.«

»Im Ernst?«

»Ja.«

Jack zog sich einen Frotteemantel über und ging mit dem Tee ins Schlafzimmer. Er hatte Natalia ein Zeichen gemacht, daß sie mitkommen solle. »Setz dich.« Er hatte gemeint, aufs Bett oder einen Stuhl. Sie wollte sich nicht setzen, aber er bestand mit einer stummen Geste darauf.

»Na schön.« Sie zog sich den Stuhl heran, der immer neben seiner Bettseite stand.

»Elsie ist tot«, sagte er leise.

Natalia fuhr zusammen. »*Tot* – was soll das heißen?«

»Heute nachmittag. Marion hat mich angerufen. Das war so gegen vier. Ich bin hingerannt –«

»*Tot* – wie denn?«

»Erschlagen. Jemand hat sie mit einem Stein erschlagen.« Jack zitterte wieder, als er seine Teetasse nahm.

»Wo?«

»Direkt im Hauseingang. Marion hörte sie schreien und ist

runtergelaufen und – hat sie nach oben gebracht. Aber sie war tot. Die Polizei war da – und ein Krankenwagen vom St. Vincent's-Krankenhaus. Marion meint –«

»Ich kann es nicht glauben«, flüsterte Natalia. »Meinst du, daß dieser widerliche Linderman –?« Natalia war aufgestanden. »Hat Marion etwas gesehen?«

»Nein. Sie sagt, sie hat nur gesehen, wie jemand hinauslief, jemand in weißen Hosen, sagt sie, aber sie steht im Grunde noch unter Schock, Darling, und könnte sich irren.«

»Es ist nicht zu fassen!«

»Ich war eben bei Linderman«, sagte Jack. »Er sagt, er war den ganzen Nachmittag zu Hause, und ich muß sagen, es sah tatsächlich so aus... Marion sprach von dieser Fran – du weißt doch, diese Verbrechertype.«

»Ja, Fran.«

»Wie heißt sie mit Nachnamen?«

»Weiß ich nicht mehr. Mein *Gott*, Jack – hast du Elsie gesehen?«

»Ja. Natürlich. Ich bin zur Greene Street gerannt, nachdem Marion angerufen hatte. Sie dachte anscheinend, Elsie sei nur verletzt – bewußtlos, aber –« Jack wollte Elsies Wunden nicht beschreiben. »Marion hat Fran im Verdacht... Klar, die Polizei wird sich Fran vornehmen, Linderman auch, und sie verhören, da bin ich sicher. Aber was gibt es in Elsies Umkreis sonst noch alles an üblen Kunden? *Ich* weiß es nicht. Du?«

Natalia konnte die Frage überhört haben. Mit düsterer Miene saß sie da, den Kopf gesenkt, aber sie weinte nicht. »Himmel noch mal, *Elsie*! – *Nein*!« schrie sie plötzlich, als es laut an die geschlossene Tür klopfte.

Amelia öffnete die Tür einen Spalt; sie wollte irgendwas.

»Ich bin gleich wieder da«, sagte Natalia und ging hinaus. »Nein, Schatz, Daddy und ich haben etwas zu besprechen. Noch fünf Minuten. Ja, wegen der Reise. Wir –« Ihre Stimme wurde leiser und war nicht mehr zu hören.

Die Jugoslawienreise. Sie wollten Ende des Monats aufbrechen, über Wien nach Belgrad fliegen. Ein paar Koffer lagen schon in der Diele, teils offen, teils geschlossen, und ein bißchen gepackt hatten sie auch schon.

Natalia kam mit einem Glenfiddich zurück.

In den nächsten Minuten fragte Natalia ihn nach allen Einzelheiten aus, wann es war, wo Elsie verletzt worden war, was Marion gesagt hatte, wo Marion sich jetzt befand (Natalia hatte Myra einmal kennengelernt, wußte aber nicht mehr genau, wie sie mit Nachnamen hieß, Jackson oder Johnson), und was die Polizei gesagt oder gefragt und was Linderman gesagt hatte.

»Ich muß hin, ich muß sie sehen«, sagte Natalia und drückte ihre Zigarette aus.

»Wen? Marion?«

»Elsie.«

Jack konnte es ihr nicht ausreden. Natalia wollte zum St. Vincent's und von da zum Leichenschauhaus, oder wo Elsie sonst lag.

»Dann komme ich mit«, sagte Jack und stand auf und wollte sich anziehen.

»Ich will nicht, daß du mitkommst. Ich mache das.«

Die Entschlossenheit in Natalias Gesicht und Stimme ließ Jack innehalten. Sie wollte wirklich allein hin.

»Laß Amelia heute abend nicht fernsehen. Da könnte was kommen, weißt du? Eine Meldung.« Natalia hatte geflüstert.

Jack zog sich an, sowie er die Tür zugehen hörte. Er zog eine Baumwollhose und ein Hemd darüber an. Im Bad hob er seine Jeans auf, die am Bund noch dunkel von Schweiß waren.

»Dad-dieee! Das Nebu-koo!« rief Amelia aus dem Wohnzimmer.

»Das was?« Er sah seine Tochter auf dem Boden liegen, auf einen Ellbogen gestützt, die langen Haare bis auf den Boden.

»Hier! – Ich kann es lesen! Was ist das?«

Jack beugte sich über die Jugoslawienkarte, die Amelia auf dem Teppich ausgebreitet hatte, und sah nur das papierene Rechteck der Karte. »Ein Ort ist das. Was denn sonst?«

»Werden wir das sehen?« Amelia verlor die Geduld. »Das ist kein Ort, das sieht aus wie ein Zelt! Guck doch mal, hier am Rand!«

Durch die Fenster hinter ihr fiel Licht, Tageslicht, auf Amelias Haar, und Jack mußte an Elsie denken. Das letzte Sonnenlicht an Elsies letztem Lebenstag. Jack schloß die Augen und wandte sich ab.

»Ich muß mich ums Essen kümmern. Wirst du nicht langsam hungrig?«

»Nein«, sagte Amelia aus reinem Trotz. »Wo ist Mami?«

»Sie ist mal eben weggegangen. Kommt aber bald zurück.«

Natalia hatte schon mit Kochen begonnen, so daß für Jack nicht mehr viel zu tun blieb. Während er mit Amelia beim Essen saß, klingelte das Telefon. Ein Mann stellte sich als Polizeibeamter vor und fragte, ob es Jack recht sei, wenn er mal eben vorbeikomme.

»Natürlich. Jetzt gleich?«

»Ungefähr in zehn Minuten.«

Jack versuchte Amelia ins Bett zu bekommen. Sie ahnte aber etwas und versuchte ihn an der Nase herumzuführen. Ja, sie gehe zu Bett, und nein, sie gehe nicht, weil Besuch komme.

»Du kannst natürlich aufbleiben«, versuchte Jack es mit Homöopathie. »Es wird eine Party. Räuber und Gendarm.«

Amelia riß die goldenen Augen auf. »Wer kommt denn? Wie viele?«

»Es ist aber eine Pyjama-Party. Du mußt dich umziehen!«

Es klingelte.

Zwei Polizisten, beide in kurzärmeligen blauen Uniformhemden, kamen die Treppe herauf. Den einen erkannte Jack wieder: Er hatte schon in Marions Wohnung mit ihm gesprochen.

»Mr. Sutherland?«

»Ja, Sir«, sagte Jack.

Sie stellten sich vor, und Jack bat sie herein und bot ihnen Platz an.

Amelia kam barfuß herein; sie hatte ihren Pyjama an und machte Anstalten, dabeizubleiben.

»Amelia, Schatz – du mußt uns ein paar Minuten allein lassen.« Jack versuchte sie wieder in ihr Zimmer zu bugsieren.

»Du hast gesagt, es ist eine Räuber-und-Gendarm-Party!«

»Die Räuber sind noch nicht da«, sagte Jack.

»Ich geh aber nicht!« rief Amelia zappelnd.

»Entschuldigung«, sagte Jack zu den Polizisten, von denen der eine lächelte. »Meine Frau ist fortgegangen – vielleicht können wir ins Schlafzimmer gehen?«

Ihm gefiel das zwar nicht, aber er wollte Amelia auch nicht gern in ihr Zimmer sperren. Jack brachte noch einen Stuhl ins Schlafzimmer. Die Polizisten folgten ihm. Jack machte Amelia die Tür vor der Nase zu und sagte dabei: »Wir müssen ein paar Minuten miteinander reden, Schatz!« Aber er wußte, daß Amelia an der Tür lauschen würde. Oder doch nicht?

Zögernd setzte er sich aufs Bett.

»Sie waren mit diesem Mädchen eng befreundet?« fragte der Polizist, den Jack noch nicht kannte. Er hatte sich als Beamter der Mordkommission vorgestellt.

»Gut befreundet – nicht eng«, sagte Jack.

»Wie lange?«

Jack überlegte. »Seit knapp einem Jahr.«

»Wie haben Sie sie kennengelernt?«

Jack sah zur Schlafzimmertür, die er abgeschlossen hatte, aber von der anderen Seite war nichts zu hören. »Sie arbeitete in einer Kaffeebar an der 7th Avenue. Dort habe ich sie einmal auf der Rückseite meiner Rechnung gezeichnet.« Er zuckte die Achseln. »Damals wohnte sie hier in der Gegend. Minetta Street. Wir sind uns gelegentlich auf der Straße begegnet.«

»Und dann?«

Jack war ein bißchen unwohl, er wollte Linderman zur Zeit noch nicht ins Spiel bringen. »Dann – hat meine Frau sie auch kennengelernt – meine Frau hat sie einem Fotografen empfohlen. Als Modell. Sie war dann für Modefotos ziemlich gefragt.«

»Das war sie«, sagte der von der Mordkommission, ein stämmiger Mittdreißiger mit glattem braunem Haar, das frisch gewaschen und geschnitten aussah. »Haben Sie je gehört, ob sie Feinde hatte? Im Beruf? Vielleicht Neider? Eifersüchtige Männer? Verschmähte Männer?«

Jack schüttelte langsam den Kopf. »Ihre Freundin Marion Gill – könnte von solchen Leuten wissen. Ich kenne keine.« Während die beiden Beamten sich Notizen machten, fragte Jack: »Haben Sie mit Marion noch einmal gesprochen?«

»Ja, vorhin erst«, sagte der andere Polizist. »Sie hat sich bei uns gemeldet, und wir sind hingefahren. Die junge Dame ist sehr kooperativ.«

Jack dachte an Fran. »Dann haben Sie inzwischen hoffentlich ein paar Fingerzeige?«

»Das kann man nie wissen«, antwortete der von der Mordkommission ausweichend.

Jack sah, daß sich der Türknauf bewegte, und versuchte es zu ignorieren. Es war nicht mehr warm, aber er fühlte schon wieder den Schweiß auf seiner Stirn. »Womit ist sie erschlagen worden? Ich hörte was von einem Ziegelstein – unten im Treppenhaus.«

»Ja. Ein roter Ziegelstein mit Mörtel daran«, sagte der von der Mordkommission und sah Jack an. »Über ein Kilo schwer.«

Jack konnte sich den Stein vorstellen.

»Woran denken Sie gerade, Mr. Sutherland?« fragte der Kriminalbeamte.

Jack holte Luft. »An zweierlei. Daß es ein Mann – ich meine, man brauchte ja einige Kraft für – diese Schläge. Und ich habe mich gefragt, wo der Stein herkam.« Jack sprach immer noch kaum hörbar und hoffte, daß Amelia nicht lauschte. »Aber das spielt wohl keine große Rolle.«

»Wir wissen, wo der Stein wahrscheinlich herkam. Etwa zehn Meter von der Tür standen ein paar Eimer voll Schutt.«

»Welche Seite?«

»Was für eine Seite?« fragte der Kriminalbeamte.

»Auf welcher Seite von der Haustür.«

»Ach so. Stadtabwärts. Südlich«, antwortete der Kriminalbeamte. »Die Mülleimer standen südlich ... Mr. Sutherland, haben Sie eine Ahnung – eine Vermutung, wer es gewesen sein könnte?«

Jack wischte sich mit der Hand den Schweiß ab. »Nein. Ich kenne ihren Bekanntenkreis nicht. So gern ich Ihnen helfen würde. Meine Frau und ich hatten Elsie sehr gern.« Jack sprang nervös auf; die plötzliche Schweigsamkeit der beiden, die ihm vorkam wie ein Blindekuhspiel, irritierte ihn.

»Wir würden auch gern mit ihrer Frau sprechen«, sagte der Kriminalbeamte. »Wissen Sie, wann sie zurückkommt? Oder wo sie jetzt ist?«

Jack wußte nicht, wieviel er ihnen sagen sollte, oder ob und warum er etwas verschweigen sollte. »Wo sie jetzt genau ist, weiß ich nicht.«

»Sie weiß aber Bescheid?« fragte der andere Polizist.

»Natürlich«, flüsterte Jack. »Ich hab's ihr so um –«, er dachte an seinen Besuch bei Linderman – »ich hab's ihr gesagt, als ich heute nachmittag von Marion kam.«

»Aber Sie wissen nicht, wohin sie heute abend gegangen ist? Vielleicht zu Marion? – Sie kennt doch Marion?«

»Ja.« Was hatte Marion über Natalia gesagt? »Um es genau zu sagen – sie ist weggegangen, um – zu sehen, ob sie etwas über Elsie erfahren kann«, sagte Jack, nach wie vor leise. »Sie ist zuerst ins St. Vincent's gefahren.«

»Aha«, sagte der Kriminalbeamte. »Dann ist Ihre Frau wohl sehr betroffen?«

»Ja. Alle hatten Elsie gern. Alle.« Jack setzte sich nicht wieder. Er wünschte, sie gingen endlich und täten etwas zur Ergreifung des Täters.

»Waren Sie oft mit ihr zusammen?« fragte der Kriminalbeamte.

»N-nein. Meine Frau und ich haben sie zu ein paar Partys mitgenommen, zu denen wir eingeladen waren.«

»Waren Sie in sie verliebt, Mr. Sutherland?« Der Ton dieser Frage war sachlich und höflich.

»Nein«, sagte Jack.

»Würde ja wohl keine Überwindung kosten«, meinte der andere Polizist lächelnd zu seinem Kollegen.

»Könnten Sie –«, der Kriminalbeamte entnahm seinem Notizblock eine Karte – »sich mit uns in Verbindung setzen, wenn Ihre Frau wiederkommt? Sie erwarten sie doch heute abend zurück?«

»Ja, natürlich.«

Sie standen auf. Jack öffnete die Tür. Amelia war nicht zu sehen. Der Kriminalbeamte drückte die Tür sanft wieder zu, oder fast zu, jedenfalls blieben sie im Schlafzimmer.

»Es bestand eine lesbische Beziehung zwischen dem Opfer und dieser Marion. Wußten Sie davon?«

»Ja, ich habe davon gehört«, sagte Jack.

Der Kriminalbeamte machte Anstalten, seine Mütze wieder aufzusetzen, tat es dann doch nicht, öffnete aber die Tür, und sie gingen alle hinaus.

»Hier arbeiten Sie?« fragte der andere Polizist und sah sich um, als wäre er gerade erst gekommen.

»Ja«, sagte Jack.

»Dad-diee!« Amelia kam plötzlich aus ihrem Zimmer, aber jetzt war es wohl nicht mehr wichtig. »Wo sind die Räuber?« Sie kam auf Jack zugelaufen. »Hast du viele Strafzettel gekriegt?«

Der eine Polizist lachte. Der andere wollte gern Jacks Arbeitsraum sehen. Sie gingen alle zusammen durch den

Flur, und die Polizisten erkundigten sich nach dem Zweck der Turnringe und wie er da herankomme, und Jack machte es ihnen bereitwillig vor, sprang danach und zog sie auf eine bequeme Höhe herunter, aber er turnte ihnen nichts vor.

»Sie halten sich in Form«, stellte der andere Polizist fest, nicht der Kriminalbeamte.

Jack zog den schon halb geöffneten Vorhang zu seinem Arbeitsraum ganz zurück. Da stand sein angefangenes Gemälde, nicht auf der Staffelei, sondern auf seinem Arbeitstisch, denn manchmal fand er das Licht dort besser. Links lag der Pinsel, an dem die rote Farbe trocknete. Terpentingeruch hing in der Luft, und Jack goß ein wenig Terpentin in eine Blechdose und steckte den trocknenden Pinsel hinein.

»Haben Sie gerade ein Bild in Arbeit?«

Jack zeigte darauf. »Daran war ich gerade, als das Telefon klingelte. Marion.« Er wollte die Beamten hinausgeleiten.

»Ist das nicht –?« meinte der Kriminalbeamte und ging auf die Fotos von Elsie rechts auf dem Tisch zu, die Jack dort an Zeichenblöcke geheftet hatte. »Das ist doch das Mädchen, ja?«

»Ja«, sagte Jack.

»Schön ist sie. *War* sie«, sagte der andere kopfschüttelnd.

Jack sah ihn böse an und legte den Finger auf die Lippen. Amelia stand im Flur und spitzte die Ohren, und Jack fragte sich, wie lange es noch dauern konnte, bis sie mitbekam, was passiert war. Er spürte, daß sein Töchterchen schon alle Antennen ausgefahren hatte.

»Danke, Mr. Sutherland«, sagte der Kriminalbeamte an der Tür. »Ihre Frau kann uns zu jeder Tages- und Nachtzeit anrufen – falls wir sie nicht schon vorher sehen.« Er lächelte kurz. »Wollen Sie verreisen?« Er sah zu dem Koffer auf dem Flur, dessen aufgeklappter Deckel an der Wand lehnte.

»Ja, in einer Woche ungefähr. Meine Frau und ich – Jugoslawien«, sagte Jack und dachte an die Flugkarte in seiner Brieftasche. Ob Natalia überhaupt noch mitkommen wollte?

Als die Tür zuging, machte Jack sich Vorwürfe, daß er ihnen nicht ein paar Fragen gestellt hatte. Zum Beispiel, ob Marion von Fran gesprochen habe. Jack preßte die Hände vor das verschwitzte Gesicht, dann ging er in die Küche, um sich ein Glas Wasser zu holen.

»Hast du einen Strafzettel gekriegt, Daddy?«

»Ganz viele!« sagte Jack. »Aber die Polizisten waren trotzdem sehr nett.«

»Dann mußt du jetzt viel Geld bezahlen«, stellte Amelia fest, wie eine schlichte Tatsache.

»Ja. O ja, sehr viel.«

»Wieviel?«

»Das haben sie noch gar nicht ausgerechnet.« Jack schüttelte betrübt den Kopf.

Amelia lief fort.

Er hörte den Fernseher angehen und ging ins Wohnzimmer. »Kein Fernsehen heute, mein Schatz. Schalt's wieder aus. Zeit fürs Bett.«

»Es ist noch nicht mal *zehn*!« Amelia hatte eine Kinderuhr am Arm.

»Keine Widerrede. Putz dir die Zähne, und dann ab. *Ohne* Theater!« Er nahm sie fest bei der Hand.

Sein energischer Ton hatte Erfolg.

Jack ging in seinen Arbeitsraum und wusch die rote Farbe gründlich aus dem Pinsel, denn das Rot wollte er morgen nicht mehr sehen. Dann sah er sich nach etwas zu lesen um, weil er wußte, daß er noch eine ganze Weile keinen Schlaf finden würde.

Eine Stunde später, als Jack nach einer zweiten Dusche mit einem Buch auf der Bettdecke lag, klingelte das Telefon auf Natalias Bettseite. Er nahm den Hörer ab.

»Hallo, Jack, hier ist Marion«, hörte er Marions ruhige Stimme. »Natalia ist hier. Möchtest du sie sprechen?«

»Hm – ist was mit ihr? – Gibt's was Neues?«

»Sie haben Fran geholt. Jetzt reden sie gerade mit ihr.«

»Oh! Weißt du das bestimmt? Und ist die Polizei sicher?«

»Ach Gott, sie hat irgendein verqueres Alibi.« Marions Worte kamen etwas verschwommen an, als ob sie sehr müde oder ein bißchen betrunken wäre. »Eine von ihren beschissenen Freundinnen war *hier* – hat mich *bedroht*, die Nutte.«

»Hält die Polizei sie für die Täterin?«

»Das weiß ich nicht, aber man interessiert sich für sie.«

»Gut«, sagte Jack, plötzlich mit einem Gefühl großer Befriedigung. »Was macht Natalia gerade?«

»Natalia war großartig... Im Moment sitzt sie auf dem Bett und trinkt einen Eiskaffee. Himmel, so eine Nacht! Und sie ist noch nicht vorbei.«

»Wann kommt Natalia nach Hause? Falls überhaupt?«

»Weiß ich nicht. Da mußt du sie schon selbst fragen – Natalia!«

Natalia kam an den Apparat. »Hallo, Jack... oh, mir geht's gut, mach dir keine Gedanken«, sagte sie mit einem Unterton von Ungeduld. »Ja, ich *hab* sie gesehen... einfach gefragt«, antwortete sie auf seine Frage.

Jack hörte die kalte Selbstbeherrschung heraus, hinter der Natalia manchmal ihre Wut versteckte, und so manchen hatte er darunter schon ganz klein werden sehen. »Marion sagt, man hat diese Fran abgeholt – wie heißt sie noch mit Nachnamen?«

»Dillon. Sie benutzt mehrere Namen.«

»Hält man sie wirklich fest?«

»Schon möglich. Soviel ich weiß, ist sie auf irgendeinem Revier und völlig zu.«

»Sagt die Polizei das?«

»Hm – andeutungsweise. Und eine ihrer Freundinnen war heute abend bei Marion, auch ziemlich benebelt von irgendwas.«

Jack erfuhr nach und nach, daß Marion anscheinend gegen sieben Uhr wieder nach Hause gegangen war, nachdem die Polizei sie noch einmal bei Myra aufgesucht hatte, denn

Marion hatte Myras Nummer durchgegeben. Natalia hatte Marion also zu Hause angetroffen. Dann war so eine »aus Frans Horde« gekommen, um Marion runterzuputzen, weil sie Fran der Polizei als mögliche Mörderin genannt hatte, und Marion hatte auch eine Freundin nennen können, bei der Fran möglicherweise sei, und da war sie dann auch. Dann war die Polizei noch einmal zu Marion gekommen und vor etwa zehn Minuten wieder gegangen – ob es dieselben zwei waren, die ihn aufgesucht hatten, konnte Jack nicht herausfinden und fragte auch nicht danach. Natalia sagte, sie und Marion hätten auch Elsies Eltern angerufen.

»Denen hatte die Polizei aber schon Bescheid gesagt«, berichtete Natalia. »Sie kommen morgen vormittag.«

»Himmel! – Das muß schrecklich gewesen sein«, sagte Jack.

»Der Vater klang ziemlich ruhig, die *Mutter* war ganz außer sich ... Mein *Gott,* ja ... Ich habe ihnen für morgen ein Hotelzimmer besorgt.« Natalia sagte, sie wolle über Nacht bei Marion bleiben, denn es wäre schrecklich für Marion, allein hierzubleiben, und die Polizei wolle wissen, wo sie sei, und habe einen Schutz für sie abgestellt, einen Posten unten auf der Straße. Und sie seien beide völlig fertig.

Nachdem er aufgelegt hatte, lag Jack mit offenen Augen da und starrte in eine Ecke der weißen Zimmerdecke. *Genevieve hat angerufen,* hatte Natalia zuletzt noch gesagt. *Es wird im Radio und Fernsehen gemeldet. In den Zeitungen steht es schon. Kauf bitte keine, sonst kriegst du das Kotzen.* In den Zeitungen. Die würden sich wohl auf Elsies Modefotos stürzen.

Gegen Mitternacht rief Elaine Armstrong an. Sie seien im Kino gewesen und hätten auf dem Heimweg die Schlagzeilen gesehen. Ob Jack und Natalia es schon wüßten? Ja. Natalia sei gerade bei einer Freundin von Elsie. Nein, man wisse noch nicht sicher, wer es war, aber es bestehe ein Verdacht. Gegen wen?

»Irgendwelche Streuner«, sagte Jack.

32

Etwa um dieselbe Zeit erblickte Ralph Linderman, der in der ›Hot Arch Arcade‹ rechts hinter dem Eingang seinen Dienst tat, ihm gegenüber auf der anderen Seite des breiten Eingangs das Revolverblatt in Willy Shapiros Hand. Das große Mädchenfoto auf der Titelseite ähnelte Elsie, und Ralph ging sofort näher. Ja, es *war* Elsie, Elsie mit zurückgekämmtem blondem Haar und der vollen Unterlippe. Auf dem Bild trug sie ein schwarzes Kleid, und darüber stand in dicker Balkenschrift:

FOTOMODELL ERSCHLAGEN!

Ralph riß den Mund auf und versuchte die Zeitung an sich zu reißen.

»He, Linderman, zum Teufel, was – !« Erschrocken riß Willy Shapiro seine Zeitung zurück.

»Das Mädchen da! Ich will nur –«

»Na, dann kannst du ja schließlich *fragen*!« schrie Willy. »Was ist denn los mit dir, hat dich die Hitze erwischt?« Willy, Teilhaber der ›Hot Arch Arcade‹, ein rundlicher Kahlkopf und viel kleiner als Ralph, war von seinem Hocker aufgesprungen und verteidigte die Zeitung, die Ralph bereits zerrissen hatte.

»Ich kenne das Mädchen! Ich will wissen, ob sie tot ist!« schrie Ralph genauso wütend zurück.

»Die da? *Die* kennst du? – Hier *steht*, daß sie tot ist!« Willy riß die Zeitung von neuem aus Ralphs Reichweite.

Ralph hatte längere Arme und erwischte sie dennoch, aber er hatte gerade erst den Namen Elsie Tyler unter dem großen Foto lesen können, das sie mit Ohrringen und einem Glas Champagner an den Lippen zeigte, da fühlte er einen Schlag in den Magen und klappte im ersten Moment vornüber, aber mehr vor Schreck als vor Schmerzen.

»Für deine verdammte *Frechheit*!« schrie Willy Shapiro, und sein drohend verfinstertes Gesicht verriet den Stolz darauf, daß er einem viel Größeren eins verpaßt hatte. »Du hast doch 'ne Meise, Linderman! Du bist ja plemplem!«

»Mach doch –«, keuchte Linderman, »– daß du zurück nach Israel kommst, du Judensack!«

»Ich war noch nie in Israel, du Scheiß-Nazi! Und du bist gefeuert! Dir gefällt's ja sowieso nicht hier, und du bist auf der Stelle entlassen! – He, Eddie! *Eddie*!« brüllte Willy Shapiros Stimme durch die ›Hot Arch Arcade‹, lauter noch als die Musikboxen, und brachte für einen Augenblick den menschlichen Lärm ringsum zum Verstummen. »*Eddie*! Gib dem Kerl hier mal 'nen Tritt, aber *pronto*!«

»Was heißt das?« Eddie war größer als Ralph, ein baumlanger Kerl, der für Willy die Spielautomaten leerte und sich darum mit den Fäusten zu wehren verstand.

»Er ist entlassen, und ich will ihn weghaben! Sofort!«

»Nur keine Anstrengung«, sagte Ralph zu Eddie und Willy. Und zu Willy allein: »Bye-bye, Meister Oberschieber.«

Unbekannter Angreifer... mehrere Schläge mit einem Backstein... das waren ein paar von den Wörtern, die Ralph unter dem Foto seiner schönen Elsie gerade noch hatte lesen können. Unter dem Schock, in dem er sich befand, sah er auf einmal wieder John Sutherland vor sich, und sein Grimm wurde immer größer. Er holte seinen Mantel aus dem Spind hinter der Kasse. Eddie blieb in seiner Nähe und beobachtete ihn eher verwundert als feindselig, aber Ralph sprach mit Eddie kein Wort. Festen Schrittes ging er hin und tat, was zu tun war: meldete sich im Dienstbuch schriftlich um 0.22 Uhr ab. Und ohne ein Wort oder einen Blick zurück verließ Ralph die ›Hot Arch Arcade‹.

Am nächsten Kiosk in der 8th Avenue kaufte er sich die Zeitung, in der Willy Shapiro gelesen hatte, und las sie unter einer Straßenlaterne. Nachmittags gegen vier war es passiert.

Im Eingang zu dem Haus in der Greene Street, wo sie wohnte. Am hellichten Tag!... *Schädelbruch*... Auf den Innenseiten fand er zwei weitere Fotos. Wie schön sie war, strahlend wie ein Licht! Ralph zitterte.

Der schlaue John Sutherland war schon Minuten nach der Tat bei ihm gewesen, gebadet in den Schweiß der Schuld! *Ihn* hatte Sutherland gefragt, wo er am Nachmittag gewesen sei! Gefragt, um das Verbrechen womöglich ihm anzuhängen! Sutherlands Machenschaften waren sonnenklar! Sutherland war in Elsie verliebt und entweder eifersüchtig auf einen andern Mann, den Elsie ihm vorzog, oder er hatte Angst, Elsie könnte seiner Frau erzählen, wie weit ihr – Treiben – ging. Hatte Elsie sich geweigert, Sutherland zu heiraten? Oder irgendwohin mit ihm durchzubrennen? War sie am Ende gar schwanger? Widerwärtiger Gedanke!

Und welchen Preis hatte sie nun für ihre Schönheit bezahlt!

Er würde die Polizei über Sutherland informieren. Vielleicht wußte die Polizei aber auch schon Bescheid, vielleicht hatte sie Sutherland in dieser Minute schon. Auf welches Polizeirevier sollte er gehen, das für die Greene Street zuständige oder das von seiner Wohnung aus nächstgelegene? Ralph näherte sich gerade dem Eingang der U-Bahn-Station, da sah er einen Streifenpolizisten und ging schnurstracks auf ihn zu.

»Entschuldigung. Ich möchte im Zusammenhang mit einem Mord eine Meldung machen. Diesem Mord, an dem Mädchen.« Ralph zeigte auf das Titelblatt der Zeitung. »Oder wissen Sie, ob der Mörder – ein gewisser Sutherland – schon gefaßt ist?«

Der noch recht junge Polizist schüttelte den Kopf. »Keine Ahnung.«

»Können Sie sich dann den Namen notieren? Es ist der Mann, der sie umgebracht hat.«

Der Beamte blickte unschlüssig, sogar uninteressiert drein. »Wo wohnen Sie, Mister? Haben Sie eine feste Adresse?«

»Gewiß. Ich wohne in der Bleecker Street.«

»Na, dann gehen Sie da unten mal aufs nächste Revier und melden Sie denen, was Sie wissen. Okay?« Der Polizist ging weiter.

Ralph fuhr mit der U-Bahn nach Hause, seinen Mantel über dem Arm, in der andern Hand eine Plastiktüte mit Schal und Gummistiefeln sowie dem Sandwich und der Banane, die er als Nachtimbiß für zwischen zwölf und eins mitgenommen hatte. Das Sandwich hatte er schon vor Sutherlands Besuch gemacht und wollte es jetzt wegwerfen. In der U-Bahn sah er mindestens noch drei Leute dieselbe Zeitung lesen wie er, und auf dem Bahnsteig an der 72nd Street, wo er in einen Expreßzug umstieg, waren es noch mehr. An der 14th Street nahm er einen Nahverkehrszug zur Christopher Street, und von dort ging er geradewegs nach Hause. Das für ihn nächstgelegene Polizeirevier war, wie er dem Telefonbuch entnahm, an der Ecke 10th und Hudson Street.

Ralph wählte die Nummer, und die Hitze schoß ihm wieder ins Gesicht, als er sich dabei ausmalte, wie die Polizei in einer Viertelstunde bei John Sutherland in der Grove Street erscheinen würde.

Das sechste Revier meldete sich, und Ralph gab seine Botschaft durch: Im Zusammenhang mit dem Mord an Elsie Tyler in der Greene Street möchte er, Ralph Linderman, die Polizei davon in Kenntnis setzen, daß John Sutherland – er buchstabierte den Namen und nannte Sutherlands Adresse – als Tatverdächtiger Nummer eins anzusehen sei.

»Wir haben es notiert, Sir. Wenn Sie auch noch kommen und mit uns reden möchten, steht Ihnen das frei.«

»Danke.«

Ralph ging zuerst mit God Gassi. God hatte sich sehr gewundert, ihn um diese Zeit nach Hause kommen zu sehen, und war um ihn herumgesprungen und hatte sein unterdrücktes Bellen von sich gegeben und sich an seine

Knie gedrückt. God bekam nur ein kurzes, aber schönes Gassi, und Ralph versprach ihm ein längeres für später.

Auf dem Revier wiederholte Ralph seine Aussage und nannte seine eigene Adresse, die der Beamte an der Anmeldung aber nicht aufschrieb, vielmehr klopfte er gelangweilt mit seinem Kugelschreiber auf die Schreibunterlage und machte überhaupt den Eindruck, als ob er mit einem Teil seiner Gedanken ganz woanders wäre.

»Ich kannte die Ermordete«, wiederholte Ralph. »Dieser Sutherland war heute – vielmehr gestern – zwischen halb sechs und sechs Uhr bei mir und hat *mich* gefragt, wo *ich* um die Zeit war, als Elsie ermordet wurde. Können Sie – können Sie –«

»Kann ich was?«

»Können Sie die Leute anrufen, die den Fall bearbeiten? Es gibt doch sicher eine Mordkommission oder so etwas?«

»Mehrere.«

»Können Sie die für diesen Fall zuständige anrufen und fragen, ob man schon mit Sutherland gesprochen hat? Vielleicht haben die ihn ja schon! Ich wüßte es gern.«

»Sind Sie ein Angehöriger der Ermordeten?«

»Nein.«

Der Mann bewegte sich, aber so langsam, als kämpfte er noch mit sich, ob er den Hörer vom Telefon nehmen sollte oder nicht. Er wählte, wechselte mit irgendwem ein paar unverständliche Silben, fragte Ralph noch einmal nach seinem Namen und sagte dann, sehr zu Ralphs Befriedigung: »John Sutherland.«

Langes Warten.

»Hm, hm... Verstehe... Ja. Na, das ist ja schon was!« Jetzt lachte er. »Ja, danke, Kollege.« Das runde, braungebrannte Gesicht des Polizisten sah jetzt interessierter auf. »Ja, man kennt diesen John Sutherland. Man hat sich schon mit ihm unterhalten.«

»Dann habt ihr ihn also?« Ralph zog die Brauen zusammen

und wollte ein triumphierendes Lächeln aufsetzen. »Sitzt er?«

»Nun – wie ich eben erfahren habe, wurde Sutherland von der Freundin dieses Mädchens angerufen, unmittelbar nach der Tat.« Der Beamte nickte. »Vielen Dank für Ihre Information, Sir. Wir werden das Nötige veranlassen.«

Ralph rührte sich nicht vom Fleck. »Sie erzählen mir bloß was, weil noch nichts bewiesen ist. In Ordnung, aber –«

»Nein, Sir. Jetzt passen Sie mal auf, ich habe mir gerade die Mühe gemacht, das nachzuprüfen. Sutherland wurde von dem Mädchen angerufen, das mit der – Ermordeten – zusammenlebte. Nun begreifen Sie das bitte mal, ja? Gute Nacht, Sir.«

»Gute Nacht. Danke«, sagte Ralph mit kalter Höflichkeit. Er verließ das Revier, ohne im mindesten überzeugt zu sein, und ging, sich eine ›Times‹ zu besorgen, obwohl er daran zweifelte, daß die ›Times‹ schon über die Vorgänge in der Greene Street berichtete, denn das Verbrechen war ja erst gestern nachmittag um vier passiert.

Ralph bekam seine ›Times‹, kaufte sich auch noch eine ›Daily News‹ und schlug im unzureichenden Licht einer Straßenlaterne zuerst in der ›Times‹ nach. Im B-Teil fand er eine kurze Meldung unter der Überschrift:

FOTOMODELL ERSCHLAGEN.

Elsie Tyler, 21jähriges Fotomodell, wurde gestern an der Tür zu ihrem Wohnhaus in der Greene Street von einem oder mehreren unbekannten Tätern überfallen und niedergeschlagen und starb wenige Minuten später. Das junge Mädchen, dessen Eltern im Norden des Bundesstaats New York wohnen, arbeitete in den letzten Monaten als Fotomodell. Die Polizei geht Hinweisen auf Tatverdächtige nach.

Ralph blickte die 7th Avenue entlang und dachte an den Lichtfleck auf der linken Seite, der von hier aus nicht zu sehen war – die Kaffeebar, in der Elsie gearbeitet hatte. Sie war vorangekommen im Leben, o ja, hatte angefangen, mehr Geld zu verdienen, und wie lange? Sechs Monate? Oder nur vier? Sie war aufgeglüht wie ein Komet – oder erblüht wie eine Teerose – und dann hatte jemand sie zermalmt!

Wer anders als Sutherland?

Zu Hause blätterte Ralph die Boulevardzeitung durch, suchte die Polizeimeldungen (nichts, der Bericht war kurz und enthielt nichts über einen Verdächtigen), suchte, ob darin etwas über das Leben stand, das Elsie in letzter Zeit geführt hatte. Es stand nichts Genaueres da, aber Formulierungen wie »ungemein attraktiv« und »beliebtes Modell für junge Mode« und »die weltoffene junge Sirene, die ihren Weg machte« ließen Ralph auf ein flottes Leben schließen. Er konnte es sich vorstellen!

Er stellte sich Elsie in Sutherlands Kreisen vor, Leuten mit Geld, Nichtstuern, dem Jetset, Leuten, die Elsie die ganze Nacht vom Schlafen abhalten und sie mit Alkohol und Drogen füttern konnten.

Ralph sagte sich endlich, daß er noch zwölf Stunden stillhalten mußte, abwarten, ob im Rundfunk (Fernsehen hatte er nicht und wollte er auch nicht haben) oder in den Zeitungen Näheres gemeldet wurde. Das Salamisandwich und die Banane aß er jetzt doch, während er langsam in seinem Wohnzimmer auf und ab ging. God sah ihn unsicher an, hoffte wohl auf ein weiteres Gassi. Ja, er wollte auf genauere Informationen warten, Kleinigkeiten, die auf Sutherland wiesen, und wenn er sie fand – natürlich würde Sutherland sich mit allen Raffinessen herauszuwinden versuchen, aber da war zu vieles, was gegen ihn sprach. Sutherland war ein guter Läufer, er konnte den Mord begangen und rechtzeitig für den Anruf von Elsies Freundin Marion wieder zurück gewesen sein, falls man diesem Anruf überhaupt Glauben schenken konnte. Oder steckten Sutherland und Marion unter einer Decke? Diese Möglichkeit wollte Ralph im Hinterkopf behalten. In der neuesten Boulevardausgabe war gemeldet worden, »eine andere junge Frau«, mit der Elsie die Wohnung teilte, habe ein Krankenhaus angerufen und dann »einen Freund« zu Hilfe gerufen, aber das Opfer sei wenige Sekunden nach den tödlichen Schlägen gestorben. Ralph malte sich aus, wie er Sutherland mit einer ähnlichen Waffe angehen würde, mit einem Backstein vielleicht, und *ihm* den Schädel einschlagen, und wenn er erwischt würde, wäre der Preis, den er zu zahlen hätte – mehrere Jahre Gefängnis – nun, er wäre es wert. Jawohl.

Ralph führte God tatsächlich noch einmal aus, ging nach Westen in die Grove Street (bei den Sutherlands war das Licht aus) und durch die Bedford und Barrow wieder zurück in die Bleecker Street, dann auf der 7th Avenue zu der Kaffeebar hinunter, wo Elsie gearbeitet hatte; sie war jetzt verdunkelt, wie in Trauer. Er ging stadtabwärts zur Houston Street, überquerte sie aber nicht. An Elsies Haus in der Greene Street vorbeizugehen, wäre zu schrecklich. Und vielleicht standen draußen Journalisten, »die Presse«, und fotografierten und versuchten die Nachbarn auszuquetschen.

Kurz vor vier ging er, von seinen Gedanken erschöpft, zu Bett, aber schlafen konnte er nicht. Er brauchte morgen nicht zur Arbeit, er war ja entlassen. Gut! Rausgeschmissen aus diesem Dreckloch, in dem ein Paar zweibeiniger Ratten regierte, die aus der Entartung Geld saugten: Prostitution, Drogenhandel, Glücksspiel, Nichtstun und Taschendiebstahl. Auf Nimmerwiedersehen, Shapiro und Konsorten! Sollten sie ihm doch auch ein »schlechtes Zeugnis« geben! Ralph fühlte sicheren Boden unter den Füßen, *Boden,* fester als in der ›Hot Arch Arcade‹. Er drehte und wälzte sich. Morgen konnte er schlafen, solange er wollte, sagte er sich. Schwacher Trost.

Das Klingeln des Telefons weckte Ralph. Es war, wie er sah, gerade acht Uhr vorbei. »Hallo?«

»Hallo. Spreche ich mit Ralph Linderman?«

»Ja.«

»Polizei...« Den Rest bekam Ralph nicht mit.

Das Wesentliche war, daß sie ihn sprechen wollten. »Ja, ich bin zu Hause. Ja – *Sir.*«

»Gut. Wir sind nämlich gleich um die Ecke.«

Ralph zog sich in großer Eile an und machte die Tür zu seinem kleinen Schlafzimmer zu. Sein Wohnzimmer sah präsentabel aus, also machte Ralph sich ans Kaffeekochen. Dann klingelte es, und er drückte sofort auf den Türöffner – ob das nötig war oder nicht, wußte man in diesem Haus nie. Und was würden die Leute im Haus denken, wenn hier Polizei heraufkam? Sie konnten sowohl denken, er habe die Polizei gerufen, um sich über den Lärm zu beschweren, als auch, daß man wegen irgend etwas hinter ihm her sei.

Es waren zwei Beamte. Ralph bot ihnen Sitzplätze an, aber nur der eine setzte sich, während der andere sich umschaute und auch den Aufkleber PREPARE TO MEET THY DOG sah. Nach seiner Arbeitsstelle befragt, nannte Ralph die Adresse der ›Hot Arch Arcade‹, denn bis vor ganz kurzem hatte das ja noch gestimmt, und die Sache mit der Entlassung betrachtete er in diesem Zusammenhang als unwesentlich.

»Waren Sie mit Elsie Tyler befreundet?«

»Ich kannte sie nur als Nachbarin«, antwortete Ralph, »als sie noch hier in der Gegend wohnte. Eine Zeitlang hat sie ja in der Minetta Street gewohnt.«

»Wann haben Sie sie zuletzt gesehen?«

Ralph dachte angestrengt nach. »Könnte – sechs Wochen her sein – nein, über zwei Monate, da bin ich ziemlich sicher. Wer hat Ihnen gesagt, daß Sie mit mir reden sollen? Mr. John Sutherland?«

»Nein, wir – hören uns überall um, verstehen Sie? Wir haben eben mit den Leuten gesprochen, bei denen das Mädchen früher gearbeitet hat – gleich hier unten. Die haben uns Ihren Namen genannt.«

Ralph nickte nur knapp. Er wußte, daß sie die Kaffeebar

meinten. Die Leute dort, vor allem die dicke Geschäftsführerin, hatten bestimmt ein böses Wort für ihn eingelegt.

»Seit wann kannten Sie Elsie Tyler, Sir?«

Wieder dachte Ralph nach. »Seit einem Jahr vielleicht, oder etwas länger.«

»War sie je hier bei Ihnen zu Besuch?«

»O nein, Sir! Nein. Wir haben uns nur auf der Straße gegrüßt – im Vorbeigehen.«

Der Polizist schrieb etwas auf seinen Block, der oben eine große Klammer hatte. »Die Leute an ihrer früheren Arbeitsstelle sagen, Sie hätten sehr viel mit ihr gesprochen, wenn Sie dort waren. In der Kaffeebar.«

»Gesprochen habe ich mit ihr, aber nicht viel.«

»Man sagt dort, das Mädchen habe versucht, Ihnen aus dem Weg zu gehen.«

Ralph war verbittert, bitter belustigt. »Ich habe sie davor gewarnt, sich mit den falschen Leuten einzulassen, stimmt.«

»Mit was für Leuten zum Beispiel?«

Ralph lächelte und dachte, daß er Elsie schon in Gesellschaft sehr vieler falscher Leute gesehen hatte, aber er kannte keine mit Namen. »Diese jungen Rüpel aus der Gegend. Wie sie heißen, weiß ich nicht... Solche Leute hätten sie umbringen können – und haben es getan!« Ralph fühlte, daß er zitterte, und steckte die Hände in die Taschen.

Der Polizist sah ihn an. »Namen können Sie uns also nicht nennen?«

»Entschuldigen Sie!« Ralph stand auf, weil sein Kaffeewasser übergekocht war und die Gasflamme gelöscht hatte. Er drehte das Gas ab. »Ich kenne die Namen dieser jungen Streuner nicht, mit denen ich sie immer gesehen habe«, sagte er, als er wiederkam. »Aber ich habe den Beamten auf dem Revier Tenth Street gesagt, daß John Sutherland als Täter in Betracht zu ziehen ist.« Ralph sprach ganz ruhig und nickte zur Bekräftigung.

»Wir haben uns schon mit John Sutherland unterhalten.«

»Und er hat vermutlich von mir gesprochen. Hat er meinen Namen erwähnt?«

»N-nein, ich glaube nicht.« Der Polizist sah seinen Kollegen an, der noch immer umherspazierte und so tat, als hörte er dem Gespräch nicht zu. »Sie sind mit Sutherland bekannt? Woher kennen Sie ihn?«

Ralph argwöhnte eine Fangfrage. Was hatte Sutherland den Polizisten erzählt, was sie ihm nicht weitersagen wollten? »Ich habe ihm einmal seine Geldbörse zurückgebracht. Er hatte sie in der Grove Street verloren, und ich habe sie ihm zurückgebracht.«

»So? Wann war das?«

»Vorigen August. Fragen Sie Sutherland. Ich hatte seine Adresse darin gefunden, da habe ich ihn angerufen und ihm die Geldbörse zurückgebracht, mit dem Geld.«

»So so. – Und dann?«

»Dann? – Dann habe ich gemerkt, daß Elsie bei ihm verkehrte. Er hatte sie in dieser Kaffeebar kennengelernt. Er hatte ein Verhältnis mit ihr. Hat er Ihnen das nicht gesagt? Nein, natürlich würde er das abstreiten!«

»N-nein«, sagte der Polizist mit einem erneuten Blick zu seinem Kollegen, der das auch mitbekommen hatte. »Sind Sie sich dessen sicher, Mr. – äh – Linderman? Was das Verhältnis angeht?«

»Ja. Ich bin Wachmann. Nachtwächter. Ich habe Elsie bei ihm ein- und ausgehen sehen. Zu sehr ungewöhnlichen Zeiten.«

Der Beamte notierte sich das auf dem Block. »Wann zum Beispiel?«

Ralph wurde plötzlich ungehalten. »Die Hauptsache ist doch, daß sie ein Verhältnis *hatten*! Oder Sutherland hat sie als Prostituierte benutzt!« Der Polizist, der ihm da gegenüber saß, schien überhaupt kein Mensch zu sein, nur ein Roboter, dem alles egal war, der zwar möglicherweise alle Fakten aufnahm, aber überhaupt kein Interesse an ihnen hatte oder auch nur darüber nachdachte, was sie bedeuteten. »Verstehen Sie nicht, was ich meine? Die *Frau* wußte Bescheid, Mrs. Sutherland. Sie hatten beide Affären – mit anderen!«

»Wer? – Wenn Sie ›beide‹ sagen –«

Jetzt hörte auch der andere Polizist zu.

»Mrs. Sutherland hatte Freunde, oder einen. Ich habe ihn mal gesehen. Groß, fast kahl.«

Der Polizist sah mit dünnem Lächeln von seinem Block auf und schüttelte den Kopf auf eine Art, die Ralph herablassend vorkam. »Mr. Lin-...«

»John Sutherland war hier«, unterbrach ihn Ralph, *»hier.«* Er zeigte auf den Fußboden. »Minuten, nachdem er Elsie ermordet hatte. Er war hierher gerannt, und der Schweiß lief ihm nur so runter. Er hat mich gefragt, wo *ich* war – gestern nachmittag um vier. Er wollte –«

»Sie sagen, Sutherland war gestern *hier*?«

»Jawohl, Sir. Das hat er Ihnen wohl nicht erzählt? Nein, natürlich nicht! Er versucht es *mir* anzuhängen, aber das kann er nicht, weil –«

»Setzen Sie sich, Mr. Linderman. Nehmen wir doch alle Platz.« Der Polizist, der schon saß, machte eine entsprechende Gebärde.

Sein Kollege und Ralph setzten sich.

Ralph wischte sich den Schweiß von der Stirn. »Ja. John Sutherland ist gestern nachmittag gegen halb sechs hierhergekommen. Ich war gerade beim Rasieren. Den ganzen Nachmittag hatte ich zu schlafen versucht. Sie können ruhig die Leute hier im Haus fragen, wenn Sie mir nicht glauben!« Ralph zeigte zur Wohnungstür. »Die werden Ihnen sagen, wie ich mich immerzu über den Lärm beschwert habe, den sie machen. Es ist ein sehr lautes Haus hier, schreiende Kinder, brüllende Erwachsene. Ich muß tagsüber schlafen, weil ich nachts arbeite. Gestern abend mußte ich um acht zum Dienst.«

Das schien Eindruck zu machen, das merkte Ralph. Der

Polizist oder Kriminalpolizist, der mit dem Schreibblock, machte sich Notizen. Er hatte seine Mütze abgenommen, und darunter hatte er sehr ordentliches, militärisch kurz geschnittenes braunes Haar. Er sagte leise zu seinem Kollegen:

»Sutherland hat gestern abend nichts davon gesagt, daß er hier war, oder? Er hat Lindermans Namen nicht erwähnt. Sonst hätte ich das notiert.«

»Nein, Sir.«

»Und Sutherland ist Sportler, nicht zu vergessen«, warf Ralph ein.

»Was heißt Sportler?« fragte der andere Polizist.

»Ein Jogger. Er könnte die Strecke von der Greene Street bis hier in – hm – sechs bis sieben Minuten zurückgelegt haben. Und er war gestern ganz verschwitzt. Ich dachte, er kippt gleich um.«

Der Kurzhaarige lehnte sich zurück und lächelte müde. »Gegen halb sechs war er also hier?«

»Zwischen halb sechs und sechs, ja.«

»Wie lange war er hier?«

»Vielleicht zehn Minuten. Er hat sich nicht mal gesetzt. Ich habe ihn gefragt, weswegen er so aufgeregt ist, ob seinem Töchterchen etwas zugestoßen ist, oder *Elsie,* und er hat gemeint: ›Nein, nein.‹ Ich höre ihn jetzt noch! Und er sah ganz wild aus – wütend, als er feststellte, daß ich den ganzen Nachmittag zu Hause gewesen war.«

Der Kurzhaarige schüttelte den Kopf, traurig oder müde. »Mr. Linderman, wir haben von Marion Gill – das ist Elsie Tylers Freundin –«

»Ja, den Namen habe ich schon gehört, Marion Gill«, sagte Ralph zuvorkommend.

»Also, und sie hat gestern gleich nach dem Überfall Sutherland angerufen, Sutherland war zu Hause und ist zur Greene Street gerannt. Sie können sich Sutherland als Mörder aus dem Kopf schlagen, Mr. Linderman.«

Ralph war noch immer nicht überzeugt. »Dann soll er sich auch mich aus dem Kopf schlagen! Dafür wäre ich ihm dankbar.«

Der andere Polizist lächelte flüchtig.

Ralph haßte dieses Lächeln, haßte plötzlich die ganze Atmosphäre. Dann war Sutherland also wirklich zu Hause gewesen? »Sagt diese Marion die Wahrheit?«

Der Kurzhaarige wischte sich die Stirn ab. »Ja, Sir. Sie war oben in ihrer Wohnung, als es passierte. Wir –«

»Woher wissen Sie das?« Ralph hatte plötzlich ein ganz anderes Drehbuch vor Augen: Marion eifersüchtig auf Elsie, weil Sutherland Elsie lieber hatte als Marion. Hatte *Marion* sie umgebracht?

»Lassen Sie mich ausreden, Sir. Marions Aussage zu diesem Punkt wird durch ein Ehepaar im Haus bestätigt. Die Leute haben die Schreie unten gehört und dann gesehen, wie Marion die Treppe hinunterlief. Zwei Leute haben sie gesehen.«

Ralph biß sich auf die Unterlippe, dann sagte er: »Sutherland hatte nämlich ein Verhältnis mit beiden.«

Der andere Polizist beugte sich vor, grinste den notierenden Kollegen an und wollte etwas sagen, aber der Kurzhaarige machte ihm ein Zeichen, und der andere schwieg. Er lachte nur, wenn auch stumm.

Was ist daran so komisch? dachte Ralph.

»Klappern wir hier das Haus ab?« fragte der andere.

»Ja.«

Sie standen auf, bedankten sich bei Ralph und fragten ihn, wo er heute und morgen zu erreichen sei.

»Hier. Ich wohne hier«, antwortete Ralph.

Sie gingen, und Ralph schloß die Wohnungstür und legte nach kurzem Überlegen die Sicherheitskette vor. Kaffee. Er zündete das Gas wieder an. Dann ging er noch einmal zur Tür, legte das Ohr daran und lauschte.

Ralph hörte undeutliche Stimmen einen Stock tiefer, das

schrille, trotzdem unverständliche Keifen der dicken jungen Frau – der neuen – die ihn haßte. Sollte sie ihn doch hassen, aber sie würde als erste beschwören, daß er gestern den ganzen Nachmittag zu Hause gewesen war und ihre Kinder angeschrien und gedroht hatte, sie mit einem Fußtritt die Treppe hinunterzubefördern.

God sah zu ihm auf und wedelte ihn an, als freute er sich, seinen Herrn lächeln zu sehen. Ralph tätschelte dem Hund den schwarzweißen Kopf.

»Wir werden zuletzt lachen, God«, sagte Ralph.

Ralph trug den Kopf hoch, als er hinging, um seinen Kaffee zu beaufsichtigen. *Gerechtigkeit*! Nicht Blutrache, nach der die Juden immer schrien, sondern gute alte Gerechtigkeit anhand hieb- und stichfester Beweise, nicht Rache oder Auge um Auge, denn heutzutage drohte den Leuten nur Gefängnis und nicht der Tod. Ralph war überzeugt, daß Sutherland darin verwickelt war. Hatte er womöglich einen Killer angeheuert? Sollte er die Polizei darauf hinweisen, solange sie noch im Haus war? Nein, besser nicht, dachte Ralph. Es war ein alter Hut, daß Schuldige sich immer zu sehr bemühten, den Verdacht auf andere zu lenken. Er durfte vor der Polizei nicht schuldig oder nervös erscheinen, nicht einen Augenblick.

Während er sich seinen Kaffee einschenkte, erinnerte Ralph sich an einen lebhaften Traum, den er letzte nacht gehabt hatte: Da waren ein paar kleine Jungen hier im Haus über God hergefallen, hatten ihn bei den Beinen gepackt und ihm ein Messer in den Leib gestoßen, und Ralph hatte es ihnen heimgezahlt, indem er dem einen einen Tritt in den Bauch gab, dem andern einen Handkantenschlag an die Kehle, und im Traum hatte er beide getötet. Dem Richter oder jemand anderem, der ihn in diesem Traum verhörte, hatte er geantwortet: »God bedeutet mehr als dieses Ungeziefer!« Hatte er »God« gesagt, oder nur »Mein Hund«? Jedenfalls hatte er den Hund gemeint, keinen Gott, aber im Traum hatte der Richter ihn ganz merkwürdig angesehen.

33

Jack sprang auf, als es klingelte, denn das war sicher Natalia. Hatte sie ihren Schlüssel nicht bei sich? Er lächelte, als er den Türöffner drückte, und hatte das Gefühl, sein Gesicht springe von dem Lächeln auseinander. Es hatte an diesem Morgen nicht viel zu lächeln gegeben. Mindestens viermal hatte das Telefon geklingelt, und Freunde hatten fassungslos gefragt, was er über Elsie wisse und ob er eine Ahnung habe, wer es gewesen sein könnte. Und gegen zehn hatte Natalia angerufen und gesagt, sie treffe heute morgen Elsies Eltern und gehe mit ihnen zum Lunch, wolle aber versuchen, »am frühen Nachmittag« wieder zu Hause zu sein. Immerhin, jetzt war sie da.

»Hallo, Darling!« sagte Jack und drückte sie fest an sich. Sie duftete nach ihrem besonderen Parfüm, nach sauberen, aber warmen Haaren. Ein köstlicher Duft.

»Ich bin ganz verklebt – und fix und fertig!«

»Wie war's denn? Was ist passiert?«

»Ich habe ihre Eltern im einzigen Hotel untergebracht, das ich in der Eile finden konnte und das –«

»Warst du verreist, Mami?« Amelia stand in der Tür zur Diele und sah sie groß an.

»So lange war ich nun auch wieder nicht weg! – Verreist!« sagte Natalia wegwerfend.

Nach stillschweigender Übereinkunft sagten Jack und Natalia, wenn sie von Elsie sprachen, nur »sie« und »ihr«.

»Ihre Eltern sind reizend«, sagte Natalia. »Ganz anders als erwartet. Kultivierte Leute – und überhaupt keine Provinzler.« Natalia hatte sich im Bad Gesicht und Hände gewaschen, saß jetzt ermattet auf dem Sofa und trank ein Bier aus der kalten Dose. »Zuerst waren sie irgendwie gegen *Marion* eingenommen. Da mußte ich ihnen erst mal zureden. Und sie sind – sind –« sie sah zu Amelia, die ihnen zuhörte. »Sie sind ganz erledigt, völlig am Boden zerstört.«

»Mein Gott, ja«, sagte Jack und versuchte sich das vorzustellen. »Wie lange werden sie hierbleiben?«

»Ich denke – noch zwei Tage, weiß es aber nicht sicher.«

»Haben sie Freunde hier?«

»Die Mutter sprach von irgendeiner Frau.«

»War der Bruder bei ihnen?«

»Was für ein Bruder?«

»Sie hat doch einen Bruder. Älter, glaube ich.«

»Stimmt ja! Nein, sie sagen, er arbeitet zur Zeit in Atlanta. Sie wissen nicht, ob er kommt. Aber die Mutter –« Natalia lachte, während sie sich eine Zigarette anzündete. »Die ist genau wie – sie. Gleiche Haare, gleiche Augen, gleiche – was du willst.«

»Tatsächlich?« Jack saß auf der Sesselkante und wagte sein zweites zögerndes Lächeln heute. »Das glaub ich einfach nicht.«

»Die Mutter von wem?« fragte Amelia.

»Schätzchen –« Natalia holte tief Luft. »Dein Daddy und ich haben ein paar Minuten zu reden. Es ist furchtbar langweilig – über Steuern.«

Manchmal klappte der Trick mit der Langeweile, manchmal nicht. Amelia schien hin und her gerissen und ging aus dem Fenster sehen.

»Hast du noch mal mit der Polizei gesprochen?« fragte Jack kaum hörbar.

»Ja, heute morgen. Sie sind skeptisch bei dieser Fran und haben Marion nach weiteren Namen gefragt.«

»Oh – konnte sie welche nennen?«

»Nein.« Natalia schlug die ausgestreckten Beine übereinander und sah zur Decke. Sie trug eine schwarze Baumwollhose und Sandalen mit fast flachen Absätzen. »Wahrscheinlich könnte sie ein halbes Dutzend Namen runterrasseln. Meist ohne festen Wohnsitz.«

Jack flüsterte stirnrunzelnd: »Lauter Mädchen? Doch sicher nicht ... Was steckt dahinter?«

»Du meinst –«

»Es muß doch einen Grund geben«, sagte Jack leise, aber mit Nachdruck.

Natalia stand auf, ging zur Bambusbar und schenkte sich einen kleinen Glenfiddich ein. »Neid«, sagte sie nach dem ersten Schluck. »Eifersucht. Vielleicht Drogen. Ich meine, es war irgendein kaputter Typ unter Drogen.«

»Aber wer?«

»Wer ist wer?« Amelia hatte sich plötzlich vom Fenster umgedreht.

»Jemand bei deiner Mama in der Galerie, Schätzchen«, sagte Jack. »Es ist niemand, den du kennst.« Jack fiel plötzlich ein, daß sie Amelia erzählt hatten, Louis sei auf einer langen Reise nach Japan. Das war bisher gutgegangen. Amelia hatte ein paarmal nach ihm gefragt. Japan konnte natürlich nicht ewig vorhalten.

Jack schien aber seinen Zweck erreicht zu haben. Amelia verlor das Interesse und ging in ihr Zimmer.

»Noch mal zu der Frage, wer's war«, sagte Natalia, indem sie sich wieder aufs Sofa legte. »Marion weiß außer Fran niemanden, der so – brutal –«

»Und die Polizei hat mit Fran gesprochen.« Jack flüsterte immer noch, als wäre Amelia noch da. »Du sagst, sie hat ein verqueres Alibi.«

»O ja! Und high war sie von irgend etwas, da hat die Polizei sie schließlich wieder laufenlassen.«

»Laufenlassen? … Das heißt, nachdem sie gerade ein paar Minuten mit ihr gesprochen hatte?«

»Ich weiß nicht, wie lange. Es heißt, daß Fran an dem Nachmittag mit Freunden in irgendeiner Bar war und es beweisen kann. Frans derzeitige Freundin hat jedenfalls so etwas gesagt, als sie heute morgen bei Marion aufkreuzte. Sie redete ein bißchen verschwommen und war wohl hauptsächlich gekommen, um Marion zusammenzuschreien, weil sie der Polizei Frans Namen genannt hatte.«

»Aber – konntest du irgendwie herausbekommen, was die Polizei *denkt*?«

Natalia schüttelte den Kopf. »Nein, und Marion auch nicht, denn die sagen nichts. Wahrscheinlich beobachten sie Fran und warten ab, ob sie sich irgendwie verrät ... Ach so – noch eine Neuigkeit seit heute nachmittag!« Natalias Augen leuchteten auf. »Fran ist verschwunden – von da, wo sie angeblich wohnt. Marion hat's mir gesagt. Ich habe sie vorhin aus dem Restaurant angerufen. Die Polizei hatte sich bei ihr gemeldet und gefragt, ob sie was von Fran gehört hat, oder ob Fran womöglich in der Greene Street aufgetaucht ist!«

»Nicht so laut, Darling«, sagte Jack mit einem Blick zu Amelias Zimmer. »Demnach müssen sie Fran ja doch im Verdacht haben, sonst wären sie nicht so an ihr interessiert.«

Natalia zuckte die Achseln. »Eigentlich ist es nur so eine dunkle Ahnung von Marion.« Sie strich sich das Haar zurück und nippte an ihrem Whisky. »Gegenüber den Tylers habe ich Fran übrigens nicht erwähnt.«

»War Fran denn je in der Greene Street – ist sie um Elsie und Marion herumgeschlichen?«

»Sie war jedenfalls nie in der Wohnung, das weiß ich. Aber Fran pflegt noch immer diesen alten Groll – daß Elsie ihr Genevieve ausgespannt hat.« Natalias Gesicht kräuselte sich vor unterdrückter Heiterkeit. »Genevieve! Ha!«

Natalia brauchte dieses Lachen jetzt, das verstand Jack. Er mußte selbst lächeln, wenn er an Genevieve dachte, dieses Häuflein Elend, das irgendwo Kosmetika verkaufte. »Und was ist das für ein verqueres Alibi, das Fran hat?«

»Nach der einen Version will sie im East Village gewesen sein. Natürlich sagt irgend so ein Barkeeper, er kann sich erinnern, daß sie gegen vier da war, aber ganz sicher ist er nicht. Auf der anderen Seite sagt ihre Freundin oder Wohnungsgenossin – sie soll übrigens Bildhauerin sein, aber beide leben vom Handel mit Kokain und dergleichen –, die sagt jedenfalls, sie seien zusammen in der 8th Street zum Einkaufen gewesen, und zum Beweis legt sie irgendwelchen Schund vor, den sie gekauft haben wollen... Aber etwas Konkretes gibt es nicht, Jack.« Natalia stand rastlos auf und ging zum Radio, schaltete es aber nicht ein.

»Was ist mit den Tylers? Siehst du sie noch mal? Werden sie–?« Jack hatte fragen wollen, ob sie Marion besuchen würden. Und sich die Leiche ihrer Tochter ansehen. Auf einmal fühlte Jack sich ganz schwach, oder es war der Schock, jedenfalls mußte er aufstehen, um dieses Gefühl loszuwerden.

Natalia sagte, die Tylers gingen morgen zu einer Art Trauerfeier, die sie mit Hilfe dieser New Yorker Freundin arrangiert hätten. Die Beerdigung solle morgen auf Long Island stattfinden, aber sie, Natalia, wolle nicht zur Beerdigung gehen und habe es den Tylers gesagt. Natalia hatte etwas Strenges, Grübelndes im Gesicht, als sie ihn bei diesen Worten ansah, und Jack fiel ein, daß sie ja Elsie – was von Elsie noch da war – im Leichenschauhaus gesehen hatte. Die Tylers seien sehr nett gewesen, sagte Natalia, und hätten durch Elsies Briefe schon alles über sie und Jack erfahren, und der Vater habe gesagt, er sei ihnen dankbar, daß sie Elsie mit Leuten bekannt gemacht hätten, die ihr helfen konnten. »›Nette ältere Leute‹, sagte die Mutter.« Natalia lächelte.

Es rührte Jack, das zu hören. Vielleicht hatten die Tylers sich über Elsies Erfolg als Fotomodell Gedanken gemacht. Die Leute, mit denen Natalia und er sie bekannt gemacht hatten, wären wenigstens harmlos gewesen. Ihr Mörder kam aus dem Kreis derer, die Elsie ohne sie kennengelernt hatte.

»Sie wußten nichts Rechtes mit ihr anzufangen«, fuhr Natalia fort. »Sie sagen, sie hätten sie nicht lenken können. Ihre Mutter kann sie halbwegs verstehen.« Stirnrunzelnd nahm Natalia sich eine Zigarette vom Kaffeetischchen und schenkte sich noch einen kleinen Whisky ein. »Man sieht Elsies Mutter noch an, daß sie einmal genauso gewesen sein muß wie Elsie, als sie jünger war. Alt ist sie eigentlich auch jetzt noch nicht. Sie stammt aus Schweden. Ich erinnere mich, daß Elsie von Kopenhagen gesprochen hat – wahrscheinlich absichtlich. Die Mutter war beim Ballett, hat es aber aufgegeben, als sie heiratete, sagt sie. Der Vater sieht gut aus, aber irgendwie gescheitert, finde ich. Vielleicht hatte er mal Höheres im Sinn. Er hat in ihrer Heimatstadt ein Möbelgeschäft... Stört es dich, wenn ich ein bißchen Musik auflege, Jack?« fragte sie in einem Ton, der keinen Zweifel daran ließ, daß es Jack doch sicher nicht stören würde.

»Sehr gern. Was du magst.«

Natalia legte die Kassette mit den Beach Boys ein, hörte eine Weile zu, während sie an ihrer Zigarette zog, und schaltete wieder aus. Sie suchte unter den Kassetten, die auf einem Regal unter der Fensterbank lagen, nach etwas anderem.

»Und was ist mit unserer Reise, am neunundzwanzigsten?«

Natalia legte eine Kassette ein. »Jugoslawien«, sagte sie. »Ich möchte hin, einfach weil ich nicht möchte.«

Jack verstand sie genau.

Natalia hatte die *Ländlichen Tänze* von Respighi gewählt. Sie stand am Fenster. »Die Polizei war gut letzte nacht. Hat uns die Journalisten vom Hals gehalten. Und heute haben sie immer noch Leute in der ganzen Straße ausgefragt, sagt Marion – nach allem, was sie gesehen haben und so.«

Jack hörte zu und wartete.

»Wir haben eine Weile den Hörer vom Telefon genommen, um ein bißchen zum Schlafen zu kommen.«

»Da fällt mir gerade ein, daß Bob heute morgen angerufen hat. Und gestern abend Elaine. Heute morgen auch noch Isabel.«

Natalia nahm es mit einem knappen Kopfnicken zur Kenntnis. »Hast du heute morgen eine Zeitung gekauft?«

»Nein. Tut mir leid. Ich wollte einfach nichts davon sehen.«

»Ich ja. Hab sie aber natürlich nicht mitgebracht«, sagte sie mit einem Blick zu Amelias Zimmer.

Jack ging näher zu ihr. »Wie gut kannten sich Amelia und Elsie? Hast du Amelia mal mitgenommen –?«

»Ein paarmal, ja. Ich erinnere mich noch an einen Nachmittag, da sind wir um den Washington Square gegangen – nur spazieren gegangen und haben uns irgendwo ein Eis gekauft.« Trotz immer noch gerunzelter Stirn mußte Natalia ein wenig lächeln, wie bei der Erinnerung an etwas Schönes. »Sie würde jedenfalls Elsies Namen erkennen – und die Bilder.«

Jack dachte an das Leichenschauhaus und nahm sich vor, nicht danach zu fragen.

»Du hast sie doch auch geliebt, nicht wahr, Jack?«

»Ja. Anders vielleicht. Wenn du ›lieben‹ sagst –«

»Anders?« Natalia leerte ihr Glas und drehte sich zum Fenster.

Hatte er Tränen in ihren Augen gesehen? Soeben klingelte das Telefon, und Natalia, die näher war, nahm ab. Jack hörte am Ton, daß der Anrufer ein Mann war, und an Natalias Worten, daß es Bob Campbell war.

Er ging ins Schlafzimmer, denn in seinen Arbeitsraum mochte er jetzt nicht gehen, weil er zu unruhig war, und weil dort noch die Fotos und seine Zeichnung von Elsie so offen herumstanden ... *unfaßbar, daß es am hellichten Tag passiert war* ... Wer von ihnen hatte das gesagt? *Elsie hat ihren Eltern ziemlich viel geschrieben und mit ihnen telefoniert. Sie hat nur allen Leuten erzählt, daß sie keine Verbindung halten wollte* ... Jack verließ das Schlafzimmer wieder und sah, daß Natalia mit Telefonieren fertig war. Sie lag wieder auf dem Sofa, die Hände hinter dem Kopf.

»Ich denke, ich gehe ein bißchen spazieren«, sagte Jack. »Brauchen wir irgendwas? Milch?«

»Milch?« fragte Natalia abwesend. »Keine Ahnung. Schau mal nach.«

Das hörte sich endlich wieder nach Natalia an. Jack sah im Kühlschrank nach und merkte, daß es ihm völlig egal war, ob Milch da war oder nicht. Er nahm seinen Schlüsselbund und ging. Natalia mußte sehr erschüttert sein, dachte er. Und er selbst? Er hatte das Gefühl, seine eigenen Empfindungen für sich behalten zu sollen. Er stand noch zu sehr unter der Wirkung des Schocks, fühlte sich wie eine zersprungene Fensterscheibe, die zwar noch im Rahmen war, aber so zersplittert, daß man nur noch schwer hindurchsehen konnte.

Auf der Straße hob er den Kopf nur so weit, daß er Leuten noch rechtzeitig ausweichen konnte, aber er sah gewissermaßen nichts um sich herum. Er ging stadtaufwärts, machte vor der 23rd Street kehrt und kaufte, kurz bevor er wieder nach Hause kam, unterwegs etwas Milch und die übliche Großflasche Cola für Amelia.

Natalia hatte Neuigkeiten. McCullen, der von der Kriminalpolizei, hatte angerufen, weil sich bei Marion niemand meldete und er gedacht hatte, sie sei vielleicht bei den Sutherlands. Er hatte berichtet, ein Mädchen aus der Greene Street habe gesagt, es habe Schreie gehört und dann eine Frau aus dem Haus laufen sehen.

»Die Kleine soll gesagt haben, es sei eine dickliche Frau mit kurzen Haaren und heller Hose gewesen, und sie sei stadtaufwärts gelaufen.«

»Meint er, es war Fran?« Jack erinnerte sich an Frans kurze Haare, und als dicklich konnte man ihre Figur gewiß bezeichnen.

»Gesagt hat er das nicht. Aber es trifft auf Fran zu, oder? Eine Frau!« Natalias Gesicht glühte, als ob die Fährte heißer würde. »Nett von McCullen, mir das alles zu sagen! Er wollte wissen, ob wir ein Foto von dieser Fran hätten, und ich habe nein gesagt. Ein Foto von Fran!« Natalia mußte lachen. »McCullen sagt, sie sind jetzt beide verschwunden, Fran und die Freundin. Die Polizei ist in ihre Wohnung eingebrochen und hat Anzeichen für einen überstürzten Auszug gefunden.«

»Na so was! Wo wohnen sie denn?«

»East Village. Gut fürs Drogengeschäft... Und sie haben die Katze zurückgelassen.«

»Reizendes Pärchen.« Und wie dumm von Fran, dachte Jack, jetzt abhauen zu wollen, nachdem die Polizei sie unter Drogen erlebt hatte und sie ja irgendwann sicher in normalem Zustand sprechen wollte. »Was ist mit der Frau in der Minetta Street? Die könnte vielleicht ein Foto haben.«

»Genevieve? Da war die Polizei schon. Sie hat keins. Ich kann mir vorstellen, daß Genevieve sich da raushalten will.«

»Ich habe übrigens eine kleine Karikatur von ihr.«

»Von Fran?«

»Die habe ich damals in den ›Gay Nighthies‹ gemacht.«

Natalia wollte sie sehen. Jack fand den kleinen Zeichenblock zwischen den Sachen auf seinem Arbeitstisch. Da war der hohlwangige Jüngling an der Wand, das Mädchen mit dem zu großen Abendjackett, dann die schmallippige Fran mit den Schweinsaugen und dem zerfransten Pony auf der Stirn.

»Jack – das ist ja großartig! Diese Augen!«

Und das schreckliche Kinn, dachte Jack. Ihn schauderte vor dem Bild, das er mit eigener Hand gemalt hatte.

»Ich würde sie danach auf Anhieb erkennen – die Polizei kann bestimmt etwas damit anfangen.«

»Meinst du? Meinetwegen kann sie es haben.« Jacks Zeichnung zeigte einen ausladenden Busen unter dem T-Shirt. Jack hatte keine Lust, das Bild je wieder anzusehen.

»Wir können eine Fotokopie davon machen. Oder das soll die Polizei selbst tun.«

Jack nahm ihr den kleinen Zeichenblock ab, riß das Blatt heraus und gab es ihr. »Mein Beitrag.«

Natalia ging zum Telefon.

Jack blieb im Wohnzimmer. Es werde jemand kommen

und die Zeichnung holen. Natalia hatte wie immer die richtigen Worte gefunden. »Was ist mit den Leuten, die mit Fran im selben Haus wohnen? Hat die Polizei die nicht vernommen?«

»Stumm wie die Fische, alle miteinander. Denk an das Mädchen in der Greene Street – hat bis heute gewartet, bevor es der Polizei etwas sagte, obwohl es wußte, was gestern passiert war, und die ganze Nachbarschaft den Krankenwagen vorfahren und die Bahre aus dem Haus kommen gesehen hat.«

Die Polizei kam eine halbe Stunde später in Gestalt eines jungen Beamten, der nicht McCullen von der Mordkommission war.

»Ha! – O ja«, sagte er erfreut, als er die Karikatur sah. »Ich könnte damit mehr anfangen als mit so manchem Fahndungsfoto, mit dem ich schon arbeiten mußte.«

»Das ist Fran Dillon – oder Bowman – aufs Haar«, sagte Natalia. »Bedenken Sie, daß sie unter mehreren Namen auftritt – falls sie wirklich die ist, die Sie suchen.« Natalia versuchte mit allen Mitteln etwas herauszubekommen.

»Dillon, ja. Die suchen wir allerdings.«

»Arbeiten Sie für McCullen?« fragte Natalia.

»Nicht direkt. Madam. Ich arbeite für mehrere Stellen. Fange gerade erst an.« Er lehnte einen Stuhl und ein Glas Cola dankend ab und ging.

»Mir kommt gerade der Gedanke«, sagte Jack zu Natalia, »ob die – Angreiferin«, fuhr er in ruhigerem Ton fort, denn er sah gerade Amelia aus ihrem Zimmer kommen, »nicht auch ein anderes Modell gewesen sein könnte?«

Auch Natalia hatte Amelia gesehen. »Unwahrscheinlich. Ich habe nie etwas von solchen Schwierigkeiten gehört. – Und ein dickes Fotomodell –?« meinte sie mit einem Lächeln im Blick.

»*Dad-dieee* – waren das wieder Strafzettel?« fragte Amelia. »Wollte der Polizist –«

»Ja – sie wollen das Geld kassieren, bevor wir ins Ausland fliehen! Aber keine Bange, wir schaffen das schon.«

Das Telefon klingelte, und Jack hoffte, es sei nicht für ihn, aber es war doch für ihn, nämlich Joel. Natalia hatte abgenommen. »Könntest du ihm sagen, daß ich im Moment niemanden sprechen kann? Sag ihm – du weißt schon.«

Natalia wußte schon, und Jack wußte, daß sie sich eine gute Ausrede einfallen lassen würde.

»Ich gehe noch mal ein bißchen raus«, sagte Jack, nachdem Natalia aufgelegt hatte. »Nicht lange. Eine Stunde vielleicht.«

Natalia verstand auch das und stellte keine Fragen.

Jack ging in einen Blumenladen an der Ecke 7th Avenue und Grove Street und kaufte ein Dutzend weiße Rosen, nahm impulsiv noch sechs rote dazu und fuhr mit einem Taxi zum Hotel ›Mansfield‹ an der West 44th Street, wo laut Natalia die Tylers abgestiegen waren. In dem Blumenladen hatte man ihm noch eine Briefkarte mit Umschlag gegeben, aber Jack beschriftete sie erst im Hotel, wo er sich am Empfang einen Kugelschreiber dafür auslieh.

Von einem, der Elsie ebenfalls liebte.
Jack Sutherland

Dann schrieb er »Mr. und Mrs. Tyler« auf den Umschlag und reichte die längliche Schachtel dem Portier.

»Ich glaube, die Herrschaften sind im Haus, Sir. Soll ich rauftelefonieren?«

»Nein.« Jack schüttelte den Kopf. »Danke.« Links von ihm ging eine Fahrstuhltür auf, und er sah eine blonde Frau herauskommen. Sie sah Elsie so ähnlich, daß Jack den Blick nicht wenden konnte. Sie war etwa vierzig Jahre alt, kaum schwerer als Elsie, etwa gleich groß, und hatte sogar den gleichen graziösen Gang wie Elsie, als sie mit erhobenem Kopf auf den Empfang zukam. Ihre blauen Augen warfen Jack schier um. »Mrs. Tyler –«

»Ja?«

Jack sah, daß ihre Lider etwas gerötet waren, wahrscheinlich vom Weinen. »Ich bin Jack Sutherland. Guten Tag.« Er machte eine leichte Verbeugung.

»Jack Sutherland! Ja! Ihre Frau war *so* lieb zu uns! Es freut mich, Sie kennenzulernen.«

Jack fühlte einen dummen Kloß im Hals, aber zum Glück kamen keine Tränen. Er schüttelte den Kopf wie ein schüchterner Jüngling. »Die – ich habe nur eben – hier, bitte.« Er zeigte auf die weiße Schachtel, die noch dalag, und der Portier gab sie ihr.

»Wie lieb von Ihnen! Blumen.« Sie öffnete die Schachtel, die Jack für sie festhielt, und sah hinein. Sie hatte eine schwarzweiße Bluse und einen schwarzen Rock an. »Wie schön!... Sie waren ja beide so nett – und haben Elsie so geholfen. Sie können sich nicht vorstellen –«

»Wir –« Jack mußte ein paarmal blinzeln. »Wir wußten gar nicht, daß sie Verbindung mit Ihnen hatte. Mit ihren Eltern.«

»Ach ja, ich weiß, wie Elsie immer geredet hat! Sie war so freiheitsdurstig. Ja, das war sie.« Mrs. Tylers Lächeln, der Blick, mit dem sie Jack ansah, waren tapfer. Sie sah zu den Aufzügen. »Ah, da kommt Bill – mein Mann. Bill!«

Ein Mann mit angegrautem Haar, marineblauem Blazer und Sommerhose kam auf Jack zu, auf den Lippen ein angedeutetes Lächeln, obwohl seine Augen traurig blickten.

»Bill, das ist Jack Sutherland. Er hat uns einen wunderschönen Blumenstrauß gebracht.«

Jack gab Mr. Tyler freundlich die Hand. Worte. Silben. Worte des Dankes, daß die Sutherlands so freundlich zu ihrer Tochter gewesen seien.

»Wir begreifen es noch gar nicht – glaube ich«, sagte Mr. Tyler. »Und das ist vielleicht ganz gut – im Augenblick.« Er rieb sich den Nasenrücken, wie in Verlegenheit.

»Ich gehe jetzt wieder«, sagte Jack. »Es sei denn, ich kann

etwas für Sie tun.« Er wartete bereitwillig. »Wie lange bleiben Sie noch hier?«

»Wir reisen morgen abend wieder ab. Gegen acht oder so. Nicht wahr, Bill?«

Ihr Mann nickte. »So ist es.«

Jack wußte, das war nach der Trauerfeier, von der Natalia gesprochen hatte, und nach der Beerdigung. »Sie wissen, glaube ich, wo Sie uns erreichen können«, sagte Jack, und Mrs. Tyler nickte. »Wir sind zu Hause. Rufen Sie ruhig an, wenn –« Wenn was? Jack war schon im Gehen.

Ein paar Sekunden später eilte er in Richtung 6th Avenue, mit versteinertem Gesicht, die Augen geschlossen, bis er wieder einmal sehen mußte, wohin er ging. War es richtig gewesen, so schnell wieder zu gehen? Aber warum hätten sie wünschen sollen, daß er noch blieb? Oder welchen Sinn hätte es gehabt, ihnen zu sagen, daß alle ihre Tochter geliebt hätten? Wußten sie das nicht schon?

»He, du Arsch! Guck doch, wo –«

Jack starrte einen Moment die abstoßende Erscheinung an, die er mit der Schulter angerempelt hatte, einen Mann – oder war es doch eine Frau? – in völlig verdrecktem Regenmantel, mit Haaren wie verrottender Seetang über dem halben, schmutzstarrenden Gesicht. »'tschuldigung. Tut mir leid«, stieß Jack zwischen zusammengebissenen Zähnen hervor, während ihm aus dem Seetang weitere Flüche an den Kopf flogen.

Er war in der 34th Street, als er endlich ein Taxi fand, aus dem gerade jemand ausstieg. »Grove Street, bitte.«

Natalia hatte ein kaltes Abendessen vorbereitet. Jack erzählte ihr von seinem kurzen Besuch im ›Mansfield‹. Ein Gespräch war fast unmöglich, weil Amelia mit am Tisch saß.

»Ich hatte sie mir ganz anders vorgestellt.«

»Hab ich dir's nicht gesagt?« Natalia sah ihn einen Moment belustigt an, denn sie wußte, daß es Mrs. Tylers Ähnlichkeit mit Elsie war, die ihn so verblüfft hatte.

Und Mr. William Tyler sieht aus, wie wenn er mit der Erschaffung Elsies nicht viel zu tun gehabt hätte – konnte Jack jetzt schlecht sagen, sonst hätte er es gesagt.

Vor Mitternacht ging Natalia noch einmal rasch fort und kam mit einer ›Times‹ zurück, in der auf Seite zwei im B-Teil seine einspaltig vergrößerte Karikatur von Fran Dillon war. Darunter wurde er auch als Urheber genannt, sehr zu seinem Verdruß, denn es legte den Verdacht nahe, daß er mit der Abgebildeten gut bekannt, vielleicht sogar befreundet sein könnte, obwohl die Karikatur so grausam war, daß sie schlecht von einem Freund stammen konnte. Gesucht Frances Dillon, sechsundzwanzig Jahre alt, einsdreiundsechzig groß, fünfundsechzig Kilo, hellbraune Haare, da sie über Elsie Tyler, Fotomodell, ermordet an dem und dem Tag um vier Uhr nachmittags in der Greene Street, möglicherweise Auskünfte geben könne. In dem kurzen Text hieß es weiter, die Polizei vernehme Leute aus der Gegend, wo der »Nachmittagsmord« in einem Hauseingang geschehen sei. Natalia hatte Jack schon gesagt, daß die Polizei auch die Wirte und Stammgäste der Bars und Restaurants und Discos in diesem Viertel von SoHo ausfragte. Ein paar Minuten später rief Marion an, und Jack hörte Natalia sagen: »Ach was, das macht nichts«, was sich wahrscheinlich auf den späten Anruf bezog. Als das Gespräch beendet war, berichtete Natalia ihm, daß Marion gerade nach Hause gekommen sei und ihnen nur habe mitteilen wollen, wo sie sei. Marion wolle Elsies Eltern nicht treffen, sofern sie es nicht ausdrücklich wünschten.

»Ich habe ihr gesagt, sie hätten nichts in dieser Richtung von sich gegeben«, sagte Natalia, »und sie soll jetzt etwas schlafen und morgen noch einmal darüber nachdenken. Sie war anscheinend ganz erledigt. Ich weiß, daß sie morgen nicht zu dieser Trauerfeier gehen möchte. Wird sie auch nicht.«

»Gehst du denn hin?« Sie konnten jetzt reden, denn Amelia war im Bett und schlief.

»Ja«, sagte Natalia.

Jack ahnte zweierlei Gründe: Natalia hatte Elsie geliebt und war stark genug, sich der Zeremonie zu stellen, und es war eine Frage der Höflichkeit, Elsies Eltern in einer Stadt, in der sie sich nicht auskannten, zu begleiten.

»Möchtest du auch hin?«

»Nein. Aber wenn du gehst, gehe ich mit.«

Am Nachmittag darauf gingen sie um Viertel vor drei in eine kleine, halbwegs protestantisch aussehende Kirche in den West Twentieth. Jack war erstaunt über die zahlreichen jungen Mädchen unter den Anwesenden, viele mit sichtlich ungewohnten Röcken. Ein paarmal konnte Natalia sich ein Lächeln kaum verkneifen. Sie kannte einige von ihnen und nickte ihnen zu. Marion war nicht da; Jack hatte schon nach ihr Ausschau gehalten. Den Fotografen Berkman sah er mit Elsies Eltern reden, während zwei weitere Männer und eine Frau, vielleicht ebenfalls Fotografen, warteten, daß sie an die Reihe kamen. Natalia wies Jack auf eine Frau hin und flüsterte ihm zu, das sei Elsies Agentin. Die Trauerfeier war kurz und ernst. *»... noch nicht in der Blüte ihrer Jahre ...«* Elsie hätte sicher Rockmusik vorgezogen, dachte Jack, wenn so eine »Versammlung« ihr zu Ehren schon sein mußte. Isabel Katz war gekommen, obwohl Natalia erklärte, sie habe ihr nichts von der Trauerfeier gesagt; und nach der Trauerfeier sah Jack auch Bob Campbell. Der Sarg – Jack nahm an, daß es einen gab – war woanders, zumindest nicht am Altar zu sehen, wo der Mann im dunklen Anzug gesprochen hatte.

»Gott segne euch beide«, sagte Bob und nahm erst Natalias, dann Jacks Hand jeweils in seine beiden Hände, dann war er fort.

Als Jack sich vor Mithörern sicher glaubte, fragte er Natalia. »Ist die Beerdigung – gleich anschließend?«

Natalia nickte. »Da müssen wir aber nicht hin. Komm, wir reden rasch noch mal mit ihren Eltern.«

34

Am Donnerstag morgen sah Ralph Linderman in der ›Times‹ die Karikatur von Frances Dillon, die im Zusammenhang mit dem Mord an Elsie gesucht wurde, und seine erste Reaktion war Verwunderung darüber, daß die Zeitung solch ein Gekrakel veröffentlichte, das ihm vorkam wie von Kinderhand, und als er dann noch las, die Zeichnung stamme von John Sutherland, fühlte er allmählich große Wut in sich aufsteigen. Ein schlauer Trick von Sutherland, um die Polizei von seiner Fährte abzubringen! Was für eine überzeugende Geschichte mußte Sutherland der Polizei über diese Dillon – eine Freundin von Elsie? – erzählt haben, daß sie tatsächlich nach ihr suchte! Gab es die Frau überhaupt?

Oder war es ein Doppelspiel, bei dem die Polizei nur so tat, als nähme sie Sutherland die Geschichte mit der Dillon ab, während sie dabei Sutherland im Auge behielt? Hatte die Polizei bei den Sutherlands eine Wanze installiert? Ralph hoffte es. Die Gespräche zwischen Sutherland und seiner Frau Natalia (der Name wurde in der ›Times‹ erwähnt, und die Sutherlands wurden als Freunde von Elsie Tyler bezeichnet) würden wahrhaftig interessant sein, dachte Ralph. Natalia Sutherland mußte ja die Wahrheit kennen und litt gewiß Qualen, da sie wahrscheinlich auch wußte, daß ihr Mann eine ehebrecherische Beziehung zu Elsie Tyler unterhalten hatte und dann so tief in den Sumpf des Bösen gesunken war, das unschuldige junge Mädchen eher zu töten, als es darauf ankommen zu lassen, daß Elsie – wie Ralph vermutete – diese Beziehung im Freundeskreis der Sutherlands und vielleicht sogar unter seinen Geschäftsfreunden bekannt machte. Oder hatte Elsie die Affäre vielleicht beenden wollen, und Sutherland hatte das nicht ertragen und Elsie deshalb umgebracht? So oder so, Sutherland war auf jeden Fall ein Lügner.

Daß die Polizei eine Schuld Sutherlands anscheinend nicht annahm, weil sie sagte, er sei zu Hause gewesen, als diese Marion ihn wegen Elsie anrief, schob Ralph beiseite, denn irgend etwas stimmte da nicht. Da mußte sich irgendwer um zehn Minuten verrechnet haben. Oder diese Marion deckte Sutherland aus irgendeinem Grund. Sutherland konnte ja wirklich ein Verhältnis mit beiden gehabt haben. Ralph würde nie diesen frühen Sonntagmorgen vergessen, als er Elsie und Marion mit Sutherland in der Grove Street gesehen hatte, von Sutherlands Wohnung kommend.

Marion Gill schien ihrerseits überhaupt nicht verdächtigt zu werden, und dabei konnte sie es auch gewesen sein! Ralph hatte daran schon früher gedacht, aber jetzt bekam der Gedanke neues Gewicht. Sutherland konnte zu Hause auf diesen Anruf gewartet haben. Er und Marion hatten vielleicht eine leidenschaftliche Beziehung zueinander gehabt und den Mord geplant. Wußte Natalia auch von Marion? Würde Elsie ihr von Marion erzählt haben?

Ralph, der um elf Uhr morgens mit God unterwegs war, versuchte sich zu sammeln und rief sich in Erinnerung, daß er ein paar Sachen hatte besorgen wollen. Zu Rossi mochte er heute nicht gehen, und da er God bei sich hatte, konnte er nicht in den Gristede-Supermarkt in der Bleecker Street. Er ging in ein kleines Geschäft an der 7th Avenue und kaufte, was er brauchte, darunter ein dickes Steak, doch die ganze Zeit war er tief in Gedanken, völlig darin vergraben. Im Moment hatte er noch nicht vor, sich eine neue Arbeitsstelle zu suchen oder auch nur Arbeitslosenunterstützung zu beantragen, nachdem er in der ›Hot Arch Arcade‹ rausgeflogen war. Es wäre nur richtig und schicklich, erst einmal ein paar Tage vergehen zu lassen und an Elsie zu denken, eine Art Trauerzeit, wenn auch nicht ungestört. Letzte Nacht hatte er kaum geschlafen, obwohl er so damit gerechnet hatte, wenigstens zu »normalen« Zeiten schlafen zu können, wenn diese verdammten Italiener im Haus hoffentlich einmal stiller waren. Seine Schlaflosigkeit war auch eine Art von Trauer, fand er, und im übrigen kein Wunder.

An den warmen Nachmittagen und Abenden lag Ralph oft im Schlafanzug auf dem Bett, las seine Bücher aus der Stadtbibliothek und hörte zu jeder vollen Stunde die Nachrichten aus dem Radio auf dem Nachttischchen. Seit ein paar Tagen war über Elsie Tyler nichts mehr berichtet worden, bis eines Abends in den Siebenuhrnachrichten gemeldet wurde, daß die Polizei noch immer nach der sechsundzwanzigjährigen Frances Dillon aus dem Bekanntenkreis des jungen Fotomodells suche, weil sie sich von ihr Hinweise auf den Mörder erhoffe.

Ralph war bei dieser Meldung aufgesprungen und hatte für ein paar Sekunden die Babys vergessen können, die vor seiner verschlossenen Tür und einen Stock tiefer herumschrien. Wenn sie diese Dillon fänden, würde sie dann wohl vor Gericht gestellt? Der Tat fälschlich überführt?

Er starrte das Telefon an und hätte am liebsten Sutherland angerufen und ihm gesagt, was er dachte, daß er die Karikatur in der Zeitung gesehen und seinen Trick durchschaut habe. Ja, und daß er noch einmal mit der Polizei reden werde. Letzteres war eine gute Idee, das mit der Polizei.

Ralph schlug die Nummer des Reviers an der Ecke Hudson und 10th Street nach.

Das Revier meldete sich, aber Ralph wurde gebeten, einen Moment zu warten. Er wartete und wartete und legte endlich wieder auf. Er ging sich anziehen. Trotz der Hitze warf er sich für den Besuch bei der Polizei in Schlips und Sommerjakkett.

Ralph betrat das Revier und sprach mit einem jungen Beamten an der Anmeldung. »Mein Name ist Ralph Linderman. Ich habe eine Aussage zu Elsie Tyler zu machen – dem Mord an ihr.«

»Elsie –?« Es war nicht derselbe Beamte, der bei Ralphs erstem Besuch an der Anmeldung gesessen hatte.

»Der Mord in der Greene Street, vor einer Woche.«

»Ach, der. Sie können Ihre Aussage hier machen, Sir.« Er griff nach einem Kugelschreiber. »Wie war noch Ihr Name?«

Ralph nannte seinen Namen nebst Adresse. »Ich war schon einmal hier«, sagte er mit wachsender Ungeduld, denn dieser junge Mann schien nicht einmal mit dem Fall vertraut zu sein, jedenfalls hatte Ralph diesen Eindruck. »Der Mörder, den Sie suchen, ist nicht diese Dillon, sondern John Sutherland aus der Grove Street.«

Der junge Beamte musterte Ralph jetzt aufmerksamer und rieb sich das Kinn. »Der Fall, von dem Sie sprechen –«

»Das einundzwanzigjährige Mädchen! Kann ich mit jemandem von der Mordkommission sprechen – oder wer sonst den Fall bearbeitet?«

»Würden Sie bitte einen Augenblick hier warten?« Der Beamte verschwand durch eine offene Tür in einem nahen Büro.

Ralph blieb stehen, beobachtet von einem uniformierten Polizisten, der hinter ihm an der Wand lehnte. Der junge Mann blieb etwa vier Minuten fort, dann erschien er wieder, blieb aber noch seitlich in der Tür stehen und sprach mit jemandem, der nicht zu sehen war. Dann kam er wieder und sagte:

»Also, Sir. Ihre Aussage, bitte?«

»Der Mörder heißt John Sutherland und wohnt in der Grove Street. Ich *weiß* so einiges. Und ich wäre Ihnen dankbar, wenn Sie das an die Mordkommission weitergäben, oder wer den Fall sonst bearbeitet. Hierher bin ich ja nur gekommen, weil dieses Revier von meiner Wohnung aus am nächsten liegt.«

»Ja, Sir. Aber ich habe mich soeben erkundigt. Die Mordkommission kennt Sutherland. Es gibt inzwischen mehrere Verdächtige, und –«

»Sutherland ist der Mann, den Sie suchen!«

Der junge Beamte holte Luft. »In diesem Fall tut sich viel, Sir. Was wissen Sie über Sutherland?«

»Ich weiß, daß er schuldig ist. Er hatte ein Verhältnis mit der Ermordeten! Weiß die Polizei das? – Ich möchte mit jemandem reden, der an dem Fall arbeitet und mit den – bisherigen – Details vertraut ist. Kann ich mal mit dem Beamten dort in dem Büro sprechen?« Ralph machte eine nervöse Bewegung auf die Tür zu.

»O nein, Sir, da gehen Sie nicht hinein!«

»Und warum nicht?« Ralph ging einfach weiter.

Der Wächter machte einen Schritt, der junge Beamte machte einen Schritt.

Ralph fühlte sich plötzlich bei den Armen gepackt, dann gab er scheinbar gutmütig nach.

»Keine Bange, ich bin nicht gewalttätig«, sagte er, indem er seine Arme befreite. »Ich bin ... ich bin hier, um auszusagen, daß Sutherland der Mörder ist und Sie Ihre Zeit vertun, wenn Sie nach jemand anderm suchen – wie nach dieser Frau, die heute von der Polizei aufgegriffen wurde, dieser Dillon ... Frances!«

Die Polizisten sahen ihn ratlos an. Der eine nickte und meinte: »Schon gut, Sir«, wie um jemanden zu beruhigen, der den Verstand verloren hat.

Ein Beamter erschien in der Tür des nahegelegenen Büros. »Was ist hier los, Charley?«

»Er redet noch immer von Sutherland.«

»Fragen Sie ihn, was er Konkretes hat«, sagte der in der Tür.

»Ich *weiß* es«, sagte Ralph, jetzt an diesen gewandt. »Er ist ein guter Läufer, wußten Sie das? Ein Jogger. Er kann die Strecke zwischen Grove und Greene Street leicht in zehn Minuten zurückgelegt haben. Er hatte ein Verhältnis mit diesem Mädchen! Mit beiden – mit dieser Marion auch! Wenn Sie doch –!«

»Wir brauchen Tatsachen«, unterbrach ihn der Beamte

nachsichtig. »Wenn Sie Tatsachen vorlegen können – waren Sie Zeuge des Mordes?«

»Nein, Sir, ich war zu Hause. Bleecker Street.«

»Nun, dann –« Der Polizist zuckte die Achseln.

Ralph setzte von neuem an. Plötzlich redeten alle vier zugleich, und Ralph fühlte sich hinausgedrängt, vor allem von dem Wächter.

»Aber ich *weiß* es doch!« wiederholte Ralph immer wieder.

»Sutherland läuft uns schon nicht davon ... verheirateter Mann mit festem Wohnsitz! ... Haha! ... Immer mit der Ruhe! ... Morgen ist auch noch ein Tag ... Gute Nacht, Sir.«

Ralph stand plötzlich allein auf der Straße. Ihre Worte hallten ihm noch in den Ohren, obwohl er sich sonst von Stille umgeben fühlte, als wäre er taub geworden. Er wandte sich stadtaufwärts, bog dann aber an der nächsten Straßenecke plötzlich nach Osten ab. Sutherland und sein fester Wohnsitz! Aber ja! Nur schlängelte Sutherland sich mit seinen raffinierten Machenschaften und Schutzbehauptungen täglich mehr heraus, und natürlich, je mehr er zu Hause bei seiner Frau blieb, desto besser sah es aus, desto unschuldiger.

Ralph war wütend und gereizt, und das wurde auch vom schnellen Gehen nicht besser. Auf einmal war er am Sheridan Square. Und jetzt tat er etwas, was er seit Jahren nicht mehr getan hatte: Er ging in eine Bar, ein in der Gegend beliebtes Lokal mit grüner Markise über der Tür, um einen zu trinken. Er bestellte Whisky, und als der Barkeeper ihn nach der Sorte fragte und eine lange Liste von Namen herunterrasselte, wählte er White Horse. Er fühlte sich ganz elend, wie im Innern zerrissen. Er war gescheitert. Alkohol beruhigte angeblich die Nerven. Das kalte Eis darin schmeckte gut. Er hatte noch Durst und bestellte ein Glas Wasser und ein Bier. Verstohlen und ohne jemanden dabei anzusehen löste er seinen Schlips, rollte ihn zusammen und steckte ihn in die Jackentasche, dann zog er auch die völlig durchgeschwitzte

Jacke aus. Die Bar war klimatisiert, sehr angenehm. Ralph trank langsam sein Bier und war froh, daß er es draußen dunkel werden sah. In der Bar herrschte Hochbetrieb, aber die Gäste waren ihm alle fremd. Waren Elsie und Natalia einmal zusammen hier gewesen? Allmählich fühlte Ralph sich wohler, abgekühlter. Er bestellte noch einen White Horse, bezahlte mit einem Zehndollarschein und gab einen Dollar Trinkgeld.

Aber er blieb sitzen, da er den zweiten Scotch noch nicht ausgetrunken hatte, und goß etwas Wasser aus dem Glas dazu. Sutherland würde sich durchmogeln, klar! Vielleicht bedrohte er seine Frau, schlug sie womöglich, damit sie schwieg, vielleicht sogar jetzt in diesem Moment bei sich zu Hause in der Grove Street. Vielleicht war die Polizei vor ein paar Minuten dagewesen, um sich zu vergewissern, daß Sutherland noch da war? Danach wäre Sutherland noch nervöser, und seine Frau würde immer mehr hoffen, daß sich das Netz um ihren Mann zusammenzog. Vor kaum einem Jahr noch hätte Ralph so etwas nie von Sutherland erwartet. Da hätte er es aber auch noch für ebenso unmöglich und grotesk gehalten, daß jemand Elsies Leben so plötzlich und brutal auslöschen könnte. Daß Sutherland sich nun als bösartiger erwies als alle die Rüpel zusammengenommen, mit denen Elsie befreundet war!

Ralph trank aus und ging auf die Toilette. Dann ging er nach Hause, hängte sein Jackett fort und nahm God an die Leine. Höchste Zeit für God.

Nachdem er mit God wieder zurück war, steckte er sein Geld in die Hosentasche und ging noch einmal fort. Er konnte zur Zeit seine vier Wände nicht ertragen, mußte raus, sich bewegen. Er ging zum Washington Square, spazierte langsam einmal um ihn herum und versuchte sein inneres Gleichgewicht daran aufzurichten, daß dies ein öffentlicher Platz war, ein zivilisierter kleiner *Park,* jedenfalls früher einmal, vor ein paar Jahrzehnten, noch zu seinen Lebzeiten.

Ein Strichjunge in Jeans, lang und dünn wie eine Weidengerte, musterte Ralph einen kurzen Moment und spazierte weiter.

»'n Abend, Miss!« sagte Ralph boshaft und spazierte ebenfalls weiter.

Eine zerbrochene Whiskyflasche ragte unter einem Eisengitter halb auf den Gehsteig hinaus. Heute nacht noch konnte sie jemandem als Waffe dienen. Wer würde sich ihr entgegenstellen? Wer konnte sich wehren, wenn ein Straßenräuber ihm damit vor dem Gesicht herumfuchtelte und die Brieftasche verlangte?

Sutherland anrufen und heute abend noch hingehen, dachte Ralph plötzlich. Ihn und seine Frau in der eigenen Wohnung mit der Wahrheit konfrontieren! Würde Mrs. Sutherland nicht froh darüber sein? Andererseits würde Sutherland sich mit Sicherheit weigern, Ralph in die Wohnung zu lassen, würde wieder – genau wie damals, als Ralph ihm die Geldbörse zurückbrachte – sagen: »Ich warte unten auf dem Gehsteig auf Sie.« Oder noch wahrscheinlicher würde Sutherland ihn überhaupt nicht sehen wollen.

Einfach klingeln und hineingehen, beschloß Ralph. Versuchen konnte er es ja mal.

Ralph wandte sich nach Westen, zur 6th Avenue. Er ging in stetigem Tempo und versuchte sich zu sammeln. Er würde Sutherland in Natalias Gegenwart an den Sonntagmorgen erinnern, als er Elsie und ihre Freundin Marion morgens um sechs Uhr in Sutherlands Begleitung gesehen hatte. Er würde den Sutherlands so einige Wahrheiten auftischen und seinerseits von Sutherland die Wahrheit fordern.

Da Ralph sich seiner Sache immer sicherer fühlte, war es ein kleiner Schock für ihn, als er Sutherland plötzlich in der Grove Street auf sich zukommen sah. Ralph hatte einen längeren Weg als nötig genommen und war gerade aus der Bedfort Street eingebogen.

»Mr. Sutherland!« sagte Ralph.

»Ja – bitte? Guten Abend.« Sutherland verlangsamte seine lautlosen Schritte. Er hatte eine weiße Plastiktasche bei sich.

»Ich möchte Ihnen einiges sagen. Ihnen und Ihrer Frau. Kann ich mal kurz zu Ihnen raufkommen? Ich möchte, daß auch Ihre Frau hört, was ich zu sagen habe.«

Sutherland kam langsam und, wie es Ralph schien, in feindseliger oder zumindest unfreundlicher Haltung auf ihn zu. Als Ralph ihn angesprochen hatte, war Sutherland kurz vor seinem Haus gewesen, jetzt ging er langsam in Richtung Bedfort Street, und Ralph ging mit.

»Ich find's nicht so gut, wenn Sie noch mit raufkommen«, sagte Sutherland. »Schon ziemlich spät, nicht? Was wollen Sie mir denn sagen?«

»Ihre Frau soll es auch hören«, sagte Ralph und blieb stehen.

»Meine Frau? – Wovon reden Sie überhaupt?«

»Weiß Ihre Frau, daß Sie diese beiden Mädchen in der Wohnung hatten – Elsie und Marion – an dem Sonntagmorgen, als ich Sie gesehen habe? Elsie hat mich da auch gesehen, glaube ich.«

»Natürlich weiß sie das. Wir waren alle zusammen auf einer Party gewesen. – Was wollen Sie damit eigentlich sagen?« Selbst im Dunkeln sah Ralph, wie sich Sutherlands Gesicht verfinsterte.

»Daß Sie schuldig sind«, sagte Ralph, »und wenn Sie sich nicht selbst stellen, nehme ich die –«

»Menschenskind, hören Sie doch auf, Linderman. Hauen Sie ab!«

»Dieser Trick mit der Karikatur in der Zeitung! Glauben Sie, ich durchschaue nicht, daß es ein Trick ist? Mir konnten Sie die Tat nicht unterschieben, weil –«

»Mit Ihren dauernden Einmischungen tun Sie keinem etwas Gutes. Sie nerven mich schon seit –«

»Ich werde Ihrer Frau einen Brief schreiben – und ihn ihr *persönlich* übergeben! Sie wird auf Argumente hören.«

»Sie lassen da gefälligst meine Frau heraus«, sagte Sutherland, plötzlich drohend, und machte einen Schritt auf Ralph zu.

Ralph wich zurück. Zwei Passanten, ein Mann und eine Frau, warfen beiden, ihm und Sutherland, im Vorbeigehen neugierige Blicke zu.

»Lassen Sie meine Frau und mich in Ruhe«, fuhr Sutherland etwas leiser fort, »sonst hetze ich Ihnen die Polizei auf den Hals, und zwar bald. Wenn Sie wüßten, wie oft Elsie und wir andern alle schon drauf und dran waren, das zu tun!«

»Halt. Ich habe hier eine Pistole! Ich kann die Rechnung an Ort und Stelle begleichen!« Ralph hatte die rechte Hand in die Hosentasche gesteckt, und die Kante seiner Geldbörse wirkte recht glaubwürdig.

Sutherland sah auf die Tasche. Der Schein der nächsten Straßenlaterne war hier nicht mehr sehr hell, aber hell genug für Sutherland, und Ralph glaubte ihn von einer Sekunde zur andern erbleichen zu sehen. Sutherland ließ die weiße Plastiktasche langsam sinken, und plötzlich schlug er mit der linken Faust zu.

Ralph wich dem Schlag aus, fühlte ihn aber noch seinen Kopf streifen. Er warf sich nach vorn und wollte Sutherland seinen Kopf in den Bauch rammen, traf aber auf Sutherlands Knie und fiel hin.

Sutherland war auch hingefallen. Ralph war als erster wieder auf den Beinen, aber Sutherland sprang hoch wie ein Kastenteufel, bekam Ralph am Handgelenk zu fassen und schleuderte ihn gegen eine Hauswand. Ralph hörte das Krachen, als er mit Schulter und Kopf gegen die Mauer prallte. Er bekam gerade noch rechtzeitig einen Fuß – oder war es ein Knie? – hoch, um Sutherland abzufangen, der sich wieder auf ihn stürzen wollte. Sutherland krümmte sich vor Schmerz, und Ralph versetzte ihm einen Schlag gegen die Schläfe.

Beide standen jetzt da, ein bißchen gekrümmt und keuchend. Inzwischen waren sie in der Bedford Street. Ein Mann machte einen weiten Bogen um sie, als fürchtete er sich vor ihnen, überquerte die Bedford Street und ging weiter.

»Sie werden – sich stellen«, sagte Ralph.

»Sie halten sich gefälligst raus!« Sutherland schien ihn schon wieder angreifen zu wollen.

Ralph wich einen Schritt zurück.

Sutherland trat ebenfalls einen Schritt zurück, warf einen Blick auf die Plastiktasche, die er fallen gelassen hatte, hob sie aber nicht auf. Etwas ruhiger sagte er jetzt: »Bleiben Sie mir vom Leib, Linderman.«

»He! Ihr da unten! – Immer mit der Ruhe, ja?« Die Stimme kam aus einem offenen Fenster irgendwo in der Bedford Street.

Sutherland sah kurz nach oben und winkte gereizt ab. Ralph sah gar nicht erst auf.

»Ehebrecher«, sagte Ralph ruhig, »und Mörder.«

Sutherland antwortete ebenso ruhig: »Hauen Sie bloß ab, oder ich schlag Sie windelweich.« Er ging mit erhobenen Fäusten auf ihn zu.

Ralph empfing ihn mit einem Schlag in den Magen, bekam aber selbst einen aufs Kinn. Er taumelte – das merkte er – und fiel auch hin, rollte sich ein bißchen ab und stand mit einiger Mühe wieder auf.

»Gehen Sie nach Hause«, sagte Sutherland, indem er Ralph an der Hemdbrust packte. »Ob Sie's schaffen, soll mir egal sein.« Er gab Ralph einen Schubs und ließ ihn los.

Sutherland ging. Ralph sah, daß er wankte, den Kopf gesenkt hielt und einmal ausspie, bevor er in die Grove Street bog und verschwand. Ralph stand auf beiden Beinen, heißen Zorn im Gesicht. Zwei Leute sahen ihn aus ein paar Schritten Entfernung an, machten einen Bogen um ihn und gingen weiter. Ralph ging zur Straßenecke. Er konnte Sutherland noch sehen und ging ihm schwer atmend nach. Da vorne ging Elsies Mörder, angeschlagen, halb besiegt.

»Sutherland –« Ralph nahm die ersten Stufen zum Haus, als Sutherland gerade den Schlüssel ins Schloß steckte.

Sutherland drehte sich um, die linke Faust erhoben – die andere Hand hielt die Plastiktasche – und kam eine Stufe herunter. Es waren mindestens vier Stufen, und auf der zweiten und dritten taumelte Ralph gegen Sutherland. Es konnte als Angriff gemeint gewesen sein, war aber doch keiner. Sutherland stieß ihn weg, und Ralph fühlte einen stechenden Schmerz in der Schulter, als er aufs Pflaster schlug. Plötzlich sah er im Schein der Straßenlaterne deutlich die Bordsteinkante und die dunkler gefärbte Straße, nur Zentimeter vor seinen Augen.

»Los, stehen Sie schon auf!« hörte er Sutherland sagen, zweimal, in ungehaltenem Ton.

Ralph versuchte ja aufzustehen und würde in ein paar Sekunden natürlich wieder auf den Beinen sein. Er bekam einen Fuß unter sich und richtete sich torkelnd auf.

»Was geht hier vor?« fragte eine fremde Stimme. »Hat dieser Kerl –«

»Schon gut«, sagte Sutherland. »Nichts weiter.«

Ralph wischte sich mit dem Unterarm über den feuchten Mund und das Kinn. »Gut, daß Sie kommen, Wachtmeister. Dieser Mann da – ich war – heute auf dem hiesigen Revier – *seinetwegen*!«

»Wer – wo wohnen Sie?«

»Ich wohne hier«, sagte Sutherland.

»Bleecker Street. Gleich da vorn.«

»Waren Sie beide das, die sich hier geprügelt haben? Uns hat jemand angerufen, um eine Prügelei zu melden. Was ist also los?«

»Nichts.« Sutherland machte kehrt, stellte einen Fuß auf die Treppe und sah sich noch einmal um. »Er schafft's wohl nach Hause.«

Der Polizist schien ratlos. »Können Sie sich ausweisen?«

»Ja – natürlich.« Ralph griff in die Taschhe.

35

Jack stand an der Tür und sah sich um. Der Polizist führte Linderman fort, aber freundlich, unter gutem Zureden, während sie auf die Bleecker Street zugingen. Er stützte ihn dabei am Arm. Jack ging ins Haus und stieg, zwar immer zwei Stufen auf einmal nehmend, aber doch recht langsam und schwerfällig die Treppe hinauf.

»Jack, um Gottes willen«, flüsterte Natalia im Treppenhaus. »Was war denn da los?«

Sie gingen in die Wohnung und machten die Tür zu.

»Du blutest am Ohr. Und an der Stirn!... Hat Linderman eine Schlägerei angefangen? Ich hab's aus dem Fenster gesehen.«

»Nur keine Aufregung.« Jack war im Bad und wusch sich das Gesicht; er sah sich das Ohr an, von dem Natalia gesprochen hatte, und entdeckte merkwürdigerweise einen Schnitt wie von einem Messer daran. Schlimmer waren der aufgescheuerte Fingerknöchel und der Kratzer an der Stirn, der nicht zu bluten aufhörte. Jack drückte sich einen nassen Waschlappen gegen die Stirn und drehte sich grinsend zu Natalia um.

Sie blickte verständnislos und böse drein. »Hat er dich angegriffen? Einfach so?«

»Nicht direkt... Reg dich nicht auf, Schatz. Wirklich – ich glaube, das ist jetzt erledigt.«

Als Jack ein paar Minuten später mit einem Jack Daniels auf Eis auf dem Sofa saß, mußte er darüber weiter nachdenken. Erledigt? Würde Linderman je aufgeben?

»Kannst du nicht mit mir reden, Jack? Was hat er denn gesagt?«

»Entschuldige, es ist nur – so komisch bin ich mir nicht mehr vorgekommen, seit ich mich mit meinem ärgsten Feind geprügelt habe – mit zwölf Jahren!« Jack lachte, leckte sich über die Lippen und trank. Der Whisky spülte ihm den leichten Blutgeschmack aus dem Mund. »Aber Linderman hat sich ganz wacker geschlagen – für sein Alter.«

»Ich hoffe, dieser Polizist bringt ihn mal für eine Weile hinter Gitter.«

»Nein, ich glaube, er bringt ihn nur nach Hause!« Jack lächelte. »Linderman versucht mich wieder zu beschuldigen, weiter nichts. Ich konnte noch hören, wie er zu dem Polizisten sagte, daß er heute auf dem Revier gewesen sei – und vielleicht stimmt es... Die Karikatur von Fran hält er für einen Trick – von mir.«

»Willst du sagen, er hat dich einfach auf der Straße damit angesprochen – hier draußen?«

»Ja. Er wollte sogar zu uns rauf. Du solltest die Wahrheit hören. Du weißt ja.«

Natalia schwieg. Sie wußte. »Mein Gott, bin ich froh, daß wir bald aus dieser Stadt raus sind! Noch acht Tage. Bis dahin müssen die doch etwas Konkretes finden – meinst du nicht auch, Jack?«

Jack war davon nicht ganz so überzeugt, aber er nickte. »Klar.«

»Blutest du wirklich nirgendwo sonst, tut dir sonst nichts weh, Jack?«

Jack nahm den Fingerknöchel aus dem Mund. »Nein, alles in Butter.«

»Danke, daß du mir Zigaretten mitgebracht hast.« Sie hatte in die Plastiktasche gesehen. »Komm mal mit ins Bad, Jack. Ich tue dir ein bißchen Savlon auf die Stirn. Daran hätte ich gleich denken sollen.«

Jack ging mit ihr. Die weiße Creme tat gut. Natalias Mutter hatte sie aus England mitgebracht und versorgte die Sutherlands laufend damit.

Das Telefon klingelte, und Natalia nahm ab. Immerzu kamen Anrufe, sogar kleine Beileidsbriefchen wegen Elsie, als ob sie zur Familie gehört hätte. Vor ein paar Tagen war ein

Telegramm von Sylvia Kinnock gekommen, das Jack gerührt hatte:

... WIE TRAURIG UND ENTSETZLICH. SITZE IN ATLANTA FEST, SONST WÄRE ICH BEI EUCH. IN GEDANKEN BIN ICH ES. ALLES LIEBE, SYLVIA.

Zwei Tage nach Jacks Prügelei mit Linderman hörten er und Natalia in den Sechs-Uhr-Nachrichten im Fernsehen, daß Frances Dillon in der Bronx aufgegriffen worden sei und von der Polizei im Zusammenhang mit dem Mord an Elsie Tyler vor zwei Wochen vernommen werde. Natalia besorgte die neueste Ausgabe der ›Post‹. Die Zeitung brachte noch einmal Jacks Zeichnung und berichtete, Frances Dillon sei in einem Lebensmittelgeschäft in der Bronx von einem jungen Mann erkannt worden, der »die Haare über der Stirn und den Mund nach der Karikatur wiedererkannt« habe. Die Dillon habe eine Sonnenbrille getragen und sei in Begleitung einer Freundin gewesen.

»Na ja«, meinte Jack, geschmeichelt ob des kleinen Erfolgs seiner Zeichnung. Er war von Frans Täterschaft nicht überzeugt – sie konnte auch wegen ihres Drogenhandels den Kopf verloren haben und aus dem East Village geflüchtet sein –, und darum war er froh, daß auch Natalia die Nachricht gelassen aufnahm.

»Wir werden ja sehen«, meinte sie nur. »Jedenfalls wird man sie jetzt festhalten, bis sie ein paar lichte Momente hat.«

Susanne Bewley war, wie lange zuvor abgemacht, für zwei Wochen in Urlaub und befand sich mit ihrem Freund Michael in Maine. Sie hatte angerufen, als sie von Elsies Tod hörte. »Ich kann mich so gut an das Mädchen erinnern«, hatte sie zu Jack gesagt und dann gefragt, ob Linderman verdächtigt werde, wobei sie sich allerdings an den Namen nicht erinnerte. Ob Susanne wußte, wie gern Natalia und Elsie einander gehabt hatten? Wahrscheinlich nicht, dachte Jack, aber man wußte nie, was andere Leute alles mitbekamen oder ahnten, besonders diese Stillen, wie Susanne.

Jack empfand manchmal ein sonderbares Schweigen zwischen Natalia und ihm. Beide waren sehr viel unterwegs, um Besorgungen zu machen und Vorbereitungen zu treffen, damit sie die Wohnung einen Monat oder länger allein lassen konnten. Amelia war die halbe Zeit bei den Armstrongs, denn Elaines Schwester war zu Besuch und konnte die Kinder beaufsichtigen. Aber was dachte und fühlte Natalia, wenn sie zum Beispiel ins Gefrierfach des Kühlschranks sah und gelangweilt meinte:

»Du lieber Gott.«

Das Kühlfach sah noch ziemlich voll aus, das wußte Jack, und dabei versuchten sie es ja schon die ganze Zeit zu leeren, aber er wußte auch, daß es Natalia herzlich egal war, wie es im Gefrierfach aussah.

»Gleich wenn wir weg sind, kommt Susanne wieder, Schatz. Sie kann die Sachen mit nach Hause nehmen und verbrauchen.«

Er sah in Natalias Augen teils eine gewisse Leere, als wäre sie mit den Gedanken weit fort, teils eine Härte, wie wenn er nicht ihr Mann, nicht Jack wäre, sondern irgend jemand anders. Machte sie sich vielleicht auch Gedanken darüber, wie ihm zumute war? Interessierte es sie überhaupt? War sie in Elsie mehr verliebt gewesen als er? Und vielleicht anders? Natalia hatte mit Elsie geschlafen, dessen war er ganz sicher, und er nicht. Aber er sagte sich, daß er es ja gar nicht gewollt hatte. Diese Art Liebe war es nicht gewesen. Oder hatte er diesen Standpunkt nur eingenommen, weil er wußte, daß Elsie ihn abweisen würde? Er legte einen Zeichenblock zuunterst in den Koffer. Das hatte er doch alles schon durchgekaut! Er hatte Elsie einfach gern aus der Ferne bewundert wie ein schönes Gemälde, eine gute Zeichnung. Ja, das kam der Wahrheit näher. Was hatte Natalia sich von der Beziehung zu Elsie, die von Marion anscheinend akzeptiert wurde, eigentlich erhofft oder erwartet? Erwartete man, wenn man verliebt war, überhaupt mehr als das schöne Erlebnis des Verliebtseins? Und würde er Natalia je danach fragen? überlegte Jack.

»Kannst du das annehmen, Jack?« fragte Natalia aus der Diele.

Sie meinte das Telefon. Es war Marion. Nein, sie sei nicht zu Hause, sagte sie, sondern bei ihrer Freundin Myra um die Ecke, und sie wolle Natalia und ihm nur sagen, daß man Fran gefaßt habe.

»Ja, das haben wir schon gehört, vor ein paar Tagen«, sagte Jack.

»Nein, ich meine, sie hat gestanden! Einer von McCullens Leuten hat mich vor zwanzig Minuten angerufen und es mir gesagt. Ist das nicht nett von ihm? Ich dachte, ihr beide würdet euch freuen – *sehr* freuen –, das Neueste zu erfahren.«

»Mach keine Witze, Marion. Ist das *wahr*?« fragte Jack in vorsichtigem Ton und zugleich ungläubig.

»Mein Gefühl war richtig. Dieses Schwein!« Marions Stimme klang ruhig, aber verbittert. »Das ist diese Stadt, das *tut* diese Stadt. Ich bin Realistin. Es überrascht mich nicht einmal.«

»Und die Polizei ist sicher, daß sie die Wahrheit sagt?« Jack meinte, daß Fran sich ja auch aus irgendeinem unerfindlichen Grund etwas zusammenphantasiert haben konnte.

»Es hörte sich so an. Sie soll gesagt haben, sie hätte Elsie gesehen und ohne Überlegung zugeschlagen. Es wird wohl heute noch in den Zeitungen stehen. Sag's Natalia schon mal.«

»Natalia ist hier. Möchtest du sie sprechen?«

»Nein, das – könnte ich jetzt nicht. Ich meine – entschuldige, Jack.«

Jack sagte, er könne das verstehen.

»Wer war das?« fragte Natalia aus der Diele.

»Marion.« Jack ging auf sie zu. »Sie sagt, Fran hätte gestanden – die Tat.«

Natalia riß kurz die Augen auf. »Wahrhaftig? – Gut. *Gut*! Das hat ja nicht lange gedauert. Anderthalb Tage?« Sie ging in die Küche und nahm geistesabwesend ein Küchentuch zur Hand, das über einer Stuhllehne hing. Sie krampfte die Finger um das Tuch. »Gut. Diese Bestie! Ich mag sie nicht einmal ein Tier nennen. Sie ist schlimmer.«

»Marion sagt – Fran hat Elsie auf der Straße gesehen und ohne Überlegung zugeschlagen. Der Mann von der Mordkommission hat Marion angerufen und es ihr gesagt.«

Natalia zog das Küchentuch zwischen ihren Händen straff, ließ es einmal wie eine Peitsche durch die Luft sausen und hängte es wieder über den Stuhl.

Als Jack sie das nächstemal sah, etwa eine halbe Stunde später, lag sie auf dem Sofa und starrte an die Decke. Er sah sie mit einer Handvoll Papiertüchern ihre Augen trocknen.

Und was hatte er in der letzten halben Stunde gemacht, in seinem Arbeitsraum? Fast dasselbe – er war auf und ab gegangen, mit feuchten Augen, aber irgendwie erleichtert, und es hatte ihn nicht mehr gestört, daß da noch ein paar von Elsies Bildern zu sehen waren, aber angeschaut hatte er sie auch nicht.

Natalia sah ihn und richtete sich halb auf.

»Du hast sie richtig geliebt, ja?«

»Ja.« Natalia sah ihn an. »Du nicht?«

Jack schwieg eine kleine Weile. »Du warst wohl auch mit ihr im Bett.«

Natalia zuckte die Achseln und lächelte. »Im Bett. Ja. Das ist – nicht alles, oder?«

Was meinte Natalia? Jack wartete.

»Und du?« fragte sie.

Jack lachte. »Ich? – Hab's nie versucht!«

»Du hättest aber gewollt?«

»Eigentlich nicht. Ehrlich gesagt, nein.«

Natalia setzte sich ganz auf, die Ellbogen auf den Knien. Sie lächelte.

In ihrem Blick lag eine Belustigung, die Jack vieles sagte. Natalia hatte alles ganz richtig erkannt: daß er voll auf Elsie abgefahren war, Elsie ihn aber hätte abblitzen lassen, wenn er ihr je einen Antrag gemacht hätte; und daß Liebe etwas völlig anderes war als der »Liebesakt«, der im Vergleich zu liebender Anteilnahme nahezu bedeutungslos war.

Natalia stand mit einem raschen Nicken auf, und das Nicken hieß: »Ich verstehe, und das weißt du.«

Weder Jack noch Natalia hielten sich lange mit der Zeitung auf. Sie überflogen den Text nur. Ein Foto zeigte Fran Dillons ungesund wirkendes rundes Gesicht, wie sie in T-Shirt und Hose dasaß und mit der Polizei sprach. »Ich war eifersüchtig auf sie, klar. Hab sie gehaßt.« Ob Fran wohl eine zeitweise Umnachtung geltend machen würde, dachte Jack, ob sie behaupten würde, sie sei »von Gefühlen übermannt« gewesen? Er mußte gestehen, daß es ihm egal war. Wichtig war nur, daß man sie hatte, und daß ihr Geständnis anhand der Details, die sie anführte, wahr erschien.

Angenehmer und erfreulicher, fast wie ein Hauch aus einer anderen, besseren Welt war der Inhalt eines braunen Umschlags, der von den Tylers kam. Er war an Jack und Natalia adressiert und enthielt einen Brief und ein Foto von der etwa vierjährigen Elsie auf einem Pony – keinem Shetlandpony, sondern einem gewöhnlichen, rotbraunen Pony. Elsie in blauer Spielhose, weißen Socken und braunen Sandalen, mit Haaren so blond, daß sie fast weiß schienen, und einem Lächeln voll von der naiven Freude, die Jack und Natalia so oft in ihrem Gesicht gesehen hatten, die blauen Augen strahlend vor Glück. Mrs. Tyler hatte den Brief dazu verfaßt und mit »Grace Tyler« unterschrieben.

... unser Lieblingsfoto von Elsie, als sie klein war, aber mein Mann hat eine Kopie anfertigen lassen, so daß wir auch noch eins haben. Ich dachte nur, es würde Ihnen beiden vielleicht Freude machen. Elsie ist so gern auf diesem Pony geritten! Es gehörte einem Nachbarn, der Elsie und ihren Bruder oft darauf reiten ließ, bis es zuletzt doch schneller wuchs als die Kinder. In diesen traurigen Tagen sehen wir uns das Bild manchmal an und sind dankbar, daß wir Elsie eine Zeitlang haben durften.

Noch einmal alles Liebe, und Ihnen beiden vielen Dank und Gottes Segen für Ihre Freundlichkeit.

Darunter hatte auch William Tyler noch ein paar Worte gesetzt.

Natalia stellte das Foto im Wohnzimmer auf ein Regal neben dem Telefon und sah es lächelnd an. Es war wie Sonnenschein, fand Jack, als wäre Elsie persönlich für eine kleine Weile wiedergekommen, doch er wußte, daß dieses Gefühl vergehen, sich ändern würde. Ihm und sicher auch Natalia gefiel an dem Brief der Tylers vor allem, daß keine Bitterkeit herausklang, nicht die Spur eines Rachebedürfnisses für das, was Elsie widerfahren war. Nur Freundlichkeit und Güte.

»Ihr Bruder –«, sagte Natalia und drehte sich zu Jack um. »Ich habe ihn nicht gesehen, aber Elsies Mutter sagte, er sei bei der Trauerfeier gewesen und habe sich nur woandershin gesetzt. Er sei so gebrochen gewesen, daß er mit keinem Menschen habe sprechen wollen.«

Elsies Bruder. Jack wußte nicht, wie er hieß, und vielleicht hatte Elsie es auch nie gesagt, aber gesprochen hatte sie schon von ihm.

Als Jack sich nach einem langen Blick auf das Bild wieder aufrichtete, taten ihm auf beiden Seiten die Rippen weh. Wer hatte die Prügelei eigentlich gewonnen? Er hatte nicht so hart zugeschlagen, wie er gekonnt hätte (dachte er jedenfalls), weil

Linderman soviel älter war. Trotzdem: Wer hatte gewonnen? Komisch, aber damals als Zwölfjähriger hatte er nach der Prügelei mit diesem Jungen entweder gleich vergessen oder konnte sich nur jetzt nicht mehr erinnern, wer gewonnen hatte. Er wußte nur noch, wie angespannt seine sämtlichen Nerven und Muskeln gewesen waren, und daß er in diesem Kampf alles gegeben hatte. War Linderman mit seiner Einstellung zu Elsie Sieger geblieben? Sie sei ein Juwel, hatte er gesagt, zu jung, um mit dem Leben fertig zu werden, erst noch dabei, erwachsen zu werden – so ähnlich hatte Linderman sich ausgedrückt, und wenn Jack jetzt dieses Bild der etwa vierjährigen Elsie ansah, erkannte er in Lindermans Pathos eine neue Wahrheit.

36

Ralph war nach dem Zusammenstoß mit John Sutherland ein paar Tage in Deckung geblieben und hatte die geprellte Schulter, das geschwollene Auge und die aufgeplatzte Unterlippe gepflegt. Er fand, er hatte einen guten Kampf geliefert, es jedenfalls nicht an Mut fehlen lassen, und darauf war er stolz. Mit blutendem Mund hatte er dem Polizisten, der ihn nach Hause begleitete, sein Sprüchlein immer wieder neu aufgesagt, und der Polizist hatte wohlwollend zugehört und versprochen, sich auf dem sechsten Revier, auf dem Ralph gewesen war und zu dem der Polizist gehörte, genau zu erkundigen. Ralph war noch so benommen gewesen, daß er den Beamten nicht hatte bitten wollen, ihn noch einmal aufs Revier zu begleiten. Er hatte Verständnis dafür, daß ein Polizeibeamter eine Straßenschlägerei zwischen zwei Männern nicht einfach übersehen durfte, und hatte ihm zeigen wollen, daß er ja bereit war, nach Hause zu gehen, auch beweisen wollen, daß er ein Zuhause hatte, indem er den Schlüssel zog. Der Polizist hatte von Elsies Fall gehört. Er hatte von einer (vielleicht auch mehr als einer) verdächtigen Person gesprochen, und Ralph hatte für alle Fälle noch einmal erklärt, daß Sutherlands Karikatur in der Zeitung ein Trick sei, der die Polizei nur von seiner Fährte abbringen solle.

Diese Fran Dillon, die man in der Bronx aufgegriffen hatte, war nach den Zeitungsmeldungen übel beleumundet, in der Drogenszene wohlbekannt, regelmäßig in Bars zu Gast, in denen Süchtige und Prostituierte beiderlei Geschlechts verkehrten, und hatte keinen festen Wohnsitz und keine Arbeit. Sie war nicht mit Elsie Tyler befreundet gewesen, wohl aber mit Leuten bekannt, die das ermordete Fotomodell gekannt hatten, und gab zu, ihr ein paarmal in Gesellschaft anderer begegnet zu sein. Aber was bewies das schon, dachte Ralph, außer daß Sutherland eine Zeichnung von einer Unterweltfigur hatte anfertigen und sich mit Marion Gills Hilfe eine Geschichte ausdenken können, wonach eine Person, die Frances Dillon ähnlich sah, aus dem Haus in der Greene Street gerannt sein sollte? Wie praktisch für Sutherland, daß er irgendwann einmal diese Zeichnung gemacht und Marion Gill ebendiese Person von Elsies Leiche hatte wegrennen sehen.

Ralph hatte ein paar ereignislose Tage genossen, Tage, an denen er mit dem Gedanken spielte, sich wieder bei der Arbeitsvermittlung in der East 14th Street zu melden, um eine neue Arbeit zu bekommen, dieses Vorhaben aber immer wieder um einen Tag hinausschob, wenn er mit God am Father Demo Square auf einer Bank saß, sich die Sonne aufs Gesicht mit der verheilenden Lippe scheinen ließ und in einem mitgebrachten Buch blätterte. An einem solchen Nachmittag hatte er dann auf dem Heimweg die Schlagzeile gesehen: FRAN GESTEHT! Und eine andere: VERDÄCHTIGE PACKT AUS! Ralph hatte beide Zeitungen gekauft und war auf dem kürzesten Weg nach Hause gegangen, um sie zu lesen. Beide Zeitungen, ›Daily News‹ und ›Post‹, schrieben das gleiche: Frances Dillon sagte, sie habe nicht den Vorsatz gehabt, Elsie Tyler zu töten, als sie eine Bar in der Wooster Street verließ und auf dem Weg zu ihrer Wohnung im East Village durch die Greene Street ging. Dann habe sie Elsie Tyler ihr entgegenkommen sehen und das Gefühl gehabt, sie totschlagen zu müssen, weshalb sie einen zufällig herumliegenden Stein aufgehoben habe, Elsie zur Haustür hinauf gefolgt sei und ihr, als sie die Tür aufschloß, den Stein auf den Kopf geschlagen habe, »mehrmals«, sagte Frances Dillon, obwohl sie andererseits sagte, sie könne sich nicht mehr genau an die Tat erinnern und müsse wohl einen Blackout gehabt haben. Ralph kam das so vor, als wenn sie sagen wollte: »Ich armes Ding, ich bin doch nur eine Drogenabhängige und für meine Taten nicht verantwortlich, und außerdem war ich eifersüchtig auf Elsie, weil sie so schön und beliebt war.« Das Eifersuchtsmotiv kam in beiden Zeitungsberichten vor. Es wurde überhaupt ein ganzer Wust von Emotionen ins Spiel gebracht, denn die Dillon wurde als lesbisch bezeichnet und daraus der Schluß gezogen, daß Elsie Tyler vielleicht einmal ihren Annäherungsversuchen die kalte Schulter gezeigt hatte. Zum Kotzen! Genauso schlimm oder noch schlimmer war, was Kriminelle sich heutzutage alles herausnehmen konnten, wenn sie nur verminderte Zurechnungsfähigkeit durch Alkohol oder Drogen oder einen unsichtbaren Gehirnschaden geltend machten, der natürlich nie zu beweisen war und der sie zu dieser oder jener Tat getrieben hatte. Aber wer mit so etwas durchkommen wollte, brauchte einen teuren Verteidiger, und Ralph glaubte nicht, daß Fran Dillon einen solchen aufbieten konnte.

Die Frau, mit der die Dillon zusammengelebt hatte, eine Virginia Dingsda, hatte ausgesagt, die Dillon habe ihr die Tat schon vor ein paar Tagen gestanden. Wieder eine andere, Genevieve Irgendwas, die man unmittelbar nach dem Mord vernommen hatte, weil sie mit der Dillon bekannt war, hatte ausgesagt, die Dillon habe Elsie Tyler gehaßt, das wisse sie.

Elsie! Es gab Ralph jedesmal einen Stich, wenn er ihren

Namen in den Zeitungen las, und doch verschlang er jeden Satz, hungerte nach Informationen. Konnte diese Frances Dillon es wirklich gewesen sein? Sicher wiesen nicht alle diese Frauen – und es wurden auch ein paar Männer zitiert, so der Barkeeper dieses Lokals in der Wooster Street, wo die Dillon an diesem Nachmittag bis kurz vor vier Uhr gewesen war – so eindeutig auf Person und Ort. Ralph hörte Radio. Und so bald wie möglich besorgte er sich an diesem Abend die ›Times‹, in der er dasselbe wieder las, zurückhaltender formuliert, aber um so überzeugender. Aus der ›Times‹ ging nicht hervor, daß Frances Dillons Geständnis aus Hysterie geboren oder ein reines Phantasieprodukt sein könne.

Am nächsten Morgen wußte die nächste Ausgabe der ›Daily News‹ zu berichten, daß eine New Yorker Illustrierte, von der Ralph zwar schon gehört, die er aber noch nie gekauft oder gelesen hatte, Frances Dillon für ihre Lebensgeschichte und den Mord an Elsie Tyler dreihunderttausend Dollar geboten habe. Von dem Geld würde sie sich einen gerissenen Anwalt leisten können, der sie mit »momentaner geistiger Umnachtung« herauspauken würde, ganz wie eine Tochter aus reichem Hause, dachte Ralph. Das Geständnis der Dillon mußte also stimmen. Andererseits war für die Hitler-Tagebücher auch viel Geld bezahlt worden, obwohl sie ein ausgemachter Schwindel waren.

Immerhin ließ die Wut auf Sutherland, von der Ralph so besessen gewesen war, jetzt ein wenig nach. Das empfand er seelisch und körperlich als Erleichterung, ohne daß er sich der Ursache für diese Erleichterung gleich bewußt gewesen wäre. Zum zweitenmal im Laufe seiner Arbeitslosigkeit besuchte Ralph das Naturgeschichtliche Museum in der 79th Street. Dieses Museum liebte er. Immer schien es hier etwas Neues zu geben, nur weil es so groß war, daß man sich an einem einzigen Tag gar nicht alles ansehen konnte, und er sah sich auch gern etwas noch einmal an, was er schon gesehen hatte. Hier konnte er für eine durchgehende halbe Stunde vergessen, wer er war und was er für ein Leben führte. An diesem Tag stand Ralph vor einer Tonscheibe mit einer primitiven Zeichnung oder Musterung indianischen Ursprungs. Das Gesicht einer dieser Strichfiguren erinnerte ihn an Sutherlands Zeichnung von Frances Dillon – nur daß dieses kleine Gesicht fröhlich war und das Figürchen sogar tanzte. Er mußte diese Ausstellung schon einmal gesehen haben, aber jetzt sah er sie gewissermaßen mit anderen Augen und betrachtete auch neugierig die anderen auf Tonscheiben oder verkleinerten Gebirgsmodellen dargestellten menschlichen Figuren.

»Worüber lachst du so?« fragte ein hohes Stimmchen.

Rechts neben ihm stand ein etwa fünfjähriger kleiner Junge. Ralph hatte gar nicht gemerkt, daß er gelächelt hatte. »Darüber. Die kleinen Figürchen«, antwortete er und zeigte mit dem Finger darauf.

»Eddie –«, sagte der Mann, der bei dem Jungen war, vermutlich der Vater. »Du sollst doch andere Leute nicht belästigen – einfach ansprechen.«

»Er hat mich nicht belästigt«, sagte Ralph, aber da ging der Mann mit dem Jungen schon weiter. Ein höflicher Mann, dachte Ralph. Schön zu wissen, daß es in New York noch höfliche Menschen gab.

Ralph kaufte sich einen ›Rolling Stone‹, dessen fetter Aufmacher ein Exklusivinterview mit Frances Dillon ankündigte. In dem vierseitigen, mit Fotos geschmückten Interview fand Ralph eine wahre Flut von Details, Namen und Ereignissen – daß Elsie mit jedem, Mann oder Frau, geflirtet habe, erzählte Fran. Ralph wußte, daß dies die Unwahrheit war, denn er hatte Elsie beobachten können, als sie noch in dieser Kaffeebar an der 7th Avenue arbeitete. Was war sonst noch alles unwahr? Aber es folgten Behauptungen auf Behauptungen, als legte Fran Dillon es nur darauf an, alles anzuführen, was ihre Tat in ihren Augen rechtfertigte. Sie sprach auch von Blackouts. Kein Wunder, dachte Ralph, denn immerhin gab sie zu, schon alle möglichen Drogen genommen zu haben. Von einem »modernen Ehepaar« aus der Grove Street war die Rede, das Elsie in »andere, aufgeklärtere Kreise« eingeführt habe, und auf einigen dieser Partys war Fran Dillon sogar selbst gewesen, nicht auf Einladung von Elsie Tyler, sondern von einer Freundin der Ermordeten. Arme, arme Elsie, es lief doch alles darauf hinaus, daß sie sich mit dem Bodensatz der Gesellschaft eingelassen hatte!

Er brauchte noch einen Tag, um das alles zu verdauen, und irgendwie fürchtete er sich davor, allzu genau darüber nachzudenken. Sutherland war also doch nicht Elsies Mörder. Nicht Elsies Mörder. Ralph hatte Sutherland im Staub kriechen oder zumindest zucken sehen wollen, als er ihm sagte, er habe eine Pistole auf ihn gerichtet. Aber Sutherland hatte nicht gezuckt.

Es wurde Zeit, daß er sich bei einer Arbeitsvermittlung meldete. Es sähe besser aus, wenn er nicht zu viele Tage oder Wochen ohne Arbeit verstreichen ließ, ohne es wenigstens zu versuchen. Ralph rasierte sich aus diesem Anlaß sehr sorgfältig und zog ein sauberes Hemd mit Krawatte an. Ein Jackett fand er unnötig. Es war wieder ein warmer Tag.

Im Laufe des Vormittags ging er in Ostrichtung durch die 14th Street zur Arbeitsvermittlung. Die Sonne brannte herab, und der Gestank der Straße wehte ihm in die Nase, als ein Bus an den Straßenrand fuhr, wie immer ein Gestank nach Autoabgasen, Fett und allerlei unbestimmbarem Unrat. Häßliche Menschen schlurften ihm entgegen, langsam wegen der Hitze, übergewichtige Menschen mit Einkaufstaschen, müde und gelangweilt und doch ständig in Bewegung, mit schlappen Schritten unterwegs zu irgendeinem Ziel. Und natürlich hatten sie ihre ewigen Kinder bei sich, manche kaum alt genug zum Laufen, andere in Klappwägelchen, und eines pinkelte gerade vor den Augen der wartenden Mutter in den Rinnstein.

Plötzlich stockte Ralph, blieb beinahe stehen, und prompt rannte ihm jemand von hinten gegen die schmerzende Schulter.

Er hatte Elsie gesehen! Nur ein paar Schritte vor ihm, den blonden Kopf kurz gesenkt und wieder erhoben, und der Abstand zwischen ihnen verkleinerte sich schnell. Elsies flinker Gang, das geschickte Herumkurven um alle die häßlichen Leute ringsum, die sie dazu nicht einmal anzusehen brauchte. Ralph kniff die Augen zusammen. *»El-...!«*

Im nächsten Augenblick traf ihn wie ein Schuß die Erkenntnis, daß es nicht Elsie war; sie war größer, hielt auch den Kopf mehr gesenkt, ja, und hatte alles in allem eine kräftigere Figur. Und ihr blondes Haar war nicht wirklich blond, sondern gefärbt, falsch.

Ralph stand wie angewurzelt, während das Mädchen an ihm vorbeihuschte. Er merkte nichts von den Leuten, die ihn anrempelten und sich in allerlei fremden Zungen und Akzenten beschwerten, daß er den Verkehr aufhalte. Nein, es gab keine zweite Elsie. Nirgends auf dieser Welt, nie mehr.

37

»Wir haben die Zeitungen immer versteckt, aber Jason muß sie gefunden haben – oder er hat von Max und mir etwas aufgeschnappt. Vielleicht beides«, sagte Elaine Armstrong am Telefon zu Jack. »Jedenfalls hat er es Amelia erzählt. Es tut mir leid, Jack. Dabei hatten wir hier auch Fernsehsperre.«

Schon gut, sagte Jack. Seine Tochter werde sowieso Elsies Foto erkennen, und lesen könne sie auch. Jack erinnerte sich, wie Natalia erzählt hatte, daß sie und Amelia und Elsie einmal irgendwo im Village zusammen Eis gegessen hätten. Wie oft mochten sie sich noch gesehen haben? »Mach dir nicht zuviel Gedanken darüber, Elaine. Wir hätten das wohl auch nicht besser hingekriegt. – Wann paßt es euch, daß ich sie abholen komme?«

»Ich kann sie bringen. Sogar sofort.« Elaine sagte, sie habe Lust zu einem Spaziergang, und Amelias kleiner Koffer sei ja nun wirklich nicht schwer.

Amelia war noch keine fünf Minuten zu Hause, da hatte sie das Foto auf dem Regal schon erspäht und Elsie auf dem Pony erkannt. »Das ist Elsie – als sie klein war!« sagte sie, und ihr Gesichtchen hellte sich vor Freude auf. Hatte Elsie es Mami geschenkt? Komme Elsie bald zurück?

»Ob sie zurückkommt«, meinte Natalia mit kummervollem Gesicht. »Hm –«

Jack war dabei und wußte ebensowenig wie Natalia, was er sagen sollte.

»Nein, Schätzchen, sie kommt nicht zurück«, sagte Natalia. »Aber dafür haben wir das. Süß, nicht?« Sie sprach von dem Foto. »Ich glaube, da ist sie sogar noch kleiner als du.« Natalia warf Jack einen gequälten Blick zu, der wohl heißen sollte: *»Herr im Himmel!«*

»*Warum* kommt sie nicht zurück?« Die Frage klang nicht nur arglos, sondern auch herausfordernd.

»Weil sie jetzt – tot ist. Elaine sagt, du wüßtest es, Amelia. Wir sind alle sehr traurig darüber. Aber es ist wahr.«

Amelia starrte auf ihre kleinen Finger, die sie ineinander verschränkt und ganz zurückgebogen hatte. »Aber *ihr* habt es mir nicht gesagt. Als ich weggegangen bin, war sie auch schon tot.«

Natalia seufzte und schlug sich an die Stirn.

»Wir haben es dir nicht gesagt, weil es so traurig war, Schätzchen.« Jack legte Amelia die Hand auf den Kopf und rubbelte ihr sanft durchs Haar. »So etwas Trauriges wollten wir dir nicht sagen. Verstehst du?«

»Aber es ist doch wahr«, sagte Amelia.

»Ja«, sagte Natalia.

»Jemand hat sie geschlagen.« Amelia sah von Jack zu ihrer Mutter.

»Stimmt«, sagte Jack. »Wir wollten es dir sagen, wenn du wieder nach Hause kamst. Aber –«

Zu ihrer Erleichterung ging Amelia in halbwegs aufrechter Haltung in ihr Zimmer. Aber während sie in der nächsten Stunde die Liste ihrer Anweisungen an Susanne auf der Schreibmaschine weiterführten, duschten und rasch irgendwo etwas essen gingen, stellte Amelia immer weitere Fragen in dieser Richtung. Es war, als müßte sie es immer wieder von ihren Eltern bestätigt bekommen: Ja, Elsie war wirklich tot und würde nie mehr wiederkommen; sie war von einer anderen Frau geschlagen worden und daran gestorben. Amelia kannte sogar den Namen Fran und erschreckte Jack und Natalia damit.

Jack hatte ein unerfreuliches Bild vor Augen: sein Töchterchen über Zeitungen und Bildberichte gebeugt, aus denen ihr die Fotos von Elsie und Fran und dem Haus in der Greene Street entgegenstarrten, einem Haus, in dem Amelia vielleicht schon gewesen war, und wahrscheinlich hatte sie das meiste, was sie da las, verstanden. Der um ein Jahr ältere Jason mochte sich die Zeitungen geschnappt haben, als seine Eltern einmal nicht hinsahen, und hatte Amelia teilhaben lassen. Aber danach würde Jack weder Amelia noch Jason fragen.

Andern Morgens gingen Jack, Natalia und Amelia irgendwann zwischen halb zehn und zehn Uhr mit ihrem Gepäck die Treppe hinunter. Max Armstrong half ihnen, nachdem er angerufen und gesagt hatte, er wolle kommen und mit anfassen. Es war Samstag, da brauchte Max nicht zur Arbeit.

Max fand ein Taxi – sie hatten sich nicht getraut, sich eines für eine bestimmte Zeit zu bestellen, denn es konnte ja sein, daß sie durch irgend etwas aufgehalten wurden –, und als Jack mit einer Reisetasche in jeder Hand auf die Bleecker Street zuging, sah er plötzlich ein blondes Mädchen ihm entgegenkommen, und fast wäre ihm das Herz stehengeblieben. Die hinter ihr stehende Sonne glühte auf ihrem Kopf, und sie ging so leichten Schrittes, daß ihre Füße kaum den Boden zu berühren schienen. Sie trug den Kopf hoch erhoben und hatte ein Lächeln auf den Lippen.

Sie lebt noch! dachte Jack.

Aber nein, es war ein anderes, ein völlig anderes Mädchen, und Jack schloß die Augen, als sie so nah an ihm vorbeiging, daß sie fast seine Schulter streifte. Sein Herz fing nach anfänglichem Zögern wieder an zu schlagen. Erstaunlich, diese Ähnlichkeit von weitem! Erstaunlich, dieses Hochgefühl, dieses unvermittelte Geblendetsein beim Anblick eines wildfremden Mädchens!

»Jack!« rief Natalia von der Straßenecke, wo sie neben der geöffneten Taxitür stand.

Jack fühlte einen so heftigen Schlag gegen die linke Gesichtshälfte und Schläfe, daß ihm die Ohren summten und Sternchen vor den Augen flimmerten. Er war gegen einen Laternenpfahl gerannt!

An der Ecke standen Max und Natalia und lachten ihn aus.

Patricia Highsmith im Diogenes Verlag

Nixen auf dem Golfplatz
Erzählungen. Aus dem Amerikanischen von Anne Uhde. Leinen

Suspense
oder Wie man einen Thriller schreibt
Deutsch von Anne Uhde. Broschur

Die besten Geschichten von Patricia Highsmith
Herausgegeben von Franz Sutter
Diogenes Evergreens

Der Stümper
Roman. Deutsch von Barbara Bortfeldt
detebe 20136

Zwei Fremde im Zug
Roman. Deutsch von Anne Uhde
detebe 20173

Der Geschichtenerzähler
Roman. Deutsch von Anne Uhde
detebe 20174

Der süße Wahn
Roman. Deutsch von Christian Spiel
detebe 20175

Die zwei Gesichter des Januars
Roman. Deutsch von Anne Uhde
detebe 20176

Der Schrei der Eule
Roman. Deutsch von Gisela Stege
detebe 20341

Tiefe Wasser
Roman. Deutsch von Eva Gärtner und Anne Uhde. detebe 20342

Die gläserne Zelle
Roman. Deutsch von Gisela Stege und Anne Uhde. detebe 20343

Das Zittern des Fälschers
Roman. Deutsch von Anne Uhde
detebe 20344

Lösegeld für einen Hund
Roman. Deutsch von Anne Uhde
detebe 20345

Der talentierte Mr. Ripley
Roman. Deutsch von Barbara Bortfeldt
detebe 20481

Ripley Under Ground
Roman. Deutsch von Anne Uhde
detebe 20482

Ripley's Game
Roman. Deutsch von Anne Uhde
detebe 20346

Der Schneckenforscher
Gesammelte Geschichten. Vorwort von Graham Greene. Deutsch von Anne Uhde
detebe 20347

Ein Spiel für die Lebenden
Roman. Deutsch von Anne Uhde
detebe 20348

Kleine Geschichten für Weiberfeinde
Deutsch von W. E. Richartz. Mit siebzehn Zeichnungen von Roland Topor
detebe 20349

Kleine Mordgeschichten für Tierfreunde
Deutsch von Anne Uhde. detebe 20483

Venedig kann sehr kalt sein
Roman. Deutsch von Anne Uhde
detebe 20484

Ediths Tagebuch
Roman. Deutsch von Anne Uhde
detebe 20485

Der Junge, der Ripley folgte
Roman. Deutsch von Anne Uhde
detebe 20649

Leise, leise im Wind
Erzählungen. Deutsch von Anne Uhde
detebe 21012

Keiner von uns
Erzählungen. Deutsch von Anne Uhde
detebe 21179

Leute, die an die Tür klopfen
Roman. Deutsch von Anne Uhde
detebe 21349

Als Ergänzungsband liegt vor:
Über Patricia Highsmith
Essays und Zeugnisse von Graham Greene bis Peter Handke. Mit Bibliographie, Filmographie und zahlreichen Fotos. Herausgegeben von Franz Cavigelli und Fritz Senn
detebe 20818